Gloria Trutnau

Mein Herz weiß schon, was es tut

Weitere Titel der Autorin:

Viele Träume führen ans Ziel

Titel auch als Hörbuch erhältlich

Gloria Trutnau

Mein Herz weiß schon, was es tut

one

Dieser Titel ist auch als E-Book erschienen

Originalausgabe

Die Bastei Lübbe AG verfolgt eine nachhaltige Buchproduktion. Wir verwenden Papiere aus nachhaltiger Forstwirtschaft und verzichten darauf, Bücher einzeln in Folie zu verpacken. Wir stellen unsere Bücher in Deutschland und Europa (EU) her und arbeiten mit den Druckereien kontinuierlich an einer positiven Ökobilanz.

FSC www.fsc.org
MIX
Papier | Fördert gute Waldnutzung
FSC® C014496

Dieses Buch wurde vermittelt von der Literaturagentur erzähl:perspektive, München (www.erzaehlperspektive.de).

Lektorat: Katharina Runden
Umschlaggestaltung: Kristin Pang unter Verwendung von Motiven von © Milat_oo / shutterstock.com
Satz: 3w+p GmbH, Rimpar (www.3wplusp.de)
Gesetzt aus der Adobe Caslon Pro
Druck und Einband: GGP Media GmbH, Pößneck

Printed in Germany
ISBN 978-3-8466-0167-9

5 4 3 2 1

Sie finden uns im Internet unter: one-verlag.de
Bitte beachten Sie auch luebbe.de

Für all diejenigen, die keine Buchreihen lesen,
weil sie sich nur den ersten Teil leisten können.

1
Tobi

Ich bin raus.

Was machst du eigentlich hier? Spätestens als ich vor einem Jahr mit meinem Mini-Laptop in die erste Vorlesung marschiert bin und meine Mitstudierenden mich und mein Arbeitsgerät mitleidig musterten, hätte mir klar sein müssen, dass ich mich für den falschen Weg entschieden habe. In dem Moment habe ich mich gefühlt wie ein Sechsjähriger mit seinem Spielzeugplastikcomputer, zwischen all den Erwachsenen, die in der Freizeit nicht nur gerne zocken, sondern sich ernsthaft mit der Technologie auseinandersetzen wollen. Ich hingegen habe nur das Geld gesehen, das man mit einem erfolgreichen Studienabschluss in der IT-Branche verdienen kann. Dabei möchte ich mir später gar kein Haus in Grünwald und einen Sportwagen leisten können, sondern einfach nur meine Familie unterstützen.

Meine Mama, meine Schwester und meinen Bruder. Nichts und niemand ist mir wichtiger.

Ich dachte, mit viel Ehrgeiz und Durchhaltevermögen würde ich das Studium schaffen, doch je mehr Zeit verging, desto schwerer fiel es mir, den Fokus zu bewahren. Und das spiegelte sich schnell in meinen Leistungen wider.

Das dumpfe, drückende Gefühl des Versagens breitet sich in meinem Magen aus, als sich meine Finger krampfhaft an das Stück Papier klammern, welches meine Entscheidung festigt. Die deprimierend niedrige Punktzahl leuchtet mir schonungslos entgegen und wirkt gleichzeitig so, als hätte sie sich dank des Rotstifts durch meine Klausur gebrannt.

Was habe ich erreicht? Wie hat mich die Zeit an der Uni weitergebracht? Vermutlich klingt meine Antwort armselig, und doch ist sie die einzige, die ich geben kann: Ich weiß es nicht.

Ist das die Antwort, die es braucht, um einen Schlussstrich zu ziehen? Ja, ich denke schon.

Der Gedanke, der mir bereits seit Ende letzten Semesters nicht mehr aus dem Kopf geht, wird von Sekunde zu Sekunde stärker, und der Drang, endlich zu handeln, wird übermächtig, auch wenn mich eine mahnende Stimme erinnert, dass ich niemals aufgeben wollte. Aber soll ich mich weiterhin anlügen? Denn nichts anderes ist es: eine Lüge. Die Erkenntnis trifft mich wie ein Schlag gegen die Stirn. Ich will nicht jeden Tag aufwachen und mich fragen, was ich hier mache und warum ich es mache. Ich möchte vorwärtskommen.

Okay. Das war's jetzt also. Ich bin raus.

»Was hast du bekommen?«, fragt mich Larissa, und ihr Blick huscht zu meinem Klausurergebnis.

Mit gespielter Gelassenheit zucke ich mit den Schultern und vermeide es, ihr in die Augen zu sehen. »Ich wollte eh abbrechen.«

»Abbrechen? Dein Studium?« Sie stutzt. »Bist du dir sicher?«

»Ja«, bestätige ich und versuche mein Scheitern kleinzureden. »Das hier ist einfach nicht das Richtige für mich. Der Schmarrn macht mir keinen Spaß.«

Larissa klappt ihren Laptop zu. »Ist nicht böse gemeint, aber ich habe mich schon länger gefragt, ob irgendwas nicht stimmt.«

Nun schaue ich ihr doch in die Augen. Larissa ist mit ihren hellbraunen glänzenden Haaren und ihren großen bernsteinfarbenen Augen sehr hübsch und eine liebe Person. In einer anderen Welt wären wir vielleicht sogar ein Paar geworden, doch für eine Beziehung fehlt mir die Zeit. »Dabei habe ich mir wirklich Mühe gegeben, so zu tun.«

Sie zieht die Augenbrauen nach oben. »Dann bist du ein mieser Schauspieler.«

»Mmpf«, mache ich und verschränke die Arme. Mein Blick wandert durch den Hörsaal. Unsere Mitstudierenden verstauen gerade ihre Hochleistungsrechner in den Laptoptaschen und ihre Unterlagen in den Rucksäcken. Der Saal wird tröpfelnd leerer. Ich beobachte die Menschen um mich herum mit einer komischen Mischung aus Enttäuschung und Erleichterung. Enttäuschung, weil ich mehr von mir erwartet habe, und Erleichterung, weil ich weiß, dass dieser Schritt überfällig ist. Bis jetzt war ich in jedem Kurs mittelmäßig, nirgendwo habe ich besondere Fähigkeiten bewiesen.

»Welches Studienfach möchtest du stattdessen machen?«, fragt Larissa, als ich aufstehe und meine fehlgeschlagene Klausur in meinen Rucksack stopfe.

»Hab mich noch nicht entschieden«, murmle ich und schlage meinen kleinen Laptop zu. Er passt ohne Probleme ebenfalls in die Tasche. »Vielleicht BWL oder so was.«

Doch die Wahrheit ist, dass ich mich nicht mit BWL identifizieren kann. Und auch nicht mit Jura oder Germanistik oder Medizin oder Wirtschaftsingenieurwesen oder Pädagogik. Für nichts von alldem verspüre ich einen Reiz. Nichts davon interessiert mich. Was mache ich also überhaupt hier an der Uni?

»Bist du dir echt sicher?« Larissa sieht mich durchdringend an. »Schlechte Klausuren schreibt jeder mal, aber das ist doch noch lange kein Grund, gleich alles hinzuschmeißen. Du packst das schon, da bin ich sicher!«

Ich lächle müde. »Du weißt doch, dass ich heute nicht zum ersten Mal verkackt hab. So lieb ich deinen Zuspruch finde, wir wissen beide, dass ich hier ein hoffnungsloser Fall bin.«

»Ja, okay, vielleicht bist du nicht unbedingt der Beste, aber ein Semester einfach wegwerfen?«, versucht Larissa einen weiteren Anlauf.

Ich werfe mir den Rucksack über die rechte Schulter. »Weißt du, ich spiele schon länger mit dem Gedanken abzubrechen. Das heutige Klausurergebnis war ein Wink des Schicksals, und es sagt mir ganz deutlich, dass ich bestimmt viele Kompetenzen habe, aber ganz sicher nicht im IT-Bereich.« Dann hebe ich zur Verabschiedung die

Hand, weil ich aus diesem Hörsaal verschwinden möchte. Nicht nur, um meinen Worten endlich Taten folgen zu lassen, sondern auch, um einem Gespräch mit meinem Dozenten zu entgehen, der gerade auf uns zusteuert.

»Hey!«, ruft mir Larissa hinterher, als ich mich durch die engen Tischreihen quetsche. »Sehen wir uns?«

»Klar.« Ich lächle sie entschuldigend an. »Wir schreiben uns.« Doch noch während ich spreche, weiß ich bereits, dass unsere Bekanntschaft im Sand verlaufen wird, so wie ich fast alle Kontakte vernachlässige.

Ich mache mich auf den Weg nach draußen, aus der Uni raus, während ich mich frage, ob ich die Marmorflure je wieder betreten werde oder ob mich mein Weg nie wieder zurückführen wird. Eine leise Stimme in meinem Kopf tippt auf Letzteres.

Auf dem Vorplatz des Gebäudes lasse ich mich auf eine der Steinbänke fallen, die rund um den großen plätschernden Brunnen aufgereiht sind. Ich seufze und werfe meinen Rucksack achtlos zu Boden, was ich im selben Moment bereue. Der Laptop im Inneren hat mich ein Vermögen gekostet, und normalerweise passe ich auf meine Sachen auf. Aber heute ist nicht *normalerweise.*

Mit hängenden Schultern beobachte ich die Leute um mich herum, die das sonnige Wetter nutzen und auf dem Rasen zusammensitzen, um Pause zu machen oder gemeinsam den Stoff zu wiederholen. Sie sehen motiviert aus, während sie sich ihre Tablets unter die Nase halten, fast eifrig. Gefühle, die ich schon lange nicht mehr mit meinem Studium verbinde. Und, um endlich ganz ehrlich mit mir zu sein … das hier – die Uni und ihr Studentenleben – das war ich noch nie. *Schule nach der Schule.* Der Gedanke, den ich bereits im Hörsaal hatte, ist wieder da. Die ganze Zeit fühlte es sich an, als würde ich auf der Stelle treten, als würde sich nichts verändern, als würde ich all das hier umsonst über mich ergehen lassen. Nun weiß ich, dass ich mich nicht getäuscht habe.

Mit dem Studium verschwende ich wertvolle Zeit, ohne meiner Familie zu helfen. Ich hab's versucht, aber jetzt brauche ich einen Plan B.

»Oh, du bist schon zu Hause?« Mama begrüßt mich mit einem verwunderten Lächeln. Ihre Wangen sind gerötet und ihre Haare zerzaust. Sie ist im Stress, wie jeden Tag um die Mittagszeit. Ich zögere kurz, drauf und dran, ihr zu erzählen, dass ich heute mein Studium geschmissen habe. Sie wäre nicht wütend, sie wäre enttäuscht. Denn seit meiner Schulzeit wird sie nicht müde, mir zu sagen, dass sie sich für mich eine bessere Zukunft wünscht.

»Ist ein Kurs ausgefallen?«, hilft sie mir auf die Sprünge.

»J-ja, genau!«, stottere ich. »Kurs ausgefallen.« Ich kann ihr von meiner Entscheidung nicht zwischen Tür und Angel erzählen. Dafür ist sie zu groß.

»Könntest du dann Leo vom Kindergarten abholen? Ich komme sowieso schon zu spät zur Arbeit.«

»Natürlich«, sage ich sofort. »Kein Problem.«

Mama schlüpft in ihre Jeansjacke und wirft sich die schwarze Umhängetasche über. »Danke, mein Schatz. Gib Leo einen Kuss von mir.« Sie drückt ihre Lippen an meine Wange und streicht mir kurz über meine dunkelbraunen Haare. »Wenn ich dich nicht hätte«, seufzt sie und lächelt. Dann ist sie auch schon verschwunden.

Ich bleibe für einige Augenblicke in unserem kleinen

beengten Flur stehen und starre den alten abgenutzten Parkettboden an. Dass ich ein schlechter Schauspieler bin, wurde mir schon öfter gesagt. Aber dass es mir schon seit vielen Monaten nicht gut geht, hat dennoch niemand erkannt. Das liegt einzig und allein daran, dass ich nicht schauspielern musste, um meine Gefühle zu verstecken. Ich habe sie nämlich einfach verdrängt und mir eingeredet, dass alles gut ist. So lange, bis ich irgendwann selbst vergessen habe, dass die Gefühle trotzdem da sind.

Leos große blauen Augen leuchten, als ich im Kindergarten auftauche, um ihn abzuholen. Begeistert juchzt er, lässt die Knete fallen, die er gerade zu einem Ball geformt hat, und springt auf mich zu. Seine kleinen Arme schlingen sich fest um meine Beine, sodass ich fast das Gleichgewicht verliere. »Tobiii!«, ruft er vergnügt.

»Hey, du kleiner Rabauke!«, begrüße ich ihn und verwuschle seine seidigen Haare. Als ich in Leos Alter war, sah ich fast genauso aus wie er. Dunkelbraunes Haar, blaue Augen, die Stupsnase und das runde Gesicht. Wenn ich ihn ansehe, sehe ich mich. Doch will ich ihm eine schönere Kindheit schenken, als ich sie hatte.

»Was machen wir jetzt? Spielen wir heute?«

»Was immer du willst«, antworte ich lächelnd. »Aber zuerst koche ich uns was.«

Leo springt vor mir auf und ab. »Nudeln mit Tomatensoße!«

»Aber das hatten wir doch gestern schon.«

»Eeeeeegal!« Seine klebrigen Finger schließen sich um meine, und er zieht mich zur Garderobe.

Leo lässt sich auf die kleine Bank fallen und schlüpft in

die Schuhe, während ich den Inhalt seines Rucksacks überprüfe, der jeden Tag brav am Garderobenhaken auf seinen Besitzer wartet.

»Du hast deine Semmel nicht gegessen«, stelle ich fest, als ich die volle Brotzeitdose herausfische.

Leo rümpft die Nase. »Mama gibt mir immer die dunklen Semmeln mit, aber die mag ich nicht, die sind doof. Ich will nur die hellen.«

Vollkornsemmeln. »Aber die sind gesund und machen dich groß und stark!«, versuche ich ihn zu überzeugen und zeige auf meine Armmuskulatur. Ohne Erfolg.

Er schüttelt heftig mit dem Kopf. »Die sind doof«, wiederholt er nur.

Ich seufze und schwinge mir den Rucksack über eine Schulter. Leo ist immer noch in seiner Trotzphase, in der er alles ablehnt, was Erwachsene ihm andrehen wollen. Er mag keinen Spinat, keine Radieschen, keine Gurken und keine Tomaten. Wenn ich ihm den Spinat aber als grünes Spinatmonster verkaufe und das Gemüse zu verschiedenen Tierchen schnitze, dann sind seine Vorbehalte plötzlich wie weggeblasen.

»Auf geht's.« Ich lege ihm eine Hand auf den Rücken und schiebe ihn sanft aus dem Gebäude.

Ein dumpfes Geräusch im Flur kündigt meine vierzehnjährige Schwester an. Eine Sekunde später streckt Selina die Nase durch die Tür und schnuppert. »Was gibt's zu essen?«

»Nudeln mit Tomatensoße«, antworte ich ihr, während ich eine Spaghetti aus dem kochenden Salzwasser fische und probiere. Zwei Minuten brauchen sie noch.

»Schon wieder?«, brummt Selina und lässt ihre Schultasche zu Boden gleiten.

»Wenn du mal selbst kochen würdest, könntest du dir aussuchen, was du möchtest.«

»Hallo? Ich hab Schule! Und Hausaufgaben!«, entgegnet sie prompt.

»Und ich studiere. Das kommt aufs Gleiche raus«, entgegne ich trocken. Eigentlich möchte ich sie deswegen gar nicht triezen, denn es macht mir nichts aus, die Familie zu bekochen. Vielmehr macht es mir sogar Spaß.

Selina schnaubt zwar, aber nachdem sie ihre Strickjacke an den Kleiderhaken gehängt hat, hilft sie mir beim Tischdecken.

»Wie war denn dein Tag?«, fragt sie ehrlich interessiert, als sie drei Teller aus dem Schrank holt.

»Themenwechsel«, murmle ich gerade laut genug, dass sie mich hören kann.

Selina zieht die Augenbrauen nach oben. »Okay«, sagt sie dennoch und verteilt das Geschirr. »Wenn du es wissen willst, mein Tag war auch beschissen. Ich hab eine Fünf in Mathe, und die blöde Tanja hat sich wieder über mich lustig gemacht.«

Ich horche auf. »Wieso?«

»Na, wegen dem hier, was sonst?« Sie deutet auf ihr übergroßes Karohemd.

»Wegen deiner Kleidung?« Unsere Familie muss an allen Ecken sparen, auch an den Klamotten. Nicht selten trägt meine Schwester daher meine abgetragenen Sachen.

Selina nickt betrübt. »Ja, damit ärgert sie mich schon seit der fünften Klasse.«

Mitgefühl breitet sich in mir aus, und ich umarme sie

fest. »Das tut mir leid«, murmle ich. »Soll ich mit dieser Tanja reden? Oder mit den Lehrern?«

Erschrocken windet sie sich aus meinen Armen. »Bloß nicht! Sag bitte auch Mama nichts davon, ja? Sie würde sich nur Sorgen machen und Schuldgefühle bekommen.«

Widerstrebend nicke ich. Auch ich mache mir Sorgen, auch ich entwickle Schuldgefühle. Seit mein Vater uns vor vier Jahren, kurz vor Leos Geburt verlassen hat, ist meine Verantwortung für die Familie um ein Vielfaches gestiegen. Statt Party zu machen, bleibe ich zu Hause, um zu kochen, um Selina bei ihren Hausaufgaben zu helfen oder um auf Leo aufzupassen. Und Mama rennt von Job zu Job, damit wir überhaupt Lebensmittel haben, die ich verkochen kann.

Nur deswegen habe ich mit dem blöden IT-Studium begonnen. Weil man mit dem Abschluss viel Kohle verdienen kann und ich meine Familie damit auch endlich finanziell unterstützen könnte. Aber mit meiner heutigen Entscheidung, das Studium zu schmeißen, ist diese Chance dahin. Ich komme mir schäbig und egoistisch vor, mein eigenes Wohl über das der Familie gestellt zu haben. Der Kloß in meinem Hals ist zu groß, um ihn einfach runterzuschlucken.

»Die Spaghetti sind bestimmt schon überfällig.« Selina holt mich aus meinen Gedanken, und ich stelle schnell das Sieb in die Spüle, um die Nudeln abzugießen. Sie hat recht. Der Garpunkt ist schon überschritten und die Spaghetti damit nicht mehr al dente. Das kratzt ein bisschen an meiner Koch-Ehre.

»Würdest du Leo holen?«, sage ich an Selina gewandt,

während ich die Nudeln auf drei Teller aufteile und würzige Tomatensoße aus dem Topf schöpfe.

»Klar!« Sie nickt und taucht eine Minute später mit Leo im Arm wieder auf. »Himmel, bist du schwer geworden«, ächzt sie unter seinem Gewicht.

»Weil ich groß und stark werde, ohne dunkle Semmeln zu essen«, erwidert Leo mit stolzgeschwellter Brust.

Ich schnaube, und beim Anblick meiner Geschwister wird mir ganz warm ums Herz. Vielleicht klingt es klischeehaft, aber niemand hat eine bessere Familie als ich. Wir halten zusammen und lassen uns nicht unterkriegen, egal, wie vielen Herausforderungen wir uns stellen müssen.

Während ich Selina beobachte, wie sie Leo die Spaghetti klein schneidet, schweifen meine Gedanken wieder ab, und mein schlechtes Gewissen wird von Tatendrang abgelöst. Mein Studium ist vorbei, ich stehe ohne Abschluss da. Doch anstatt mich selbst zu bemitleiden, muss ich einen anderen Weg finden, meiner Verantwortung gerecht zu werden, und das Beste aus meiner Situation machen. Ich werde mir Arbeit suchen und Geld verdienen, denn mit dem Studium habe ich sowieso schon viel zu viel Zeit und auch Geld verloren. Bis ich mir einen Job gesucht habe, werde ich Mama nichts von meiner Entscheidung erzählen, denn wenn sie sieht, dass ich sie mit meinem neuen Weg viel besser unterstützen kann, wird sie nicht mehr enttäuscht sein. Das ist doch mal ein Plan, oder?

2
Alex

Lieber Montag, wir müssen reden.

Als ich meinen Koffer auf dem hellen Laminatboden abstelle, hallt das dumpfe Geräusch an den kargen weißen Wänden wider. Meine eigenen vier Wände. Zwar ist es nur ein Wohnheimzimmer mit kleinem Bad und ohne Küche, dennoch fühlt sich dieser Schritt größer an als jeder andere zuvor. Auch wenn meine Familie nur zwei Stunden von München entfernt wohnt, sind es zwei Stunden zu viel. Zu viel, um täglich zu pendeln, und zu viel, um sie täglich in die Arme zu schließen. Diese Erkenntnis musste ich mir schweren Herzens eingestehen, nachdem ich während meines Berufsgrundschuljahres diese lange Fahrtstrecke in Kauf genommen habe, um bei meiner Familie und meinen Freunden bleiben zu können. Erst habe ich die Kosten und die Zeit ignoriert, die für lange Bahnfahrten draufgegangen sind, aber irgendwann habe ich es nicht mehr geschafft, die Augen zu verschließen. Schließlich habe ich mich doch dafür entschieden, für meine Ausbildung nach München zu ziehen. Durch den frühen Arbeitsbeginn in der Schreinerei war es auch nicht möglich, den Umzug weiter aufzuschieben.

Einen Moment stehe ich einfach nur vor meiner geschlossenen Zimmertür und lasse die einsame Stille auf mich wirken. Das schlichte weiße Bett und einen dazu passenden kleinen Schreibtisch habe ich bereits letztes Wochenende mit Papa aufgebaut. Den Rest werde ich nach und nach kaufen oder selbst bauen. Ich gehe langsam durch den Raum und lasse mich auf die Bettlaken fallen. Bei der Aussicht darauf, heute nicht nach Hause zu fahren, zurückzukehren in ein Haus voller Leben und Vertrautheit, bildet sich ein Kloß in meinem Hals. Eine Träne stiehlt sich meine Wange hinab, und ich wische sie schnell mit meinem Pullover-Ärmel weg.

Ich will nicht weinen und Heimweh haben. Ich will mich nicht fragen, ob ich das hier bereuen werde. Immerhin habe ich mich selbst für den Umzug nach München entschieden, also muss ich mir nun beweisen, dass diese Entscheidung richtig war.

Ich seufze schwer und stemme mich vom Bett wieder nach oben. Ein paar Kartons, die ich letzte Woche mit Papa hergefahren habe, kann ich heute bereits auspacken, denn zumindest die Unterlagen für meine Lehre zur Schreinerin werde ich im Schreibtisch verstauen können. Andere Kartons, in denen sich meine Büchersammlung und meine Kleidung befinden, müssen noch ein paar Wochen auf ihren großen Auftritt warten. Ich drehe mich einmal im Kreis und lasse den Blick über die spärliche Einrichtung schweifen. Es ist eine Menge zu tun. Doch genau das wird mich die nächste Zeit davon abhalten, zu viel nachzudenken.

Die nächsten Stunden verbringe ich damit, kopfüber in den Umzugskisten zu wühlen und für so viele meiner Sachen wie möglich ein Plätzchen zu finden. Nachdem ich mein Badezimmer vollständig eingeräumt habe, knurrt mein Magen vorwurfsvoll, und ich beschließe, es für heute gut sein zu lassen.

In der Gemeinschaftsküche, gleich gegenüber meiner Zimmertür, mache ich mir in der Mikrowelle das Kartoffelgratin warm, das mir Mama in einem Glasbehälter mitgegeben hat. Während ich ungeduldig mit den Fingern auf die dunkle Holzimitat-Arbeitsfläche der Küche tippe, starre ich auf das Display und warte, dass die vier Minuten endlich vorbei sind.

03:02

Ich habe bisher niemanden hier im Wohnheim kennengelernt und möchte heute Abend auch noch nicht damit starten. Ich will mich nur ins Bett legen, mir Serien auf dem Laptop reinziehen und das letzte Stückchen Heimat essen, das mir geblieben ist. Irgendwo höre ich eine Tür ins Schloss fallen.

02:31

Über das Wochenende fahren viele Leute nach Hause, darauf hat mich bereits die Hausverwaltung aufmerksam gemacht. Aber Sonntagabend trudeln sie alle wieder ein. Auszubildende und Studierende. Nur bitte nicht genau jetzt.

01:10

Fast geschafft. Ich werde mir mein Essen schnappen und mich einsperren. Und dann gibt es nichts, außer mir und …

»Hey, dich habe ich hier noch nicht gesehen.«

Ich stöhne innerlich und drehe mich langsam um. Im Türrahmen steht ein schwarzhaariger Junge. Einen halben Kopf größer als ich, schmale braune Augen und einen dunklen Bartschatten auf den Wangen. Hinter mir ertönt das Piepen der Mikrowelle. Leider zu spät.

»Weil ich erst seit heute hier wohne«, bestätige ich seine Feststellung und versuche zu lächeln. Mein Kloß im Hals macht es mir nicht einfach.

Auf seinem Gesicht breitet sich ebenfalls ein Lächeln aus. »Cool. Wie heißt du?«

»Alex. Und du?«

»Sebastian. Ich wohne da hinten, gleich neben dem Eingang.« Er deutet mit dem Daumen nach links.

Ich schmunzle. »Ah, die First Row.«

Er lacht. »Ja, sozusagen. In der Nacht ein echter Vorteil.«

Ich drehe mich wieder um und hole mein dampfendes Kartoffelgratin aus der Mikrowelle. Das Glas des Behälters ist verdammt heiß, und ich ziehe die Ärmel über meine Hände, damit ich mich nicht verbrenne.

»Was studierst du?«, fragt Sebastian.

»Ich studiere nicht, ich mache eine Ausbildung zur Schreinerin. Im Theater«, füge ich hinzu. »Ich will Bühnenbildnerin werden.«

Er mustert mich interessiert. »Wow, eine Handwerkerin. Klingt total spannend.«

Ich lege den Kopf schief und beobachte ihn prüfend. Zeigt er ernsthaftes Interesse an meiner Ausbildung, oder ist er nur neugierig auf die Neue? »Und du?«, frage ich.

Er wirft sich in die Brust. »Ich studiere BWL im zweiten Semester.«

»Und gefällt's dir?« Eine reine Höflichkeitsfrage, denn der herzhafte Duft des Kartoffelgratins kitzelt ungeduldig in meiner Nase.

»Joa, läuft ganz gut«, antwortet Sebastian, grinst mich an, ohne aber weiterzusprechen.

»Hm.« Ich räuspere mich, als die Stille immer länger anhält. »Na dann, Sebastian, man sieht sich«, sage ich freundlich und drücke mich an ihm vorbei.

»Basti«, verbessert er mich. »Ich freu mich drauf!

Als vor über einem Monat endlich der praktische Teil meiner Ausbildung begonnen hat, dachte ich, von nun an könnte ich jeden Tag die in der Berufsschule erlernten Techniken anwenden und spannende Projekte umsetzen. Denn nach einem langen Jahr Theorie war ich heiß darauf, in der Werkstatt anzupacken.

Doch wieder beginnt ein Montag damit, dass eine undankbare Aufgabe die nächste jagt und mir kaum Gehirnschmalz abverlangt. Sozusagen das Kaffeekochen in Handwerkssprache.

Ich puste mir eine lose Haarsträhne aus dem Gesicht, während ich die neue Ware einsortiere, die erst vor einer halben Stunde in die Schreinerei geliefert wurde. Schwere Holzplatten, eine nach der anderen. Ich erkenne das stabile Holz des Ahornbaums, die deutliche Maserung der Eiche, die helle Fichte und frage mich, zu welchem Möbelschmuckstück sie bald verarbeitet werden. Gleichzeitig hoffe ich, dass ich daran teilhaben werde. Ich keuche, als ich die Platten auf den Hubwagen hieve, um sie in unser geräumiges Lager zu schaffen. Dabei schiele ich hin und wieder in den Aufenthaltsraum zu meinen Kollegen, die gerade dabei sind, im Zuge der sogenannten Werkstattabgabe ein neues Projekt zu diskutieren, also wie es durch die Schreinerei technisch umsetzbar ist und welche Materialien dafür notwendig sind. Diesen Arbeitsschritt kenne ich bisher nur aus der Theorie, und ich würde zu gerne mithören, um vielleicht etwas Neues zu lernen. Zehn Minuten später liefere ich die nächste Platte im Lager ab, und auf dem Rückweg nehme ich all meinen Mut zusammen.

»Kann ich irgendwie helfen?«, frage ich meinen Ausbilder Paul.

Mit zusammengezogenen Augenbrauen sieht er auf, leicht verwirrt wirft er einen Blick auf meine leeren Arme. »Ist die Lieferung denn schon verräumt?«

»Nein, aber ich dachte …« Der zweite Teil des Satzes verliert sich in den Tiefen meiner Zurückhaltung. »Ich bin gleich fertig.«

»Respekt.« Er nickt anerkennend und tippt auf seinen Bizeps. »Für eine Frau bist du echt fix.«

»Äh, … danke?«, antworte ich, weil ich nicht weiß, wie ich sonst auf dieses fragwürdige Kompliment meines Ausbilders reagieren soll. Will er damit andeuten, ich sei körperlich stärker als der Durchschnitt meines Geschlechts, aber im Vergleich zu Männern – egal, ob schwach oder stark – immer noch zu schwach? Ja, vielen Dank auch.

Ohne einen Blick zurück trotte ich wieder zu den Holzplatten.

Der Tag hat bereits bescheiden begonnen, als ich verschlafen, mir daraufhin in meiner Panik den großen Zeh an der Badezimmertür angehauen habe und dann noch feststellen musste, dass natürlich genau heute die U-Bahnen wegen irgendeiner Störung nur im Zwanzig-Minuten-Takt fuhren. Die schweißtreibende und wenig lehrreiche Azubi-Aufgabe konnte meine Laune danach kaum bessern. Warum wundere ich mich? Es ist Montag, da kommt alles zusammen. Auch Pauls Kommentar könnte ich einfach unter »Wochenstart« abheften, aber irgendwie ärgert er mich mehr als mein defekter Wecker, die Badezimmertür, die Betriebsstörung der U-Bahn und die Azubi-Aufgabe zusammen.

Am Nachmittag klopfe ich an die Tür des Büros der Personalabteilung und warte darauf, dass mich eine hohe weibliche Stimme hineinbittet.

»Hallo, Frau Falk«, begrüße ich die Personalerin freundlich, als ich eintrete. Frau Falk schätze ich auf Anfang vierzig. Ihre blonden Haare hat sie zu einem Dutt gebunden, und ihr breites Lächeln entblößt ihre geraden weißen Zähne. Ich kenne sie bereits von meinem Bewerbungsgespräch und meinem ersten Arbeitstag in der Schreinerei.

»Schön, Sie zu sehen, Frau Mendl!« Sie lugt hinter den Papierbergen auf ihrem Schreibtisch hervor, winkt mich ins Büro und deutet auf den Besucherstuhl. »Kommen Sie nur herein, nehmen Sie Platz!«

»Danke.« Ich schließe die Tür hinter mir und setze mich ihr gegenüber. Nervös knete ich meine Finger. Ich arbeite hier erst seit etwas über einem Monat und will ganz sicher keine Forderungen stellen, vielmehr ist es eine Bitte.

»Wie geht es Ihnen? Haben Sie sich gut eingelebt?«

Gleich bei ihrer ersten Frage gerate ich ins Stocken, obwohl ich nicht weiß, warum. Meine Kollegen und mein Ausbilder sind freundlich, sie lassen mich bei allen Arbeiten zusehen. Dennoch fühle ich mich nicht vollkommen wohl, und ich kann nicht sagen, warum.

»Es gefällt mir sehr gut«, lüge ich sie deshalb an. »Die Praxis ist wesentlich spannender als die reine Theorie.« Bevor ich vor einem Monat in die praktische Schreinerlehre gestartet bin, musste ich zuerst das Berufsgrundschuljahr absolvieren – also ein Jahr nur Lernerei. Aber die Arbeit am Holz ist viel befriedigender als die theoretischen Berechnungen und die technischen Zeichnungen, ohne danach das Ergebnis in Händen halten zu können.

»Wie schön, das freut mich!« Ihr Lächeln ist echt. »Wie kann ich Ihnen weiterhelfen?«

Ich räuspere mich. »Ich weiß nicht, ob Sie sich daran erinnern, aber bei meinem Einstellungsgespräch habe ich Ihnen erzählt, dass ich mich sehr dafür interessiere, mich in ein paar Jahren als Bühnenbildnerin selbstständig zu machen. Dafür gibt es aber keine passgenaue Ausbildung oder ein Studium.« Sie nickt. »Vielmehr ist es ja wichtig, in den verschiedenen Bereichen des Theaters Erfahrungen zu sammeln. Durch die Ausbildung in der Schreinerei habe ich dort einen guten Einblick, aber ich wollte fragen, ob ich auch den Kolleginnen und Kollegen in anderen Bereichen ein bisschen über die Schultern schauen darf.« Ich halte den Atem an und kreuze die Finger. Hospitationen würden sich in meinem Lebenslauf sehr gut machen, und gleichzeitig würden sie mir helfen, ein Netzwerk aufzubauen. Alles Voraussetzungen, die mich meinem Traumberuf ein Stückchen näher bringen.

Zu meiner Erleichterung wird Frau Falks Lächeln nicht schmaler, sondern breiter. »Ihr Engagement ist wirklich sehr lobenswert. Das freut mich sehr!« Sie zieht zwischen zwei Aktenstapel einen Notizblock heraus. »Ich kann mich gerne erkundigen, wer Zeit hätte, Ihnen etwas zu zeigen. Dann würde ich den Kontakt herstellen. Aber bitte denken Sie daran, dass Sie natürlich nur hospitieren können, wenn Ihre Kollegen Sie in der Schreinerei entbehren können. Das müssten Sie dann selbst abklären.«

Ich nicke eifrig. »Selbstverständlich.«

Frau Falk notiert sich etwas, bevor sie mich wieder ansieht. »Dann verbleiben wir doch einfach so: Ich rufe Sie an, wenn ich etwas in Erfahrung gebracht habe.«

Ich erhebe mich von meinem Stuhl, und meine Glücksgefühle lassen mich größer werden. Gerade so kann ich ein Juchzen unterdrücken. »Vielen lieben Dank!«

Als ich durch den Flur zurück zur Treppe gehe, fällt mir ein großer Stein vom Herzen. Während meiner Schulzeit habe ich mich gefühlt, als würde ich mich nicht von der Stelle bewegen und jedes Jahr von vorne beginnen. Doch nun spüre ich deutlich, dass ich meine Zukunft selbst in der Hand habe und sich jede Bemühung und jedes Überwinden auszahlt.

3
Tobi

Reden ist Silber, Schweigen ist Gold.
Oder so ähnlich.

Als ich bei meinem besten Freund klingle, weiß ich, dass ich hier genau richtig bin. Mein schlechtes Gewissen hat mich zwei Nächte nicht schlafen lassen. Lächeln, statt etwas auszusprechen, und für andere da sein, statt sich mit den eigenen Problemen auseinanderzusetzen. Normalerweise klappt meine Strategie gut. Doch mein Studienabbruch ist das i-Tüpfelchen auf dem Wort *Scheiße* und der Tropfen, der das Fass zum Überlaufen gebracht hat. Ich habe das Gefühl zu platzen, wenn ich nicht darüber spreche. Doch meine kleine Schwester ist eine Tratschtante. Wenn ich es ihr sage, weiß Mama innerhalb eines Tages davon.

Jonas öffnet schwungvoll die Tür. »Hey, das Ablenkungsmanöver ist da«, begrüßt er mich mit einem Grinsen.

Wir schlagen ein. »Ablenkung? Wieso das?«, frage ich und folge ihm in den kurzen Flur. Sofort fällt mir eine Veränderung auf. »Wow, du hast ja Bilder aufgehängt.« Ich lasse meinen Blick über die gerahmten Fotos schweifen. Die meisten zeigen ihn und seine Freundin Leni. Sie sind nun seit knapp vier Monaten ein Paar, und an das damalige Beziehungschaos erinnere ich mich noch lebhaft. »Wie geht es Leni? Ich hab sie seit einer gefühlten Ewigkeit nicht mehr gesehen – und du erzählst auch so wenig über sie.«

Auch Jonas' Augen bleiben an den Fotos hängen. Eine Mischung aus Stolz und Sehnsucht schimmert in seinem Blick. »Die Kinoproduktion, für die Leni gerade arbeitet, dauert noch ein paar Wochen«, klärt er mich auf. »In der Zeit sehe ich sie meistens nur am Wochenende – fast wie in einer Fernbeziehung, obwohl wir beide in München wohnen. Deswegen hab ich auch gestern die Fotos aufgehängt.«

»Die Arbeit am Set gefällt ihr also immer noch?«

Jonas ist Schauspieler und hat Leni bei einer Serienproduktion kennengelernt. Damals wollte sie sich nur ausprobieren, aber offensichtlich hat sie ihre Bestimmung gefunden.

»Sie liebt es. Und ehrlich gesagt bin ich ziemlich froh darüber«, gibt er zu, stopft seine Hände in die Taschen seiner schwarzen Jogginghose und nickt zum Wohnzimmer. Er geht voraus, und ich folge ihm in den spärlich eingerichteten Raum. Jonas hat sich noch nie viel aus seiner Wohnung gemacht. »Wenn ich eine neue Rolle annehmen und das heißen würde, dass wir uns zwei oder drei Monate nicht sehen können, dann würde Leni es verstehen. Und andersrum ist es genauso.«

»Wie schaut's denn bei dir mit neuen Projekten aus?«, frage ich ihn vorsichtig. Jonas ist im Sommer aus der Streaming-Serie *Reset* ausgestiegen, um sich als Schauspieler weiterzuentwickeln. Doch seitdem ist es ruhig um ihn geworden.

»Hm«, macht er dumpf und lässt sich auf die Couch fallen. »Hab mir noch keinen neuen Manager gesucht.« Noch vor knapp vier Monaten war Jonas' Vater sein Manager, allerdings hat Jonas ihm nach einem heftigen Streit gekündigt. Zu Recht. Doch das ist eine andere Geschichte. Der Sommer meines besten Freundes war jedenfalls turbulent, und auch wenn er den Kontakt zu seinem Vater abgebrochen hat, so ist Leni zu seinem persönlichen Happy End geworden. Dieses Glück gönne ich ihm von ganzem Herzen.

»Aber wolltest du nicht …«, fange ich an, werde aber von Jonas unterbrochen.

»Hör mal, Leni kaut das Thema mit mir schon oft genug durch«, stöhnt er und reibt sich die Stirn. »Mein Vater hatte eigene Vorstellungen von seinen Kompetenzen, und ja, ich weiß, dass nicht alle Managerinnen und Manager seine Arbeitsmoral teilen.«

Ich ziehe eine Augenbraue nach oben. »Und das weißt du *wirklich?*«

»Ja, weiß ich … jedenfalls theoretisch.« Er klopft mit der rechten Hand auf den Platz neben sich. »Komm schon, lass uns zocken, oder lenk mich irgendwie anders ab.«

Diesmal ist es an mir zu seufzen. »Mit Ablenkung kann ich dienen, da verlass dich drauf.«

Jonas macht große Augen. »Hau raus.«

Ich streife meine Lederjacke ab, werfe sie über die Lehne und setze mich neben ihn. Die Unterarme auf meine Knie gestützt, starre ich den dunklen Fernsehbildschirm vor uns an. »Ich habe mein Studium geschmissen.«

Jonas richtet sich auf. »Kein Scheiß?«

Ich schüttle den Kopf. »Kein Scheiß.«

»Aber …«, er klopft mir auf die Schulter, »… das ist doch super!«

Erleichterung durchströmt mich. Zwar habe ich seine Reaktion vorhergesehen, aber die Anspannung, die nun von mir abfällt, zeigt mir deutlich, dass ich mir nicht so sicher war, wie ich dachte. Ich werfe Jonas einen Blick zu und lächle schwach. »Mir war klar, dass du das sagen würdest.«

»Soll ich anders reagieren? Den vernünftigen Kumpel spielen?« Er grinst. »Sorry, das kann ich nicht. Nicht nach diesem Sommer.«

»Ach, Schmarrn, ich bin doch froh, dass du so reagierst.«

»Deine Mutter findet es wohl nicht so prickelnd«, vermutet Jonas.

Ich schnaube und winke ab. »Der hab ich es noch gar nicht erzählt.«

»Ah«, macht er wissend und lässt sich in die Lehne des Sofas sinken. »Jetzt kommen wir der Sache näher.«

Ich lasse mich ebenfalls nach hinten fallen, und wir sehen uns an. »Jep.«

»Das kriegen wir hin«, will Jonas mich aufmuntern.

»Leni hat doch vor ein paar Monaten in einer ähnlichen Zwickmühle gesteckt.«

Ich lache auf. »Bitte, Jonas, sei mir nicht böse, aber ich glaube nicht, dass ich mir von ihrer damaligen Taktik was abschauen sollte.«

»Das nicht«, stimmt er mir zu. »Aber wir könnten aus ihren Fehlern lernen.«

»Nachdem ihr genug Zeit hattet, die Sache zu reflektieren, gehe ich schwer davon aus, dass du mit Tipps nur so um dich werfen kannst.«

Jonas fährt sich durchs Haar. »Na ja, Leni und ich hätten miteinander reden müssen.«

Ich schüttle entschieden den Kopf. »Ich werde Mama nichts davon erzählen. Keine Chance.«

Er legt den Arm über die Lehne und wendet sich mir zu. »Was hast du denn zu verlieren?«

»Nein.« Ich reibe mir die Schläfen. »Darum geht's nicht. Es geht nicht darum, wie ich mich fühle, weil ich meine Zukunft hingeschmissen habe. Es geht um sie. Mama hat genug um die Ohren, ich will sie nicht noch mit meinem Scheiß belasten.« Zwei Jobs und trotzdem gerade mal so viel Geld, dass es zum Überleben ausreicht. Zusätzlich ihr Versuch, alle familiären und finanziellen Probleme von ihren Kindern fernzuhalten. Da muss ich ihr nicht noch mehr Sorgen bereiten.

»Okay.« Jonas nickt ernst. »Echt, das verstehe ich. Aber was willst du stattdessen machen? Ihr wird doch auffallen, wenn du nur noch zu Hause rumhängst.«

Ich beiße mir auf die Unterlippe, denn genau daran habe ich auch schon gedacht. »Ich dachte, ich könnte jobben und sie mit meinem Gehalt unterstützen.« Viel zu lange schon liege ich meiner Mutter auf der Tasche.

»Ja, warum nicht. Ist auf jeden Fall besser, als nichts zu tun.« Jonas verdreht die Augen. »Glaub mir, ich spreche da aus Erfahrung.«

»Hast du denn gar kein Management im Auge, das du dir vorstellen könntest?«, greife ich unser vorheriges Thema wieder auf.

»Mein Schauspielkollege, Niam, hat mir seine Managerin empfohlen«, sagt er widerstrebend. »Sie soll wohl echt gut sein und nicht …«

»… so ein Arschloch, wie dein Vater?«, beende ich seinen Satz.

»So in etwa«, bestätigt mich Jonas und legt seinen Kopf auf der Lehne ab, sodass er zur Zimmerdecke blickt. »Aber zurück zu dir, du lenkst sehr gekonnt vom Thema ab. Wenn du deiner Mama Geld beisteuerst, wird sie sich doch auch wundern, wo das auf einmal herkommt, oder?«

Ich zucke mit den Schultern. »Ich sag ihr einfach, dass ich neben dem Studium jobbe. Sie ist die meiste Zeit selbst arbeiten und bekommt eh nicht mit, was ich den ganzen Tag so mache.«

Jonas setzt sich wieder auf. »Jobben ist also dein kurzfristiger Plan. Aber was machst du langfristig?«

Ich schnaube und reibe mir die Stirn. »Jedenfalls nicht BWL studieren oder so. Vermutlich würde ich das noch schneller abbrechen als das IT-Studium. Diese ganzen Fächer interessieren mich irgendwie gar nicht, eins langweiliger als das andere.«

»Ja, ist echt Geschmackssache«, überlegt Jonas. »Aber

wenn du sowieso erst mal jobben gehst, hast du ja noch genügend Zeit, dir Gedanken zu machen.«

»Habe ich mir auch gedacht. Morgen früh such ich mir erst mal ein paar Stellenanzeigen raus.«

»Wenn du magst, könnte ich mich auch umhören«, schlägt Jonas vor.

Skeptisch ziehe ich die Augenbrauen zusammen. Mir fällt es schwer, Hilfe anzunehmen, weil ich gerne selbst für mein Handeln verantwortlich bin. »Ich weiß nicht«, murmle ich und schüttle langsam den Kopf.

»Hey«, sagt er so bestimmt, dass ich ihn wieder ansehe. »Du hast für mich im Sommer den totalen Seelsorger gespielt. Jetzt kümmern wir uns um dich. Es heißt ja gar nicht, dass ich auch was finde, ich höre mich einfach mal um.«

»Ja. Okay.« Ich schließe kurz die Augen, weil mich die Zustimmung viel Überwindung kostet. Gleichzeitig nehme ich mir vor, schneller einen Job zu finden, als Jonas seine Fühler ausstrecken kann.

Mein Freund nickt zufrieden. »Sehr gut, irgendwas finden wir schon.«

Plötzlich hören wir im Schloss der Wohnungstür einen Schlüssel knirschen, und eine Sekunde später eine keuchende Stimme. »Schatz?«

Jonas springt überrascht auf und läuft mit eiligen Schritten in den Flur. »Hey, Süße, mit dir habe ich heute gar nicht mehr gerechnet. Was sind das für Tüten?«

»Wir hatten heute früher Drehschluss, und ich bin noch bei diesem Einrichtungsladen vorbeigefahren. Du weißt schon, von dem ich dir erzählt hatte.« Leni taucht vollbepackt in der Wohnzimmertür auf. »Tobi!«, ruft sie freudig und stellt die prallgefüllten Einkaufstüten ab, als sie mich auf der Couch erblickt. »Schön, dich mal wieder zu sehen!«

Ich springe auf, laufe breit grinsend um die Couch und umarme sie zur Begrüßung. »Gleichfalls! Ich hab schon von der steilen Karriereleiter gehört, die du gerade erklimmst!«

Sie lacht und wird tomatenrot. »Ach, was erzählst du wieder für einen Schmarrn«, sagt sie an Jonas gewandt, der hinter ihr im Türrahmen auftaucht.

»So was hab ich gar nicht behauptet«, wehrt sich dieser augenrollend. »Tobi muss einfach immer eine Schippe drauflegen.«

Ich zucke grinsend die Schultern. »Na, ich habe nicht gesagt, dass du schon ganz oben bist. Aber die Karriereleiter, die auf dich wartet, ist steil.«

Leni lächelt. »Dazu würde ich auf jeden Fall nicht Nein sagen. Vorerst bleibe ich aber Setrunnerin.«

»Was hast du denn da nun in den Tüten?« Jonas beäugt misstrauisch ihre Mitbringsel.

»Kissen und Pflanzen!«, sagt Leni entzückt. »Aber wenn ich gewusst hätte, dass Tobi da ist, wäre ich morgen gekommen. Ich will euch nicht stören.«

Jonas zieht sie in eine Umarmung. »Ich freu mich, dass du da bist.« Er küsst sie auf die Stirn, auf die Wangen und auf die Nasenspitze. Leni kichert.

Ich verziehe mich ans Fenster und sehe nach draußen. Es ist schon fast vollkommen dunkel, und die Straßenlaternen werfen ihr gelbliches Licht auf die asphaltierte Straße. Es regnet, und die vorbeigehenden Fußgänger rutschen über die roten und braunen Blätter, die bereits von den ersten Bäumen fallen.

»Schau, sehen die nicht toll aus?« Als Leni zwei Grünpflanzen aus einer der Papiertüten zieht, weiß ich, dass die Luft wieder rein ist.

»Pflanzen ... toll«, Jonas ringt sich ein Lächeln ab. »Aber, Süße, du weißt doch, dass ich keinen grünen Daumen habe.«

»Ach, so ein Quatsch. Den hat keiner! Du vergisst nur immer, sie zu gießen, und dafür gibt's doch eine Erinnerungsfunktion auf dem Handy.« Leni sieht sich prüfend im Zimmer um. »Vielleicht stellen wir eine aufs Fensterbrett und die andere auf das Regal über dem Fernseher. Mit Pflanzen wirkt deine Wohnung nicht mehr so trostlos, du wirst sehen.«

Jonas wirft mir einen amüsierten Blick zu, und ich lache. Die beiden passen perfekt zusammen. Jonas braucht eine Macherin an seiner Seite, ein Mädchen, das kein Blatt vor den Mund nimmt. Und genau die hat er bekommen.

Ich spüre einen kleinen sehnsüchtigen Stich in meinem Herzen. Wenn ich die beiden so beobachte, erwische ich mich selbst dabei, wie ich mir vorstelle, wieder verliebt zu sein. Manchmal vermisse ich die innigen Momente, die Vertrautheit und das Gefühl, angekommen zu sein. Doch nach meiner letzten Beziehung habe ich beschlossen, mich fürs Erste vom Dating zurückzuziehen. Denn Beziehungen sind leider nicht nur Vertrautheit und innige Momente, sondern sie kosten auch Zeit und Kraft. Und davon habe ich gerade mal so viel, dass ich mich und meine Familie unter einen Hut bekomme.

Leni stellt die beiden Pflanzentöpfe fünfmal um, bevor

sie zufrieden nickt. Danach zieht sie vier Kissen in jeweils unterschiedlichen Grüntönen hervor und drapiert sie auf der Couch. »Deine Lieblingsfarbe«, sagt sie an Jonas gewandt. Er lächelt.

»Ich glaub, ich pack's dann«, sage ich laut, weil die beiden sicher alleine sein wollen und nur zu höflich sind, um mich rauszuschmeißen.

Aber Leni reißt die Augen auf. »Was, du gehst schon? Wollen wir nicht zusammen essen?«

»Ja, Alter!«, ruft nun auch Jonas. »Ich dachte, wir kochen noch was. Ich hab extra eingekauft.«

»Na gut«, lasse ich mich breitschlagen. »Ihr habt euch damit zwar selbst um eure Zweisamkeit gebracht, aber mir soll's recht sein.«

Leni stellt sich auf die Zehenspitzen und drückt Jonas einen Kuss auf die Lippen. »Hunger schlägt Kuscheln, oder?«

Ich lache und übertöne damit meinen knurrenden Magen. Seit heute Mittag habe ich nichts mehr gegessen und kann daher Lenis Prioritätensetzung absolut nachvollziehen. Der restliche Abend ist lustig, und so fällt es mir leicht, meine drückenden Gedanken auf die Seite zu schieben. Heute genieße ich die Zeit mit meinen Freunden. Aber schon morgen werde ich mein Leben anpacken.

4
Alex

Nach der Arbeit ist vor der Arbeit

Am Montagnachmittag findet meine erste Schicht im Supermarkt statt. Dass ich neben meiner Ausbildung noch zusätzlich Geld verdienen möchte, war mir schnell klar, als ich endlich die Zusage für das Wohnheimzimmer in München erhalten habe. Der Mietpreis ließ mich nämlich kräftig schlucken! Natürlich unterstützen mich meine Eltern, dennoch will ich ihnen nicht vollständig auf der Tasche liegen. Außerdem erhoffe ich mir, einen Teil meines Gehaltes zurückzulegen, um mir ein kleines Sicherheitspolster für meine Selbstständigkeit anzusparen.

Der Supermarkt liegt praktischerweise fast gegenüber dem Theater am Gärtnerplatz, sodass ich keinen zusätzlichen Arbeitsweg auf mich nehmen muss. Mit klopfendem Herzen betrete ich die Filiale und sehe mich um. Die Schlangen an beiden Kassen sind lang, und während die

Kunden ungeduldig mit den Zungen schnalzen oder mit dem Fuß tippen, ziehen die Kassierer mit geübten und schnellen Handgriffen die Waren über den Scanner. An der Flaschenrückgabe gleich neben dem Eingang hat sich ebenfalls ein kleiner Menschenauflauf gebildet, weil die Erste in der Reihe mit drei prallgefüllte Stofftaschen mit Glasflaschen klirrt.

Unschlüssig schiebe ich die Eingangsschranke zur Seite und betrete den Verkaufsbereich, während mein Blick prüfend durch den Laden wandert. Ich weiche einer Frau mit Einkaufswagen aus und gehe an Gemüse und Obst vorbei in den hinteren Teil.

Auf der Suche nach Mitarbeitenden, die ich ansprechen kann, biege ich um die nächste Ecke, und renne frontal in einen Jungen. Ich keuche erschrocken auf, als mein Kopf an sein Schlüsselbein prallt. Der Duft von Waschmittel steigt mir in die Nase.

»Oh, verdammt. Sorry«, sagt er und sieht durch dichte dunkle Wimpern zu mir herunter.

»N-Nichts passiert«, stottere ich und trete einen Schritt zurück. *Himmel, sieht der gut aus!* Seine kurzen dunklen Haare sind leicht zerzaust und die gleichmäßigen Gesichtszüge kantig. Seine breiten Schultern spannen sich an, als er die beiden gefüllten Stofftaschen in seinen Händen wie zur Erklärung ein kleines Stückchen in die Höhe hebt. »Ich muss weiter«, sagt er, und ein leichtes Grinsen umspielt seine Lippen.

Hitze schießt mir in die Wangen, als mir bewusst wird, dass ich ihn einfach mehrere Sekunden angestarrt habe. »Klar, bis dann«, sage ich schnell. *Bis dann?* Was rede ich denn da?

Er stutzt, aber dann wird sein Grinsen breiter. »Klar, *bis dann!*« Mit einem letzten amüsierten Blick schiebt er sich an mir vorbei und verschwindet hinter dem nächsten Regal.

Ich stöhne und drücke mir die Handballen an die Augen. Wie peinlich war das denn bitte?! Ich atme tief durch und lasse die Hände wieder sinken. So was passiert. Alles gut. Du bist hier, um zu arbeiten. Du suchst eine Mitarbeiterin oder einen Mitarbeiter. Los jetzt!

Bei der Dosenware werde ich fündig. Die Angestellte, die dort gerade die Regale einräumt, wirkt ansprechbar. Ich trete neben sie. »Entschuldigen Sie die Störung«, fange ich an. »Ich arbeite ab heute hier und weiß nicht, bei wem ich mich melden soll.«

Die Frau sieht sich um. Trotz vieler feiner Linien um Mund und Augen wirkt ihr Blick wachsam und irgendwie jung, obwohl ich sie auf ungefähr vierzig schätze. Ihre dunkelbraunen Haare sind zu einem Pferdeschwanz gebunden. »Bist du Alex?«

Ich bin überrascht, dass sie mich mit Vornamen anspricht. Gleichzeitig nimmt mir ihre offene Freundlichkeit etwas die Aufregung.

»Ja, genau die bin ich«, bestätige ich ihr und lächle vorsichtig.

»Bin ich froh, dass du da bist!« Sie stellt die beiden Doseneintöpfe ins Regal und hält mir ihre zierliche Hand entgegen. »Ich bin Marlene und momentan die Einzige, die sich um das Einräumen der Ware kümmert. Wir sind gerade leider sehr unterbesetzt.« Ich schüttle ihre Hand und sehe mich um.

»Ich unterstütze dich gerne, dafür bin ich da.«

Marlene führt mich zur Filialleiterin, die ich bereits im Zuge meiner Bewerbung kennengelernt habe. Ich bekomme ein rot-gelbes Poloshirt, das mich für die Kundschaft als Mitarbeiterin identifizieren wird, und nachdem ich es angezogen habe, geht's auch schon los.

Meine neue Kollegin und ich machen uns auf ins Lager und beginnen damit, die restliche Ware auf Paletten zu den entsprechenden Regalen zu fahren, um sie dann zügig einzuräumen. Ich spüre meine Arme schnell, als wir Dutzende Glasflaschen gefüllt mit verschiedenen Fruchtsäften, an ihren Platz bringen.

»Wohnst du in München?«, fragt mich Marlene, als wir einige Zeit ohne viele Worte nebeneinanderher gearbeitet haben.

Ich stelle mich auf Zehenspitzen, um eine Glasflasche in eines der oberen Regale zu verfrachten. »Ja, aber erst seit kurzem.«

»Ach, von wo seid ihr denn hergezogen?«

Ich winke ab. »Aus einem ganz kleinen Dorf, mit ungefähr hundert Einwohnenden. Das kennst du sicher nicht.« Zwei weitere Glasflaschen finden zu ihren Artgenossen. Meine Arme zittern bereits leicht. »Aber ich bin nicht mit meiner Familie hergezogen, sondern alleine.«

»Für die Ausbildung?«, mutmaßt Marlene.

Ich nicke. »Ein Jahr lang hatte ich jeden Tag eine Fahrtzeit von zwei Stunden. Das ist mir dauerhaft einfach zu viel geworden.«

Sie nimmt sich ebenfalls zwei Flaschen Orangensaft und stellt sie neben die meinen. »Ist ein großer Schritt, oder? In die erste eigene Wohnung zu ziehen? Bestimmt mussten deine Eltern ein kleines Tränchen verdrücken.

Wenn meine Kinder irgendwann ausziehen, werde ich jedenfalls Sturzbäche heulen. Und dann bin ich wieder peinlich.«

Ich lache und fühle mich ertappt, denn sie hat den Finger genau in die Wunde gelegt. Auf der einen Seite habe ich der Freiheit und Unabhängigkeit entgegengefiebert, auf der anderen Seite wird mich heute ein stilles und dunkles Wohnheimzimmer empfangen, wenn ich nach Hause komme. Heute, morgen, übermorgen. »Es ist … gewöhnungsbedürftig«, gebe ich widerstrebend zu.

Marlene sieht mich prüfend an, zwischen uns die Palette mit Orangen- und Multivitaminsaft. »Es wird besser, glaub mir. Als ich damals ausgezogen bin, bin ich jeden Abend zu meinen Eltern gefahren, um mit ihnen zu essen … und weil ich die Stille nicht ertragen habe.« Überrascht sehe ich sie an. Kann sie Gedanken lesen? »Aber nach ein paar Wochen war die Stille nicht mehr drückend, sondern entspannend.«

Ich lächle zaghaft. Marlene schafft es innerhalb kürzester Zeit, mein Gefühlsleben zu analysieren und gleichzeitig mit ein paar Worten dafür zu sorgen, dass mir etwas leichter ums Herz wird. Natürlich sind auch Papa und Mama immer für mich da, wenn ich sie brauche. Doch ein Anruf ist nicht das Gleiche wie ein persönliches Gespräch und eine Umarmung.

Meine beste Freundin Sarah ist für ihre Verwaltungsausbildung nach Nürnberg gezogen, und damit ist sie noch weiter weg als meine Eltern. Natürlich, wir schreiben uns, schicken uns Sprachnachrichten und telefonieren, aber sie ist nicht hier. Zehn Jahre waren wir ein Herz und eine Seele, wussten alles voneinander … und jetzt kenne ich noch nicht mal ihren Freund, obwohl sie schon seit sechs Monaten zusammen sind. Ein dicker Kloß gräbt sich in meinen Hals, und ich räuspere mich schnell.

Ich wechsle das Thema und rede vom Wetter und davon, dass ich lieber den Sommer mag als den Herbst. Marlene hat mir am ersten Tag bereits mehr Informationen entlockt, als ich jemals zuvor einem fremden Menschen so schnell gegeben habe. Sie strahlt diese Vertrautheit aus und sorgt mit ihrem warmen Lächeln dafür, dass ich vergesse, dass wir uns erst seit einem Tag kennen. Auch wenn mir das Gespräch guttut, muss ich aufpassen, dass ich nicht zu sehr in Plauderlaune gerate. Einmal ausgesprochen, lassen sich Aussagen nicht mehr zurücknehmen, und ich sollte mir lieber fünfmal überlegen, was ich über mein Seelenleben preisgebe. Vor allem bei der Arbeit.

»Doch, ich mag den Herbst ganz gerne«, erwidert Marlene und zuckt mit den Schultern. Ich hasse es, bei dreißig Grad zu arbeiten. Wenn die Einkaufenden hier ihre Bierkästen und ihr Grillfleisch kaufen, um danach Richtung Isar zu verschwinden, dann frage ich mich manchmal auch, was in meinem Leben schiefläuft.« Sie lacht herzlich, und ich stimme mit ein, denn ich fühle mich ertappt. Wenn ich in der Mittagspause das Glockenbachviertel entlangspaziere und ich die Leute im Café oder beim Shoppen beobachte, frage ich mich manchmal, wie das möglich ist. Die Innenstadt müsste doch zu den üblichen Bürozeiten wie leergefegt sein, oder wo bekommen diese Menschen sonst das Geld und die Freizeit für ihre Unternehmungen her? Vielleicht liegt es aber auch nur daran, dass sie Schicht- oder Wochenenddienst haben und ich mich glücklich schätzen kann, dass ich einen Beruf mit humanen Arbeitszeiten gewählt habe. Ich werde es vermutlich nie erfahren.

Die restliche Zeit arbeiten wir konzentriert vor uns her, lassen uns nur hin und wieder von der Kundschaft unterbrechen, die sich nach bestimmter Ware erkundigen.

Als ich am Abend auf mein Bett falle, bin ich mehr als nur geschafft. Ich hatte mir den Nebenjob leichter vorgestellt, aber im Nachhinein frage ich mich, wie ich auf diese absurde Idee kommen konnte. Ich hoffe, dass sich mein Körper schnell an die zusätzliche Belastung gewöhnen wird und ich nicht jedes Mal nach der Arbeit zermatscht und ohne Restenergie einschlafe.

Trotzdem bereue ich die Wahl meines Nebenjobs nicht, denn im Supermarkt wird kein Tag wie der andere sein, und ich werde nicht in eine langweilige Routine verfallen. Außerdem mag ich den Kontakt zu Menschen, auch wenn manche ungeduldig und fordernd auftreten, sind die meisten sehr nett und dankbar, wenn ich ihnen weiterhelfe. Und Marlene ist eine superliebe Person, und ich bin so froh, dass sie mir als Kollegin zur Seite stehen wird. Eine erfüllende Arbeit ist wichtig, nette Kolleginnen und Kollegen sind wichtiger – zumindest für mich. Auch, wenn ich meinen Traumjob als Bühnenbildnerin anpeile, würde dieser Traum doch einen Knacks bekommen, falls ich das Gefühl hätte, nicht *mit* Leuten, sondern *gegen* sie zu arbeiten.

Nachdem ich in meinen Schlafanzug geschlüpft bin und Zähne geputzt habe, krieche ich unter die Bettdecke. Als ich die Augen schließe, sehe ich vor meinem inneren Auge kurz den Jungen, in den ich heute im Supermarkt reingelaufen bin, und ich muss gegen meinen Willen lächeln. Ich war peinlich, er irgendwie süß. Wäre ich der Hauptcharakter eines Buches, wäre das der Start einer turbulenten Romanze geworden. Doch wie das reale Leben so spielt, bleibt es lediglich ein guter Anfang für eine Geschichte.

5
Tobi

Kleine Kinder sind anstrengend. Aber wenn sie mich einmal anlächeln … nein. Einfach nein.

Gleich am Montagmorgen schreite ich zur Tat. Während Mama versucht, Leo für den Kindergarten anzuziehen, setze ich mich an den Küchentisch und tue so, als würde ich fleißig für die Uni lernen. Die quengelnden Schreie von meinem kleinen Bruder lassen die Wände erzittern und versüßen unserer Nachbarschaft den Morgen. Leos Zorn rührt daher, dass Mama – in seinen Augen – die Frechheit besessen hat, Balu, seinen Stofftierbären, in der Waschmaschine zu waschen. Nun ist er sauber, riecht anders und fühlt sich anders an.

Ich sitze am Küchentisch, der Tür zugewandt, sodass weder Mama noch Selina einen Blick auf meinen Laptop erhaschen würden, wenn sie die Küche betreten. Denn statt die letzte Vorlesung durchzuarbeiten, suche ich im

Internet nach Jobs, Aushilfsstellen und Praktika. Doch weil ich nicht die geringste Ahnung habe, in welche Richtung ich gehen möchte, gestaltet sich die Angelegenheit schwierig. Denn ich würde zwar jede Arbeit annehmen, um Mama zu unterstützen, besser fänd ich es aber natürlich, wenn ich etwas finde, das mir auch noch Spaß macht. Aber genau hier liegt das Problem. Weder weiß ich, in welchem Bereich ich mir ein Studium vorstellen könnte, noch habe ich eine Ahnung, worin meine Talente liegen. Spaß ist also das Letzte, woran ich denken sollte.

»Du kannst Balu nicht mit in den Kindergarten nehmen. Er muss erst noch trocknen.«

»Aber Balu muss mit!«, ruft Leo außer sich vor Verzweiflung. »Er muuuuuuuuss!«

»Nicht die Schuhe wieder ausziehen, Spatz. Wir sind spät dran.«

»Ohne Balu gehe ich niiiiicht!« Ein dumpfes Geräusch lässt darauf schließen, dass Leo seine Schuhe gegen die Wand geworfen hat.

Ich stöhne, reibe mir die Schläfen und greife dann nach meiner Kaffeetasse. Die Nacht über bin ich immer wieder aufgewacht und fühle mich dementsprechend zermatscht. Meine Augen sind geschwollen, und Kopfweh begleitet mich, seit mich der Wecker aus meinem viel zu leichten Schlaf gerissen hat. Ein großer Schluck bitterer schwarzer Kaffee helfen mir, das allmorgendliche Chaos zu Hause so gut es geht auszublenden.

Selina winkt kurz in die Küche. Sie trägt bereits einen dünnen Mantel und hat sich ihren petrolfarbenen Strickschal um den Hals geschlungen, den Rucksack geschultert.

»Ciao, Bruderherz! Sehen wir uns heute Nachmittag, oder hast du Vorlesungen?«

»Ich, äh …« Der Kaffee schwappt bedenklich, als ich die Tasse etwas zu fest auf dem Tisch abstelle. »Keine Vorlesungen.«

Meine Schwester hebt eine Augenbraue. »Alles klar bei dir?«

»Äh jap, alles klar. Wir sehen uns heute Nachmittag.«

»Okay, bis dann!«

Als sie aus der Tür raus ist, verdrehe ich die Augen. Also das mit dem Lügen sollte ich noch üben. Ich muss mich darauf einstellen, dass hin und wieder Fragen zu meinem Studium kommen werden und dass ich darauf dann auch eine glaubhafte Antwort parat haben muss. Auch wenn ich das Richtige tue, fühlt es sich komisch und total falsch an, meiner Familie etwas vorzumachen. Aber je schneller ich mein Leben in die richtige Spur gebracht habe, desto schneller kann ich mit dem Versteckspiel aufhören. Ich senke meinen Blick wieder auf den Bildschirm. Essen ausliefern? Kurierfahrer? Reinigungsdienst? Verkäufer? Ich seufze, weil mich nichts davon anspricht. Aber welche Wahl habe ich?

Mama und Leo tauchen in der Küchentür auf. Sie hat den Kampf offenbar gewonnen, denn der kleine Zwerg trägt Jacke und Schuhe. Den Kiefer schmollend nach vorne geschoben, hat er den Blick demonstrativ zu Boden gerichtet. Mit seinen kleinen Fingern hält er Mamas Hand dennoch ganz fest. »Wir sind dann weg«, verabschiedet sich Mama. »Kannst du Leo heute wieder vom Kindergarten abholen? Bei mir wird's leider knapp.«

Ich nicke. »Kein Problem.«

Ihre Lippen verziehen sich zu einem erleichterten Lächeln. »Wirklich? Ich möchte nicht, dass dir dann die Zeit zum Lernen fehlt.«

Ich deute auf den Laptop. »Mach dir keine Gedanken, ich erledige den Uni-Kram heute Vormittag.«

»Du bist ein Schatz! Dann bis heute Abend!« Sie blickt zu Leo hinunter. »Verabschiede dich von deinem Bruder, Spatz.«

»Tschüss«, murmelt er dumpf.

Ich grinse. »Wir sehen uns heute Mittag, Kumpel.«

Als die beiden aus der Tür raus sind, ist es plötzlich ganz still in der Wohnung. Für einen Moment lehne ich mich im Stuhl zurück, schließe die Augen und lasse die Ruhe auf mich wirken. Meine Schultern entspannen sich, und ich bekomme endlich etwas Struktur in mein Gedankenchaos. Ich massiere mir die Nasenwurzel. Mir bleibt nicht viel Zeit, bis ich Leo vom Kindergarten abholen muss. Also lehne ich mich wieder nach vorne und fange an, meinen Lebenslauf abzutippen und diverse Anschreiben zu verfassen. Ich habe keine andere Wahl, als einen Rundumschlag zu starten. Für lange Überlegungen fehlt mir die Zeit.

Die nächsten Tage verbringe ich damit, stündlich mein E-Mail-Postfach zu checken und auf Antworten der Unternehmen zu hoffen, die ich angeschrieben habe. Eine Zusage für die Essensauslieferung erhalte ich sogar bereits einen Tag später, nur wird mir nach dem Telefonat schnell klar, dass dieser Job nicht in mein Konzept passt. Meine Arbeitszeiten wären vor allem unter der Woche abends und am Wochenende. Wie sollte ich meiner Familie erklären, dass ich den ganzen Tag zu Hause rumhänge und jedes Wochenende zur gleichen Zeit stundenlang verschwinde? Außerdem arbeitet Mama auch samstags, und irgendwer muss dann auf Leo aufpassen. Dabei wechseln Selina und ich uns meistens ab. Mir bleibt also nichts anderes übrig, als den Rest der Bewerbungen abzuwarten. Leider werde ich von Tag zu Tag unruhiger, sodass ich Freitagmittag sogar den Seelachs anbrennen lasse.

»Der ist aber … kross«, sagt Selina und klopft mit ihrer Gabel auf dem Fisch herum.

»Ja, ich weiß«, murre ich und ramme meine eigene Gabel in eine Salzkartoffel. »Ich habe ihn verbrennen lassen.«

Sie schüttelt den Kopf. »Nein, das habe ich nicht gesagt. Er ist *kross*, mehr nicht.« Ich sehe auf und blicke in ihr schiefes Grinsen. »Entspann dich mal ein bisschen. Immer wenn du das Essen nicht so hinkriegst, wie du wolltest, bist du nicht zum Aushalten.«

»Immer?«, wiederhole ich mit hochgezogenen Augenbrauen.

Selina stöhnt. »War so klar, dass du nur das hörst.«

»Hast du viele Hausaufgaben auf? Musst du für eine Klausur lernen?«, wechsele ich schnell das Thema, weil ich merke, dass der Fisch noch zu einem Streitgespräch führen könnte.

»Wir schreiben erst in zwei Wochen eine Klausur in Mathe, aber ich glaube, Mrs O'Neill haut nächste Woche in Englisch eine Ex raus. Ihre Augen haben so komisch gefunkelt, als sie uns ein schönes Wochenende gewünscht hat.«

Ich gluckse. »Dann sollten wir lieber deine Vokabeln noch mal durchgehen.«

Sie strahlt. »Würdest du das machen? Ich will mir nämlich meinen Schnitt nicht versauen. In Englisch stehe ich auf einer Eins, und ich hoffe, sie überstrahlt meine Mathe-Vier im Zeugnis.«

»Bis zum Zwischenzeugnis ist ja noch Zeit«, beruhige ich sie.

Ihre rechte Augenbraue wandert in die Höhe. »Wir sprechen von Mathe, Tobi. Glaubst du wirklich, tief in deinem Inneren, dass sich an meiner Note noch etwas ändern wird?«

»Wohl eher nicht«, gestehe ich und zwinkere ihr zu. »Aber versuchen kann man es ja mal, oder?«

Sie seufzt, schneidet sich ein Stück vom Fisch ab und schiebt ihn sich kommentarlos in den Mund. »Ich hab übrigens meine Wunschliste fertig«, lässt sie mich wissen, nachdem sie das Essen runtergeschluckt hat.

»Deine Wunschliste …« Ich stehe auf dem Schlauch. »Du meinst … für *Weihnachten?*«

Sie grinst. »Ganz genau. Aber keine Angst, da stehen eigentlich nur Bücher drauf. Als zukünftige Buchhändlerin muss ich doch einen Überblick über den Buchmarkt haben.«

Ich runzle die Stirn. »Also erstens: Wir haben gerade erst Mitte Oktober. Und zweitens: Buchhändlerin? Habe ich was verpasst?«

Sie zuckt mit den Schultern. »Ich hab dir doch erzählt, dass ich was mit Büchern machen will.«

Ich nicke. »Ja, hast du. Aber ich kann mich nicht erinnern, dass du schon Bewerbungen verschickt hast.«

Sie winkt ab. »Die sind schnell geschrieben, keine Panik.«

»Und warum hast du sie noch nicht *schnell* geschrieben?«

Sie stöhnt. »Oh Mann, ja, *Mama.* Ich mach das schon noch.«

Ich übergehe ihre Anspielung. »Im Ernst, Selina. Die Bewerbungsfristen sind bald vorbei. Wenn du nicht anfängst, dann sind alle Ausbildungsplätze weg, und das Einzige, was du dann mit Büchern machst, ist, sie zu lesen.«

»Nur zu Hause sitzen und lesen?« Selina grinst. »Keine schlechte Vorstellung.« Als sie meine zusammengezogenen Augenbrauen sieht, blickt sie mit rosa Wangen zur Seite. »Okay, okay, ist ja schon gut. Das sollte nur ein Scherz sein.«

Meine Schwester kann nicht wissen, warum ich gerade sensibel auf dieses Thema reagiere. Während ich mit meinem Leben hadere, möchte ich nicht, dass ihr das Gleiche passiert und sie plötzlich mit Angst und leeren Händen in die Zukunft blicken muss. Eines Tages wird sie mich verstehen. Sie wird verstehen, dass ich sie wochenlang genervt habe, um sie zu beschützen.

»Weißt du, was? Nachdem wir uns um deine Vokabeln gekümmert haben, setzen wir uns an den Laptop und schreiben ein paar Bewerbungen«, schlage ich beschwichtigend vor.

Sie sieht mich zweifelnd an. »Weißt du denn, wie das geht? Du hast doch noch nie eine geschrieben.«

Wenn du wüsstest. »Ich nicht«, lüge ich. »Aber eine Freundin von mir hat letztens erst einen Bewerbungsmarathon hingelegt.«

Sofort richtet sich Selina auf und wird hellhörig. »Eine Freundin? Welche Freundin?«

»Kennst du nicht«, antworte ich ausweichend. »Sie ist die Freundin von Jonas.« Zwar hat Leni keine Bewerbung geschrieben, um an ihre Filmpraktika zu kommen, aber das muss meine Schwester ja nicht wissen.

»Ach so. Ich dachte schon, dass ich die News aus deinem Liebesleben verpasst habe.« Die Neugier in Selinas Augen flackert und erlischt.

Ich verdrehe die Augen. »Falsch gedacht. Also, was ist jetzt? Machen wir dieses Wochenende deine Bewerbungen fertig?«

Sie hebt den Finger. »Aber nur, wenn du danach mit mir einen Marvel-Filmabend machst!«

Ich grinse. »Deal.«

Gerade als wir zusammen das schmutzige Geschirr in die Spülmaschine räumen, vibriert mein Handy. Ich werfe schnell das Besteck in den Korb und ziehe dann das Telefon aus der Hosentasche. Jonas.

»Hey!«, begrüße ich ihn.

»Hey, Tobi! Störe ich gerade?«, meldet sich mein bester Freund. »Kannst du frei sprechen?«

»Ähm …« Ich linse zu Selina, die gerade mit einem Schwamm den Tisch wischt. Schnell verlasse ich die Küche und verschwinde in mein Zimmer. »Ja, jetzt.«

»Perfekt«, sagt Jonas auf der anderen Seite der Leitung. »Ich hab nämlich einen Job für dich.«

6

Alex

Nachbarschaftshilfe

An diesem Wochenende fahre ich nicht nach Hause, sondern bleibe in München. Nicht, weil ich gerne im Wohnheim bleibe oder die Ruhe zum Lernen benötige, sondern weil ich mein Zimmer endlich wohnlich gestalten möchte. Damit verbinde ich die Hoffnung, endlich *anzukommen* und mich dort zu Hause zu fühlen, denn zwischen Umzugskartons und weißen Wänden fühle ich mich fremd.

Ich habe mich dazu entschlossen, selbst ein Bücherregal zu bauen und einen würdigen Platz für meine Lieblinge zu schaffen. Die langweiligen, nichtssagenden Regale, die es in jedem Möbelgeschäft zu kaufen gibt, können mich einfach nicht begeistern. Schon seit Monaten arbeite ich an der Planung und Zeichnung. Es kribbelt in meinen Fingerspitzen, wenn ich daran denke, und am liebsten würde ich sofort mein Werkzeug packen und beginnen. Ohne

Auto gestaltet sich die Sache jedoch schwierig. Meine Eltern können mir ihren Wagen dieses Wochenende nicht überlassen, weil sie damit gerade auf dem Weg Richtung Berlin sind, um Freunde zu besuchen. Mein Plan, das nötige Holz für mein Bücherregal zu besorgen, fällt damit leider ins Wasser.

Stattdessen gehe ich in das Drogeriegeschäft nur zwei Straßen entfernt und drucke mir ein paar Fotos aus. Während die Bilder in den Auffangbehälter fallen und ich einen ersten Blick auf die mittelmäßige Qualität werfen kann, breitet sich Wehmut in mir aus. Freunde, Familie, Augenblicke, die vergangen sind. Ich hatte eine schöne Kindheit, eine schöne Jugend. Doch dann kam der Schulabschluss, und ehe ich mich's versah, verstreute sich mein Freundeskreis in sämtliche Himmelsrichtungen – mich eingeschlossen. Die Leute, die ich tagtäglich um mich hatte, mit denen ich viel gelernt und manchmal geschwänzt habe, sind nur noch Teil einer WhatsApp-Gruppe. Anfangs ploppten Nachrichten im Minutentakt auf, weil wir uns aufgeregt über unseren neuen Alltag austauschten. Doch heute, ein Jahr später, geben wir uns nur noch selten Updates. Für jeden von uns hat ein neues Leben begonnen, doch ich erwische mich hin und wieder dabei, wie ich versuche, mich an Erinnerungen zu klammern.

Verärgert schnaube ich und zwinge mich gleichzeitig, das drückende Gefühl beiseitezuschieben. Ich will zielstrebig sein und tough und selbstbewusst! Natürlich ist mir klar, dass sich auf dem Weg einiges ändern wird. Stillstand und Fortschritt passen eben nicht zusammen. Aber ich hätte nie gedacht, dass mir die Veränderung so schwerfallen wird, obwohl ich sie doch so unbedingt herbeigesehnt habe. Ich bin etwas enttäuscht, weil ich mehr Stärke von mir erwartet hätte.

Als ich wieder im Wohnheim bin, sortiere ich auf dem hellen Laminatboden sitzend die frisch gedruckten Fotos und ordne sie den verschiedenen Bilderrahmen zu, die Papa mir zu meinem Auszug geschenkt hat. Er hat sie in mühsamer Handarbeit selbst gefertigt, sodass jeder Bilderrahmen für sich ein wunderschönes Unikat ist. Dann beginne ich damit, die Nägel in die Wand über meinem Bett zu schlagen und die gerahmten Fotos aufzuhängen. Ich bin gerade beim fünften Nagel angekommen, da klopft es an meine Tür. Verwundert lege ich Hammer und Nagel auf meinen Schreibtisch, durchquere das Zimmer und öffne meinem Besuch.

Vor mir steht ein Mädchen mit Kurzhaarschnitt, langen silbrigen Ohrringen und Brille, sie ist etwa in meinem Alter und grinst breit. »Hi, ich bin Lara. Ich wohne im Zimmer links von dir.«

»Hi, ich bin Alex«, stelle ich mich ebenfalls vor. Einerseits überfordert mich ihr unerwartetes Erscheinen etwas, andererseits ist sie mir mit ihrem offenen Lächeln sofort sympathisch. Lara stellt sich auf Zehenspitzen und versucht an mir vorbei in mein Zimmer zu spähen. »Äh …«, mache ich irritiert.

»Mir war, als hätte ich einen Hammer gehört.«

»Ja, ich hänge gerade Bilder auf.« Meine Augen weiten sich erschrocken. »O nein, war ich zu laut?«

Sie winkt ab und lacht. »Gar nicht! Aber ich wollte fragen, ob du mir Werkzeug ausleihen könntest. Ich will nämlich auch schon länger meine Fotos und ein Regal aufhängen.«

»Ach so«, sage ich erleichtert und winke sie ins Zimmer. »Natürlich, komm rein!« Lara folgt mir, und als ich mich wieder zu ihr umdrehe, bemerke ich, wie sie den Blick über meine spärliche Einrichtung wandern lässt. »Ich weiß«, komme ich ihr zuvor. »Ist noch viel zu tun.«

Sie zuckt mit den Schultern. »Aber du wohnst doch erst seit einer Woche hier, oder?«

»Ja«, stimme ich ihr widerwillig zu. Trotzdem stört mich die Unordnung im Zimmer, die durch fehlendes Mobiliar leider nicht zu verhindern ist. Dass ich nun eine weitere Woche auf das Auto meiner Eltern warten muss und sich meine Planung dadurch verschiebt, stört mich sehr. Ich will am liebsten immer alles sofort erledigen und nichts auf die lange Bank schieben, denn ich hasse das Gefühl, wenn mir die Hände gebunden sind und ich meine To-do-Liste nicht abschließen kann. Hinter jedem Punkt brauche ich einen Haken.

»Wow! Die sind aber schön!« Lara beugt sich über mein Bett und berührt mit ihren manikürten Fingerspitzen einen der Holzbilderrahmen. »Wo hast du die her?«

Ich lächle stolz. »Die gibt es nicht zu kaufen. Mein Vater hat sie selbst angefertigt. Er ist Schreiner«, füge ich als Erklärung hinzu.

Sie dreht sich wieder zu mir um. »Ja, wirklich? Sie sind wunderschön!« Ihre Augen heften sich auf den Werkzeugkasten, der geöffnet neben meinem Schreitisch auf seinen Einsatz wartet. »Warte, nichts sagen!« Sie tippt sich mit dem Zeigefinger wissend an die Schläfe. »Du machst eine Schreinerlehre!«

Ich nicke anerkennend. »Haarscharf kombiniert. Ich bin im ersten praktischen Jahr. Ein Jahr Theorieunterricht habe ich schon hinter mir.«

Sie grinst. »Okay, dann rate du mal. Was mache ich?«

Ich ziehe die Stirn kraus. »Du machst jedenfalls keine handwerkliche Ausbildung.«

Sie stutzt. »Sehe ich so unbegabt aus?«

Aber ich schüttle den Kopf und lächle ihr zu. »Nein, das nicht. Allerdings müsstest du mich nicht nach einem Hammer fragen. Du hättest selbst genug Werkzeug.«

»Eine Vermutung, für die viel spricht«, stimmt sie mir zu. »Dennoch liegst du leider falsch.«

Ich ziehe überrascht die Augenbrauen nach oben. »Echt?«

Sie lässt sich auf die Bettkante fallen und grinst zufrieden. Dann streift sie einen silbernen Armreif von ihrem Handgelenk und hält ihn mir unter die Nase. »Da staunst du, was?«

Erst verstehe ich nicht, aber dann klappt mir der Mund auf. »Den hast du gemacht?« Ich setze mich neben sie. »Zeig mal.«

»Ja, ich mache eine Ausbildung zur Goldschmiedin. Das ist mein erstes eigenes Stück.« Ehrfürchtig nehme ich den Armreif entgegen. Sofort fällt mir eine Gravierung mit feinen geschwungenen Lettern auf. *Lebe, liebe, lache.*

»Er ist wirklich wunderschön«, sage ich mit ehrlicher Bewunderung.

Laras Augen blitzen freudig auf. »Danke!«

»Wann bist du mit der Ausbildung fertig?«, frage ich und lege ihr das Schmuckstück zurück auf die flache Handinnenseite. Mit flinken Fingern legt sie es sich wieder an.

»Nächstes Jahr. Ich erlebe sozusagen gerade die Ruhe vor dem Abschlussprüfungssturm.«

Ich stöhne und werfe den Kopf in den Nacken. »Erinnere mich nicht daran. Vor den Prüfungen graut mir schon jetzt.«

»Ach, ich verwende auch regelmäßig die Verdrängungstaktik. Klappt ganz gut.«

Ich nicke und sehe sie von der Seite an. »Wie wär's, wenn wir uns gegenseitig beim Verdrängen helfen? Erst hängen wir meine Bilder weiter auf, und danach gehen wir zu dir und kümmern uns um deine Fotos und das Regal!«

»Sehr gute Idee!«, pflichtet Lara mir bei und springt vom Bett auf.

Den restlichen Samstag verbringen wir damit, Bilder an die Wand zu nageln, Laras Regal festzuschrauben und über die Ausbildung und das Heimweh zu sprechen. Denn Lara kommt aus Stuttgart und kann gut nachvollziehen, wie ich mich gerade fühle. Das erste Mal von der Familie getrennt zu sein und das erste Mal für sich selbst zu sorgen – das hat sie bereits hinter sich gebracht. Lara bestärkt mich darin, mein Heimweh nicht als Schwäche oder Hindernis zu sehen. »Ist doch eigentlich schön, Heimweh zu haben, oder? Ein Zuhause zu haben, nach dem man sich sehnt«, sagt sie nachdenklich, während sie meine Familienfotos mustert.

Am Abend machen wir uns zusammen einen Nudelauflauf. Während ich die Nudeln beisteuere, findet Lara in ihrem Küchenschrank noch passierte Tomaten, die wir mit einer italienischen Kräutermischung aufpeppen. Zusammen sitzen wir auf dem Fußboden vor dem Backofen in der Gemeinschaftsküche und beobachten, wie der Mozzarella auf der Nudel-Tomaten-Mischung verläuft. So wehmütig, wie der Tag begonnen hat, so sehr hat er sich in Leichtigkeit und Spaß verwandelt. »Gibt es was Geileres, als zu beobachten, wie Käse zerläuft?«, sagt Lara und starrt wie hypnotisiert in die Backröhre.

Ich schüttle langsam den Kopf. Auch ich kann meinen Blick nicht von der Auflaufform losreißen. Mein Magen knurrt leise.

»Wie ich sehe, ist die Küche gerade besetzt.«

Lara und ich fahren herum. In der Tür steht Sebastian, der Junge, mit dem ich mich am ersten Tag im Wohnheim unterhalten habe. In den Händen hält er eine Kunststoffdose.

»Hi Basti, bist du dieses Wochenende nicht heimgefahren?«, fragt Lara überrascht und schaut zu ihm hinauf.

»Nein, ich nutze das Wochenende zum Lernen. Muss auch mal sein.«

»Sehr löblich.« Lara lacht und wendet sich dann an mich. »Alex, das ist Basti. Er studiert BWL.«

Ich lächle Basti an und nicke. »Wir haben uns schon kennengelernt.«

»Ich erinnere mich.« Er grinst schief. »Die Handwerkerin.«

»Äh, ich bin auch Handwerkerin«, erinnert Lara ihn mit gespielter Entrüstung. »Aber mich nennst du nie so.«

»Wenn du willst, werde ich dich ab jetzt nie wieder anders nennen«, verspricht er mit ernster Miene.

Sie winkt ab. »Ach, lass stecken!«

Basti mustert uns. »Ihr habt wohl sehr Hunger, mh?«, fragt er.

»Du meinst, weil wir wie verhungerte Hyänen vor dem Backofen kauern?«, mutmaßt Lara und wackelt mit den Augenbrauen.

»Ganz genau«, bestätigt er und tritt einen Schritt in die Küche. »Braucht ihr die Mikrowelle auch?«

»Nope, kannst du haben.«

Basti macht sich an der Mikrowelle zu schaffen. »Und ihr esst heute auf dem Boden?«, fragt er und sieht erneut zu uns hinunter.

»Klar, wo sonst?«, antwortet Lara lässig und streckt ihre Beine aus. »Magst du uns Gesellschaft leisten?«

Basti scheint einen Moment zu überlegen, ob sie es ernst meint. »Wenn ihr eure Party an den Tisch verlegt, dann gerne«, sagt er schließlich.

Lara schnaubt. »Spießer!« Dann schaut sie mich mit fragend hochgezogenen Augenbrauen an. Ich rechne ihr hoch an, dass sie nicht einfach für uns beide entscheidet, und zucke mit den Achseln.

»Klar, warum nicht.« Basti ist kein unangenehmer Junge, er scheint sympathisch. Außerdem kann es nicht schaden, Anschluss zu finden und meine Mitbewohnenden kennenzulernen.

»Die Handwerkerin hat gesprochen«, sagt Basti und nickt mir zu. »Wann ist euer Essen denn fertig?«

»Noch ungefähr fünf Minuten … würde ich sagen«, antworte ich mit einem Blick auf Lara, weil ich vergessen habe, auf die Uhr zu sehen, als wir den Auflauf in den Ofen geschoben haben.

Er zieht eine Augenbraue in die Höhe. »Habt ihr nicht auf die Uhr geschaut, als ihr den Auflauf in den Ofen geschoben habt?«

»Pffffff«, macht Lara. »Alex hat doch schon gesagt: Fünf Minuten.«

Basti späht durch die Glasscheibe und schüttelt den Kopf. »Und warum sieht der Mozzarella jetzt schon aus, als würde er verkokeln?«

Unsere Blicke schnellen entsetzt zum Ofen, doch der Käse ist goldbraun, so wie er sein soll. Meine Fünf-Minuten-Einschätzung war wohl zu großzügig bemessen.

Er grinst und zwinkert mir zu. »Reingelegt. Ihr hättet mal eure Gesichter …« Doch er wird vom Piepen der Mikrowelle unterbrochen.

»Man macht keine Witze, wenn es ums Essen geht«, knurrt Lara und schaltet den Ofen aus, sodass das orange leuchtende Lämpchen an der Bedienleiste erlischt.

Nachdem wir unser Essen verputzt haben und Basti sich zum Lernen wieder in sein Zimmer verzieht, sieht mich Lara über den Küchentisch hinweg mit wackelnden Augenbrauen an. »Den hast du dir aber ohne mit der Wimper zu zucken an Land gezogen.«

»Wen hab ich mir an Land gezogen?«, frage ich irritiert, allerdings mit einer gewissen Vorahnung.

Lara nickt zum Stuhl, auf dem noch vor fünf Minuten Basti gesessen hat. »Er hat dich nicht aus den Augen gelassen.«

»Ach«, seufze ich und winke ab. »Er spürt nur den Reiz des Neuen. Mehr ist das nicht.«

»Bist du denn mit jemandem zusammen?«, fragt sie neugierig.

»Nein, aber das heißt nicht, dass ich auf der Suche bin.« Plötzlich erinnere ich mich an die Situation von gestern, in der ich im Supermarkt gegen den Jungen geprallt bin und ihn angestarrt habe, bis er die Flucht ergriffen hat. Allein bei dem Gedanken spüre ich, wie sich eine Wärme auf meine Wangen legt.

Lara runzelt die Stirn. »Wieso wirst du rot?« Nur eine Sekunde später grinst sie breit und wissend. »Da ist also schon jemand, mit dem du anbandelst, oder?«

»Äh, nein«, stottere ich und verfluche mich gleichzeitig für meine Körperfunktionen. »Ich musste nur an gestern denken, da ist mir eine ziemlich peinliche Sache passiert.« Ich fasse ihr kurz meinen Zusammenstoß mit dem Typen zusammen.

»Und er hat dir nicht seine Nummer gegeben?«

Ich rolle mit den Augen. »Hätten wir uns in einem unrealistischen Schnulzenfilm befunden, ja, dann hätte er mir vielleicht seine Nummer gegeben. Aber so muss ich dich leider enttäuschen, denn nein, er hat einer Fremden, die ihn spooky angestarrt hat, nicht seine Nummer gegeben.«

»Und was hast du am Schluss gesagt?«, fragt Lara grinsend und übergeht damit meine nüchterne Einschätzung.

»Bis dann«, sage ich kopfschüttelnd. »Der muss sich echt sonst was gedacht haben …«

»Und was hat er gesagt?«

»Bis dann«, wiederhole ich auch seine Worte.

Lara kratzt mit ihrer Gabel die letzten Mozzarella-Reste aus der Auflaufform. »Das ist irgendwie süß.«

Ich zucke mit den Schultern. »Er hat sich nur über mich lustig gemacht, mehr nicht.«

»Ja, kann natürlich sein.« Sie leckt genüsslich an ihrer Gabel. »Vielleicht solltest du dich wirklich lieber auf Basti konzentrieren.«

»Pff …«, mache ich nur. Ich werde mich weder auf den

unbekannten Supermarkt-Typen noch auf Basti-von-Nebenan konzentrieren. Jungs würden mich nur von meiner Ausbildung und meinem Ziel ablenken. Nein, jetzt möchte ich mich erst mal in München einleben und die ersten Monate in der Schreinerei hinter mich bringen. Danach kann ich immer noch meine Scheuklappen abnehmen.

7
Tobi

»Man sieht sich immer zweimal im Leben.«
Ist das eine Drohung?

Ich stehe vor den Stufen des Gärtnerplatztheaters und lege den Kopf in den Nacken. Ich habe das Gebäude schon immer gemocht, denn mit den hohen Säulen am Eingang und den darüberliegenden Rundbogenfenstern hat das Theater zwar eine starke Präsenz, ist aber gleichzeitig nicht zu pompös.

Am Freitag hat Jonas mich angerufen und berichtet, dass er von einem Kumpel weiß, dass derzeit in der Schreinerei des Theaters eine befristete Aushilfe gesucht wird. Daraufhin hat er – noch bevor ich Ja oder Nein sagen konnte – ein Kennenlerngespräch organisiert. Was hat sich Jonas nur dabei gedacht? Und was habe ich mir dabei gedacht, auf sein Angebot einzugehen?

Zwar war ich in meiner Familie schon immer für den

Möbelaufbau und kleinere Reparaturarbeiten zuständig und würde mich daher als handwerklich begabt bezeichnen. Dennoch ist es eine Sache, hin und wieder ein Billy-Regal aufzubauen – und eine ganz andere Sache, ohne tieferes Wissen in einer professionellen Schreinerei zu arbeiten, geschweige denn eine Ausbildung für den Beruf zu haben.

»Deshalb sollst du da ja auch nur aushelfen«, beschwichtigte mich Jonas am Telefon. »Keiner verlangt, dass du den Laden übernimmst.«

Das sagt sich so einfach! Die Beschäftigten dort werden sich bedanken, wenn sie einen Anfänger vor die Nase gesetzt bekommen, der den Job nur wegen seines berühmten Freundes bekommen hat und mehr Arbeit macht, als er tatsächlich abnimmt.

Und das ist auch der Gedanke, mit dem ich am meisten hadere. Es war mir so wichtig, selbst eine Stelle zu finden, nachdem ich mein IT-Studium gegen die Wand gefahren habe. Ich kann Hilfe annehmen, ich kann es wirklich. Aber nur, wenn ich für die Situation nicht die Schuld trage. Denn wenn es so ist, dann will ich alleine damit fertigwerden und mir beweisen, dass ich es schaffe, wieder alles ins Lot zu bringen. Aber woher sollte ich wissen, dass Jonas mir innerhalb von einer Woche einen Job an Land ziehen wird? Na ja, fast. Noch stehen das Kennenlerngespräch und mein Auftreten zwischen einer Zu- oder Absage.

Ich fahre mir gedankenverloren durch die Haare und erinnere mich zu spät daran, dass ich zu Hause vor dem Spiegel ungefähr eine halbe Stunde nach meinem Scheitel gesucht habe. Das war's dann also mit der ordentlichen Frisur. Ich seufze.

»Lass deinen Charme spielen.« Das war Jonas' Tipp. Er behauptet nämlich, ich hätte welchen. Und ja, mir ist in der Vergangenheit schon öfter aufgefallen, dass ich mit einer leicht gerunzelten Stirn und der Andeutung eines Lächelns Mädchenaugen zum Leuchten bringen kann. Letzten Freitag habe ich es mal wieder ausprobiert, als ein hübsches Mädchen in mich reingerannt ist. Doch das war das erste Mal seit Monaten, genauer gesagt, das erste Mal seit der Trennung von meiner Ex-Freundin, dass ich mich wieder im Flirten versucht habe. Für eine Beziehung habe ich zurzeit einfach keinen Nerv, außerdem ist von Flirten bei einem Vorstellungsgespräch wohl eher abzuraten. Ich verdrehe die Augen. Manchmal sind Jonas' Tipps genauso hilfreich wie meine eigenen. Nämlich gar nicht. Was würde mein Gegenüber denken, wenn ich in einem seriösen Gespräch einen lausigen Flirtversuch starten würde? Allein die Vorstellung treibt mir schon die Schamesröte ins Gesicht.

Ich reiße mich zusammen und zupfe nervös an meinem Sakko. Schwarze Jeans, schwarzes Sakko, T-Shirt und Turnschuhe. Ich wollte seriös wirken, aber nicht zugeknöpft. Wird schon passen ... hoffentlich. Denn auch, wenn ich Jonas' Hilfe nur sehr widerstrebend annehme, will ich mir die Chance nicht verbauen und alles geben.

Ich wende mich nach rechts, gehe am Theater vorbei und biege in die Klenzestraße ein, denn dort befindet sich der Mitarbeitereingang, und hier werde ich auch von einer Frau Falk zum Gespräch abgeholt.

Als ich mich der Tür nähere, öffnet sie sich, und eine

blonde Frau mittleren Alters tritt in Jeans und Pullover nach draußen. Sie sieht sich um, späht die Straße hoch und runter, bis ihr Blick an mir haften bleibt. Das muss sie sein.

»Sind Sie Tobias Hofer?«, bestätigt sie meine Vorahnung. Schnell schiebe ich meine trüben Gedanken zur Seite und setze ein Lächeln auf. Ich werde oft gefragt, warum ich immer gut gelaunt bin, dann zucke ich nur die Schultern und frage mein Gegenüber, warum ich schlechte Laune haben sollte. Doch die Wahrheit ist: Es gibt so viele Situationen, in denen es mir nicht gut geht. Doch ich lasse Menschen an diesen Augenblicken nicht teilhaben, manchmal sogar nicht mal mich selbst.

»Der bin ich«, antworte ich Frau Falk, und als ich bei ihr ankomme, reiche ich ihr die Hand. Ihr Händedruck ist warm und fest.

Sie erwidert mein Lächeln und winkt mich durch die Tür. »Na, dann kommen Sie mal mit!«

Ich folge ihr durch lange Flure und einige Treppen nach oben. Schnell merke ich, dass sich das Stockwerk mit den Verwaltungsbüros vom Rest des Gebäudes unterscheidet und hier offensichtlich auf Verzierungen und dicke Teppiche verzichtet wurde. Dafür hängen in regelmäßigen Abständen gerahmte Fotos an den weißen Wänden, die die zeitliche Geschichte des Theaters darstellen. Schließlich stehen wir in ihrem Büro, und Frau Falk bietet mir den Besucherstuhl vor ihrem überfüllten Schreibtisch.

»Es gibt immer viel zu tun«, erklärt sie, als sie bemerkt, wie meine Augen über die hohen Aktenstapel gleiten. Die Palmen-Sonne-Strand-Poster an den Wänden bieten einen sehnsüchtigen Kontrast zur Bürohöhle.

»Das kann ich mir vorstellen«, sage ich und hoffe gleichzeitig, dass sie meine Blicke nicht als unhöflich empfunden hat. Ich setze mich auf den Besucherstuhl und konzentriere mich wieder ganz auf sie.

»Kaffee, Tee, Wasser?«

»Nichts, danke.« So nervös, wie ich gerade bin, würde ich das Wasser nur mit zitternden Händen verschütten. Gleichzeitig frage ich mich, ob es ein Fehler war, ihr Angebot abzulehnen. Kann sie daraus schon irgendwelche psychologischen Rückschlüsse oder Hinweise ziehen? *Vermutlich den Hinweis, dass du nicht durstig bist,* antwortet mir meine innere Stimme hämisch, und gerade noch kann ich einen Augenverdreher verhindern. Ich war noch nie zuvor zu einem Vorstellungsgespräch eingeladen, und doch ist es so furchtbar, wie ich vermutet habe.

»Ich hoffe, Sie haben gut hergefunden.«

Ich räuspere mich, der typische Smalltalk also. »Ja, ich wohne in München.« Dann fällt mir wieder ein, dass ich ihr meinen Lebenslauf mitgebracht habe. Ich beuge mich schnell über die Stuhllehne und greife in meinen Rucksack. »Falls Sie meinen Lebenslauf brauchen, ich habe ihn hier.« Ich reiche ihr die schwarze Mappe. »Dort finden Sie auch die Kopien meiner Zeugnisse.«

Sie nimmt die Unterlagen entgegen und legt sie ungeöffnet vor sich auf den Schreibtisch ab. »Vielen Dank! Aber wenn Sie schon mal hier sind, dann erzählen Sie mir doch einfach von sich. Ich weiß noch nicht sonderlich viel von Ihnen, außer dass sie auf Empfehlung von Jonas Thalbach hier sitzen.« Es schwingt kein verächtlicher Unterton mit, nichts, was darauf hindeutet, dass ihr mein Vitamin B missfällt, und doch brennen meine Wangen.

»Es gibt nicht sonderlich viel über mich zu wissen«, antworte ich wahrheitsgemäß. Vermutlich etwas zu wahrheitsgemäß, denn ich sollte doch eher versuchen, sie von mir und meinem Selbstbewusstsein zu überzeugen. »Nachdem ich mein Abitur bestanden habe, habe ich ein IT-Studium begonnen. Mir ist leider relativ schnell klar geworden, dass der Bereich nichts für mich ist.«

»Ja, diese Technik«, seufzt sie und wirft ihrem eigenen PC einen kurzen Blick zu. »Hauptsache der Kasten funktioniert.« Ihre Wangen verfärben sich rosa, und ich bin mir sicher, dass sie den letzten Satz nicht laut sagen wollte. »Und nun möchten Sie sich umorientieren?«

Ich nicke. »Bis ich ein neues Studium beginne, möchte ich mich nützlich machen und mich weiterentwickeln«, füge ich noch hinzu, weil das sicher gut ankommt. Doch weder weiß ich, ob ich noch mal ein Studium beginnen will, noch möchte ich mich *nützlich* machen. Ich muss einfach nur Geld verdienen. Aber diese Wahrheit behalte ich lieber für mich, denn sie ist sicherlich nicht vorstellungsgesprächstauglich.

»Haben Sie in der Vergangenheit schon handwerkliche Erfahrungen gesammelt?«

Wie war das noch gleich? *Fake it, until you make it?* »Ja, das habe ich. Zwar nicht in beruflicher Hinsicht, aber im Privatleben. Ich übernehme für meine Familie alle handwerklichen Aufgaben und habe mir damit über die Jahre hinweg ein solides Wissen angeeignet und meine Fertigkeit verbessert.« Ich trage dick auf. Zu dick? Vielleicht hätte ich den Satz nicht auswendig lernen sollen, weil ich vermutet habe, dass eine derartige Frage Teil des Gesprächs sein wird. Ohne Vorbereitung hätte ich freier und flüssiger antworten können, aber die Gefahr, dann etwas Wichtiges zu vergessen, war mir einfach zu groß.

»Sie sind sehr verantwortungsvoll«, lobt mich Frau Falk. »Genau so jemanden benötigt unser Schreiner-Team! Das Theater ist immer ausgebucht, es gibt kaum einen Tag, an dem keine Aufführung stattfindet. An Aufträgen mangelt es der Schreinerei also nicht.«

Ich nicke. »Je mehr Arbeit, desto besser«, antworte ich ernst. »Ich packe gerne mit an.«

»Wunderbar, das wollte ich hören!«, sagt sie erfreut und erhebt sich. Überrascht sehe ich zu ihr hoch. Sind wir wirklich schon fertig? Das Gespräch hat keine fünf Minuten gedauert. »Wir können gleich nach unten gehen, dann lernen Sie das Team kennen.«

»Jetzt, sofort?«, frage ich überrumpelt.

Auf dem Weg um ihren Schreibtisch hält Frau Falk inne. »Haben Sie noch einen Anschlusstermin?«

»Nein, nein«, sage ich hastig. »Wir können gehen.«

Ich folge ihr aus dem Büro, die Treppen hinunter in das Untergeschoss und einen langen Gang entlang. Nervös fahre ich mir durch die Haare. Meine Hände zittern leicht. Ich habe das Gefühl, dass Jonas' Vitamin B mir einen großen Vorteil verschafft hat. Schnell mache ich mir eine gedankliche Notiz, meinem besten Freund zum Dank so viel Cola zu spendieren, wie er trinken kann.

Dann betreten wir eine große Halle. Holzbretter stapeln sich an den Wänden, und das schrille Geräusch einer elektrischen Säge erfüllt den Raum. Die Hobelbänke stehen an den Wänden im ganzen Saal verteilt, zwei von ihnen werden gerade von Mitarbeitern in beigen Arbeiterhosen verwendet.

»Paul!«, ruft Frau Falk durch den Raum. »Die Aushilfe ist da!«

Einer der Männer an den Hobelbänken blickt auf, und als er uns sieht, klopft er sich die Hände an der Hose ab und kommt zu uns herüber. Als er uns gegenübersteht, bemerke ich die vielen kleinen Falten, die sich um seine Augen und den Mund ziehen, die runzlige Stirn geht über in eine Glatze. Seine grünen Augen wirken aufgeweckt und freundlich.

»Das ist Tobias Hofer«, stellt Frau Falk mich vor.

»Servus. Ich bin Paul, der Schreinermeister«, begrüßt er mich und gibt mir die Hand. »Dich können wir gut gebrauchen.«

Zwar bin ich erleichtert, dass sich alle Parteien über mein Kommen freuen, dennoch frage ich mich, ob das schon die Zusage sein soll. Dazu hat sich Frau Falk nämlich noch nicht geäußert.

»Freut mich, dich kennenzulernen«, antworte ich, und wir schütteln uns die Hände. Paul ist bodenständig, offen und sympathisch. Ich fühle mich sofort wohl.

»Die Schreinerei ist leider etwas ausgedünnt, daher ist schnelle Hilfe gefragt.«

Frau Falk scheint nun meine fragende Miene zu bemerken. »Ja, Herr Hofer, wenn sie möchten, würden wir Ihnen gerne einen Arbeitsvertrag anbieten.«

Erleichterung strömt durch meinen Körper und lässt meine Schultern leichter werden. Seit meinem Studienabbruch hat mich das Gefühl des Versagens verfolgt. Doch heute, genau jetzt, darf ich endlich wieder stolz auf mich sein. »Ich bin dabei«, stimme ich mit einem breiten Lächeln zu.

»Dann müssen wir dir morgen aber andere Kleidung besorgen«, lässt Paul mich wissen, und sein Blick wandert amüsiert über mein Sakko. »Du kannst mit Alex zum Einkaufen fahren. Alex!«, ruft er durch die Halle und über das Sägegeräusch hinweg.

Ein Mädchen in meinem Alter taucht zwischen zwei Holzstapeln auf. Sie hat ihre blonden Haare zu einem hohen Pferdeschwanz gebunden, doch einzelne Strähnen fallen ihr ins Gesicht. Aus der Tasche ihrer Arbeitshose lugt ein Zollstock hervor. Die großen runden Augen des Mädchens wandern von Paul zu mir hinüber. Dann klappt ihr Mund auf, und ihre Wangen werden feuerrot. Ich stutze. Mir ist, als hätte ich sie schon mal gesehen. In der Uni? Auf einer Party?

»Ich stell dir jemanden vor!«, erklärt Paul und winkt sie zu sich. Zögerlich kommt das Mädchen ein paar Schritte auf uns zu.

Paul nickt zu mir herüber. »Das ist Tobias, er ist die neue Aushilfe.«

»Hi, ich bin Alex«, sagt sie und sieht mich wieder an. Und dann, in dem Moment, als sich unsere Blicke treffen, weiß ich es wieder. Sie ist das hübsche Mädchen, das am Freitag im Supermarkt in mich reingerannt ist!

»Hi Alex«, grüße ich sie. Verblüfft wandern meine Augen über die feinen Linien ihres Gesichts, über ihre rosige Haut und ihre vollen Lippen. Was für ein Zufall! Doch wenn man es genau nimmt, ist der Zufall vielleicht kleiner, als es auf den ersten Blick scheint. Der Supermarkt befindet sich ebenfalls am Gärtnerplatz, fast gegenüber des Theaters, und sie wird nach der Arbeit vermutlich nur noch schnell etwas einkaufen gegangen sein.

»Ihr zwei fahrt morgen Arbeitskleidung kaufen, alles klar?«, informiert Paul uns.

Alex räuspert sich. »Alles klar.«

»Sehr gut!« Frau Falk klatscht in die Hände. »Wir gehen am besten gleich wieder ins Büro und unterschreiben den Vertrag.«

»Bis morgen!«, verabschiedet Paul mich mit einem Handschlag.

»Servus«, sage ich, dann wende ich mich an Alex, die Hand zum Gruß erhoben. »*Bis dann.*«

8
Alex

Auf den ersten Blick: Hui.
Auf den zweiten Blick: weniger Hui.
Extrem wenig Hui.

»Bis dann.«

Er hat mich wiedererkannt. Oder habe ich mir sein amüsiertes Funkeln in den Augen nur eingebildet? Ich liege im Bett, die Decke bis ans Kinn gezogen, weil die Nächte nun wieder kälter werden. Ich war schon immer eine Frostbeule, deshalb mag ich den Sommer eigentlich lieber, auch wenn ich den Farben des Herbstes viel abgewinnen kann.

Tobias heißt er. *Tobi.* Der Name passt zu ihm. Obwohl ich nicht wirklich weiß, woran ich diese Einschätzung festmache. Und er sieht genauso gut aus, wie ich ihn in Erinnerung hatte. Groß, dunkle Haare und braune Augen.

Ich schnaube leise, wende meinen Kopf und werfe einen Blick auf den Wecker. Mitternacht. Schon eine Stunde lang liege ich wach und denke über den vergangenen Arbeitstag nach. Ein Zufall. Ein sehr zufälliger Zufall. Aber so was soll es geben. Dass ich ab morgen mit Tobi zusammenarbeiten werde, lässt ganz unterschiedliche Gefühle in mir aufkommen. Da ist ein aufregendes Kribbeln in meinem Bauch, gleichzeitig aber auch eine dumpfe Sorge. Ich möchte mich voll und ganz auf meine Ausbildung konzentrieren, mein Bestes geben und mich weiterentwickeln. Aber wie sehr kann ich mich auf meine Ziele konzentrieren, wenn ich Tobi direkt vor meiner Nase habe? Vielleicht mache ich mir aber auch zu viele Gedanken. Wie immer. Denn nur weil ich in ihn reingerannt bin und ihn peinlich angestarrt habe, heißt das noch lange nicht, dass sich zwischen uns irgendwas entwickeln wird. Nein, Tobi wird für mich nicht mehr und nicht weniger sein als die anderen Männer der Schreinerei auch. Ein Kollege.

Ich drehe mich auf die Seite und knautsche das flache Kissen zusammen, damit mein Kopf etwas höher liegt. Mal wieder mache ich viel Wind um nichts. Ich kuschle mich noch tiefer in die Decke und schließe wieder die Augen. Mit dem Endergebnis meiner Gedanken bin ich mehr als zufrieden.

Zwar schaffe ich es am nächsten Tag in der Früh nicht vollständig, das Kribbeln in meinem Bauch loszuwerden, aber zumindest halte ich es gut im Zaum. Trotzdem fällt mir auf, dass ich heute fünf Minuten länger vor dem Spiegel stehe als sonst. Normalerweise sind mir meine Augenringe in der Schreinerei egal, heute aber verwende ich etwas Concealer. Ich rede mir selbst ein, dass das nicht an

Tobi liegt, sondern daran, dass ich in der Nacht mehrmals aufgewacht bin und die dunklen Schatten unter meinen Augen viel tiefer sind als sonst. Ich binde mir meine Haare wie jeden Tag zu einem Pferdeschwanz, schlüpfe in meine Jeans und in einen grauen Pulli, und bevor ich aus dem Haus gehe, schlinge ich mir noch einen dicken Schal um den Hals.

Auf dem Weg zur U-Bahn kaufe ich mir beim Bäcker zum Frühstück noch zwei Brezn und ein Wasser und fahre dann fünf Stationen zur Fraunhoferstraße. Den kurzen Weg zum Theater lege ich schnell zurück, auch wenn ich gerne noch länger durch die Straßen spaziert wäre. Der Nebel hängt tief zwischen den geschlossenen Häuserreihen, und Tau hat sich an den hohen Schaufenstern der Geschäfte gebildet. Es ist ein kühler Herbstmorgen, und meine Nasenspitze ist kalt und bestimmt ziemlich rot. Ich liebe die morgendliche Stimmung, die Ruhe, bevor die Stadt von Einwohnenden und Touristen zu einem lebhaften und hektischen Ort verwandelt wird.

Als ich in der Schreinerei ankomme, bin ich etwas nervöser als sonst, aber nicht so nervös wie an meinem ersten Tag hier. Das ist nur die allgemeine Neugier, die ein neuer Kollege zwangsläufig mit sich bringt. Das liegt sicher nicht an T…

»Guten Morgen.« Eine Stimme lässt mich zusammenfahren. Ich wirble herum. Tobi steht in der Tür, in der einen Hand eine Flasche Apfelschorle und in der anderen eine Papiertüte vom Bäcker.

»Hast du mich erschreckt«, keuche ich und greife mir mit der Hand ans Herz. Es pocht wie verrückt.

»Oh, sorry!« Er tritt einen Schritt näher. »Das wollte ich nicht.«

Ich winke ab, mein Puls normalisiert sich langsam wieder. »Passt schon«, erwidere ich. »Sind die anderen schon beim Frühstücken?«

Er nickt. »Ich bin nur schnell losgelaufen, um mir was zu essen zu kaufen. Ist echt cool, euer Morgenritual.«

Bevor der Arbeitstag in der Schreinerei beginnt, setzen wir uns jeden Morgen eine halbe Stunde im Aufenthaltsraum zusammen und frühstücken gemeinsam. Daher bin ich immer bereits um halb sieben Uhr morgens im Theater. Und auch wenn dieser Termin natürlich freiwillig ist und nicht während der Arbeitszeit stattfindet, ist das ganze Team anwesend. Anfangs ist es mir echt schwergefallen, mich so früh aus dem Bett zu quälen, um immer rechtzeitig zu erscheinen, aber ich habe den Austausch mit den anderen zu schätzen gelernt. Denn zu Beginn habe ich mich zwischen den älteren Männern unwohl gefühlt, und ja, manchmal tue ich das heute auch noch, doch das regelmäßige Frühstück hat mir geholfen, sie besser kennenzulernen. Nach und nach werde ich mich einfinden. »Hast du auch was zu essen dabei?«

»Ja, ich nehme mir immer auf dem Weg was mit«, antworte ich und klopfe auf meine Tasche.

»Ich denke, ich werde mir in Zukunft in der Früh einfach was vorbereiten.«

Wir gehen zusammen in den im hinteren Teil der Schreinerei gelegenen Aufenthaltsraum und begrüßen das bereits vollständige Team.

»Tobi, hock dich her!«, ruft Paul freundlich und klopft auf den Stuhl neben sich. Ich setze mich ans andere Ende des rechteckigen Tisches zu Hassan. Ihn mag ich von meinen Kollegen am liebsten, weil er mir von Anfang an offen und freundlich gegenübergetreten ist. Die anderen waren erst etwas reserviert, fast sogar skeptisch. Ob das ihrem Wesen entspricht oder vielleicht sogar daran liegt, dass ich in dieser Werkstatt seit Jahren die erste Frau bin, versuche ich noch herauszufinden. Wie jeden Morgen werden Witze gerissen, es wird gelacht und auch ein bisschen über die Arbeit gesprochen.

Mein Blick huscht immer wieder zu Tobi. Er scheint sich sofort mit allen gut zu verstehen. Vielleicht liegt es daran, dass er in großer fremder Runde keine Scheu zeigt und sich an den Gesprächen beteiligt, als wäre er nicht erst einen Tag, sondern schon mindestens einen Monat Teil des Teams.

Ich bemerke den kleinen Kloß in meinem Hals erst, als ich versuche ein Stück der Breze hinunterzuschlucken. Schnell spüle ich mit Wasser nach, doch er verschwindet nicht.

»Die Kosten für die Arbeitskleidung übernimmt wirklich der Arbeitgeber?«

Ich halte den Blick auf die Autobahn gerichtet, beide Hände am Lenkrad.

»Ja, selbstverständlich. Das musst du nicht selbst bezahlen.«

Im Augenwinkel sehe ich, wie Tobi erleichtert nickt. Wir sind auf dem Weg zu einem Fachgeschäft außerhalb Münchens, welches sich auf handwerkliche Arbeitskleidung spezialisiert hat und die Schreinerei schon seit Jahren ausstattet. Das Theater stellt dafür jährlich einen gewissen Betrag zur Verfügung.

»Und?«, frage ich neugierig. »Wie bist du eigentlich auf das Gärtnerplatztheater gekommen?« Ich habe schon den ganzen Morgen gerätselt, was Tobi gelernt oder gearbeitet hat, bevor unsere Wege sich gekreuzt haben.

Zu meiner Überraschung räuspert er sich und rutscht nervös auf dem Beifahrersitz hin und her. »Durch einen Freund«, antwortet er kryptisch.

Muss ich ihm alles aus der Nase ziehen? »Ach, du kennst schon jemanden aus der Schreinerei?« Das würde erklären, warum es heute in der Früh so gewirkt hat, als wäre er schon länger Teil des Teams.

»Nein, niemanden vom Theater«, antwortet er langsam. »Er ist Schauspieler und hat mich empfohlen.«

Ich gluckse. »So wie du rumdruckst, könnte man meinen, er ist eine Berühmtheit.«

Ich wende den Kopf zur Seite und sehe gerade noch rechtzeitig, wie Tobi sich den Nacken reibt und angestrengt aus dem Fenster starrt. Abgeerntete Felder ziehen an uns vorbei. »Echt jetzt?«, frage ich ihn mit großen Augen. »Kenne ich ihn?«

Er dreht sich zu mir und grinst schief. »Das weiß ich doch nicht.«

»Du willst den Namen also nicht sagen«, stelle ich fest.

Tobi zuckt mit den Schultern. »Würde es einen Unterschied machen?«

»Nein, nicht wirklich«, sage ich nachdenklich und richte den Blick wieder auf die Straße. »Ich bin einfach nur neugierig.« Ich blinke und biege rechts ab, um die nächste Ausfahrt zu nehmen.

Schon bald kommt das große und moderne Flachdachgebäude in Sicht, das mit seinen bodentiefen Fenstern und dem übergroßen Logo im Industriegebiet deutlich heraussticht.

»Wir sind da«, verkünde ich und schnalle mich ab, nachdem ich das Auto auf dem weitläufigen Kundenparkplatz abgestellt habe. Wir springen aus dem Auto und marschieren gemeinsam in Richtung Geschäft. »Also, wir brauchen Arbeitshosen, T-Shirts und Pullis, Handschuhe und eine Jacke«, zähle ich auf und nehme dabei die Finger zu Hilfe. »Was noch? Ach ja, die Schuhe natürlich.«

Wir betreten den Laden, und neben mir stößt Tobi einen Pfiff aus. »Wow.«

Ich kann seine Reaktion nachvollziehen, denn auch ich habe mich beim ersten Besuch schwergetan, in diesem riesigen Gebäude den Überblick zu behalten. Aber ich habe mir alle wichtigen Bereiche eingeprägt, und so kann ich jetzt zielsicher auf die Abteilung zusteuern, in der sich alle Arten von Arbeitshosen befinden.

»Welche Größe hast du?«, frage ich Tobi, als wir bei den richtigen Regalen ankommen.

»Du meinst mit Beinlänge und so?« Tobi hat seine Hände in den Hosentaschen vergraben und lässt den Blick über die ausgestellte Kleidung wandern. »Keine Ahnung.«

»Welche Größe hat denn deine Jeans?«, frage ich irritiert, weil ich mich frage, wie der Mann sonst shoppen geht.

»Auf dem Etikett ist keine Beinlänge vermerkt.«

Ich seufze. »Dann musst du dich wohl durchprobieren.« Und so verbringt Tobi die meiste Zeit in der kleinen Umkleidekabine, während ich mich durch die Kleiderstangen wühle und ihm beige Arbeitshosen in verschiedenen Größen hineinreiche.

»Wofür sind die Taschen an der Seite?«, ruft er aus der Umkleide heraus.

»Da kommen Meterstab und Bleistift rein. Sozusagen die Must-haves für jede Schreinerin und jeden Schreiner«, erkläre ich. Gleichzeitig frage ich mich, wie Tobi den Job bekommen hat, wenn ihm sogar solche Grundlagen fehlen.

Als wir endlich die richtige Hosengröße gefunden haben, geht es mit den Oberteilen weiter. »Kann ich reinkommen?«, frage ich durch den schwarzen Stoffvorhang hindurch.

»Klar«, ertönt seine Stimme von innen.

»Ich habe dir noch einen Pullover …« Mit einem Ruck schiebe ich den Vorhang zur Seite und stehe einem oberkörperfreien Tobi gegenüber.

Hitze schießt mir in die Wangen, und ich werde feuerrot. »E-Entschuldige«, stottere ich und versuche umständlich, den Stoff wieder zwischen ihn und mich zu bringen. »Ich dachte, du hast gesagt …«

Er grinst breit und stoppt mein Gezerre, indem er seine Hand auf meine legt. Mein Puls schießt in die Höhe, und meine Haut beginnt zu kribbeln, genau dort, wo sich unsere Finger berühren. »Würden wir uns im Sommer zufällig am See treffen, würde ich sogar nur in Badehose vor dir stehen.« Er zuckt mit den Schultern und deutet auf seinen Oberkörper. »Mir ist das egal. Aber wenn es dich stört, warne ich dich das nächste Mal vor. Nur bitte lass den Vorhang nicht länger leiden als nötig.«

Irritiert blicke ich nach oben, und erst jetzt bemerke

ich, dass ich bereits das erste Stück Stoff aus der Schiene gezogen habe. *Oje.* Sofort lasse ich den Vorhang los, und die Wärme von Tobis Fingern verschwindet von meinem Handrücken. Augenblicklich wünsche ich mir seine Berührung zurück. Was ist bloß los mit mir? »Nein, alles gut«, sage ich schnell und versuche dabei gleichgültig zu wirken. Ich sehe ihm ins Gesicht. *Nur ins Gesicht.*

»Okay«, meint Tobi, ohne dass sein Grinsen schwächer wird. »Magst du mir dann den Pulli geben?«

»Den Pulli?«, frage ich verwirrt.

Er deutet auf das Oberteil in meinen Händen.

»Äh, klar!« Hektisch werfe ich ihm das schwarze Kleidungsstück entgegen, was glücklicherweise dafür sorgt, dass seine Bauchmuskeln verdeckt werden. *Er hat Augen! Schau ihm in die Augen!* Dann deute ich in Richtung der Regale. »Ich such dann mal weiter.«

Es ist bereits Mittag, als wir auf dem Rückweg sind, und immer noch weiß ich über Tobi zu wenig. Und irgendwie stört mich diese Tatsache. Dass er nicht aus dem Handwerk kommt, ist mir mittlerweile klar. Die Fragen, die er mir stellt, enttarnen ihn als Laien, und auch den Namen seines berühmten Freundes will er mir immer noch nicht verraten. Sehr mysteriös.

»Auf welcher Schule warst du eigentlich?«, frage ich so beiläufig wie möglich, während ich einen Lastwagen auf der linken Spur überhole.

»Fachoberschule«, antwortet er einsilbig.

Aha. Also Abitur. »Und studieren kam für dich nicht in Frage?« Es ist mir fast unangenehm, ihn so offen über diese privaten Dinge auszufragen. Doch da ist auch dieser

Drang in mir, mehr über ihn zu erfahren und herauszufinden, was sich hinter dem Dauerlächeln verbirgt. Und noch weist er mich nicht zurück.

»Doch«, erwidert Tobi. »Ich habe zwei Semester IT studiert. Hab's aber abgebrochen. War nicht mein Ding.«

»Abgebrochen?« Ich horche auf. Tobi gibt sich jedenfalls nicht die Mühe, seinen Lebenslauf zu beschönigen. »Das war bestimmt nicht leicht, die Entscheidung zu treffen, oder? Ich meine, das ist ja irgendwie für's Leben.«

Ich spüre Tobis Blick auf mir, erwidere ihn aber nicht, um den Schein aufrecht zu erhalten, ich wolle einfach nur höflichen Smalltalk betreiben und ihn nicht ausquetschen.

»Doch, eigentlich schon«, sagt er dann, und an seiner dumpfen Stimmlage erkenne ich, dass er nicht mehr lächelt. Nun traue ich mich noch viel weniger, Tobi anzusehen.

»Solange du jetzt das machst, was du wirklich willst, ist ja alles gut«, sage ich schnell.

»Eigentlich geht's mir nur um die Kohle.«

Im ersten Moment glaube ich, mich verhört zu haben. Schockiert reiße ich die Augen auf und wende meinen Blick nun doch ihm zu. Hat er das echt laut gesagt?

Als er mein Entsetzen sieht, verschwinden die strengen Linien um seinen Mund, und kleine Lachfältchen tauchen um seine Augen auf. Er zuckt mit den Schultern. »Ich bin nur ehrlich.«

Allerdings. Ich starre wieder auf die Straße. Er hat versucht, das Geständnis lustig klingen zu lassen, dennoch kann ich nicht darüber lachen. Ich habe mir wirklich den Arsch aufgerissen, um das Theater und die Schreinerei von mir zu überzeugen. Ich wollte es so sehr … und Tobi? Er schmeißt das öde Studium und lässt sich von seinem berühmten Kumpel ins Theater einschleusen, weil er *Bock auf die Kohle hat.* Vermutlich musste er noch nicht mal eine Bewerbung schreiben! »Okay«, sage ich monoton, weil meine Unbeschwertheit plötzlich weg ist.

»Möchtest du denn nach der Ausbildung in der Schreinerei bleiben?«, fragt Tobi und möchte damit offensichtlich das Thema wechseln.

Doch seine Antwort hallt noch immer in meinen Gedanken. Mein Stimmungsumschwung scheint ihm gar nicht aufzufallen.

»Ja«, antworte ich prompt und anklagend. *Denn das hier ist mein Traum, und ich weiß ihn zu schätzen!* Wieder überhole ich einen Laster. »Jedenfalls vorerst. Ich würde gerne Bühnenbildnerin werden, und dafür muss ich alle Werkstätten des Theaters kennen, damit ich weiß, wie sie arbeiten.«

»Cool«, sagt er und nickt. »Bühnenbildner sind für das Bühnenbild zuständig, oder?«

»Du scheinst ja sehr viel Ahnung vom Theater zu haben …« Mein Kommentar zu seiner Frage trieft nur so vor Ironie. »Aber, ja. *Respekt.* Du hast eins und eins zusammengezählt.«

»Ich war noch nie im Theater«, erklärt er. »Aber keine Angst, der Aushilfsjob soll nur für den Übergang sein, bis ich etwas gefunden hab, was mir Spaß macht.«

Was ihm Spaß macht? Großartig, echt toll. Je mehr er spricht, desto mehr rücken sein sympathisches Lächeln und seine angenehm raue Stimme in den Hintergrund. Die Sympathie schwindet mit jedem weiteren Wort. Kann er nicht wenigstens so tun, als würde er sich auf die Arbeit freuen?

»Und, dieser Bühnenbildnerinnenjob … wie bist du auf die Idee gekommen?« Wir scheinen die Rollen getauscht zu haben. Erst habe ich die Fragen gestellt und nur spärliche Antworten erhalten, nun ist es umgekehrt.

»Weiß nicht«, sage ich kurz angebunden. »Ich wollte es einfach immer werden.« Das ist gelogen. Ich weiß ganz genau, warum ich Bühnenbildnerin werden möchte. Mich hat schon immer alles rund um dieses Thema fasziniert. Meine Tante hat sich in ihrer Freizeit jahrelang in einer Theatergruppe engagiert. Als Kind habe ich es geliebt, sie zu den Proben zu begleiten und in der Kulisse herumzurennen, um herauszufinden, was davon echt und was Schein war. Das ist viele Jahre her, und meine Tante ist mittlerweile tot. Doch nachdem sie an Krebs verstorben war, lebte ihre Leidenschaft für das Theater in mir weiter, noch viel stärker, als ich sie sowieso schon immer verspürt habe. Und ich bin meiner Tante unendlich dankbar für das wunderschöne Erbe, dass sie mir hinterlassen hat.

Oh, nein!

Mein Sichtfeld verschwimmt, als mir Tränen in die Augen steigen. Ich schlucke kräftig und nehme eine Hand vom Lenkrad, um mir schnell mit meinem Ärmel über die Wangen zu fahren. Aus den Augenwinkeln bemerke ich Tobis Blick.

9
Tobi

Sich den Wecker zu stellen ist so erwachsen.

Nach meinem ersten Arbeitstag komme ich erschöpft nach Hause. Im Anschluss an den kleinen Shopping-Trip mit Alex hat mir Paul am Nachmittag eine erste Einweisung gegeben. Ich wurde herumgeführt, mir wurden sämtliche Holzarten und ihre Eigenschaften nähergebracht, die Maschinen und ihre Funktionen erklärt … mein Kopf raucht.

Davon abgesehen hat mir Paul glücklicherweise einen eigenen Spind zugeteilt, sodass ich die Arbeitsklamotten dort aufbewahren kann. So fragt sich meine Familie nicht, warum ich neuerdings für meine Vorlesungen Schuhe mit Stahlkappen und durchtrittssicherer Sohle benötige. Ich hab ja wirklich auf vieles eine Antwort, mehr oder weniger qualitativ hochwertig. Doch selbst mir würde dafür keine kreative Ausrede einfallen.

Ich verziehe mich schnell in mein Zimmer und schmeiße meinen schwarzen Rucksack neben den Schreibtisch. Er steht gegenüber von meinem Bett, daneben der wuchtige weiße Kleiderschrank. Mein Zimmer ist klein und schlauchartig, aber ich bin froh, dass ich eines für mich alleine habe, denn Selina teilt sich ihres mit Leo. Sie beschwert sich nur selten über diesen Zustand, obwohl ich ihr manchmal ansehe, dass sie sich gerne zurückziehen würde. Wenn sie die Haare ungekämmt hinter die Ohren klemmt und sie am Hals rote Flecken bekommt, dann weiß ich, dass es besser ist, den Mund zu halten und mich vom Acker zu machen.

Seufzend lasse ich mich aufs Bett fallen. Meine Beine sind schwer und meine Gedanken voller neuer Eindrücke. Ich liege auf dem Rücken, verschränke die Arme hinter dem Kopf und lasse den Tag Revue passieren. Noch weiß ich nicht genau, was ich von meiner Arbeit in der Schreinerei halten soll. Das Team ist richtig nett, keine Frage. Ich wurde mit offenen Armen empfangen, obwohl ich keine Vorerfahrung habe und nur durch Beziehungen an diese Stelle gekommen bin. Das rechne ich den Kollegen hoch an. Trotzdem schlägt mein Herz etwas schneller, wenn ich daran denke, was die nächsten Wochen auf mich zukommt. Es wird herausfordernd, es wird harte Arbeit, und ich hoffe, ich werde niemanden enttäuschen. Zwar habe ich den Job nur angetreten, weil ich die Kohle brauche, aber dennoch möchte ich natürlich mein Bestes geben.

Und dann ist da ja auch noch Alex. Was für ein verrückter Zufall ist das bitte? Als sie im Supermarkt in mich reingerannt ist und sich peinlich berührt und mit rosa Wangen von mir verabschiedet hat, war sie mir sofort sympathisch. Auch beim Besorgen meiner Arbeitskleidung haben wir uns gut verstanden. Als ich heute dann aber ein paar Einzelheiten über mich preisgegeben habe, hat Alex weniger gelächelt als zuvor, und in ihren Augen konnte ich das Unverständnis erkennen. Und genau hier ist der Knackpunkt. Vielleicht war es ein Fehler, ihr von Jonas und meinem Studium zu erzählen. Vielleicht hätte ich einfach meine Klappe halten sollen. So wie immer. Aber sie hat mich zum Reden gebracht, sie hat es geschafft, dass ich nicht nur versucht habe, mit ihr zu flirten, nein, ich habe sogar von mir erzählt. Ich schüttle den Kopf. Vorsicht ist geboten.

Ich ziehe mein Handy hervor, checke kurz WhatsApp und Instagram, bevor ich Jonas' Nummer tippe und ihn anrufe.

»Hey, Tobi!«, begrüßt er mich gut gelaunt. »Wie war dein erster Arbeitstag?«

»Ich kann mich nicht beschweren«, antworte ich vage und beobachte eine kleine Fliege, die die Wand hinaufklettert. Diese winzigen Biester sind überall. Vermutlich, weil ich meine einzige Grünpflanze schon zweimal übergossen habe. Mama war plötzlich der Meinung, mein Zimmer sei zu steril und bräuchte mehr Farbe und Leben. Deshalb stand eines Tages ein Einblatt auf meinem Fensterbrett. Seitdem versuchen wir uns irgendwie zusammenzuraufen, die Pflanze und ich.

»Ich wusste, dass dir der Job liegt. Du hast mir schon so oft mit den Möbeln geholfen, das hast du einfach drauf.«

Ich verzichte auf die Bemerkung, dass ich heute noch gar nichts gearbeitet habe und nach einer kurzen Einweisung noch nicht die Rede davon sein kann, dass ich es draufhabe. Doch davon erwähne ich nichts, denn ich bin Jonas einfach nur dankbar, dass er mir überhaupt eine Stelle organisiert hat – und dann auch noch so schnell und unkompliziert. Ohne ihn würde ich vermutlich immer noch Bewerbungen verschicken und Telefonate führen. Innerhalb einer Woche einen Arbeitsplatz zu finden ist leider sehr selten.

»Danke, Mann«, sage ich daher. »Du hast mir echt geholfen.«

»Ich habe mir wirklich kein Bein ausgerissen«, wehrt er ab. »Das war nur ein Anruf.«

»Das spielt keine Rolle«, stelle ich klar. »Du bist echt der beste Freund, den man sich wünschen kann.«

»Kumpel, das wird mir hier echt zu rührselig!« Jonas lacht.

Ich schnaube. »Da will man einmal nett sein …«

»Jetzt wo du es sagst!«, scherzt er. »Was machst du heute Abend noch? Magst du vorbeikommen und zocken?«

»Heute nicht«, sage ich, und meine Worte gehen in einem herzhaften Gähnen unter. »Der Tag war echt anstrengend! Und morgen muss ich schon um halb sieben in der Werkstatt sein.«

»So ist das eben, wenn man arbeitet«, stichelt Jonas belustigt. »Da muss man sich ab und zu sogar einen Wecker stellen.«

Ich verdrehe die Augen. »Ach, halt doch die Klappe«, schnaube ich und reiße meinen Blick endlich von der kleinen Fliege los, um auf den Radiowecker auf meinem Nachtisch zu schauen. Zwanzig Uhr. Ich darf tatsächlich nicht vergessen, mir den Wecker zu stellen, denn gleich am zweiten Tag zu spät zu kommen wäre richtig peinlich. »Und was machst du morgen?«

»Ich gehe essen mit … Niam Abrams' Managerin«, berichtet er widerstrebend.

Überrascht setze ich mich auf. »Echt? Wow, cool!«

»Ja, na ja. Leni hat ziemlich lange auf mich eingeredet. Also mache ich das jetzt einfach mal.«

»Wenn Niam mit ihr zufrieden ist, dann wird sie ja sicher keine komplett verantwortungslose Nullnummer sein«, versuche ich ihn zu beschwichtigen.

»Das hat Leni auch gesagt«, lässt Jonas mich skeptisch wissen. »Doch von meinem Vater hätte ich auch nicht gedacht, dass er mich betrügt, oder? So lange, bis es dann passiert ist. Ich will einfach nicht mehr so naiv und blauäugig sein.«

»Das warst du noch nie«, sage ich bestimmt. »Ich weiß, ich wiederhole mich, aber woher solltest du ahnen, was bei deinem Vater Sache ist?«

»Hm«, macht Jonas nur, und ich merke, dass ihm das Thema gerade zu viel wird, also versuche ich ihn abzulenken.

»Ich hab noch eine verrückte Story für dich«, fange ich an. »Am Freitag ist ein Mädchen im Supermarkt in mich reingerannt. Und stell dir vor: Ich habe sie heute wiedergesehen. Sie ist in der Ausbildung als Schreinerin und arbeitet im Theater. Ist das ein Zufall, oder ist das ein Zufall?«

»Und mit der Geschichte rückst du erst jetzt raus?«, steigt Jonas erleichtert mit ein. »Mensch, Tobi bandelt wieder an!«

Ich wusste, dass ich damit etwas lostreten werde und dass mich Jonas ab jetzt bei jedem Telefonat und bei jedem

Treffen fragen wird, wie weit Alex und ich schon sind. Aber das nehme ich in Kauf. »Da wird nichts draus, Kumpel«, sage ich. »Erstens: Wir arbeiten zusammen. Zweitens: Wir arbeiten zusammen. Und drittens habe ich echt keinen Kopf für eine Beziehung.« Vor allem den dritten Grund wiederhole ich seit einem Jahr wie ein Mantra, wenn ich gefragt werde, ob ich gerade in einer Beziehung bin.

»Vielleicht ist es besser«, gibt auch Jonas zu bedenken. »Sonst wären nämlich unsere Zockerabende vorbei, und Leni würde auf Vierer-Dates mit Brettspielen und Pantomime bestehen.«

Ich verdrehe die Augen. »Wenn es mal so weit kommt, dann sind wir offiziell alt.«

»Echt, Mann«, stimmt er mir zu. »Aber wo wir gerade beim Thema sind: Hast du am Wochenende Zeit? Leni und ich wollten kochen und dachten …«

»Dass ich euch sicher dabei helfen könnte«, beende ich seinen Satz.

Er lacht ertappt. »Mir ist letztens sogar die Fertigpizza im Ofen angebrannt. Ich mein, das ist schon erbärmlich.«

»Genauso erbärmlich, wie ich es nicht schaffe, regelmäßig die einzige Pflanze zu gießen, die in meinem Zimmer existiert«, antworte ich und zucke mit der Schulter. »Aber klar, ich helfe gerne!«

»Maaaaaaammmmmaaa!« Die wütende Stimme von Selina dringt dumpf durch die dünnen Wände.

»Oje, ich glaub, wir müssen aufhören. Bei uns ist dicke Luft.«

»Okay, dann sehen wir uns spätestens am Wochenende?«

»Jap, bis dann!« Ich lege auf und werfe mein Handy auf das Kopfkissen. Dann stemme ich mich vom Bett und trete in den Flur.

»Ich habe ihm millionenmal gesagt, dass die Bücher für ihn tabu sind!«, ruft Selina außer sich. Die Stimmen kommen aus dem Kinderzimmer.

»Bitte schrei nicht so, es ist schon spät, und die Nachbarschaft möchte sicher nicht jede Einzelheit von deiner Meinungsverschiedenheit mit Leo wissen.« Die Stimme meiner Mutter ist sanft, aber bestimmt.

Die Tür zu Selinas und Leos Zimmer steht speerangelweit offen, und ich bleibe in der Tür stehen. Die unteren Regale von Selinas schmalem Bücherschrank sind leer, stattdessen liegt der Inhalt auf dem Boden zerstreut. Die Bücher sind teilweise aufgeklappt und mit Eselsohren versehen.

Leo sitzt auf seinem Bett, die kleinen Ärmchen verschränkt. »Ich wollte nur eins anschauen«, sagt er mit vorgeschobenem Kiefer.

»Aber du kannst doch noch gar nicht lesen!«, faucht Selina. Sie sitzt auf den Fersen am Boden und sammelt die Bücher wieder ein. Jedes einzelne wird von ihr mit Adleraugen begutachtet, bevor sie die Bücher bedächtig zurück auf ihren Platz im Regal schiebt.

»Aber ich wollte die Bilder anschauen«, verteidigt er sich.

»Das sind doch keine Comics!«

»Bitte, Selina, nicht so laut«, ermahnt Mama sie noch mal, dann setzt sie sich zu Leo aufs Bett. »Deiner Schwester sind die Bücher sehr wichtig, weißt du?«, sagt sie an ihn gewandt. »Wir haben doch darüber gesprochen, dass du sie nur mit ihr zusammen anschauen darfst, oder?« Leo antwortet nicht, sondern starrt auf seine Knie. »Oder?«, fragt sie mit Nachdruck.

»Ja«, murmelt er dumpf.

»Dann halte dich bitte auch daran. Und morgen gibt es keine Zeichentrickserie.«

Er sieht auf, und seine großen Augen füllen sich mit Tränen.

Mama schüttelt den Kopf. »Da kannst du weinen, wie du willst. Wenn du dich nicht an die Regeln hältst, dann hat das Konsequenzen. Das haben wir doch ausgemacht.«

»Aber das ist gemein!«, flüstert er, während sein Hundeblick auf mich fällt. Leo springt vom Bett, läuft mit Tippelschritten zu mir und klammert seine Arme um meine Oberschenkel. »Tobi, ich will die Dinos sehen!« Er meint seine Lieblingszeichentrickserie *In einem Land vor unserer Zeit*.

Ich streiche über seinen kleinen Kopf und spüre die seidigen Haare zwischen meinen Fingern. Ich würde ihn gerne beruhigen, ihm versprechen, dass er natürlich fernsehen darf, damit ganz schnell das Lachen auf sein rundes Gesicht zurückkehrt. Doch ich sehe die beschädigten Bücher, den unglücklichen Blick meiner Schwester und schüttle entschieden den Kopf. »Tut mir leid, Kumpel, aber du hast Mama gehört. Das nächste Mal fragst du Selina, ob du eines der Bücher anschauen darfst und ziehst nicht einfach alle heraus, okay?«

Er stößt einen frustrierten Laut aus und fängt an zu heulen. Doch es ist kein schmerzerfülltes Weinen. Es klingt kalkuliert und angestrengt, wie immer, wenn Leo seine Grenzen austesten möchte.

Noch ungefähr fünf Minuten ist das Schluchzen meines Bruders durch die Wand zu hören, dann ebbt es schnell ab. Ich putze meine Zähne und ziehe meinen Schlafanzug an, bevor ich das Licht in meinem Zimmer ausschalte und unter die Decke schlüpfe. Ich stelle meinen Radiowecker auf fünf Uhr morgens. *Fünf Uhr morgens.* Mir graut vor dem Moment, in dem mich der schrille Piepton aus dem Schlaf reißen wird. Ich gähne ausgiebig und lasse mich auf den Rücken fallen. Was der morgige Tag wohl bringen wird? Doch auch wenn ich aufgeregt bin, nehme ich mir vor, mir nicht zu viele Gedanken zu machen. Es ist ein Job. *Nur* ein Job.

10
Alex

Kann man Liebe auf den ersten Blick auch wieder zurückgeben?
Oder brauche ich dafür den Kassenzettel?

Am nächsten Tag beobachte ich Tobi beim Frühstück unauffällig. Unser gestriges Gespräch lässt mich nicht los, und ich merke, wie ich immer noch daran zu knabbern habe. Gleichzeitig möchte ich nicht eifersüchtig sein, nur weil jemand mit weniger Anstrengung die gleichen Dinge erreicht wie ich. So ist das im Leben nun mal. Und doch kann ich es nicht einfach runterschlucken.

Von dem lauten Lachen der anderen werde ich aus meinen Gedanken gerissen.

»Das hat sie nicht wirklich getan?«, prustet Andreas, ein Kollege, und schüttelt den Kopf.

»Wenn ich es doch sage!«, bestätigt Paul und grinst

breit. Dann huschen seine Augen zu mir, und das Grinsen verrutscht kaum merklich.

Ich räuspere mich und versuche den Faden des Gesprächs zu finden, denn offensichtlich habe ich eine lustige Geschichte verpasst.

»Denk dir nichts«, sagt Paul plötzlich zu mir. »Ich hab wirklich nichts gegen Frauen, aber die …« Er lässt den Satz in der Luft schweben, und Andreas fragt irgendetwas nach, sodass Paul sich wieder von mir abwendet.

Ich weiß gar nicht, wovon Paul spricht, dennoch sorgt diese kurze Bemerkung nicht dafür, dass sich meine Laune bessert. Ein Kloß bildet sich in meinem Hals. Vielleicht sollte ich einfach mitlachen und so tun, als hätte ich genauso viel Spaß wie die anderen. Vielleicht würde es helfen, mich noch mehr zu integrieren, ein richtiger Teil des Teams zu werden. So wie Tobi. *So wie Tobi es nach einem Tag geschafft hat.*

Den Vormittag über schneide ich Holz für Paul zu und übernehme vorbereitende Aufgaben, so wie fast jeden Tag. Das Bühnenbild im kommenden Stück wird eine in die Jahre gekommene Wohnung sein, für die wir noch eine Holzverkleidung benötigen. Die finale Umsetzung übernehmen Paul und Hassan. Ich kann es gar nicht erwarten, endlich selbst etwas zu erschaffen, das ich vielleicht sogar auf der Bühne wiederfinden werde. Doch bisher hat mich Paul noch nicht mit einem Projekt betraut.

Kurz vor Mittag gehe ich ins Holzlager, weil ich noch etwas Ahornholz benötige. Ich streiche über das glatte, stabile Holz, spüre die feine Maserung unter meinen Fingern. Der herbe, frische Duft lässt mein Herz aufgehen. Es riecht nach Heimat. Schnell schüttle ich die Schwere von meinen Schultern ab, die sich jetzt – wie so oft, wenn ich an mein Zuhause denke – auf mich legt.

»Brauchst du Hilfe beim Tragen?«

Ich schrecke zusammen, als Tobi plötzlich in der Tür steht. Ich wende mich zu ihm um. »Nein, passt schon, danke.«

Er nickt zum Holz. »Sieht aber schwer aus. Ich helfe gerne.«

Schnell schüttle ich den Kopf. »Nein, ich komm schon …« Doch ich schaffe es nicht, meinen Satz zu beenden, weil Paul nun neben Tobi auftaucht.

»Ah, da bist du ja«, sagt er an mich gewandt. »Gehst du dann schon mal die Brotzeit holen? Wie immer, du weißt ja.«

Bevor ich was erwidern kann, ist er schon wieder verschwunden. Ich starre ins Leere. Unmut rollt wie eine Dampfwalze über mich hinweg. Seit meinem ersten Tag hole ich für das Team die Brotzeit. Ich hatte nie etwas dagegen, weil ich dachte, dass das der Job der Neuen ist. Ein ganz normales Ritual. Aber Paul hat Tobi nicht mal beachtet.

Tobi streift sich seine Schutzhandschuhe über. »Also, was kann ich dir in die Werkstatt tragen?«

Mein Blick wandert zu ihm hinüber, und in meinen Ohren höre ich das Blut rauschen. »Sag mal, hab ich mich undeutlich ausgedrückt?«, presse ich zwischen den Zähnen hervor. »Ich schaffe das alleine, ich brauche keine Hilfe. Und schon gar nicht von dir.« Unwirsch dränge ich mich an ihm vorbei und hole die bestellte Brotzeit.

Frustriert stoße ich die Luft aus und klappe das Taschenbuch zu, in dem ich gerade noch gelesen habe. Na ja, zumindest habe ich es versucht. Denn ich konnte mich nicht auf die Wörter konzentrieren, mich nicht wie sonst in der Geschichte verlieren. Nur weil der Arbeitstag mich gedanklich nicht loslässt.

Nachdem ich Tobi angeschnauzt habe, haben wir kein Wort mehr miteinander gesprochen. Auch wenn er mir hin und wieder verwirrte und vielleicht sogar verletzte Blicke zugeworfen hat, konnte ich mich nicht überwinden, mich bei ihm zu entschuldigen.

Vermutlich könnte ich sogar vergessen, dass Tobi sich nicht anstrengend musste, um einen Platz in der Schreinerei zu bekommen. Ich könnte vergessen, dass er sofort Teil des Teams geworden ist, ohne sich beweisen zu müssen. Dass er von Paul nicht zum Brotzeitholen geschickt wurde, ist schließlich nicht seine Schuld. Aber das, was ich nicht ignorieren kann, ist Tobis fehlende Wertschätzung. Er weiß nicht, wie hart ich arbeiten muss und trotzdem nicht das erreiche, was ihm in kürzester Zeit in den Schoß fällt. Das Leben ist nicht fair. Ja, ja. Ich weiß.

Ich lege das Buch auf mein Kissen und stemme mich vom Bett. Das Knurren meines Magens wird lauter und übertönt schließlich meine Faulheit. Kurz überlege ich, mir etwas zu Essen zu bestellen, aber dann finde ich im Kühlfach noch eine Fertigpizza, die ich mir vor ein paar Tagen mitgenommen habe. Heute ist der richtige Tag für etwas Ungesundes, und das Malzbier im Kühlschrank passt perfekt dazu.

Als ich den Kronkorken entferne und die Flasche an den Mund führe, kommen alte Kindheitserinnerungen hoch. Wie erwachsen ich mir mit zehn Jahren vorkam, als meine beste Freundin und ich zum ersten Mal das alkoholfreie Malzbier getrunken haben. Heute weiß ich, dass zum Erwachsensein viel mehr gehört, als vermeintlichen Alkohol zu trinken und älter zu werden.

Gerade als mein Timer mich mit einem Vibrieren daran erinnert, dass meine Pizza fertig gebacken ist, höre ich hinter mir ein Zungenschnalzen.

»Alex, toller Zufall! Wir haben den gleichen Essensrhythmus«, stellt Lara entzückt fest. Sie trägt einen weinroten Jogginganzug und Birkenstock-Hausschuhe.

»Hi! Kochst du dir was?«, frage ich mit einem Blick auf ihre leeren Hände.

Sie verzieht das Gesicht. »Ich hab total vergessen, einkaufen zu gehen.« Sie marschiert zum Kühlschrank, öffnet ihn und späht skeptisch hinein. »Meinst du, ich kann mir was ausborgen?«

Ich lache und hole mir einen großen flachen Teller aus dem Küchenschrank. »Du meinst, ob du dir was von den anderen stehlen darfst?«

Lara schüttelt den Kopf. »Nicht stehlen, nur ausborgen! Ich hinterlasse ihnen dann einfach einen Zettel und kaufe es nach.«

Ich öffne den Ofen, und ein Schwall heißer nach Pizza duftender Dampf steigt mir nicht nur in die Nase, sondern auch in die Augen. »Du kannst bei mir ein paar Stücke mitessen, wenn du willst«, sage ich, während ich gegen den Dampf anblinzele. »Dann bringst du die anderen nicht um ihr Essen.«

Sie schließt den Kühlschrank, blickt zu mir und dann zu meiner Spinatpizza. »Echt?«, fragt sie begeistert.

Ich nicke. »Klar! Und wenn sie uns nicht reicht, habe ich immer noch einen Schrank voll Schokolade.«

Ihre Augen leuchten auf. »Danke, danke, danke! Du rettest meinen Magen!«

Wir verziehen uns in mein Zimmer, setzen uns aufs Bett und schauen *Brooklyn 99*, eine Serie, die ich schon zum hundertsten Mal rewatche und die mich dennoch immer wieder aufs Neue zum Lachen bringt. Meine Befürchtungen bestätigen sich, denn Lara und ich plündern nach zwei Folgen mein Süßigkeitenfach. Vor uns auf dem Bett breiten wir tütenweise Schokolade, Gummibärli und Chips aus.

»Das ist genau das, was ich jetzt brauche«, seufzt Lara und beißt ein Stück Vollmilchschokolade ab. »Mein Tag war heute richtig mäh. Hab die Zeichnung zu einem Schmuckstück einfach nicht so hinbekommen, wie ich es wollte. So was macht mich immer ganz verrückt.«

»Kann ich verstehen«, versichere ich ihr. »Manchmal sieht in der Fantasie alles viel rosiger aus.«

Sie verzieht fragend ihre Augenbrauen.

»Ich meine«, sage ich schnell, »oft schaffe ich es nicht, ein Möbelstück so zu zeichnen, wie ich es mir gedanklich ausmale.« Die Kurve habe ich gerade noch so gekriegt, denn ich war in Gedanken bei Tobi. Meine Vorstellung von ihm wurde von der Realität leider abgelöst. »Mach dir nichts draus«, muntere ich sie auf. »Ich hatte auch einen blöden Tag.«

»Echt?«, sagt Lara mitfühlend. »Erzähl!«

»Weißt du noch, der Supermarkt-Typ, von dem ich dir erzählt habe?«, fange ich an. Eigentlich hatte ich gar nicht vor, ihr davon zu berichten, weil ich das Thema abhaken möchte, aber dennoch bleibt der Drang, mir Bestätigung zu holen. Ich könnte mit meiner besten Freundin telefonieren, aber nachdem sie die Supermarkt-Geschichte nicht kennt, müsste ich von Null anfangen. Und auch wenn Lara direkt ist und gerne Witze reißt, habe ich das Gefühl, mit ihr auch tiefe und emotionale Gespräche führen zu können, ohne dass sie mich verurteilt.

»Ja, ich kann mich bestens erinnern.« Sie grinst und wackelt mit den Augenbrauen. *»Bis dann.«*

»Ja.« Ich rümpfe die Nase. »Genau der. Rate mal, wer seit gestern als Aushilfe bei mir in der Schreinerei arbeitet?«

Ihr fällt die Kinnlade herunter. »Nein«, sagt sie. »Kann nicht sein!«

»Leider doch.«

»Wieso leider? Meintest du nicht, er wäre heiß?«

Ich verdrehe die Augen. »Ich habe gesagt, dass er nicht schlecht aussieht. Heiß wäre übertrieben.« Ich spiele meinen ersten Eindruck ganz gewaltig herunter, aber das ist mir egal. Der erste Eindruck kann offensichtlich täuschen.

»Okay«, sagt sie mit gerunzelter Stirn. »Und wie ist er so?«

Wir achten kaum noch auf die laufende Serie. Unschlüssig zupfe ich an meiner Nagelhaut. »Na ja«, sage ich langsam. »Ich finde ihn irgendwie arrogant.«

Lara nickt wissend. »Er ist sich sicher seiner Schönheit bewusst.«

Ich pruste. »Oh Mann, lassen wir sein Äußeres bitte für den Moment mal außen vor, ja?«

Sie zuckt mit den Schultern und greift in die Tüte mit den salzigen Chips. »Was ist es dann?«

Ich weiß nicht, wie ich mich ausdrücken soll, ohne dass Lara denkt, ich wäre neidisch auf Tobi. Gleichzeitig ist es zu kompliziert und zu intim, ihr meine gesamte Gefühlswelt zu offenbaren. So was fällt mir generell schwer, vor allem, wenn ich Menschen noch nicht so gut kenne. Auch wenn Lara es mir leicht macht, ihr zu vertrauen. »Er … nimmt die Stelle nicht ernst«, versuche ich zu erklären. »Ihm ist das Handwerk total egal. Er will einfach nur die Kohle.«

Sie kaut nachdenklich auf den Chips, bevor sie schluckt. »Du fühlst dich in deiner Berufsehre gekränkt, oder?«

Ich schüttle langsam den Kopf. »Ja … und nein. Er muss da jetzt nicht unbedingt seine Berufung finden, aber er sollte es einfach mehr zu schätzen wissen, weißt du?«

»Woran machst du das fest?«, fragt sie mich und zieht die Augenbrauen zusammen.

»Er hat selber gesagt, dass er nur auf das Geld aus ist!«, stelle ich klar. »Und er hat erzählt, dass ihm ein Kumpel den Job besorgt hat. Also null Eigeninitiative.«

»Mh. Schade«, sagt sie und zieht eine Schnute. Ich sehe sie fragend an. »Na, das wäre doch die Lovestory gewesen, oder? Ein zufälliger Zusammenstoß im Supermarkt und die Liebe auf den ersten Blick.«

Ich grinse. »Daraus wird nichts, versprochen. Ich möchte einen Freund, der weiß, was er vom Leben will. Er muss zielstrebig sein und einen echten Plan haben.« Diese Eigenschaften fand ich schon immer ziemlich anziehend. Mit Planlosigkeit kann ich nicht viel anfangen.

»Ja, da hast du recht, so hört sich dein Supermarkt-Lover nun wirklich nicht an.«

Ich schnaube. »Nenn ihn nicht so!«

Sie leckt das Salz von einem Chip. »Wie soll ich ihn denn nennen? Du sagst immer nur *er.*«

Peinlich berührt schleicht sich ein Hauch von Rosa auf meine Wangen. Sie hat recht. Ich komme zwar nicht mit Tobis Art klar, aber zumindest könnte ich ihn beim Vornamen nennen. Das ist sonst schon sehr unhöflich. »Er heißt Tobias.«

»Hat er Insta? Oder TikTok?«, fragt Lara sofort, wischt die Finger an ihrer Jogginghose ab und zieht ihr Handy aus der Hosentasche.

Ich schüttle den Kopf. »Keine Ahnung. Ehrlich! Ich weiß ja nicht mal, wie er mit Nachnamen heißt.«

»Dann finde es heraus! Ich würde so gern mal ein Foto von ihm sehen.«

Ich verdrehe die Augen. »Das werde ich ganz sicher nicht!«

»Ach, komm schon!«

»Keine Chance, sorry«, sage ich entschieden, muss aber grinsen. Lara ist wirklich neugierig. Ich beuge mich vor und stelle den Ton auf meinem Laptop wieder lauter. Ich werde Tobi ganz sicher nicht fragen, ob er auf Social Media unterwegs ist. Am Ende denkt er noch, ich würde auf ihn stehen! Nein, danke. Dieses Fass mache ich nicht auf.

Während ich die Verpackung der zweiten Tafel Schokolade aufreiße, wandern meine Gedanken weg von der Serie und hin zum morgigen Arbeitstag. Ich weiß wirklich nicht, wie ich Tobi gegenüber in Zukunft auftreten soll. Am liebsten wäre es mir, wenn wir wie ganz normale Kollegen nebeneinanderher arbeiten. Aber ich weiß nicht, ob ich das schaffe. Manchmal, wenn mich etwas wirklich beschäftigt, dann kann ich emotional und aufbrausend werden. In solchen Situationen fällt es mir schwer, mich zurückzuhalten. Und leider hat Tobi es in kürzester Zeit geschafft, genau zu so einer Situation zu werden.

11
Tobi

Vielen Dank für deine Meinung.
Ich brauche sie nicht.

Irgendwas ist passiert. Die anfängliche Sympathie zwischen Alex und mir ist plötzlich verschwunden. Ich versuche in der Zeit zurückzugehen und den Grund zu finden, warum mich Alex nicht mehr verlegen und mit rosa Wangen ansieht, sondern meinem Blick vehement ausweicht. Als ich ihr gestern beim Tragen helfen wollte, hat sie mich sogar regelrecht angefaucht. Habe ich etwas gesagt, das sie beleidigt hat? Habe ich irgendeine Grenze überschritten, die ich übersehen habe? Die anderen Kollegen sind freundlich und offen wie immer, niemand scheint die Eiszeit zwischen uns zu bemerken. Zumindest lässt es mich keiner wissen.

Nach dem Frühstück lässt mich Paul an seinem aktuellen Projekt mitarbeiten. Ein Schaukelstuhl, der im kommenden Theaterstück Teil des Bühnenbildes werden soll, zumindest wenn ich Paul richtig verstanden habe. So ganz verstehe ich die Abläufe immer noch nicht, auch wenn ich mich mit Fragen nicht zurückhalte. Er ist geduldig und beantwortet mir alles ausführlich und gegebenenfalls auch öfter.

Als ich mich wieder aufrichte und mir keuchend durch die Haare fahre, fällt mein Blick auf Alex. Sie beobachtet uns mit feuchten Augen. Ihre Hände sind zu Fäusten geballt. Steht sie schon länger dort, neben ihrer Werkbank? Ich öffne den Mund, doch dann dreht sie sich um und verlässt mit schnellen Schritten die Halle. Stirnrunzelnd sehe ich ihr nach. Ich hasse schlechte Vibes. Vor allem, weil ich nicht weiß, woher sie kommen, und ich will nicht, dass irgendwas zwischen uns steht. Alles lässt sich klären.

Also entschuldige ich mich kurz und tue so, als müsste ich auf Toilette, während ich in Wirklichkeit Alex aus der Halle folge. Im Aufenthaltsraum finde ich sie nicht, aber nach kurzer Suche entdecke ich sie bei ihrem Spind. Als sie meine Schritte hört und aufblickt, stöhnt sie leise. »Was ist?«, fragt sie unwirsch.

Ich habe mich also nicht getäuscht. Sie hatte gestern nicht einfach nur schlechte Laune, irgendwas ist vorgefallen.

»Ich habe irgendwie den Eindruck, dass du sauer auf mich bist«, fange ich an und versuche meinen Verdacht neutral und ohne Anschuldigung zu formulieren.

Ihre Augen werden groß, ihre Wangen färben sich feuerrot, so als hätte ich sie bei etwas ertappt. Alex räuspert sich. »Alles gut.«

»Alles gut?«, wiederhole ich und kann mir einen leicht

spöttischen Unterton leider nicht verkneifen. Es ist offensichtlich, dass sie mich anlügt.

»Ja«, sagt Alex entschieden und schlägt die Tür ihres Spinds zu. Sie zuckt zusammen, als das Scheppern im Flur hallt.

Ich schüttle den Kopf und verschränke die Arme. »Das ist doch lächerlich. Ich merke, dass du irgendwas gegen mich hast. Wenn ich etwas falsch gemacht habe, dann sag es mir, vielleicht kann ich es ändern.«

Alex sieht nach links und rechts, nur nicht zu mir. Dann seufzt sie, und ihre Augen finden meine. »Tu mir einfach den Gefallen und versuche das Ganze hier etwas mehr wertzuschätzen, okay? Es gibt Menschen, denen nicht alles in den Schoß fällt und die für ihren Job hart arbeiten müssen. Wäre schön, wenn du dir das mal bewusst machst.«

Ihre harten Worte treffen mich unvorbereitet wie eine Ohrfeige. Mehrere Augenblicke stehe ich einfach nur da und starre sie an. Ich versuche einen Sinn hinter ihren Sätzen zu erkennen, aber Fehlanzeige. »Wie meinst du das?«

Alex verdreht die Augen, so als würde es auf der Hand liegen, so als hätte ich einfach nur nicht richtig zugehört. »Nur weil du keinen Bock mehr aufs Studium hattest und vermutlich deine Freizeit fürs Lernen opfern musstest, schmeißt du die ganze Sache hin. Und weil Papi das bestimmt nicht so toll fand und dein Taschengeld gestrichen hat, arbeitest du jetzt eben hier. Ach, und wie praktisch: Dein mysteriöser Freund hat dir eine Stelle besorgt, vermutlich ohne dass du dafür einen Finger krümmen musstest.« Sie atmet tief durch, so als hätte sie diese vernichtenden Anschuldigungen viel zu lange für sich behalten. »Sorry, aber so was ist einfach nicht meine Welt.«

Mein erster Impuls ist zu lachen. Laut zu lachen, weil ihre Worte ahnungsloser Nonsens sind, aber dafür bin ich viel zu wütend. Da ist ein Rauschen in meinen Ohren, und mein Kiefer schmerzt, weil ich ihn so fest aufeinanderpresse. »Wie wär's, wenn du das nächste Mal nachdenkst, bevor du über etwas urteilst, von dem du keine Ahnung hast«, knurre ich mit zusammengebissenen Zähnen. Doch als Alex antworten will, lasse ich sie stehen, drehe mich um und marschiere wieder zurück in die Halle. Offensichtlich habe ich mich in ihr getäuscht, offensichtlich war es ein Fehler, so offen mit ihr zu sprechen. Im Nachhinein ist man immer schlauer.

Den restlichen Tag würdige ich Alex keines Blickes, und wenn sich unsere Blicke doch ungewollt finden, versuche ich durch sie hindurchzusehen.

Als ich am Nachmittag meine Werkbank aufräume und die Sägespäne aufsauge, tritt plötzlich Hassan neben mich. Er ist einer der Handwerker, ich mag ihn von allen fast am liebsten. Ruhig, aber aufmerksam und freundlich.

»Dicke Luft, mh?«, fragt er, ohne mich anzusehen. Sein Blick wandert über meinen halbgesäuberten Arbeitsplatz.

»Was?« Ich werfe ihm einen fragenden Blick zu.

»Zwischen dir und Alex«, fügt er erklärend hinzu. »Ist da irgendwas vorgefallen?« Nun bohren sich seine dunkelbraunen Augen direkt in meine, und automatisch trete ich einen halben Schritt zurück. Sein beiläufiger Kommentar täuscht mich nicht.

»Nein«, sage ich schnell. »Gar nichts.«

Er zieht kaum merklich eine Augenbraue in die Höhe. Der Kerl lässt sich nicht so schnell abwimmeln.

»Wir sind einfach nicht auf einer Wellenlänge«, schiebe ich nach.

»Offensichtlich«, bestätigt er meine Einschätzung.

Ich weiß nicht, was ich darauf erwidern soll, also nicke ich ihm nur kurz zu und räume das übrig gebliebene Holz wieder ins Lager. Doch Hassan folgt mir wie ein Schatten.

»Es ist nur so«, fängt er wieder an, als ich die Holzplatten abgelegt habe und mir die Hände an meiner Arbeitshose abklopfe. »Alex ist ein nettes Mädchen, sie soll nicht ausgenutzt werden.«

Ich runzle die Stirn. »Was willst du damit sagen?«, frage ich vorsichtig, denn ich höre eine Unterstellung in seinen Worten, bin aber nicht sicher, ob ich sie richtig deute.

»Nichts. Ich beobachte nur«, sagt er und streicht sich nachdenklich über seinen dichten Vollbart. »Sie ist vernünftig, und so ein Streit sieht ihr eigentlich gar nicht ähnlich, deshalb war ich so überrascht. Ihr würdigt euch nicht eines Blickes, und das war anfangs noch anders.«

»*Vernünftig*«, wiederhole ich schnaubend. Eigentlich wollte ich nicht tiefer gehen und Alex anschwärzen, doch für Hassan steht fest, dass ich der Auslöser unseres Streits gewesen sein muss. »Sie hat mir vorgeworfen, ein verwöhnter Bengel zu sein.«

»Und bist du es?«, kommt seine Nachfrage sofort.

»Was? Nein, natürlich nicht!«, erwidere ich verärgert. »Alex mischt sich in Dinge ein, von denen sie keine Ahnung hat.«

»Mh«, macht Hassan nur. »Solange eure Arbeitsleistung nicht darunter leidet und ihr das Team nicht aufhaltet, will ich mich nicht einmischen. Aber es ist schade.«

Ich zucke mit den Achseln. »Glaub mir, ich hab versucht, mit ihr Frieden zu schließen, obwohl ich nicht weiß, was ich ihr überhaupt getan habe. Und alles, was ich dann von ihr zu hören bekomme, ist, dass ich den Job hier nicht verdiene.«

»Das hat sie gesagt?« Seine Augen weiten sich überrascht.

»Nicht wortwörtlich.« Ich zucke mit den Schultern. »Aber dass ich es nicht wertzuschätzen weiß, dass ich hier arbeite. Dass ich aus Faulheit mein Studium geschmissen habe und mir nur deshalb einen Job gesucht habe, weil mir mein Vater den Geldhahn zugedreht hat.« Als ich ihre Worte wiederhole, steigt in mir abermals die Wut auf.

Hassans Augen werden noch größer. »Das sieht ihr gar nicht ähnlich.«

»Tja«, seufze ich. »Ich weiß nicht, was Alex ähnlich sieht. Ich kenne sie nicht, aber sie mich eben auch nicht.«

»Ich könnte mal mit ihr reden«, schlägt er vor, doch ich schüttle entschieden den Kopf.

»Nein. Für mich ist das Thema durch.«

Hassan verzieht das Gesicht, aber nickt. »Wie du meinst. Ich will mich nicht einmischen.«

»Danke«, sage ich aufrichtig. Nicht nur, weil er mich nicht nötigt, noch mal mit Alex zu sprechen, sondern vor allem auch deshalb, weil er ernsthaft um uns besorgt scheint. Für mich steht jedenfalls fest, dass ich mir unseren Streit weiterhin so gut es geht nicht anmerken lassen werde – und das Gleiche gilt hoffentlich auch für sie. Ich hoffe einfach, dass wir nie zusammen einem Projekt zugeteilt werden. Solange das nicht passiert, sollte alles gut gehen.

»Du machst deine Sache übrigens echt gut«, sagt Hassan plötzlich. Sein Gesichtsausdruck entspannt sich wieder, und seine Mundwinkel ziehen sich leicht nach oben.

»Danke«, sage ich abermals und bin überrascht. »Ehrlich gesagt, habe ich echt Respekt vor der Arbeit und dachte, ich würde nichts auf die Reihe bekommen.«

»Du bist Anfänger, das ist natürlich nicht zu übersehen. Aber du hast Talent und Fingerspitzengefühl. Das ist wichtig. Wenn du dir Zeit gibst und dich reinhängst, dann wirst du ein guter Schreiner.«

Ich könnte ihm nun erklären, dass ich hier nur deshalb aushelfe, weil ich das Geld brauche, und nicht, weil ich meine Berufung im Handwerk sehe.

Obwohl … Vielleicht tue ich das sogar, wer weiß. Die Arbeit ist herausfordernd und erfordert körperliche und geistige Anstrengung, sie beruhigt und fokussiert. Aber ist es wirklich die Arbeit, die ich den Rest meines Lebens machen möchte? Sollte ich nicht dann eher genau die gleiche Begeisterung hegen wie Alex? Ich habe sie im Umgang mit Holz beobachtet. Wenn sie es schleift, sind ihre Bewegungen gleichmäßig und routiniert. Doch sie unterscheiden sich von denen des Meisters. Sie sind sanfter, fast so, als könnte Alex eine Verbindung zwischen der Natur und ihren Händen spüren.

Ich schüttle schnaubend den Kopf und bin froh, dass Hassan bereits in Richtung der Spinde verschwunden ist. So ein Blödsinn. Ich höre mich schon an wie die Schauspielerinnen und Schauspieler aus diesen Schnulzenfilmen, die meine Mutter und meine Schwester gerne sehen. Dabei macht Alex einfach nur ihren Job.

Ich kehre zurück an meine Werkbank, sauge die letzten Sägespäne ein, verabschiede mich von Paul und Andreas und folge Hassan in den Vorraum zu den Spinden. Er ist nirgends zu sehen und offensichtlich schon heimgegangen. Auch Alex treffe ich glücklicherweise nicht an, und so vermute ich, dass sie ebenfalls schon Feierabend gemacht hat. Ich bin froh, dass der Tag vorbei ist. Zwar bin ich nicht konfliktscheu, und doch hasse ich Streit. Als hätte ich nicht schon genug Probleme, muss ich nun noch eines auf meiner imaginären Liste vermerken. Total unnötig und verschwendete Energie.

Nachdem ich mich in der Umkleide umgezogen habe, quetsche ich meine Arbeitskleidung in meinen Spind, schultere meinen Rucksack und verlasse das Theater durch den Mitarbeitereingang.

Die Sonne ist bereits hinter den Häusern verschwunden, und der Gärtnerplatz liegt halb im Schatten. Die kühle Herbstluft fährt mir durch die Haare, und ich atme tief durch. Kurz überlege ich, Jonas anzurufen, denn ich könnte heute Ablenkung gut gebrauchen … doch ich lasse mein Handy in der Hosentasche. Meine Augenlieder sind schwer, und ein leichtes Ziehen in meinen Armen kündigt den unvermeidbaren Muskelkater an. Das, wonach ich mich gerade am meisten sehne, ist mein Bett. Mein Bett und jede Menge Schlaf.

12
Alex

Der Marshmallow oder *das* Marshmallow?

Ich bin wütend. Und gleichzeitig fühle ich mich, als hätte ich ein Marshmallow verschluckt, das in meinem Hals stecken geblieben ist. Es ist kein kratziges Gefühl, sondern eher dumpf und drückend. Warum? Ich habe Tobi meine Meinung gesagt, weil er darauf gedrängt hat. Hätte ich sie doch lieber für mich behalten …

Nein, eigentlich ist es doch besser, wenn ich ehrlich zu Tobi bin, als ihn anzulügen, selbst wenn die Wahrheit hart ist. Oder? Wieso fühle ich mich dann trotzdem mies? Hätte ich weiterhin behaupten sollen, es sei alles in Ordnung, auch wenn er mich längst durchschaut hat? Hätte ich eine Geschichte erfinden sollen, wonach es mir gerade nicht gut geht, ich viel zu viel Stress habe und deshalb etwas kurz angebunden bin? Das ist doch blöd!

Ich schnaube, und eine alte Frau auf Krücken sieht

mich im Vorbeigehen irritiert an. Heute arbeite ich wieder im Supermarkt und hätte für den Weg vom Theater zur Arbeit nicht einmal drei Minuten gebraucht. Doch weil der Tag absolut scheiße gelaufen ist und ich schon seit zwei Stunden mit Kopfschmerzen zu kämpfen habe, bin ich nicht auf direktem Weg zum Supermarkt gelaufen, sondern drehe noch ein paar Runden um den Block.

Die trockenen roten und gelben Blätter knistern, als ich auf sie trete. Auch wenn die Sonne den ganzen Tag geschienen hat und eine angenehme Wärme zurücklässt, sorgt der Wind für die nötige Kühle, um meinen Kopf frei zu bekommen.

Ich atme tief durch, zweimal, dreimal. Soll ich mich bei Tobi entschuldigen, oder ist es besser, wenn ich es nun ein für alle Mal auf sich beruhen lasse? Würde er meine Entschuldigung überhaupt annehmen? Vor allem, wenn ich mich nur dafür entschuldige, wie hart ich mich ausgedrückt habe? Sein kalter Blick und seine verschränkten Arme haben das Marshmallow in meinem Hals auftauchen lassen. In diesem einen Moment wollte ich meine Worte rückgängig machen und das Lächeln auf sein Gesicht zurückholen. Aber nein, ich bleibe dabei. Vermutlich hat noch nie jemand Tobi die Meinung gegeigt, und er muss jetzt erst mal mit dieser neuen Situation klarkommen. Das kann ich durchaus verstehen, sollte aber gleichzeitig nicht mein Problem sein.

Nachdem ich eine Viertelstunde durch die Straßen gelaufen bin, mir gedankenabwesend die Schaufenster der kleinen Klamotten- und Bücherläden angesehen habe, die sich im Glockenbachviertel aneinanderreihen, mache ich mich schweren Herzens auf den Weg zum Supermarkt.

Wenn ich noch länger zögere, komme ich zu spät, und Marlene muss meine Arbeit mit erledigen.

»Die Bio-Eier bitte zu den Bio-Eiern«, reißt mich Marlenes Stimme aus den Gedanken. Ich bin gerade dabei, vier gefüllte Eierkartons ins Regal zu stellen, als ich in der Bewegung innehalte. Mein verschwommener Blick stellt sich scharf, und erst jetzt bemerke ich, dass ich gerade dabei bin, die Bio-Ware zur Bodenhaltung zu verfrachten.

»Oje, sorry«, murmle ich und stelle die Eier ins richtige Regal. Mir wird heiß, und Röte schießt mir in die Wangen. Ich hasse es, wenn ich unaufmerksam bin. Ich hasse es, wenn ich meine Arbeit nicht perfekt erledige.

»Schon okay, ist ja noch nicht viel passiert«, beruhigt sie mich und lächelt mich aufmunternd an. »Du wirkst so abwesend. Ich hoffe, es geht dir gut, und es ist alles in Ordnung?«

»Ja, hab nur ein bisschen Kopfweh.« Ich reibe mir die Stirn.

»Heimweh?«, mutmaßt Marlene, und ihr Blick gleitet prüfend über mein Gesicht.

Ich schüttle den Kopf. »Nein, das heißt ... ja, irgendwie schon. Aber an meinen Kopfschmerzen ist heute eher die Arbeit schuld. War etwas stressig.«

Sie stöhnt mitfühlend. »Das kann ich gut nachvollziehen, glaub mir. Ich arbeite hauptberuflich im Büro, und da ist jeder Tag eine Herausforderung. Mein Chef hat Haare auf den Zähnen.« Bei ihren letzten Worten verzieht sie das Gesicht.

Ich gluckse. »Bei mir in der Arbeit bin vermutlich ich die mit den Haaren auf den Zähnen.«

Marlenes Augen werden groß. »Du? Das kann ich mir nicht vorstellen, du bist doch so ein liebes Mädel!«

Ich nehme die letzten Packungen Bio-Eier und staple sie vorsichtig auf ihre Artgenossen. »Ich kann … sehr direkt werden, wenn mich etwas stört.«

»Richtig so«, antwortet Marlene und nickt kräftig. Sie bückt sich und fängt an, die Bodenhaltungseier einzuräumen. »Du kannst dir gar nicht vorstellen, wie gerne ich meinem Chef die Meinung sagen würde. Aber was soll ich machen? Ich brauche den Job, also halte ich meine Klappe.« Sie richtet sich wieder auf und bläst sich eine Strähne aus der Stirn. »Bin ich deswegen feige? Ja! Und zwar so was von! Also sei stolz darauf, dass du es nicht bist. Sei stolz, dass du dich traust, auf den Tisch zu hauen!«

Überrascht lausche ich ihrer kleinen Ansprache. Sie ist einige Jahre älter als ich, besitzt mehr Lebenserfahrung, und ich höre ihrer Entschlossenheit an, dass sie weiß, wovon sie spricht. Und dennoch …

»Allerdings könnte es sein, dass ich heute etwas zu persönlich geworden bin«, gebe ich zähneknirschend zu. »Er war echt sauer.«

»Schlaf eine Nacht drüber. Wenn du dich dann immer noch schlecht fühlst, dann sprich mit ihm. Und wenn nicht, dann lass es bleiben. Vielleicht hat er deine Ansage ja auch verdient.«

»Mh«, mache ich. »Drüber schlafen klingt gut.«

Sie streichelt mir aufmunternd den Oberarm. »Jetzt mach dir mal keine Gedanken, das wird schon alles. Und wenn du was gegen deine Kopfschmerzen brauchst, ich hätte noch ein Aspirin in der Handtasche.« Sie deutet in

Richtung Pausenraum. »Wenn du willst, dann hole ich sie dir.«

Ich nicke dankbar. »Das wäre total nett. Und danke für deinen Zuspruch. Das konnte ich gerade echt gut gebrauchen.«

Marlene lächelt mich an. »Sehr gerne«, antwortet sie, bevor sie zu ihrer Handtasche huscht und mir einen Abend ohne Kopfweh beschert.

Am Samstag erwache ich früh morgens, ohne dass ich einen Wecker gestellt habe. Ich döse noch etwas, kuschele mich unter die Decke, bevor ich schließlich gegen die Helligkeit blinzle. Wieder denke ich, dass ich mir endlich Vorhänge kaufen muss. Vielleicht schlafe ich dann am Wochenende länger als bis acht Uhr. Doch so ist der Blick frei auf einen wolkenverhangenen Himmel, der im Laufe des Tages vielleicht sogar noch mit Regen aufwarten wird.

Stöhnend drehe ich mich auf die Seite und greife nach meinem Handy, das wie jeden Morgen neben dem Bett auf mich wartet. Ich antworte meiner Freundin Sarah auf eine Sprachnachricht, in der sie mir von einer guten Note und einem Streit mit ihrem Freund berichtet hat. Mir wird aufs Neue bewusst, wie sehr sich unsere Leben verändern. Sich über Monate nicht persönlich zu sehen macht eine Freundschaft irgendwie anstrengender. Sie ist nicht mehr selbstverständlich und braucht mehr Aufmerksamkeit, damit das Band nicht an Stärke verliert.

Eine Nachricht von meinem Vater poppt auf.

Papa: Guten Morgen, Spätzchen. Wann soll ich dich abholen?

Ich lächle und drücke auf Antworten. Das ist der Grund, warum ich mich schon die ganze Woche auf diesen Tag gefreut habe. Papa wird heute vorbeikommen, er bringt Holz mit, und wir beginnen endlich, an meinem Bücherregal zu arbeiten. Immer noch ist meine Büchersammlung in Kartons versteckt, und ich kann es gar nicht erwarten, sie aus der Dunkelheit zu befreien.

> **Ich:** Guten Morgen! Du kannst jederzeit losfahren! Bin schon wach.

Ich stehe auf und strecke mich ausgiebig. Nachdem ich geduscht und Zähne geputzt habe, genehmige ich mir etwas Porridge mit Banane, das ich bereits gestern Abend vorbereitet habe. Im Bett sitzend und die Schüssel gefährlich wackelnd auf meinen Knien balancierend, lese ich weiter in meinem Fantasy-Roman. Jeder Morgen sollte so starten, mit Essen und einem guten Buch. Die perfekte Ablenkung.

Die restliche Arbeitswoche war … okay. Wenn man davon absieht, dass Paul mich weiterhin nur Holz zuschneiden lässt, statt mir tatsächlich endlich mal ein eigenes Projekt anzuvertrauen. Seit zwei Monaten erhalte ich keine Chance, mich zu beweisen, obwohl ich immer wieder danach frage.

Und dann noch die Sache mit Tobi … Wir haben kein Wort miteinander geredet, wenn man mein *Danke* von gestern Morgen nicht mitzählt, als er mir Holz gereicht hat. So wie Marlene es vorgeschlagen hat, habe ich eine Nacht drüber geschlafen und gemerkt, dass der Kloß im Hals nicht verschwindet. Also wollte ich mich entschuldigen, wollte ich wirklich. Doch als ich am nächsten Morgen mit schwitzigen Händen und bebendem Herzen auf ihn zugegangen bin, hat er abgewunken. »Das Thema ist durch, ja? Ich hab keinen Bock auf Diskussionen. Lass es einfach, ich will's nicht hören.« Mit diesen Worten ließ er mich stehen. Ja, vielleicht habe ich seine Reaktion verdient, doch leider hat sie auch dazu beigetragen, dass Tobi und ich nun trotz ungeklärten Streits miteinander arbeiten müssen. Hin und wieder habe ich versucht, seinem Blick zu begegnen, ihm beschwichtigend zuzulächeln und ihm zu zeigen *Ich komme in Frieden.* Doch in seinen Augen sah ich nur kühle Gleichgültigkeit, die bei mir zu einem unerwarteten Stich ins Herz geführt hat.

Trotzdem habe ich nicht versucht, noch mal mit ihm zu sprechen. *Ich will's nicht hören.* Das hat er gesagt, und gemessen daran, wie er sich mir gegenüber benimmt, hat er es auch so gemeint.

»Wow, danke!«, sage ich begeistert, als Papa den Kofferraum öffnet und ich einen ersten Blick auf das mitgebrachte Holz werfen kann. Eiche. Ich fahre mit den Fingern über die wunderschöne Maserung des dunklen Holzes. »Das wird toll in meinem Zimmer aussehen. Ein richtiger Eyecatcher!«

Papa lächelt und lässt den Blick ebenfalls über den Inhalt des Kofferraums gleiten. »Das war der Plan.«

»Du hast wirklich einen guten Blick dafür«, lobe ich ihn.

Er schnalzt mit der Zunge. »Alles Erfahrungswerte.«

»Die werde ich hoffentlich auch bald haben«, füge ich lachend hinzu.

»Ja, das wirst du.« Papa richtet sich auf und strafft die Schultern. Sein Stolz ist mein Stolz und das macht mich unglaublich glücklich. Zu ihm habe ich eine Bindung wie sonst zu niemandem. Wir verstehen uns, ohne miteinander zu sprechen, und wenn wir uns unterhalten, dann sind wir uns stets einig. Irgendwie ist er so was wie mein bester Freund.

Wir tragen das Holz schnell in mein Zimmer, bevor uns der sich ankündigende Regen einen Strich durch die Rechnung machen kann. Die Wolken hängen tief, und der Duft nach feuchten Blättern und Moos liegt in der Luft.

Papa hat natürlich bereits vorgearbeitet und die Holzbretter auf die richtige Länge gekürzt, sodass wir sofort starten können. Wir fügen die einzelnen Teile mit Dübeln zusammen und verleimen sie. Während wir arbeiten, reden wir kaum, nur manchmal gibt mir Papa einen Tipp, wie ich noch effektiver werde. Die Zeit vergeht wie im Flug, und zum ersten Mal in dieser Woche denke ich weder an die Schreinerei noch an Tobi. Ich konzentriere mich einfach nur auf den Moment.

Am Nachmittag sind wir mit dem Aufbau fertig. Zufrieden lassen wir uns auf mein Bett fallen, und ich lehne mich zurück gegen die Wand. Das Bücherregal blickt mich vom anderen Ende des Zimmers erwartungsvoll an, doch noch werde ich es nicht einräumen, denn es gibt noch ein paar Details, die fehlen.

»Bist du zufrieden?«, fragt Papa und sieht mich von der Seite an.

»Total«, sage ich glücklich. Endlich habe ich das Gefühl, dass etwas vorwärts geht, und ich hoffe, dass meine eigenen vier Wände nur der Anfang sind.

»Ich meinte eigentlich nicht das Regal«, sagt er langsam. »Wie geht es dir? Du meldest dich so wenig, und Mama und ich haben uns gefragt, ob es daran liegt, dass es dir gut geht, oder ob es daran liegt, dass es dir … nicht so gut geht.«

Mein Lächeln wird plötzlich anstrengend, schwer und künstlich, bis es schließlich verschwindet. Ich bin noch nicht bereit, Papa jetzt anzusehen, denn wenn ich es tue, wird er es sofort wissen. Ich wollte meinen Eltern nicht erzählen, dass es mir schlecht geht, ich wollte sie nicht wissen lassen, dass ihre Tochter Heimweh hat. Heimweh nach meinem alten sorglosen Leben, Heimweh nach einer Zeit, in der ich kaum Verantwortung tragen musste. Heimweh … Kleinkinder haben Heimweh. Aber ich bin doch nun erwachsen, oder?

Ich blicke aus dem Fenster, ohne wirklich rauszusehen. Tränen sammeln sich in meinem Augenwinkel, und ich versuche, nicht zu blinzeln, damit die Tränen trocknen, bevor sie sich den Weg über meine Wange bahnen können. Der heutige Tag sollte eine Auszeit sein, und nun wird er genau das Gegenteil. Ich will Papa nicht belügen, und deshalb habe ich mich auch so wenig bei meinen Eltern gemeldet. Ich hatte Angst vor genau dieser Frage.

»Ich … fühle mich in der Schreinerei nicht wohl«, gebe ich schließlich zu. Kurz blicke ich zu ihm, dann gleich auf den Boden, denn seine großen irritiert dreinblickenden Augen will ich nicht sehen.

»Du fühlst dich nicht wohl?«, wiederholt Papa besorgt. »Manchmal macht ein Hobby großen Spaß, aber als Job, mit dem man Geld verdienen soll, ist es dann nicht das

Richtige. Das ist okay. Wenn du willst, schauen wir einfach, ob eine andere Ausbildung …«

»Nein«, unterbreche ich ihn, weil ich merke, wie falsch er meine Worte interpretiert. »Die Arbeit ist toll, ich liebe die Arbeit. Und ich darf auch in anderen Bereichen hospitieren. Das ist genau das, was ich wollte.«

Er runzelt fragend die Stirn. »Aber, was …?«

»Ich fühle mich im Team nicht wohl. Ich habe das Gefühl, dass ich irgendwie nicht dazugehöre.«

Endlich schaffe ich es, aufzublicken und ihm in die Augen zu sehen. Ich komme mir vor, als hätte ich ihm gerade gebeichtet, dass ich ein Sonderling bin, den niemand mag.

Papa mustert mich lange, ohne etwas zu entgegnen. Etwas von meinem Schmerz sehe ich in seinen Augen. Da ist Sorge, da sind Fragen. »Woran machst du das Gefühl fest?«

Ich seufze und zucke mit den Schultern. »Ich werde einfach nicht so richtig miteinbezogen. In Gespräche, in die Arbeit. So genau kann ich es gar nicht beschreiben.«

Papa wartet ab, fordert mich mit seinem Schweigen auf weiterzusprechen.

»Seit zwei Monaten darf ich nur Holz zuschneiden, Brotzeit holen und … und ja, das war's auch schon!«

»Du darfst nicht vergessen, dass du Auszubildende bist. Anfangs bekommen Auszubildende nie die schwierigen Projekte zugeteilt. Sie müssen erst lernen und sich beweisen«, gibt er zu bedenken.

»Das mag sein«, sage ich mutlos. »Aber wir haben seit wenigen Tagen eine Aushilfe, ohne fachlichen Hintergrund. Und Paul, der Meister, lässt ihn überall mitmachen. Ist das fair?«

Papa schüttelt den Kopf. »Nein, ist es nicht.« Er fährt sich mit der Hand übers Gesicht, und es tut mir schon jetzt leid, dass ich ihm Sorgen bereite. Er wird nach Hause fahren, Mama von unserem Gespräch berichten, und beide werden hoffen und bangen, dass sich bei mir alles fügen wird. Denn wenn man erwachsen wird, gibt es manche Probleme, die man alleine durchstehen muss. Die Eltern können zwar beistehen und gut zureden, aber lösen können sie das Problem nicht. »Hast du schon mit dem Meister gesprochen oder mit irgendjemandem aus dem Team?«

»Nein, das möchte ich nicht«, sage ich bestimmt. »Dann halten sie mich doch nur für ein kleines Mädchen, das sich beschwert, weil es nicht mitspielen darf.«

»Vielleicht ist es ihnen aber gar nicht bewusst, und sie sind dankbar, dass du sie darauf hinweist.«

Ich lache freudlos. »Das klingt absolut zu vernünftig! Nein, danke.«

»Mach das, was dir richtig erscheint. Nur, wenn du unglücklich bist, solltest du zumindest versuchen, etwas daran zu verändern.« Papa streicht mir über den Rücken.

»Und was ist, wenn das, was ich für richtig halte, doch nicht so gut ist?« Meine Gedanken fliegen zu Tobi und der Kälte in seinen Augen.

»Dann gehe das nächste Mal einfach einen anderen Weg. Nur weil du einen Fehler machst, heißt das nicht, dass du ihn nicht wieder ausbessern kannst.«

Fehler. Ein Wort, das auf meiner Zunge fahl schmeckt, so wie Versagen oder Schwäche. Trotzdem nicke ich. Ich glaube Papa, doch den Mut aufzubringen, Fehler zu machen, sich zu überwinden, Schwäche zuzugeben … das ist leichter gesagt als getan.

13
Tobi

Eine Falle. Eine ganz miese Falle.

Da ich am Freitagabend den Wecker feierlich ausgeschaltet habe, kann ich am Samstag endlich mal wieder ausschlafen. Zumindest theoretisch. Ich werde wach, als sich meine Zimmertür öffnet und das Geräusch von Tellerklappern aus der Küche hereindringt. Ich höre tapsende Schritte, und dann stupst mich ein kleiner weicher Finger gegen die Wange. Erst ganz vorsichtig, dann bohrt er fester. »Tobi. Tobi? Tooooobi«, flüstert mein kleiner Bruder. »Schläfst du noch?«

Ich schnaube belustigt und schlage die Augen auf. Leos Gesicht ist nur wenige Zentimeter von meinem entfernt. »Nein«, sage ich lachend. »Jetzt nicht mehr.«

Sein Blick hellt sich auf. »Mama hat das Frühstück fertig.«

Plötzlich taucht Mama im Türrahmen auf. »Mensch,

Leo! Ich habe dir doch gesagt, dass du deinen Bruder nicht wecken sollst.« Mit einem entschuldigenden Gesichtsausdruck wendet sie sich an mich. »Tut mir leid.«

»Aber dann ist er nicht beim Frühstück dabei.« Leos Augen weiten sich, so als wäre die Vorstellung schrecklich.

»Komm.« Sie winkt ihn zu sich. »Hilf mir beim Tischdecken. Wir lassen Tobi jetzt noch schlafen und heben ihm einfach ein paar Semmeln auf.«

Er wackelt eifrig nach draußen, und Mama legt eine Hand auf die Türklinke. »Ich werde das Gefühl nicht los, dass wir deinen kleinen Bruder ganz schön verzogen haben. Er hört einfach nicht.«

Ich gähne. »Das verwächst sich schon noch.«

Sie zieht eine Augenbraue nach oben. »Wir sprechen nicht von Babyspeck.«

»Ich weiß«, seufze ich. »Ich werde in nächster Zeit aufpassen.«

Sie nickt. »Danke. Und jetzt … vielleicht kannst du ja noch etwas schlafen, wir versuchen leise zu sein.«

»Alles gut, ich bin sowieso schon wach gewesen«, lüge ich.

»Möchtest du dann frühstücken?«

Ich schlage die Decke zurück und setze mich auf die Bettkante. »Erst mal nur Kaffee.«

Mama nickt und verschwindet in Richtung Küche.

Ich stütze die Ellbogen auf die Knie und reibe mir den Schlaf aus den Augen. Ich wollte Mama nicht widersprechen. Denn was sie »verziehen« nennt, ist lediglich mein verzweifelter Versuch, Leo eine glückliche und sorgenfreie Kindheit zu schenken. Okay, vielleicht übertreibe ich etwas, doch viel zu sehr liebe ich das glucksende Lachen meines Bruders, wenn ich Ja sage.

Am Abend läute ich an Jonas' Tür. »Ich bin gleich da!«, höre ich Lenis Stimme flöten. Fünf Sekunden später reißt sie die Tür auf. »Tobi! Endlich!«, sagt sie gut gelaunt und winkt mich herein. Wir umarmen uns kurz, und ich ziehe meine Jacke aus.

»Ein Hoodie«, kommentiert sie meinen grauen Kapuzenpulli.

»Ja«, antworte ich irritiert. »Warum?«

Sie wird feuerrot. »Ach, gar nichts, alles gut. Wir sind ja in gemütlicher Runde.« Ihr entfährt ein nervöses Lachen.

»Ja«, antworte ich argwöhnisch. »Genau.« Habe ich was verpasst? Ist heute irgendwas Besonders, und ich habe mich nicht dem Anlass entsprechend angezogen? Aber Jonas hatte mich doch einfach zu einem lockeren Kochabend eingeladen, ist ja nicht so, als wollten die beiden heute ihre Verlobung verkünden. Kaum ist mir der Gedanke in den Kopf geschossen, lässt er mich nicht mehr los. Wäre das echt möglich? Haben die beiden sich nach so kurzer Beziehungszeit bereits verlobt? Ich hefte meine Augen auf Lenis Rücken, während sie vor mir her ins Wohnzimmer hüpft.

»Der Koch ist da!«, kündigt sie mich unnötigerweise bei Jonas an.

»Hey, Alter«, begrüßt er mich grinsend. »Ich wollte schon mit irgendwas anfangen.« Er wirft einen Blick auf die Küche. »Aber ich wusste nicht, mit was.«

Ich lache. »Wundert mich nicht.« Jonas hat mir heute Morgen geschrieben, dass Leni sich unbedingt eine Lasagne wünschen würde, und ob ich eine Ahnung hätte, wie man die zubereitet. Lasagne? Eine meiner leichtesten Übungen!

Ich spähe ebenfalls in die offene Küche und entdecke die fein säuberlich aneinandergereihten Zutaten.

»Ich freu mich!« Leni klatscht in die Hände. »Lasagne ist mein Lieblingsessen!«

Jonas runzelt die Stirn. »Ich dachte, Pizza wäre dein Lieblingsessen.«

Sie sieht ihn mit bedeutungsschwerem Blick an. »Heute ist es die Lasagne«, zischt sie durch zusammengebissene Zähne, während sie versucht, weiter zu lächeln.

»Ach so, ja, klar«, sagt Jonas schnell und wendet sich zur Küche.

Okay, irgendwas habe ich ganz sicher verpasst, und mein Gefühl sagt mir, dass ich vorerst nicht erfahren werde, was das ist. Obwohl mein inneres Warnsystem den Notstand ausgerufen hat, fange ich an, Knoblauch und Zwiebeln kleinzuschneiden, während ich Jonas anweise, welche Töpfe wir zum Kochen benötigen werden.

»Wie ist dein Gespräch verlaufen?«, frage ich, während mir der scharfe Geruch der Zwiebel die Tränen in die Augen steigen lässt. »Mit dieser Managerin von deinem Kollegen, meine ich.« Mein schlechtes Gewissen nagt an mir. Eigentlich wollte ich Jonas viel früher danach fragen, und wenn schon nicht telefonisch, dann wenigstens per WhatsApp. Aber nicht mal das habe ich in dieser Woche geschafft. Jeder meiner Gedanken drehte sich um meine Familie, meinen neuen Job und um … Alex.

»Ja, war ganz gut«, antwortet Jonas widerstrebend und

holt zwei Töpfe und eine Auflaufform aus dem Küchenschrank. »Sie ist sympathisch, und sie wirkt kompetent.«

»Aber?«, frage ich nach, denn er klingt nicht überzeugt.

»Es gibt kein Aber.« Leni taucht hinter uns auf und streicht ihrem Freund liebevoll über den Rücken. »Niam lässt sich schon drei Jahre von ihr vertreten, und er ist total zufrieden. Und sie ist dir sympathisch, das hast du gerade selbst zugegeben, Schatz«, sagt sie an Jonas gewandt. »Warum versuchst du es nicht einfach?«

Jonas schnaubt. »Ihr stellt euch das alle so einfach vor! Ich vertraue einfach einer wildfremden Person meine Karriere an, während mein Vater sie fast zerstört hat? Mein Vater! Der Mensch, der mir am nächsten stand!« Er dreht sich zu ihr um. »Leni, wie soll ich da noch jemandem vertrauen?«

Sie macht einen halben Schritt zurück und mustert ihn verletzt. »Mir vertraust du doch, oder?«

Jonas sieht sie einen Moment unverwandt an, in seinen Augen blitzen Verzweiflung und Unsicherheit. Schnell gieße ich etwas Olivenöl in einen der Töpfe, um Knoblauch und Zwiebeln anzubraten. Und das möglichst unsichtbar, um den beiden ihre Privatsphäre zu gewähren.

»Ja, natürlich«, sagt er schließlich sanft. »Das ist was anderes.«

Leni drückt sich gegen seine Brust und hebt eine Hand an seine Wange. Ich drehe den Herd extra hoch, damit das Zischen des angebratenen Gemüses ihre Stimmen übertönt.

Oh Mann.

»Das ist überhaupt nichts anderes, und das weißt du.

Vertrauen ist Vertrauen. Wenn du mir vertrauen kannst, dann auch anderen.«

Ich räuspere mich. Irgendwie habe ich das Bedürfnis, Jonas ebenfalls meinen Rückhalt zu versichern. »Mir kannst du auch vertrauen.«

Jonas' Kopf zuckt zu mir, und Leni strahlt mich an. Mit ihren Lippen formt sie ein *Danke schön*.

»Okay, okay«, gibt sich Jonas schließlich geschlagen. »Ich versuch's.«

Leni jubelt, und ich grinse breit. »Gute Entscheidung, Alter«, sage ich.

Da klingelt es. Ich wundere mich, denn außer mir ist eigentlich niemand eingeladen. Einen Abend zu dritt hatte Jonas angekündigt. »Habt ihr Essen bestellt, weil ihr Angst habt, dass ich die Lasagne versaue?«, spaße ich.

Lenis Wangen werden rosa, und für einen Moment glaube ich, dass ich gerade den Nagel auf den Kopf getroffen habe. Aber nein, denn Jonas seufzt. »Leni hat noch jemanden eingeladen«, lässt er mich zähneknirschend wissen.

»Ach so«, sage ich. »Hab mich eh schon gewundert, die Zutaten reichen für weit mehr als drei Personen.«

»Ich geh mal an die Tür.« Leni verschwindet mit schnellen Schritten in den Flur.

»Wen hat sie denn eingeladen?«, frage ich Jonas, weil ich das Gefühl habe, dass er nicht ganz einverstanden mit dieser Situation ist.

Er schüttelt den Kopf. »Sorry, Alter. Ich habe wirklich versucht, es zu verhindern.«

Ich runzle die Stirn. »Was …?« Von der Wohnungstür her höre ich Leni, wie sie quietschend jemanden begrüßt.

Dann taucht sie mit einem blonden Mädchen im Schlepptau auf. Die Augen des Mädchens werden groß, als sie Jonas und mich in der Küche sieht. »Oh«, sagt sie. »Störe ich gerade?«

»Ach Quatsch, wir essen alle zusammen!« Leni tritt nervös von einem Bein aufs andere, dann wendet sie sich an mich. »Tobi, das ist meine Freundin Clara. Clara«, sie wendet sich wieder dem Mädchen zu, »das ist Tobi.«

Nein. Bitte nicht. Ich stöhne innerlich. Ist das ihr verdammter Ernst? Wollen mich Jonas und Leni heute *verkuppeln?*

»Hi«, sagt Clara, und ich sehe ihrem irritierten Blick an, dass sie heute ebenfalls von Leni in eine Falle gelockt wurde. Na ja, wenigstens bin ich nicht ihr einziges Opfer.

»Hi«, grüße ich ebenfalls. Hinter mir zischen die Zwiebeln bedenklich. »Sorry, ich muss mich um die Lasagne kümmern«, wende ich mich an Leni und kann einen ärgerlichen Unterton nicht verhindern. Als ich mich umdrehe, werfe ich Jonas einen genervten Blick zu, aber er zuckt nur mit den Achseln.

»Lasagne? Das ist … mein Lieblingsessen«, höre ich Clara hinter mir zu Leni sagen.

»Ja, so ein Zufall, oder?« Leni lacht aufgekratzt. »Tobi kann super kochen, aber Lasagne ist seine Paradedisziplin! Sie schmeckt soooo gut.«

Leni ist noch nie in den Genuss meiner Lasagne gekommen, und ich würde sie auch nicht als meine Paradedisziplin bezeichnen, aber ich presse nur die Lippen aufeinander. Egal, wie sehr ich dagegenreden würde, aus dieser Situation komme ich heute nicht raus.

»Sorry«, flüstert Jonas neben mir noch mal, und der

Verräter versucht sich ein Grinsen zu verkneifen. »Ich konnte sie einfach nicht davon abbringen.«

»Ich könnte euch mit dem Zeug jetzt stehen lassen, das ist dir klar, oder?« Ich deute auf die halb fertige Lasagne.

Jonas nickt. »Könntest du … würdest du aber nie.«

Ich schnaube und muss gegen meinen Willen lachen. »Hast du ein Glück, dass ich ein Gentleman bin.«

Während der Auflauf im Ofen vor sich hin backt, versuche ich Clara so gut es geht aus dem Weg zu gehen. Ich will Leni keinen Anlass geben, zu glauben, ihr Plan würde aufgehen. Also verziehe ich mich mit Jonas und einer Flasche Bier auf den Balkon. Der Kühlschrank meines besten Freundes hat nicht mehr hergegeben, außer ich möchte an einem Zuckerschock sterben, dann wäre die Batterie an Colaflaschen, die Jonas dort bunkert, die richtige Wahl gewesen.

»Das nächste Mal könntest du mich wenigstens vorwarnen«, murre ich und spähe auf die Straße. Hin und wieder fährt ein Auto vorbei, und die Scheinwerferlichter erhellen die Nachbarschaft.

»Wenn sich Leni etwas in den Kopf setzt …«, fängt er an. »Und außerdem, warum eigentlich nicht? Clara ist wirklich nett.«

»Nicht du auch noch«, stöhne ich und fröstle leicht, als ein kühler Windstoß an uns vorbeifegt. Das Bier ist eiskalt und lässt meine Finger steif werden. »Ich glaube, ich wiederhole mich, aber eine Freundin …« Ich fahre mir durch die Haare und schüttle den Kopf. »Eine Beziehung passt mir zurzeit einfach nicht in den Kram.«

»Ich weiß.« Jonas klopft mir auf die Schulter. »Aber einen Versuch war's wert, oder?«

Ich schnaube und führe die Flasche zum Mund.

»Ich geh mal rein und helfe Leni beim Tischdecken«, lässt Jonas mich wissen und verschwindet nach drinnen, während ich noch nicht bereit bin, mich einem peinlichen Essen mit angestrengtem Smalltalk zu stellen. So hatte ich mir den Abend nicht vorgestellt.

»Hi.«

Ich zucke zusammen, als sich Clara durch die halb geöffnete Balkontür schiebt. Ihre Finger klammern sich um eine Cola.

Ich setze ein Lächeln auf. »Hi.«

»Es ist ganz schön frisch«, bemerkt sie und zieht sich ihre dicke beige Strickjacke enger um den Oberkörper.

Dann eben jetzt schon Smalltalk. Na, gut. Ich räuspere mich. »Ja, es wird immer kälter, aber in zwei Monaten ist ja auch schon Weihnachten.« Ich nehme noch einen Schluck.

»Wie die Zeit vergeht.« Clara zögert kurz, dann nippt sie an ihrer Cola und sieht mich von der Seite an. »Übrigens … ich will nicht verkuppelt werden.« Überrascht lasse ich die Flasche sinken und mustere sie. »Und du willst es auch nicht. Das sehe ich dir an.«

Ich bin beeindruckt, sie ist wirklich mutig. Ich hätte vermutlich einfach gelächelt und den Abend über mich ergehen lassen, aber sie … sie spricht es an.

»Nein, ich möchte nicht verkuppelt werden«, bestätige ich ihr.

Ein Lächeln stiehlt sich auf ihr Gesicht. »Gott sei Dank. Ich weiß wirklich nicht, was sich Leni dabei gedacht hat. Ich meine«, sie legt sich die Hand aufs Herz, »nichts gegen dich, ehrlich. Aber ich habe erst im Sommer mit meinem Freund Schluss gemacht, er hat 'ne echt miese Nummer abgezogen. Und jetzt brauche ich einfach mal Zeit für mich.«

Ich verschweige Clara, dass ich das Drama um sie damals zumindest aus zweiter Hand mitbekommen habe. Leni hat mir erzählt, dass sie belogen und betrogen wurde. Mitleid regt sich in mir, doch Claras fester, bestimmter Blick zeugt von Stärke.

Ich nicke verständnisvoll. »In mein Leben passt keine Freundin. Zumindest zurzeit nicht«, füge ich hinzu, denn ja, den Gedanken an eine Beziehung finde ich prinzipiell schön, und irgendwie vermisse ich die Vertrautheit.

»Hast du heute wirklich zufällig eine Lasagne gemacht?«

Ich grinse und schüttle den Kopf. »Nope, Leni hat sie sich gewünscht und behauptet, es wäre ihr *Lieblingsessen.*«

Clara lacht. »Pizza ist ihr Lieblingsessen. Die bekommt was von mir zu hören, das kannst du mir glauben.«

»Apropos Lasagne.« Ich werfe einen Blick auf die Uhr. »Ich schau mal lieber, dass sie nicht anbrennt.«

Sie nickt. »Ich komme mit rein. Es ist wirklich saukalt.«

Zwanzig Minuten später sitzen Leni, Jonas, Clara und ich zusammen am Tisch. Seit dem klärenden Gespräch mit Clara geht es mir besser, und ich nehme Lenis Aktion mit einem Augenzwinkern hin. Clara offensichtlich auch.

»Oh, wow, Tobi«, stöhnt sie verführerisch, nachdem sie den ersten Bissen der Lasagne runtergeschluckt hat. »Du bist sooo gut … im Kochen.«

Leni verschluckt sich an ihrem Wasser und starrt ihre

Freundin erschrocken an. Ich hingegen muss mir ein Lachen verkneifen.

»Nur für dich, Baby«, steige ich mit ein.

»Wir passen perfekt zueinander«, macht Clara weiter. »Wir sollten definitiv zusammenkommen.«

Jonas fängt an, schallend zu lachen, und auch ich kann nicht mehr an mich halten. Leni blickt zwischen Clara und mir hin und her, erst unsicher, dann wissend. Sie zieht eine Augenbraue in die Höhe. »Haha. Sehr lustig, wirklich.«

»Sorry, meine Liebe.« Clara greift über den Tisch nach Lenis Hand und tätschelt sie. »Aber aus Tobi und mir wird nichts.«

Leni zuckt mit den Schultern, und Enttäuschung huscht über ihr Gesicht. »Okay, okay. Ich dachte ja nur. Ihr seid beide Single und total lieb. Zusammen hättet ihr ein Traumpaar abgeben können.«

Jonas beugt sich zu Leni und drückt ihr einen Kuss auf die Schläfe.

»Das ist nett von dir«, antworte ich wahrheitsgemäß, denn ja, ich finde es irgendwie niedlich, dass sie mir eine Freundin wünscht. »Aber echt nicht nötig.«

»Nachdem das geklärt ist, lasst uns endlich essen. Sonst wird die Lasagne noch kalt.« Jonas greift wieder nach seinem Besteck, und damit hat sich das Thema erledigt. Das Eis ist nach Claras Aktion auf jeden Fall gebrochen.

»Jetzt erzähl mal«, fordert mich Jonas kauend auf. »Wie läuft's in der Schreinerei?«

»Ja, ganz gut«, antworte ich ausweichend und stopfe mir ein großes Stück Lasagne in den Mund.

Leni runzelt die Stirn. »Also nicht gut?«

Ich verziehe das Gesicht. »Ähm, wie kommst du darauf?«

»Du hast zur Seite geschaut, als du es gerade gesagt hast. Da, schon wieder!«

Jonas mustert mich. »Ist die Arbeit nichts für dich?«

»Doch, schon.« Ich fühle mich in die Ecke gedrängt. »Aber da gibt es ein Mädchen, das …« Weiter komme ich nicht, denn Leni fängt bereits an zu quietschen.

»Du hast ein Mädchen kennengelernt? Sag das doch gleich!«

Spöttisch grinsend ziehe ich eine Augenbraue nach oben. »Ich hätte dir gleich erzählen sollen, dass ich ein Mädchen kennengelernt habe, das mich für einen egoistischen, faulen Kerl hält, dem alles hinterhergeworfen wird?«

Ihre Augen weiten sich, und sie lässt ihre Gabel sinken. »Wie bitte?«

»Hä?«, macht Jonas verwirrt.

Nun ist mir die uneingeschränkte Aufmerksamkeit von allen dreien sicher. »Keine Ahnung«, seufze ich. »Eigentlich war sie ganz nett, und dann … bäääm … haut sie mir diese ganzen Sachen um die Ohren.«

Leni horcht auf. »Du magst sie?«

Ich ziehe die Augenbrauen zusammen. »Was? Nein, natürlich nicht. Sie ist … total daneben.«

»In *Reset* hab ich so was schon mal gespielt. Da ist mein Charakter dann mit einem Mädchen zusammengekommen, mit dem er sich anfangs übel gezofft hatte. War eigentlich ganz lustig.«

»Enemies to Lovers.« Leni grinst wissend. »Das ist in Büchern mein Lieblingsthema.«

»Jaaa«, klinkt sich nun auch Clara mit ein. »Wie bei *Stolz und Vorurteil.*«

»Nein. Einfach nur Nein«, murre ich. »Vergleicht bitte mein Leben nicht mit irgendwelchen Serien und Büchern.«

Jonas greift sich mit gespielter Entrüstung ans Herz. »*Irgendwelche* Serien? *Reset* war drei Jahre lang mein Leben.«

Ich verdrehe die Augen. »Alter, du weißt, was ich meine. Ich wollte damit einfach nur sagen, dass es immer noch einen Unterschied zwischen Fiktion und Realität gibt.«

»Nennt mir ein Paar, dass sich anfangs nicht ausstehen konnte.«

Leni zuckt mit den Schultern. »Jonas hat mich damals echt aufgeregt. Wie hast du mich genannt, Schatz?« Sie verengt die Augen, und er wird ganz klein auf seinem Stuhl. »Sensationsgeil?«

Ich schüttle den Kopf. »Nein, ich meine so richtiger Hass. Hass verwandelt sich niemals in Liebe, das glaube ich nicht.«

»Hasst du sie denn wirklich so sehr?«, fragt Leni irritiert.

Nein, ich hasse sie nicht, aber sie hasst mich. »Sie regt mich auf jeden Fall auf«, antworte ich vage.

»Mh«, macht sie enttäuscht.

Jonas kratzt die letzten Reste des Hackfleischs von seinem Teller. »Ich bleibe dabei: In einem halben Jahr sitzt sie hier bei uns am Tisch.«

Clara zwinkert mir zu. »Ich kann dir *Stolz und Vorurteil* gerne mal ausleihen.«

Ich winke ab. »Danke, kein Bedarf.«

»Wie heißt sie denn?«, will Leni wissen, und Neugier glitzert in ihren Augen.

»Leute.« Halb genervt, halb belustigt fahre ich mir durch die Haare. »Es ist total wurscht, wie sie heißt! Da passiert nichts, okay? Ihr werdet sie nicht kennenlernen. Jedenfalls nicht, weil sie mit mir zusammen ist. Vielleicht rennt sie euch im Supermarkt um oder so, aber das war's dann auch schon.«

Clara runzelt die Stirn. »Warum sollte sie uns im Supermarkt umrennen?«

Ich seufze. »Das war doch jetzt nur so dahingesagt.« Das entspricht nicht ganz der Wahrheit, denn es ist nicht unmöglich, Alex so über den Weg zu laufen. Bei der Erinnerung muss ich lächeln. Fast! Gerade noch schaffe ich es, meine Mundwinkel dort zu behalten, wo sie sind.

»Hat sie Instagram oder TikTok?«, bohrt Leni nach.

»Keine Ahnung, ist mir auch egal. Bitte, lasst uns jetzt von was anderem reden, okay?«

Jonas muss die Verzweiflung in meiner Stimme wahrgenommen haben, denn endlich erinnert er sich daran, dass er eigentlich mein bester Freund ist und mir beistehen sollte. »Na gut. Themenwechsel. Wie gefällt dir dein Studium, Clara?«

Während Clara von ihren ersten Vorlesungen und einem strengen Professor erzählt, fühlen sich Jonas und Leni unbeobachtet. Denn mir entgeht nicht, wie Jonas »ein halbes Jahr« flüstert und Leni die Lippen zu »Die Wette gilt« formt.

Sorry, aber die Wette werdet ihr beide verlieren.

14
Alex

Und plötzlich wird Fußball interessant.
Oder ist es das kleinere Übel?

Die neue Woche startet aufregend, denn ab heute steht eine fünftägige Hospitation im Malsaal an. Dort werde ich den Bühnenmalerinnen und -malern über die Schultern schauen. Ein weiteres Puzzlestück auf dem Weg zu meinem Ziel.

Mit einem zwiespältigen Gefühl aus Erleichterung und Enttäuschung wird mir bewusst, dass ich Tobi dadurch nun eine ganze Woche nicht begegnen werde. Auf der einen Seite fällt mir ein Stein vom Herzen, denn so werde ich zumindest ein paar Tage von dem erdrückenden Gefühl verschont, das immer genau dann in meiner Brust anschwillt, wenn Tobi in der Nähe ist und sein Blick durch mich hindurchgeht. Auf der anderen Seite werde ich ihn eine ganze Woche nicht sehen – komisch, aber irgendwie hatte ich mich an seine Anwesenheit gewöhnt. Ich mag ihn nicht, noch dazu habe ich dafür gesorgt, dass er mich auch nicht mag, und dennoch … fehlt da etwas.

Pünktlich um acht Uhr morgens betrete ich den Malsaal, und mir klappt der Mund auf, als ich meinen Blick durch die große Halle schweifen lasse. Die Decke ist mehrere Meter hoch, und die großen Fenster sorgen dafür, dass das Sonnenlicht die halb fertigen Gemälde am Boden in natürlichen Farben erstrahlen lässt. Fasziniert wandere ich umher und betrachte ein mehrere Meter langes Bild, das sich auf dem farbverschmierten Boden ausbreitet. Es zeigt eine so detaillierte Nachzeichnung der Münchner Frauenkirche, dass ich mich insgeheim frage, ob ich mit meinen mittelmäßigen Malkünsten – trotz meiner Begeisterung – vielleicht doch fehl am Platz bin.

»Obacht!« Eine melodische Frauenstimme lässt mich zusammenzucken. »Nur ohne Schuhe aufs Bild!«

Schnell trete ich zwei Schritte zurück und wende mich um.

Eine Frau mit Afro hüpft leichtfüßig auf mich zu, und trotz ihrer Mahnung zeichnet sich ein offenes Lächeln auf ihrem schmalen Gesicht ab. »Du bist bestimmt Alex aus der Schreinerei.«

»Ja«, bestätige ich, erleichtert, dass sie mir meinen Fehltritt offensichtlich nicht übelnimmt.

»Mein Name ist Mara, ich bin hier Malsaalvorstand und diese Woche deine Ansprechpartnerin.«

Voller Tatendrang schiebe ich meine Ärmel nach oben. »Danke, dass ich hier sein darf. Ich bin total gespannt, was auf mich zukommt.«

Mara nickt. »Wir freuen uns immer über Neugier und

Interesse!« Prüfend gleitet ihr Blick über meine Latzhose und den dunkelblauen Oversize-Pullover. »Mach dich auf jeden Fall darauf gefasst, dass deine Kleidung ein paar Farbspritzer abbekommt.«

Ich schüttle den Kopf. »Das ist kein Problem, ich habe mir extra meine ältesten Sachen angezogen.«

»Perfekt, gut mitgedacht! Dann führe ich dich noch ein bisschen durch den Saal und stelle dich den restlichen Kolleginnen und Kollegen vor, bevor wir mit der Arbeit beginnen.«

Tatsächlich bin ich froh, nicht sofort den ersten Auftrag erteilt zu bekommen, sondern etwas sanfter in die Thematik gleiten zu dürfen. Denn der Respekt vor einem Bereich, mit dem ich bisher keinerlei Berührungspunkte hatte, ist enorm groß.

Die Führung dauert etwa eine halbe Stunde, und ich komme aus dem Staunen gar nicht mehr heraus. An den hohen Wänden hängen viele kleine, große und verdammt riesige Gemälde in verschiedenen Stilen. Abstrakte Kunst und realistische Bilder in den unterschiedlichsten Farben aus Acryl und Aquarell leuchten mir entgegen. In den Regalen der offenen Schränke am Ende des Saals lagern Pinsel, Papier und zahlreiche Skulpturen aus Styropor. In einem kleineren Nebenraum zeigt mir Mara die große Sammlung an Farbpulver, mit dem die passenden Farben zusammengemischt werden. Ich bin überrascht, denn ich hätte gedacht, dass aus Effizienzgründen Fertigmischungen gekauft werden.

»Das ist von Malsaal zu Malsaal unterschiedlich«, klärt mich Mara auf. Neben ihr arbeiten hier noch zwei weitere Kolleginnen als Bühnenmalerin. Der Auszubildende befindet sich gerade im Urlaub, weswegen sie sich viel Zeit für mich nehmen kann. »Du kannst an seinem Gemälde weitermalen«, schlägt Mara vor und führt mich zu dem Bild der Frauenkirche, das mir schon anfangs aufgefallen ist.

»Was, wirklich?«, frage ich unsicher und überzeugt davon, dass ich das wunderschöne Werk mit einem falschen Pinselstrich zerstöre. Ich stelle mir vor, wie der Auszubildende nach seinem wohlverdienten Urlaub voller Stolz zurück an die Arbeit kehrt und aus allen Wolken fällt, wenn er sieht, was mit seinem Bild passiert ist. Oje.

»Das ist nur ein Übungsgemälde, keine Sorge«, beruhigt Mara mich lächelnd. »Wenn etwas schiefläuft, dann passiert nichts. Wir operieren hier schließlich nicht am offenen Herzen.«

Ich atme erleichtert durch und erwarte, dass sie mir ein kleines Pinselset anvertraut, doch das, was sie mir reicht, habe ich nicht erwartet. Der Pinsel ist so lang, dass ich zum Malen bequem stehen bleiben kann. »Von oben behältst du einen besseren Überblick«, klärt sie mich auf, als ich den Pinsel in meiner Hand verdutzt betrachte. Dann drückt sie mir noch ein Blatt Papier in die Hand, auf dem das vor mir ausgebreitete Gemälde in Kleinformat zu sehen ist. Über das Bild wurde mit Bleistift ein kleines Raster gezeichnet, sicherlich, um das richtige Größenverhältnis zu treffen.

Ich beginne unter Maras wachsamen Augen und mit ihren kleinen gutgemeinten Hinweisen mit meiner Arbeit. Anfangs kommt es mir vor, als würde ich den Pinsel mit meiner schwächeren linken Hand führen, so unbeholfen versuche ich, den richtigen Schwung zu finden. Ich beiße mir auf die Lippen, und meine Schultern verkrampfen sich. Mensch, so schwer kann das doch gar nicht sein! So sicher und vertraut mir die Arbeit in der Schreinerei ist, so unsicher fühle ich mich nun. Dank meines Papas konnte ich bereits zu Beginn meiner Ausbildung auf ein sehr solides Fachwissen zurückgreifen, doch hier und heute bin ich ein absoluter Laie. Diese Tatsache nagt an mir.

Aber im Laufe des Tages bekomme ich langsam ein Gefühl dafür, wie ich den Pinsel im richtigen Winkel halte und den Druck intensiviere. Ich merke, wie ich meine anfängliche Leistung verbessere, und das Malen beginnt Spaß zu machen. Das liegt nicht zuletzt an Mara. Sie ist geduldig, freundlich und erinnert mich etwas an Marlene aus dem Supermarkt, denn mit beiden arbeite ich gerne zusammen.

Die Woche vergeht wie im Flug, und ich fühle mich von Tag zu Tag wohler. Die neue Herausforderung bringt mich auf andere Gedanken, und ich schaffe es, endlich vollkommen abzuschalten. Am letzten Tag darf ich mich sogar an einem großen Bühnenbild versuchen. Eine halb fertiggestellte Backsteinmauer, die so detailreich ist, dass ich nur bei genauerem Hinsehen erkenne, dass vor mir keine rotbraunen Ziegel liegen. Ich bin stolz, dass Mara mich an diesem Kunstwerk mitarbeiten lässt, das nach ihrer Aussage im kommenden Theaterstück auf der Bühne zu bewundern sein wird. Dieses Vertrauen würde ich mir auch in der Schreinerei wünschen. Ich würde so gerne meine Eltern nach München und ins Theater einladen, auf die Bühne zeigen und sagen: »Seht ihr das? Daran habe ich mitgearbeitet.« Aber bis dieser Wunsch Wirklichkeit wird, wird es noch einige Zeit brauchen. Denn derzeit bestehen meine Hauptaufgaben ja aus Holz zuschneiden und Brotzeit holen. Yay.

Das Wochenende verbringe ich bei meinen Eltern. Zwar hat Lara mich gefragt, ob wir am Samstag shoppen gehen wollen, aber als Mama mich mit besorgter Stimme angerufen hat, um mich einzuladen, konnte ich ihr nicht absagen. Papa wird ihr erzählt haben, dass ich ein Häufchen Elend bin, und die kommenden zwei Tage werde ich dazu nutzen, sie vom Gegenteil zu überzeugen. Vielleicht werde ich dafür nicht einmal lügen müssen. Die Hospitation im Malsaal hat mir neuen Mut gegeben. Aufwind, den ich dafür nutzen möchte, wieder positiv an die Arbeit zu gehen. Für das Vertrauen des Schreinermeisters muss ich hart arbeiten, vielleicht härter als andere. Doch sobald ich das geschafft habe, kann ich doch noch stolzer sein, oder?

»Möchtest du noch ein paar Kartoffeln?« Ohne auf meine Antwort zu warten, häuft mir Mama beim Abendessen am Samstagabend noch mal Beilage auf den Teller.

»Stopp!«, versuche ich mit vollem Mund zu sagen. »Mehr schaffe ich nicht.«

Ihre Augen blitzen sorgenvoll auf. »Du hast kaum etwas gegessen, geht es dir nicht gut?«

Irritiert schaue ich auf meinen Teller, auf dem vor einer Viertelstunde noch eine sehr große Portion Putenfleisch mit Salzkartoffeln gelegen hat und nun meinen Magen füllt. Es hat sich bereits eine angenehme wohlige Schwere auf meine Beine gelegt. Eigentlich bin ich satt und bereit für die bequeme Eckcouch meiner Eltern, in den Händen ein gutes Buch. Aber Mama hat offensichtlich andere Pläne. Ich blase meine Backen auf und atme hörbar aus, als ich auf die zusätzlichen Kartoffeln blicke, die sie mir gerade untergeschoben hat. »Ganz ehrlich, Mama? Ich habe mehr gegessen als Papa und du zusammen. Wenn ich jetzt noch irgendwas esse, dann platze ich.«

Papa gluckst, während Mama mich skeptisch betrachtet.

Ich seufze, spieße die erste Kartoffel auf meine Gabel und fange widerwillig an, daran zu knabbern. »Na gut, wie du willst. Aber die Sauerei machst dann du weg, okay?« Vielleicht vergisst Mama das Thema, das ihr bereits auf der Zunge liegt, wenn ich brav weiteresse. Ich habe mir große Mühe gegeben, ihr den ganzen Samstag über keine Möglichkeit zu geben, mich über meine Ausbildung auszuquetschen. Doch jetzt spüre ich ganz deutlich, dass sie nun jeden Vorwand nutzen möchte, um das Thema auf den Tisch zu bringen. *Bitte, tu es nicht.*

»Hast du noch Kontakt zu Sarah?«, fragt Mama mich und setzt sich wieder zurück auf ihren Stuhl.

»Klar«, antworte ich überrascht. Zwar beschränkt sich unser Kontakt derzeit vor allem auf Sprachnachrichten, aber das muss ich ihr nicht extra auf die Nase binden. Sonst macht sie sich noch mehr Gedanken als ohnehin schon. »Wir … telefonieren regelmäßig«, lüge ich. Der Bissen, den ich gerade runtergeschluckt habe, liegt mir plötzlich schwer im Magen. Auch wenn ich es mir lange nicht eingestehen wollte, habe ich ein ziemlich schlechtes Gewissen, weil ich mich so selten bei Sarah melde. Ich fühle mich wie die schlechteste Freundin der Welt, und in jeder ihrer Nachrichten höre ich einen leisen Vorwurf, weil ich mich seit geraumer Zeit rarmache. Aber irgendwie bin ich seit Beginn meiner Zeit im Theater nur mit mir selbst beschäftigt. Anfangs habe ich mir nichts dabei gedacht, denn ich musste mich ja erst an mein neues Leben und meine neue Arbeit gewöhnen. Doch je mehr Zeit verstrich und sich an meiner Gefühlswelt trotzdem nichts änderte, desto mehr staute sich der Frust an. Und er ist leider immer noch da und wird von Tag zu Tag größer.

»Hast du in München schon Freundinnen gefunden?«, hakt Mama nach, als könne sie meine Gedanken lesen.

»Mama«, stöhne ich. »Ich bin keine zehn mehr. Mir geht's gut.« Als sie wieder den Mund öffnet, lasse ich die Schultern sinken. Ich will nicht den ganzen Abend meine Sorgen durchkauen. Ich will sie vergessen!

Papa richtet sich auf und räuspert sich. »Die Sportschau fängt gleich an. Alex, du meintest doch vorhin, du willst sie nicht verpassen.«

Ich runzle die Stirn. »Die Sportschau? Ich hab doch nicht …« Der Groschen fällt spät. »Ach, äh, ja, unbedingt! Fußball. Total spannend mit dem … Abseits und so.« Ich springe auf, und auch Papa erhebt sich. »Danke fürs Essen«, sage ich zu Mama, die mich verwirrt ansieht. Fußball zählte bisher eigentlich nicht zu meinen Interessen. »Hat wirklich sehr gut geschmeckt.«

Papa und ich verziehen uns auf die Couch. Das Opfer, das ich durch Papas Ausrede nun bringen muss, ist die Tatsache, dass ich den Samstagabend nicht für einen spannendes Fantasy-Buch nutze, sondern für die Zusammenfassung der heutigen Fußball-Spiele. Den glänzenden Augen meines Papas nach zu urteilen, hätte ich es wohl nicht besser treffen können. »Danke«, flüstere ich ihm zu, während Mama den Tisch abräumt.

Er legt einen Arm um mich und reibt mir die Schulter. »Kein Problem«, antwortet er und zwinkert mir zu.

Später am Abend schaue ich mit meinen Eltern bei Popcorn und Chips eine Komödie. Es sollte sich so anfühlen wie früher, als ich noch zur Schule ging. Doch dieses Wochenende zeigt mir ganz deutlich, dass Zeit vergangen ist. Nichts ist mehr wie früher, auch wenn ich es dieses Wochenende erzwingen wollte. Die Schule ist vorbei, Sarah ist nicht mehr da, und ich selbst wohne nun auch woanders. Im Haus meiner Eltern werde ich nie wieder so zu Hause sein, wie ich es mal war. Natürlich, ihre Liebe wird mich immer empfangen, die Tür wird jederzeit offenstehen. Doch nun gehöre ich nicht mehr hierher. Während ich also zwischen den beiden auf der Couch sitze, frage ich mich, ob das der Teil des Erwachsenwerdens ist, der weh tut.

15
Tobi

Ein Montag für die Tonne

Es gibt Tage, die ich nicht erleben möchte. Ich will sie hinter mir haben, abhaken und vergessen können. Und trotzdem muss ich da durch, egal, wie sehr ich mich innerlich dagegen sträube. Ich seufze und knöpfe langsam mein weißes Hemd zu, das sich tonnenschwer auf meine Schultern legt. In Gedanken wiederhole ich immer den gleichen Satz wie ein Mantra. *Wenn unangenehme Tage nicht anfangen, dann können sie auch nie enden.* Das ist die einzige Motivation, die mich begleitet. Morgen um diese Zeit ist der Termin geschafft, und der Alltag kann weitergehen. Es gibt viele Menschen, die Angst vor ihrem Alltag haben, Angst vor der kontinuierlichen Wiederholung. Ich hingegen bin einfach nur froh, wenn ich keine Überraschungen erleben muss und mich Normalität begleitet.

Als ich in den großen länglichen Spiegel neben meinem

Kleiderschrank blicke, sieht mich die Tobi-Version an, die ich gerne vor anderen Menschen verstecke. Der Tobi, der die Probleme nicht unter den Teppich kehrt. Der Tobi, der seine Sorgen nicht kleinredet. Der Tobi, der die Welt nicht glauben lässt, es wäre alles in Ordnung.

Mama hat mich hundertmal gefragt, ob ich sie heute wirklich zur Gerichtsverhandlung begleiten möchte, ob ich wirklich bereit bin, diese Last auf mich zu nehmen. Natürlich bin ich nicht bereit. Nicht wirklich. Doch manchmal ist es unwichtig, ob man sich *bereit* fühlt, denn das Leben wartet nicht darauf, dass man es ist. Also habe ich ein zuversichtliches und optimistisches Lächeln aufgesetzt und Mama gesagt, dass ich sie nicht alleinlassen werde. Schon der Gedanke, nicht dabei zu sein, wenn sie meinem Vater gegenübertritt, dem Mann, mit dem sie einst ihr Leben geteilt hat, lässt mich schaudern.

An den Tag, an dem sich meine Eltern getrennt haben, erinnere ich mich, als wäre es gestern gewesen. Es war einen Monat vor Leos Geburt. Das Wetter war heiß und schwül, die Blätter verdorrt von der anhaltenden Hitze. Ich bin nach der Schule nach Hause gekommen und wollte eigentlich nur meinen Schulranzen in die Ecke werfen, um mich dann mit ein paar Klassenkameraden im Schwimmbad zu treffen. Mama saß am Küchentisch, in Tränen aufgelöst hatte sie die Arme um ihren Babybauch geschlungen. Sie musste mir nichts erklären, ich wusste sofort, was passiert war. Auch wenn ich nicht weiß, warum, denn es war nicht so, dass sich meine Eltern dauernd gestritten hätten. Aber mein Vater war zuvor immer öfter weg, hat immer länger gearbeitet, bis wir ihn nur noch am Wochenende zu Gesicht bekommen haben. Und dann wirkte er abwesend, so als wäre er mit den Gedanken überall … nur nicht bei uns. Ich weiß noch, dass ich Mama in den Arm genommen und nicht mehr losgelassen habe. Ich habe mit ihr geweint, so sehr, dass ich geglaubt habe, für den Rest meines Lebens keine Tränen mehr übrigzuhaben. Ja, seit diesem Tag habe ich tatsächlich keine einzige Träne mehr vergossen, und noch heute fällt es mir schwer, zu akzeptieren, dass mein Vater mit seiner Entscheidung unser aller Leben verändert hat und wir nichts dagegen tun konnten. Vier Leben für sein Glück.

Ich werfe einen letzten Blick in den Spiegel und schlurfe in die Küche. Mama sitzt bereits vor einer Tasse Kaffee und einem Supermarkt-Prospekt, um die kommenden Sonderangebote herauszuschreiben. »Guten Morgen, mein Schatz«, sagt sie fröhlich, doch ihre Stimme ist zu hoch, und das Lächeln reicht nicht bis zu ihren Augen.

»Guten Morgen«, antworte ich und hole mir aus dem Küchenschrank eine Tasse, um mir ebenfalls etwas Koffein zu genehmigen. »Ist Leo schon im Kindergarten?« Ich sehe mich um und erwarte fast, dass mein Bruder unter dem Tisch hervorspringt und mit vor Aufregung geröteten Wangen »Buuuuhh!« schreit. Aber es ist verdächtig ruhig.

Mama nickt. »Leo ist im Kindergarten und Selina in der Schule. Ich habe Brezn mitgebracht.« Sie legt den Prospekt auf die Seite und nickt in Richtung eines Stoffbeutel auf der Arbeitsplatte. Sie zögert kurz. »Du musst nicht mitkommen, Tobi. Du verpasst sicher eine wichtige Vorlesung.«

Nicht nur eine, sondern alle. Aber natürlich sage ich nichts davon. Am Freitag habe ich mit Paul geredet, obwohl es mir unangenehm war, nach so kurzer Zeit bereits um Urlaub zu bitten. Doch er hat sofort zugestimmt.

Entschieden schüttle ich den Kopf. »Ich komme mit.«

Mama nickt, und ihre Schultern entspannen sich, auch wenn der Glanz in ihren Augen gleichzeitig erlischt, so als hätte sie sich dennoch eine andere Antwort gewünscht. »Du siehst fesch aus.« Diesmal ist ihr Lächeln echt, als sie den Blick über mein Outfit wandern lässt. Schwarze Jeans, weißes Hemd.

Hitze steigt mir in die Wangen, und ich verdrehe die Augen. »Ach, Mama, bitte nicht.«

Sie zuckt mit den Schultern. »Wieso? Egal, wer dich mal abbekommt, kann sich glücklich schätzen. Du bist der Traum jeder Schwiegermutter. Verantwortungsbewusst, intelligent, … gutaussehend.«

Ich nehme mir eine Breze und setze mich ihr gegenüber. »Themenwechsel«, fordere ich und beiße ein großes Stück Teig ab.

»Darf eine Mama nicht von ihrem Sohn schwärmen?«, fragt sie und zwinkert mir zu.

Ich schnaube, nehme einen Schluck Kaffee und verziehe im gleichen Moment das Gesicht. Verdammt, Zucker vergessen.

Dann verschwindet Mamas Lächeln langsam wieder, und an dessen Stelle rückt eine Gewissheit, die auch ich spüren kann. »Wenn ich Selina, Leo und dich so ansehe …« Sie zuckt mit den Schultern, denn offenbar sucht sie nach den passenden Worten, »dann wird mir klar, dass ich alles richtig gemacht habe. Dieser Gedanke hilft mir … vor allem an Tagen wie diesem.«

Das Familiengericht ist in direkter Nähe des Stachus, in einer ruhigen Seitenstraße. Der Stachus ist zwar gut besucht mit Touristen, die den großen Brunnen und das Karlstor fotografieren, und mit Einkaufenden, die den Vormittag für Besorgungen nutzen. Dennoch ist der Andrang kein Vergleich zum Trubel am Wochenende. Im Vorbeigehen lasse ich den Blick über den Brunnen gleiten, dessen Wasserfontänen meterweit spritzen. Der Wind trägt mir eine feine Gischt ins Gesicht, und ich fröstle leicht. Im Sommer, wenn die Temperaturen an der Dreißiggradmarke kratzen und sich die Hitze in der Stadt staut, rennen hier die Kinder durchs Wasser, sorgenfrei und voller Freude. Diese Szenen scheinen mir in diesem Moment so weit weg, während der Wind um die Häuser pfeift und die bunten Blätter durch die Gegend wirbeln.

Das Amtsgericht, in dem sich auch das Familiengericht befindet, ist ein in die Jahre gekommenes mehrstöckiges Gebäude, vermutlich aus den Sechziger- oder Siebzigerjahren. Die steinerne Fassade ist genauso grau wie der Himmel, da ist kein Kontrast und keine Farbe, die mich von diesem tristen Morgen ablenkt.

Mama geht mit festen, entschlossenen Schritten voraus zum Eingang. Sie würde diesen Tag auch ohne mich durchstehen, sie könnte *alles* alleine durchstehen, das erleichtert mich und macht mich stolz. Doch warum sollte sie irgendwas davon alleine durchmachen müssen, wenn ich bei ihr sein kann? Wenn wir uns als Familie stärken können?

Der Weg durch die langen Gänge, in denen sich Tür an Tür und Büro an Büro reihen, ist uns gut bekannt. *Zu gut.* Keine Familie sollte sich in diesem Gebäude auskennen, genau wissen, wo sich die Toiletten oder der Wasserspender befinden. Schon das Wort »Familiengericht« ist ein Widerspruch in sich. Doch mal ehrlich, das Leben ist nun mal kein rosarotes Marshmallow. Lebe deinen Traum? Sag das mal meinem Leben.

Als wir vor dem Zimmer ankommen, in dem die Verhandlung stattfinden wird, atmet meine Mama erleichtert auf. Mein Vater ist noch nicht da. Sie legt die Hand auf meinen Oberarm und fährt auf und ab, so als wolle sie mich beruhigen. Doch ich bin sicher, dass sie versucht, ihr eigenes Herzklopfen zu entschleunigen. Noch eine Viertelstunde, dann darf ich mir den Hundeblick meines Vaters antun, wenn er dem Gericht berichtet, was er bereits über seinen Anwalt kommuniziert hat. Unterhaltszahlungen kann er sich derzeit nicht leisten. Dass er jedes Mal mit einem blitzenden BMW vorfährt und maßgeschneiderte Anzüge trägt, ist dabei leicht zu erklären. Alles von einem guten Freund geliehen. Einem Freund mit den exakt gleichen Maßen. So ein Zufall.

Mamas Hand verkrampft sich um meinen Oberarm, als sich von hinten Schritte nähern. Ich werfe einen Blick über die Schulter und ziehe die Augenbrauen zusammen. Mein Vater kommt auf uns zu, die dunklen Haare ordentlich gekämmt, in einen dunkelblauen Anzug und ein faltenfreies weißes Hemd gekleidet. Automatisch fahre ich mir durch die Haare, denn seine Haare sind meine Haare, und ich will zumindest einen kleinen Unterschied schaffen. Optisch lässt sich leider nicht leugnen, dass wir blutsverwandt sind. Eine kleine strohblonde Frau hakt sich bei ihm unter. *Seine* Frau. Die Hochzeit und die Geburt meines Halbbruders folgten nur eineinhalb Jahre, nachdem er uns verlassen hat. *Neue Familie, neues Glück.*

»Hallo, mein Sohn. Schön, dich endlich wiederzusehen.« Seine ausdrucksstarken braunen Augen, denen meine so sehr ähneln, sehen mich gutmütig an, so als würde er es bedauern, dass wir uns seit drei Jahren nicht getroffen haben. So als wäre er nicht selbst der Grund dafür, dass ich keinen Kontakt möchte. Mama hingegen nickt er nur kurz zu und brummt eine kurze Begrüßung. Ich bringe nichts über die Lippen, während seine Frau unseren Blicken ausweicht.

»Können wir uns kurz unterhalten, Tobias? Unter vier Augen?«, fragt er schließlich, als er merkt, dass weder Mama noch ich etwas erwidern werden.

»Warum?«, entfährt es mir, bevor ich nachdenken kann. »Wir bezahlen doch Anwälte dafür, um über sie zu kommunizieren.« Teuer genug. Da soll es sich wenigstens lohnen.

Für einen kurzen Augenblick entgleist meinem Vater der Gesichtsausdruck, und verärgert zieht er eine Augenbraue in die Höhe, doch gleich darauf entspannen sich seine Züge wieder, und seine Mundwinkel hängen betrübt nach unten. »Bitte, Tobias.«

Ich verdrehe die Augen. »Na gut«, seufze ich genervt. Mamas warme Hand verschwindet von meinem Arm, und mein Vater und ich entfernen uns einige Schritte.

»Das ist heute bestimmt nicht leicht für dich«, fängt er in gedämpftem Ton an, obwohl wir weit genug von den anderen entfernt stehen.

Ich schnaube. »Was meinst du?«, frage ich und ziehe spöttisch eine Augenbraue in die Höhe. »Du meinst die

Gerichtsverhandlung? Die Tatsache, dass mein Vater sich weigert, für seine Familie zu sorgen? Alles gut, ehrlich. Ich bin es gewohnt.«

Seine Augen weiten sich ein klein wenig, überrascht von meiner Direktheit. »Tobias, ich verstehe dich.«

»Ach, tatsächlich?« Der Spott in meiner Stimme wird abgelöst von blanker Wut. »Warum tust du das alles dann?«, frage ich und zeige auf die Tür zum Gerichtssaal.

»Deine Mutter ist die Klägerin, nicht ich«, verteidigt er sich und hebt die Hände. »Bitte, verdrehe die Tatsachen nicht.«

»Sie hätte dich nicht verklagt, wenn du die Unterhaltszahlungen von heute auf morgen nicht ausgesetzt hättest. Keinen einzigen Cent ist dir deine Familie wert! Sorry, ich meine natürlich deine *alte* Familie.« Die letzten Worte spucke ich ihm entgegen.

»Zuwendung findet nicht nur über Geld statt, vergiss das nicht.«

»Ach ja? Ist das so? Warum weiß Leo dann nicht mal, wie du aussiehst? Er sieht Fotos von dir und hält dich für einen fremden Mann. Also erzähl mir nichts von Zuwendung.«

»Du bist noch ein Kind, Tobias«, sagt mein Vater in beschwichtigendem Tonfall. Einem Tonfall, der mich nur noch mehr zur Weißglut bringt. »Manche Dinge sind nicht so einfach zu regeln, wie wir sie uns wünschen. Eines Tages wirst du das auch verstehen.« Er spricht mit mir, als wäre ich noch immer zehn Jahre alt. Als wäre er nicht der Grund dafür, dass ich schneller erwachsen wurde, als mir lieb ist. »Der heutige Tag hat nichts mit dir und deinen Geschwistern zu tun. Das ist eine Angelegenheit zwischen deiner Mutter und mir. Für euch möchte ich nur das Beste, und ich wünsche mir sehr, dass wir eines Tages wieder zu einer richtigen Familie werden.«

»Das hat nichts mit uns zu tun?« Ich runzle die Stirn. »Dein Ernst?«

Plötzlich legt sich eine warme Hand auf meine Schulter. »Tobi, mein Schatz«, flüstert Mama. »Es ist Zeit.« Ich wende meinen Kopf und sehe, dass sich die Tür zum Gerichtssaal geöffnet hat.

Ich schaue wieder zu meinem Vater, blicke zu meinem älteren Ebenbild, das so lange ein Vorbild für mich war. »Wir sind immer involviert. Kapier das endlich.« Als ich mich umdrehe und mit Mama durch den Flur zur Tür gehe, fluten so viele Gefühle auf mich ein, dass ich nicht weiß, wohin damit. Soll ich schreien, fluchen, randalieren oder einfach rausstürmen? Nichts wird dem gerecht, was in mir vorgeht. Nichts davon würde helfen, mich besser zu fühlen. Aber was muss passieren, dass ich es tue? Was muss ich tun, damit mein Herz nicht jedes Mal vor Wut zu rasen beginnt, wenn ich meinen Vater sehe?

Ohne eine Antwort auf meine Fragen betreten wir den Gerichtssaal und stellen uns dem elenden, zerstörten Haufen, der einst unsere Familie war.

Nach zwei Stunden wird klar, dass wir auch in Zukunft nicht auf Unterhalt meines Vaters hoffen können. Die Zahlen, die er bereits vor ein paar Monaten über seinen Anwalt kommunizieren ließ, werden vom Gericht bestätigt. Wir werden weiterhin am Existenzminimum kratzen, und ich sehne mein erstes Gehalt herbei, um Mama und meine Geschwister endlich unterstützen zu können.

16
Alex

Suche eine Freundin zum Pferdestehlen.
Du auch?

Als ich am Sonntagabend meine Heimreise antrete und mit dem Zug Richtung München fahre, bin ich überrascht, dass es okay für mich ist. Ich hatte damit gerechnet, dass ich hadere, mein altes Leben herbeisehne und München für all das verantwortlich mache, was mir zurzeit nicht guttut. Doch so ist es nicht.

Als ich am Hauptbahnhof ankomme, aus dem Zug steige und mich das Menschengewirr und hallende Lautsprecheransagen empfangen, merke ich, dass ich die Großstadt sogar vermisst habe. Das hektische Treiben, die Geräuschkulisse und ja, auch irgendwie der Geruch der Stadt haben mir gefehlt. Die Mischung aus Frischluft, Abgasen und verschiedensten Essensgerüchen sind mir in den letzten Wochen so vertraut geworden, dass ich sie nun nicht mehr missen möchte.

Als ich die große Halle durchquere, vorbei an Verkaufsständen von Getränken und Zeitschriften, lasse ich meinen Blick über die Menschen gleiten, die entweder – mit ungeduldigem Blick auf die Uhr – warten oder mit schnellen Schritten ihrem Ziel entgegenlaufen. Bisher habe ich mir viel zu wenig Zeit genommen, die Stadt und die Leute kennenzulernen. Viel zu sehr war ich mit meinem Wohnheimzimmer und meiner Ausbildung beschäftigt. Vielleicht ist auch das der Grund, warum ich so lange brauche, mich hier einzuleben? Eines ist jedenfalls klar: Ich mag München, und ich will nicht wieder zurück zu Mama und Papa, ich will mein neues Leben nicht aufgeben. Es würde sich wie ein herber Rückschlag anfühlen.

Außerdem ist mein Heimatort nicht mehr das, was er mal war. Meine beste Freundin ist weg, und auch die meisten meiner Klassenkameraden sind für ihre Ausbildung in benachbarte Gemeinden gezogen.

Und nicht nur das: Auch ich habe mich verändert, das spüre ich ganz deutlich. Bereits die kurze Zeit, die ich nun schon alleine in München verbracht habe, hat mich selbstständiger werden lassen. Ich laufe nicht mehr wegen jeder Kleinigkeit zu meinen Eltern. Auch wenn das durchaus bequem war, so merke ich erst jetzt, wie unbefriedigend es gewesen ist, sich ständig nur auf meine Eltern zu verlassen.

Mit meinem Rucksack auf dem Rücken nehme ich die Rolltreppe hinunter zu den U-Bahnen, um nach Hause zu fahren.

Der Montag, zurück in der Schreinerei, verläuft ereignislos

und leider wie jeder bisherige Arbeitstag. Doch ich will Paul nicht fragen, warum ich immer noch diejenige bin, die mittags für alle Brotzeit kauft, ich möchte ihn nicht darum bitten, mir ein eigenes Projekt zuzuteilen. Sollte er nicht selbst darauf kommen, dass ich nach meiner Einarbeitungszeit mehr kann als Holz zuschneiden? Ich nehme mir vor, härter zu arbeiten, noch fleißiger zu werden. Irgendwann wird er erkennen, dass ich eine echte Hilfe und ein echter Gewinn für die Werkstatt sein kann, wenn er es nur endlich zulässt.

Heute gelingt mir mein Vorhaben schon sehr gut, meine volle Konzentration liegt auf meiner Arbeit und den kleinen Aufträgen, die mir von Paul zugeteilt werden. Vielleicht liegt es daran, dass Tobi heute nicht da ist.

»Ist er krank?«, frage ich Paul, als ich mittags die Tüten mit Brezen und Semmeln auf den großen Tisch im Aufenthaltsraum lege.

»Nein, er hat sich einen Tag Urlaub genommen. Wegen einer Familienangelegenheit«, fügt er hinzu, und ich glaube, Mitgefühl in seinen Augen aufblitzen zu sehen.

»Eine Familienangelegenheit?«, frage ich vorsichtig nach und nehme mir eine Tasse aus dem Küchenschrank. Langsam tröpfeln unsere Kollegen herein.

»Danke, fürs Essenholen, Alex«, sagt Hassan, als er sich auf einen der freien Stühle setzt.

»Ja, danke dir!«, wirft auch Andreas ein, als er nach den Tüten greift.

Ich lächle und nicke, bevor ich mich wieder Paul zuwende. Doch er scheint nicht näher auf das Thema eingehen zu wollen, und ich möchte nicht nachhaken. Auch wenn ich neugierig bin, habe ich kein Recht darauf, andere über Tobi auszuquetschen. Er ist nie sehr redselig und gibt wenig über sich selbst preis. Tobi sollte selbst entscheiden dürfen, wer welche Details über ihn erfährt.

Also versuche ich, Tobi aus meinem Kopf zu drängen, und beteilige mich am Gespräch der anderen. Es ist anstrengend, Worte zu wechseln und mitzulachen, obwohl ich erschöpft bin und eigentlich lieber still geblieben wäre. Aber auch das hier gehört zu meinem Plan. Wenn die anderen merken, dass ich zu ihnen gehöre, dann werden sie mich mehr einbinden, und das ist diese Anstrengung allemal wert.

Gerade als ich mein Zimmer aufsperre, öffnet sich die Tür zu meiner Rechten. Lara tritt heraus, in der Hand einen kleinen Müllbeutel. Als sie mich bemerkt, breitet sich ein Grinsen auf ihrem Gesicht aus. »Hey, na? Wie war das Wochenende bei deinen Eltern?«

»Hi«, grüße ich lächelnd, dann zucke ich mit den Schultern. »Ganz gut eigentlich. Nur Mama war ein bisschen anstrengend.«

»Oje, das kenne ich«, bestätigt sie und zieht die Tür hinter sich zu. »Sie sind immer so besorgt.«

»Was hast du das Wochenende über getrieben?«, will ich wissen, um nicht darauf eingehen zu müssen, dass sich Mama nicht ganz ohne Grund sorgt. Ich habe Papa schließlich von meinen Problemen erzählt.

»Gelernt«, murrt Lara und verdreht die Augen. »Die ganze Zeit.«

Ich nicke anerkennend. »Wow, fleißig.«

»Ja, ich habe noch mal ein paar Fächer durchgearbeitet,

damit ich für die Berufsschule gewappnet bin. Die fängt bald wieder an.«

»Das heißt, du warst nicht shoppen?«, vergewissere ich mich.

»Nein, war ich nicht. Wieso fragst du? Hast du Bock?«

Ich nicke grinsend. »Ehrlich gesagt, ja. Hast du Lust, mir ein bisschen was zu zeigen? Du wohnst hier schließlich schon länger als ich.«

Ihre Augen leuchten begeistert. »So was von!«, freut Lara sich. »Ich bring nur noch schnell den Müll runter, und dann können wir los!«

»Ich … ach so«, stottere ich überrascht. »Du meinst, jetzt gleich?«

»Ja, warum nicht? Am Wochenende ist es sowieso immer so voll in der Stadt. Montags ist es leer, alle müssen arbeiten. Dann ist es nicht so ein Gedränge, und wir müssen vor den Umkleidekabinen nicht anstehen.«

Ich überlege kurz. Ich bin erschöpft vom heutigen Tag, und eigentlich hatte ich mich auf Fertigpizza und einen Serienabend gefreut. Doch Lara hat recht. Wenn wir gleich heute gehen, wird es nicht so stressig werden. Die Altstadt und die Läden werden leerer sein. Außerdem müssen wir uns ja nicht hetzen – und ich habe Lust, etwas mit Lara zu unternehmen. »Okay, ich bin dabei«, sage ich entschlossen, drehe den Schlüssel im Schloss und öffne meine Tür. »Komm gern rüber, sobald du fertig bist!«

Während ich auf Lara warte, mache ich mich kurz frisch, löse die Haare aus meinem Pferdeschwanz und bürste sie. Ich benutze Deo und etwas von dem blumigen Parfüm, das ich letztes Jahr von meinen Eltern zu Weihnachten geschenkt bekommen habe. Ich verwende es viel zu selten. Dann trage ich noch etwas Concealer und Wimpertusche auf, um meinen Blick wacher aussehen zu lassen. Zufrieden blicke ich in den langen rechteckigen Spiegel, den ich im Eingangsbereich aufgehängt habe, und die Vorfreude auf einen Mädels-Nachmittag steigt.

Als es klopft, öffne ich schwungvoll die Tür.

»Wow!« Lara pfeift anerkennend und mustert mich. »Ich habe dich noch nie mit offenen Haaren gesehen. Steht dir!«

Geschmeichelt schlage ich die Lider nach unten. »Danke.« Auch Lara sieht toll aus. Mit ihrer braunen High-Waist-Jeans aus Cord, dem kurzen senffarbenen Top, der lilafarbenen Häkeljacke und den vielen feinen goldenen Halsketten in unterschiedlicher Länge wird ihre Kreativität und ihr Freigeist sichtbar. Würde ich diese Zusammenstellung tragen, sähe es sicherlich verkleidet und zu gewollt aus, doch an ihr wirkt es, als sei sie einem Modemagazin entsprungen. »Du siehst auch sehr gut aus«, gebe ich ihr Kompliment zurück.

»Das musst du ja jetzt sagen.« Lara lacht und winkt ab. »Wollen wir los?«

Wir fahren mit der U-Bahn zum Sendlinger Tor und schlendern die Sendlinger Straße entlang. Wir haben Glück. Zwar ist der Himmel wolkenverhangen, aber dennoch schafft es die Sonne oft genug hindurch, sodass wir unsere Jacken öffnen können, ohne zu frösteln. Geschäfte, Cafés und Restaurants säumen unseren Weg, und zumindest die sonnenbeschienenen Außenplätze sind teilweise belegt.

»Wie wär's mit einem Kaffee, bevor wir starten?«, schlägt Lara vor und deutet auf die *Patolli Cafébar*, welche sich in Sichtweite des Sendlinger Tors befindet. Einige der kleinen runden Tische liegen noch in der Sonne.

»Eine sehr gute Idee«, stimme ich zu, denn einen Koffeinschub kann ich gut gebrauchen. Wir lassen uns an einem der Tische nieder, und ich hänge meine schwarze Umhängetasche über die Stuhllehne. Dann greife ich nach der Karte, während Lara sich zurücklehnt.

»Ich brauch die Karte nicht, ich nehme einen Latte Macchiato.«

Zwar weiß ich ebenfalls schon, was ich trinken möchte, aber dennoch überfliege ich die Karte interessiert – nur für den Fall, dass ich das Café irgendwann wieder besuchen möchte. Es gibt nicht nur Heißgetränke, sondern auch etwas für den kleinen Hunger, wie Müsli und verschiedene Sandwiches. Alles klingt ziemlich lecker.

»Bist du hier öfter?«, frage ich Lara, während ich das Café auf meine imaginäre München-Liste setze. Ich hoffe, dass diese sich schnell mit vielen schönen Orten füllen wird.

»Hin und wieder, ja«, bestätigt sie und zieht eine dunkle Sonnenbrille aus ihrer kleinen schwarzen Ledertasche. »Manchmal auch abends. Drinnen ist eine gute Bar.« Sie setzt sich die Sonnenbrille auf die Nase, die mich stark an Audrey Hepburn erinnert, dann rückt sie ihren Stuhl so zurecht, dass sie die Sonnenstrahlen direkt ins Gesicht treffen.

Auch ich wende mich dem Licht zu und schließe die Augen. Es war eine gute Idee, sich gegen einen Serienmarathon und für diesen Nachmittag zu entscheiden. Genau das habe ich mir gewünscht: rauskommen und München kennenlernen.

Wir geben unsere Bestellung auf, und kurze Zeit später schließe ich die Hände um eine heiße Kaffeetasse, den Duft von frisch gemahlenen Kaffeebohnen in der Nase. Während ich die Beine gemächlich ausstrecke und die Augen abermals schließe, wünsche ich mir, Lara und ich hätten uns schon viel früher verabredet. »Lass uns so was öfter machen, ja?«, schlage ich unvermittelt vor, öffne wieder die Augen, doch kneife sie schnell wieder zusammen, um Laras Gesichtsausdruck zu erkennen. Mein Herz fängt an zu pochen, denn normalerweise bin ich nicht so spontan, und meist warte ich darauf, dass andere nach einem Treffen fragen.

Ihre Lippen verziehen sich zu einem Lächeln. »Voll gerne.«

Erleichtert gebe ich das Lächeln zurück und nehme einen großen Schluck. Es ist nicht einfach, Freunde zu finden. In der Berufsschule ist es nicht wie in der Grundschule. Als Kind habe ich täglich neue Freundinnen und Freunde getroffen, doch je älter man wird, desto schwieriger wird es. Mit achtzehn Jahren haben die meisten Jugendlichen einen gefestigten Freundeskreis und suchen nicht unbedingt nach neuen Bekanntschaften. Neben Ausbildung, Studium oder Job bleibt nicht viel Zeit, und die widmen die meisten lieber ihren Bekannten. Ich hatte ein bisschen Angst, dass es Lara genauso geht und sie kaum Zeit haben wird. Doch ihre Antwort versetzt mich in Hochstimmung.

Als wir unsere Tassen ausgetrunken und bezahlt haben, machen wir uns weiter auf den Weg die Sendlinger Straße entlang bis hin zum Marienplatz. Das ein oder andere Mal machen wir Halt in verschiedenen Bekleidungsgeschäften.

Schon im zweiten werde ich fündig und kaufe mir einen weiten, kurz geschnittenen beigen Pullover.

Als ich mir dort auch Modeschmuck anschaue, schnaubt Lara mit hochgezogenen Augenbrauen. »Bitte, tu das nicht.«

Überrascht blicke ich von den feinen Silber-Ohrringen auf, die gerade in meinen Händen liegen, und sehe Lara an. »Warum nicht?

»Ich würde nur echten Schmuck kaufen«, meint sie, und ihre Finger schließen sich um einen kleinen runden Anhänger, der an einer ihrer Halsketten baumelt.

Ich lache und schüttle den Kopf. »Das kann ich mir aber nicht leisten.«

»Ich kaufe meinen Schmuck immer secondhand. Wenn du willst, schauen wir nachher noch bei einem Geschäft vorbei.«

»Na gut.« Ich hänge die Ohrringe zurück an ihren Platz. »Dann machen wir es so. Aber wenn ich dort nichts finde, dann kommen wir noch mal zurück, und ich kaufe mir die hier.«

Lara nickt kräftig. »Versprochen.«

Am Ende der Sendlinger Straße biegen wir in die kurze Rosenstraße ab, welche in den Marienplatz mündet.

»Das ist das neue Rathaus«, sagt Lara und deutet zu einem riesigen Gebäude. Das majestätische Münchner Rathaus erstreckt sich fast über die gesamte Länge des Platzes.

Ich runzle die Stirn und beäuge das Gebäude, das im neugotischen Stil erbaut wurde. »So neu sieht das aber gar nicht mehr aus.«

»Das neue Rathaus wird ja auch nicht deshalb so genannt, weil es *brandneu* ist, sondern weil es ganz früher ein anderes Rathaus gab.« Lara grinst und nickt nach rechts auf ein Gebäude mit spitzem Dach aus orangeroten Ziegeln, kleinen Zinnen und Türmchen und einem anliegenden Turm. »Das ist das alte Rathaus.«

Ich lasse den Blick über den Platz schweifen. Kaum zu glauben, dass ich vorher noch nie hier gewesen bin. Selbst, als ich noch auf Wohnheimsuche war, sind meine Eltern und ich immer nur so lange wie nötig in der Stadt geblieben, im Hinterkopf die lange Fahrtzeit zurück. Dabei hätte ich mich schon viel früher mit meinem neuen Wohnort beschäftigen sollen. Klar, man kennt München aus Filmen, Dokumentationen oder von Fotos, aber selbst hier zu sein, ist dann doch noch mal was anders.

Wir überqueren den Platz und laufen auf das Caféhaus *Woerner's* zu, das eine längere Schlange an Wartenden vorweist, denn hier gibt es auch Eis zu kaufen. Kurz bin ich versucht, mir auch ein Eis zu gönnen. Doch ich verwerfe meine Überlegung wieder, da ich nach einem Eis vermutlich doch noch zu frösteln beginnen würde.

Unvermittelt frage ich mich, ob Tobi gerne Eis isst, und welche Sorte er am liebsten mag. Schokolade, Vanille oder doch eher Fruchtsorbet? Vermutlich so was wie Mango oder Zitrone, er wirkt nicht wie ein Schokotyp. Oh Mann! Wie komme ich denn auf so etwas? Und was soll bitte ein Schokotyp sein?! Der Tag war anstrengend, und mir fehlt gewiss nur etwas Schlaf. Anders kann ich mir meine wirren Gedanken nicht erklären.

Wir gehen weiter geradeaus, vorbei an den fünf Höfen zum Odeonsplatz.

»Wo ist denn jetzt dein Secondhand-Laden?«, frage ich und blicke über den Odeonsplatz und seine mächtige

Feldherrnhalle. Ein geschichtsträchtiger Ort, so viel ist mir bewusst. Doch nach Secondhand sieht es hier sicherlich nicht aus.

»Es gibt zwei in der Fraunhoferstraße, das wäre aber ein kleiner Fußmarsch. Willst du mit der U-Bahn fahren?«

Sofort schüttle ich den Kopf. »Nein, zu Fuß lernt man eine Stadt viel besser kennen!«

Also machen wir uns auf, immer geradeaus, am Friedenstor vorbei in Richtung der Münchner Freiheit. Kurz davor biegen wir nach links in die sehr lange und belebte Fraunhoferstraße ab. Das, was diese Straße von der großen Shoppingmeile in der Altstadt unterscheidet, ist die Vielfalt der vielen kleinen Boutiquen, die hier zu finden sind. Denn es reihen sich nicht die bekannten Modeketten aneinander, die Läden, die man auch in jeder anderen Großstadt Deutschlands finden würde.

Während wir die Straße entlangspazieren, begegnen uns viele Einkaufende, und Autos bahnen sich ihren Weg durch die teils schmale Straße. Auch hier gibt es wieder Restaurants, und ich frage mich, wie lange ich hier leben müsste, um mich durch sämtliche Cafés und Lokale zu probieren.

In unserem Dorf gibt es lediglich eine Wirtschaft, die zwar verdammt gute bayerische Küche anbietet, aber nach einiger Zeit fehlt dann doch die Abwechslung. In einer Großstadt ist das etwas anderes. Hier wird man von der Auswahl zwischen Griechisch, Italienisch, Afghanisch, Japanisch, Vietnamesisch und so vielem mehr fast überfordert. Aber auch nur fast, denn ich nehme mir wieder vor, so viel wie möglich kennenzulernen.

Lara führt mich schließlich zu einem Secondhand-Geschäft, das vor allem Vintage-Klamotten und Accessoires anbietet. Wir wühlen uns durch die Oberteile und Kleider, und Laras Augen werden feucht, als sie den alten Schmuck untersucht.

»Jedes dieser Stücke wurde mit so viel Liebe hergestellt«, sagt sie ehrfürchtig und hält sich eine goldene Kette mit kleinen eingelassenen grünen Steinchen vor das Dekolleté, um sich damit im Spiegel zu betrachten. »Es steckt so viel Geschichte in ihnen.«

Ich lasse mich von ihr zu kleinen silbernen Ohrensteckern überreden, auch wenn sie etwas teurer sind als der Modeschmuck im letzten Geschäft. »Du wirst länger etwas von ihnen haben«, verspricht sie mir.

Gleich als wir aus dem Laden treten, stecke ich sie mir an und betrachte mich mit der Frontkamera meines Handys.

»Sie stehen dir so wunderbar«, seufzt Lara und mustert meine Ohrringe verliebt.

»Ja, finde ich auch«, gestehe ich. »Danke für den tollen Tipp, Lara!«

Ich freue mich tatsächlich sehr über die Ohrringe. Denn nun habe ich die perfekte Erinnerung für meinen Neuanfang.

Als unsere Mägen zu knurren beginnen, wählen wir ein Restaurant für vietnamesisches Streetfood, welches farbenfroh und außergewöhnlich eingerichtet ist. Die Wände sind in Dunkeltürkis gestrichen, und kleine Palmen sorgen für ein sommerliches Ambiente. Die Hängelampen gleichen kleinen roten Vogelkäfigen, während auf den Sitzbänken Kissen in den unterschiedlichsten Mustern zu finden sind. Ich bestelle mir Dumplings mit Gemüsefüllung, während Lara Reispapierrollen mit Zitronengras-Tofu wählt.

»Möchtest du nach deiner Ausbildung eigentlich in München bleiben?« Ich nippe an meiner Lycheeschorle. Die Frage brennt mir schon seit ein paar Stunden auf der Zunge.

»Lustig, dass du fragst. Eigentlich wollte ich nach meiner Ausbildung zurück in die Heimat und mir dort irgendwo einen Job suchen, aber gestern hat mir mein Betrieb eröffnet, dass sie mich gerne im Sommer nach meinen Abschlussprüfungen übernehmen würden.« Nachdenklich starrt sie ihre Röllchen an, ohne sie in die Hand zu nehmen.

»Wow, das ist ja toll! Glückwunsch!«, sage ich erfreut. »Darauf kannst du dir was einbilden.«

Laras Lippen verziehen sich zu einem Grinsen, dann sieht sie zu mir auf. »Danke! Ja, das finde ich auch. Doch dieses Angebot bringt halt auch wieder meine Pläne ins Schwanken. Ich kann mich nicht entscheiden. Hier bleiben oder … zurückgehen.«

»Hast du schon eine Pro- und Contra-Liste erstellt?«, frage ich. »Das mache ich immer so.«

Lara schüttelt den Kopf. »Mir ist viel wichtiger, was mein Bauch mir rät, als dass Gründe der Logik mich zu einer Entscheidung zwingen.«

Ich seufze. »Ich wünschte, ich würde das auch schaffen. Aber dafür bin ich viel zu rational.«

»Mh«, macht sie und nimmt einen Schluck ihrer Melonen-Limonade. »Willst du denn in München bleiben? Nach der Ausbildung?«

Ich nicke langsam. »Ja, ich denke schon. In meinem

Dorf und in den meisten umliegenden Gemeinden gibt es keine Theater. Und selbst wenn«, ich grinse breit, »ich will die größten Bühnen ausstatten, und die finde ich in Kleinstädten nicht.«

»Da hast du wohl recht«, sagt Lara kauend, nachdem sie endlich zu ihren Röllchen gegriffen hat. »Dann ist die Entscheidung relativ einfach zu treffen. Aber ich möchte ehrlich zu dir sein: Irgendwie bin ich hier auch nach über zwei Jahren noch nicht richtig angekommen, und deshalb überlege ich immer hin und her.«

»Ach, nein?« Ich mustere sie überrascht. Lara wirkte bisher nicht so, als würde sie mit ihrem Umzug hadern. Ihre gute Laune steckt mich regelmäßig mit an, sie hat ein liebevoll eingerichtetes Wohnheimzimmer und Freun…

»Ich tue mich hier sehr schwer, Freundschaften zu schließen«, unterbricht sie meine Gedanken. Während sie spricht, fixieren ihre Augen die Tischplatte.

»Aber was ist mit Basti und den anderen Leuten aus dem Wohnheim? Du unterhältst dich doch mit allen, jeder kennt dich«, gebe ich zu bedenken.

»Das schon«, räumt Lara ein, und ihr Blick wandert wieder zu mir. »Ich unternehme auch manchmal was mit ihnen, aber wir sprechen halt nicht über … na ja … Tiefgründiges und so. Weißt du, was ich meine? So was fehlt mir hier total.«

Es ist, als würde sie mich lesen wie ein Buch und nun wiedergeben, was sie darin gefunden hat … Die Tatsache, dass der Kontakt zu meiner besten Freundin über die Distanz hinweg fast einzuschlafen scheint, macht mir zu schaffen. Die Gespräche, die ich mit ihr geführt habe, finden nun mit mir selbst statt.

»Mir geht es genauso«, platze ich heraus. »In Büchern und Filmen wird das immer so einfach beschrieben. Ein Tag an einer neuen Schule, und schon wird man Teil einer Clique. Aber in der Realität sieht das doch ein bisschen anders aus. Es ist nicht so leicht, sich neuen Menschen zu öffnen …«

»Wir haben uns also gesucht und gefunden.« Lara zwinkert mir zu, und ich kann nicht anders, als erleichtert zu nicken.

»Wenn das so ist, dann will ich – als deine Freundin – sofort wissen, ob zwischen dir und Basti schon mal was gelaufen ist.« Ich wackle mit den Augenbrauen. »Das frage ich mich schon die ganze Zeit.«

Lara fängt an zu kichern. »Mit Basti? Sorry, echt nicht. Er ist nicht mein Typ. Aber er meinte am Sonntag, dass er vorhätte, mit ein paar anderen eine Wohnheimparty zu schmeißen. Da müssen wir hin!«

Wir verbringen den Abend damit, über alles Mögliche zu reden. Über die Liebe, die Familie, über Wünsche und Träume. Es tut so unendlich gut, endlich eine Freundin in München zu wissen. Eine, die da ist, wenn man shoppen gehen oder sich ausheulen möchte. Mir ist leichter ums Herz, als wir das Restaurant verlassen – mit eingepackten Resten, die ich morgen für mein Mittagessen mit zur Arbeit nehmen werde.

Die Dunkelheit hat sich bereits über die Dächer von München gelegt, und dennoch scheint die Stadt kaum leerer zu werden. Lara und ich fahren mit der U-Bahn zum Stachus und beschließen dann, noch einen kleinen Nachtspaziergang zu unternehmen. Die Temperaturen sind vergleichsweise mild, und so wäre es schade, unsere gute Laune nicht zu nutzen.

Wir lassen den Hauptbahnhof und die vielbefahrene Donnersbergerbrücke hinter uns und schlendern bis zur Hackerbrücke. Es ist bereits zweiundzwanzig Uhr, und dennoch zieht mich mein Verantwortungsbewusstsein nicht nach Hause. Dann werde ich eben morgen früh müde sein. Sei es drum.

Als wir näher kommen und den Anfang der großen schmiedeeisernen Brücke betreten, fällt mir auf, dass auf den querliegenden Balken zwischen den Stützpfeilern Leute sitzen und ihre Füße ein paar Meter über dem Gehweg baumeln lassen. Es sind vorwiegend junge Erwachsene, die hier ihren Abend zu verbringen scheinen, und manche von ihnen haben sich sogar etwas zu Essen und Trinken mitgebracht.

Lara folgt meinem Blick. »Viele kommen hierher, um sich den Sonnenuntergang anzusehen.«

»Cool«, sage ich und lasse den Blick über die Menschen schweifen, die schräg über unseren Köpfen sitzen, während wir auf dem Gehweg der Brücke entlanggehen. Das ist mir noch nie aufgefallen, auch wenn ich schon viele Male mit dem Zug unter dieser Brücke hindurchgefahren bin. Zugegeben, die zwischen den Stützpfeilern vorbeifahrenden Autos tragen nicht unbedingt zur Atmosphäre bei, doch wenn man die Motorengeräusche ausblendet, kann ich mir gut vorstellen, wie stimmungsvoll ein Abend hier sein kann.

Plötzlich halte ich inne. Die meisten Leute sind zu zweit hier und in Gespräche vertieft, doch eine Person sitzt alleine und sieht mit starrem, nachdenklichem Blick auf die Zuggleise unter ihm. *Tobi.* Zuerst halte ich es für eine Verwechslung, doch je länger ich ihn mustere, desto sicherer werde ich.

»Was ist los?« Lara sieht über die Schulter zu mir zurück.

Mein erster Impuls ist, ihn zu grüßen, doch irgendwas an seinem Gesichtsausdruck hält mich zurück. Sein Blick wirkt glasig, in sich gekehrt, so ganz untypisch für Tobi. Ich mache den Mund auf, um Lara zu erzählen, wen ich gerade entdeckt habe, aber ich zögere, und schließlich lächle ich sie an und sage: »Wollen wir mit der S-Bahn zum Hauptbahnhof und dann heim?«

Sie zuckt mit den Schultern. »Klar, wenn du willst.«

»Ja, es wird langsam doch zu frisch für meine dünne Jacke«, erkläre ich und reibe mir über die Arme. Wir drehen um, und ich werfe einen kurzen Blick zurück. Tobi scheint mich nicht bemerkt zu haben.

17
Tobi

Haben es wirklich alle auf mich abgesehen,
oder bin ich einfach nur ein schlechter Lügner?!

Ich bin gerade dabei, Holz zu schleifen, als Alex plötzlich neben mich tritt und mich ansieht. Verwirrt blicke ich auf, vor allem, weil ich davon ausgegangen bin, dass wir eine stille Übereinkunft miteinander haben, uns so gut es geht *freundlich* zu ignorieren. Sie räuspert sich. »Geht's dir gut … so weit?«

Fragend ziehe ich eine Augenbraue nach oben. »Sehe ich etwa nicht so aus?« Normalerweise reagiere ich auf diese Frage nicht spöttisch, aber wenn sie von ihr kommt, ist das was anderes.

Sie wird rot und beißt sich auf die Lippe. »Nein, nein! Du siehst natürlich gut aus, also …« Als auch meine zweite Augenbraue in die Höhe wandert, rudert sie zurück.

»Also *gut* im Sinne von *nicht schlecht.* Jetzt nicht so, dass ich meine, dass du gut aussiehst oder so.«

Ich runzle belustigt die Stirn. Was ist denn los mit ihr? »Alles klar.« Ich beginne wieder mit der Arbeit, bewege das Schleifpapier mit schnellen Bewegungen auf und ab, doch ich merke, dass sie nicht weggehen wird. Wieder halte ich inne, und schaue auf.

»Also bei dir passt alles?«, fragt sie noch mal, diesmal bestimmter.

»Jap, alles gut. So wie immer.« Diese Lüge geht mir leicht über die Lippen. Vor Jonas wäre es mir schwerer gefallen, aber vermutlich hätte ich ihn gar nicht belogen. Doch Alex möchte ich nicht in mein Seelenleben blicken lassen, nur weil sie heute Morgen entschieden hat, mich ausnahmsweise nicht unausstehlich zu finden.

»Okay«, sagt sie nur und lächelt leicht. »Wie war dein freier Tag gestern?«

Ich lege das Schleifpapier zur Seite und sehe mich um. Niemand von den anderen Kollegen ist gerade greifbar, vielleicht braucht sie Unterstützung und traut sich nicht zu fragen. Obwohl ich sie bei ihrer Direktheit anders eingeschätzt hätte. »Brauchst du bei irgendwas Hilfe?«

»Was?« Sie zieht die Augenbrauen zusammen, bis sie schließlich zu kapieren scheint. »Ach so! Nein … nein, das ist es nicht. Ich wollte mich nur … unterhalten«, gesteht sie, und die Röte ihrer Wangen wird dunkler.

Ich seufze. Am liebsten würde ich ihr sagen, dass ich einen richtig beschissenen Tag hatte und einfach keinen Bock darauf habe, mich mit *ihr* darüber zu *unterhalten.* Aber ich lasse es, weil ich nicht noch zusätzlichen Stress brauche. Ich will Ruhe, ich will alleine sein. »Sorry, aber das hier muss fertigwerden, also …« Ich nicke zum Schleifpapier und lasse den Satz in der Luft hängen.

Alex tritt einen Schritt zurück. »Kein Thema, ich dachte nur, weil du … egal.« Sie dreht sich um und verschwindet mit schnellen Schritten aus der Halle.

»Ich will aber Nudeln mit Tomatensoße!« Leo hat die Augenbrauen zusammengezogen und sieht mit glänzenden Augen zu mir auf.

»Leo.« Ich knie mich zu ihm runter und berühre ihn an der Schulter. »Wir haben in den letzten zwei Wochen bestimmt schon fünfmal Spagetti gegessen. Heute gibt es Kürbissuppe mit selbstgemachtem Vollkornbrot. Glaub mir, das wird toll schmecken.« Seine Augen füllen sich mit Krokodilstränen, und ich stehe schnell wieder auf. Streng sein ist echt nicht einfach, zumindest nicht bei ihm. Ich tauche einen Löffel in die köchelnde Brühe vor mir und probiere. Es fehlt noch etwas Salz.

»Aber das Brot ist dunkel«, quäkt mein Bruder von unten. »Ich mag nicht, wenn es dunkel ist.«

»Das Brot wird sehr gut mit dem Kürbis zusammenpassen«, erkläre ich, während ich nachsalze.

»Aber, ich will …«, setzt Leo noch mal an.

Ich seufze. »Sorry, Kumpel. Ich mach dir keine Nudeln.«

»Manno!«, ruft er frustriert und flüchtet mit kleinen stampfenden Schritten in sein Zimmer. Vielleicht bin ich nicht unschuldig daran, dass Leo nur schwer ertragen kann, wenn nicht alles nach seiner Stupsnase läuft, und ich sollte wirklich anfangen, das zu ändern. Denn Mama hat recht. Jetzt bemerkt Leo noch keine Nachteile, doch wenn er älter wird, fehlt ihm möglicherweise die nötige Empathie.

»Leo ist sauer auf dich.« Selina lehnt im Türrahmen und beobachtet mich. »Wie hast du das geschafft?«

Ich lege den Kochlöffel zur Seite. »Es gibt heute keine Nudeln.«

»Er hat angefangen, Autorambo zu spielen.« Sie verdreht die Augen. »Jetzt kann ich mich nicht mehr auf mein Buch konzentrieren.« Wie zur Bestätigung ihrer Worte ist Leo zu hören, wie er Explosions- und Motorengeräusche nachahmt.

Ich zucke mit den Schultern. »Dann musst du halt im Wohnzimmer lesen.«

»Nach dem Essen dann«, sagt sie, tritt in die Küche und lässt sich am Esstisch nieder. »Riecht gut.«

»Danke«, sage ich und halte ihr einen Löffel hin. »Willst du probieren?«

Meine Schwester springt auf, nimmt mir den Löffel ab und taucht ihn in den Topf. »Hmmm … richtig würzig.«

Zufrieden nicke ich. »Dann können wir den Tisch decken.«

Selina legt den Löffel in die Spüle. »Bevor wir essen«, fängt sie zögerlich an, »wollte ich wissen, wie es gestern gelaufen ist. Bei eurem Termin mit Papa. Ihr habt nichts erzählt.«

»Weil es nichts zu erzählen gibt«, murre ich. »Jedenfalls nichts Gutes.«

»Auch das will ich hören«, fordert sie ernst.

Ich seufze ergeben. »Unser Vater wird weiterhin keinen Unterhalt zahlen. Punkt. Das war's.«

Selina blinzelt und fährt sich durch die Haare. »Aber

ich dachte, der Richter würde prüfen, ob seine Vermögensangaben wirklich stimmen.«

Ich schüttle den Kopf. »Der ist doch kein Wahrsager, Selina. Er fällt sein Urteil anhand der Unterlagen, die ihm vorliegen.«

»Das ist so ein Scheiß«, kommentiert sie. »Ich kann einfach nicht verstehen, warum Papa so was macht.«

Ich öffne den Küchenschrank und hole drei Suppenteller heraus. »Das werden wir wohl nie verstehen«, stimme ich ihr zu und versuche damit so diplomatisch wie möglich zu klingen. Doch im Inneren tobe ich und könnte Wörter gegen meinen Vater verwenden, die meine Geschwister besser nicht hören sollten.

»Aber Tobi, davon abgesehen …« Sie nimmt mir die Teller ab. »Bitte schließt mich nicht mehr aus. Mama und du.«

Ich reiße die Augen auf. »Wir schließen dich nicht aus!«

Sie nickt. »Doch, das tut ihr. Ihr beide seid ein eingeschworenes Team, so bedacht darauf, dass Leo und ich nichts von dem ganzen unangenehmen Zeug mitkriegen.« Da kann ich ausnahmsweise nicht widersprechen. Natürlich ist es uns wichtig, dass meine Geschwister so wenig wie möglich von dem Familienstreit mitbekommen. »Aber ihr vergesst dabei etwas«, fügt meine Schwester hinzu. »Ich bin sechszehn und mittlerweile alt genug, um diese ganzen Dinge zu erfahren.«

»Selina«, fange ich langsam an, ohne zu wissen, was ich sagen möchte.

»Dass ihr vor Leo alles geheim haltet, verstehe ich ja«, spricht sie weiter. »Aber vor mir? Bitte, Tobi. Ich will lieber die Wahrheit wissen, als mit euch heile Welt zu spielen.«

»Bist du dir wirklich sicher?«, frage ich skeptisch und öffne die Besteckschublade. Ich kann teilweise nachvollziehen, warum sie mit eingebunden werden möchte. Der Wunsch, erwachsen zu werden und mehr Verantwortung zu tragen, ist verlockend – so lange, bis man erkennt, was damit alles verbunden ist. Denn nicht nur die Freiheiten warten, sondern auch die Probleme.

Sie nickt kräftig und stellt die Teller auf dem Tisch ab. »Auf jeden Fall.«

Ich schürze die Lippen. »Okay, gut. Wie du willst. Unser Vater hat plötzlich aufgehört, den Unterhalt zu überweisen. Von heute auf morgen, ohne Vorwarnung. Vor Gericht hat er angegeben, dass er arbeitslos ist.«

»Aber das glaubst du nicht«, vermutet Selina und mustert mich mit zusammengezogenen Brauen.

»Nein«, bestätige ich voller Überzeugung. »Das glaube ich nicht. Vermutlich arbeitet er schwarz oder so, wir werden es nie erfahren.«

»Und wenn er …«, sie beißt sich auf die Lippe, »wirklich nur arbeitslos ist?«

Ich lege die Löffel neben die Teller und fange an, das selbstgebackene Kastenbrot zu schneiden. Ich weiß, unser Vater lügt. Woher? Keine Ahnung. Ich weiß es einfach. Aber diese Überzeugung zwinge ich meiner Schwester nicht auf. »Die Frage ist irrelevant, weil sie so oder so nichts ändern würde. Mama muss nun beim Amt einen Unterhaltsvorschuss beantragen, weil wir das Geld brauchen. Ohne den Vorschuss haben wir nicht genug Geld für die Miete, das Essen, den Kindergarten, die Schule.« Ich seufze. »Die Liste ist endlos.«

»Wenn ich etwas verdiene, dann könnte ich doch meinen Teil zur Miete beitragen, oder?«, fragt Selina, lässt sich auf ihren Stammplatz fallen und zieht die Knie an die Brust.

»Du bist in der Schule«, brumme ich.

Sie grinst. »Nicht mehr lange, denn nach meinem Abschluss werde ich Buchhändlerin!«

»Hast du denn deine Bewerbungen überhaupt schon abgeschickt?«

Ihr Grinsen wird noch breiter. »Ich hab sogar schon eine Einladung zum Vorstellungsgespräch.«

Ich lasse das Brotmesser sinken und starre meine Schwester mit großen Augen an. »Du verarschst mich.«

Sie verschränkt die Arme. »Ist das so schwer zu glauben?«

»Nein, natürlich nicht. Ich bin eher überrascht, dass du es durchgezogen hast … ohne dass ich dich jeden Tag daran erinnern musste.« Ich zwinkere ihr zu. »Aber, wow, Glückwunsch! Das packst du ohne jeden Zweifel.« Ich spüre, wie sich in meiner Brust ein warmes Gefühl breitmacht, so stolz bin ich auf meine kleine Schwester.

Selinas Gesichtszüge entspannen sich wieder. »Ich hoffe, du hast recht. Denn ehrlich gesagt habe ich schon ein bisschen Schiss. Wir haben diese Gespräche zwar mal im Unterricht thematisiert, sodass ich ungefähr weiß, wie das Ganze abläuft … Aber was ist, wenn ich auf eine Frage keine Antwort habe?«

»Du wirst das super machen«, baue ich sie auf. »Da bin ich mir zu hundert Prozent sicher.«

»Wenn du das sagst«, meint sie, und dennoch bemerke ich ihre Aufregung. Doch diese Aufregung werde ich ihr nicht nehmen können, sie ist ganz normal.

»Wie läuft es eigentlich bei dir mit dem Studium und so?«, fragt Selina, und auch wenn ihr Tonfall beiläufig klingt, mahnt mich ihr bohrender Blick zur Vorsicht.

»Alles gut so weit«, antworte ich vage, fülle die geschnittenen Brotscheiben in einen Korb und hebe den Suppentopf auf den Korkuntersetzer auf die Mitte des Tisches.

»Sonst warst du meistens früher zu Hause, seit ein paar Wochen immer erst am späten Nachmittag«, bemerkt sie weiter.

»Ich kann in der Uni einfach besser lernen«, sage ich achselzuckend und hebe meine Stimme. »Leo! Essen ist fertig!«

»Und deinen Laptop brauchst du für die Vorlesungen nicht mehr?«

Gerade als ich Kürbissuppe in den Teller schöpfe, halte ich inne. »Warum fragst du?«

Sie knabbert an ihrer Unterlippe. »Weil du ihn nicht in die Uni mitnimmst. Er liegt nur in deinem Zimmer rum.«

Ich versteife mich, und meine Kiefermuskeln spannen sich an. »Du gehst ohne meine Erlaubnis in mein Zimmer?«

Sie verdreht die Augen. »Ach, komm schon. Du tust gerade so, als wäre das die Area 51.«

»Zumindest ist sie mein privater Bereich, mein Rückzugsort«, erkläre ich und beginne wieder, die Suppe in die Teller zu schöpfen.

Selina verzieht das Gesicht. »Wenigstens hast du einen.

Ich muss mir mein Zimmer mit Mr. Autorambo teilen. Jedenfalls lese ich manchmal bei dir, da ist es ruhiger, und ich kann mich besser konzentrieren.« Ich reiche Selina den gefüllten Teller, und sie nimmt ihn entgegen. »Da ist mir aufgefallen, dass du deinen Laptop nicht mehr in die Vorlesungen mitnimmst. Braucht man den nicht, wenn man IT studiert?«

»Manchmal ja, manchmal nein«, rede ich mich raus. »Momentan arbeiten wir mehr an der Theorie, und dann will ich ihn nicht umsonst mitschleppen.« Ich hebe meine Stimme. »Leo, Essen ist fertig!«

»Verstehe«, sagt Selina, und doch huscht ihr prüfender Blick immer wieder zu mir zurück.

Früher oder später werde ich meiner Familie natürlich von dem Studienabbruch erzählen, zumal ich mein verdientes Geld mit Mama teilen möchte und sie es sicherlich nicht ohne Nachfragen annehmen wird. Dennoch werde ich warten, bis die ganze Unterhaltssache in den Hintergrund rückt, damit Mama nicht das Gefühl haben muss, das alles auf einmal auf sie einprasselt. Auch wenn es mir schon jetzt leidtut, dass ich dann die Entspannung des Alltags mit meinem Geständnis wieder zunichtemachen werde.

18
Alex

Hätte ich mich doch nur für die Fertigpizza entschieden!

Anfang November wird die Luft kühler, und ein fast eisiger Windstoß trifft mich, als ich am Samstagmorgen das Fenster öffne. Alles, was ich von meinem Kinderzimmer aus gesehen habe, waren Bäume. Die meiste Zeit war es wunderschön, so nahe an der Natur zu wohnen, doch es gab auch Augenblicke, in denen ich den Wald und die dunklen Schatten, die er auf unser Haus geworfen hat, gruselig fand. Nun blicke ich auf ungefähr zwanzig große Fenster, hinter denen sich überall Menschen verbergen. Menschen, die ich nicht kenne. Noch weiß ich nicht, ob mir die Anonymität der Großstadt gefällt, aber nun, da ich mit Lara eine echte Freundin gefunden habe, wirkt sie schon etwas weniger beängstigend als zuvor.

Gänsehaut breitet sich auf meinem Körper aus, weil

mich nur mein blauer Baumwollschlafanzug gegen die Kälte schützt. Ich wende mich ab und hole aus dem Küchenschrank eine Schüssel, einen Löffel, Milch und das Schokomüsli. Bevor ich heute Nachmittag im Supermarkt arbeiten werde, möchte ich anfangen, mein Bücherregal zu veredeln, damit es endlich genauso aussieht, wie ich es mir immer vorgestellt habe.

Nachdem ich gefrühstückt habe und meiner besten Freundin Sarah in Nürnberg nach vier Tagen endlich eine Sprachnachricht geschickt habe, räume ich mein Holzschnitzwerkzeug heraus, lege mir meine Zeichnungen neben das Bücherregal und beginne mit der Arbeit. Ich schnitze ein abstraktes Muster in die Seitenwände. Geschwungene Linien und Kreise, alle harmonisch aufeinander abgestimmt. Auch wenn mir bereits nach kurzer Zeit der Schweiß ausbricht und nach einer Stunde die Arme schwer werden, mache ich weiter. Die Schnitzerei ist entspannend, fast meditativ.

Währenddessen denke ich über die vergangene Woche nach, überlege, ob ich mich mehr hätte anstrengen müssen, damit meine Arbeit noch besser wird. Vielleicht, denn noch hat diese Arbeit keine Früchte getragen.

Auch geht mir mein Gespräch mit Tobi durch den Kopf, das ich ihm am Dienstag aufgezwungen habe. Als er alleine auf der Hackerbrücke war, dachte ich, er bräuchte vielleicht jemanden zum Reden, er sah so … verloren aus. Natürlich habe ich nicht damit gerechnet, dass er mir sofort sein Herz ausschüttet, aber ich habe gehofft, dass er etwas anderes antworten würde als das, was er tatsächlich zu mir gesagt hat. Er hat mich abgewiesen, während ich mir ziemlich blöd vorgekommen bin.

Ich schüttle den Kopf und halte einen Moment inne. »Es soll einfach nicht sein«, flüstere ich mir zu, und meine Finger schließen sich noch fester um mein Flacheisen. So etwas wie ein normales Verhältnis wird es zwischen mir und Tobi nicht geben. Ich frage mich wiederholt, warum mich das stört, und warum ich von ihm angelächelt werden möchte, obwohl ich doch selbst dafür gesorgt habe, dass er es nicht mehr tut. Vielleicht genau deswegen. Vielleicht liegt es daran, dass immer noch das schlechte Gewissen an mir nagt.

Ich seufze und setze das Werkzeug wieder ans Holz. Ich werde das ein für alle Mal hinter mir lassen und daraus lernen. Denn dafür sind Fehler doch da, oder?

Die Schichten am Wochenende sind anstrengender als die unter der Woche. Im Supermarkt ist die Hölle los, und die Supermarktgänge sind voll von Einkaufenden. Andauernd werden Marlene und ich von der Kundschaft nach Produkten gefragt, die direkt vor deren Nasen zu finden sind. Das hält auf, und wir sind mit der Warenverteilung im Rückstand.

»Diese Samstage sind einfach schrecklich«, stöhnt Marlene und streift sich ein paar Haarsträhnen aus dem Gesicht. »An solchen Tagen will ich abends nur noch was essen und dann faul auf der Couch liegen.«

»Dann gönn dir doch einfach so einen Abend«, sage ich und lächle ihr aufmunternd zu, als wir uns eine kurze Pause im Aufenthaltsraum gönnen. Wir sitzen an dem großen Eichentisch, der schon einige Kerben einstecken musste.

Sie schüttelt den Kopf. »Daraus wird nichts. Wenn man Kinder hat, dann hat man nie wirklich Feierabend.«

Ich nicke verständnisvoll und bin zugegebenermaßen heilfroh, dass auf mich genau der Abend wartet, den sie eben als ihren Wunsch beschrieben hat. Nicht, dass ich kleine Kinder nicht mag, aber die Vorstellung, mit ihnen einen Vierundzwanzig-Stunden-Job einzugehen, finde ich derzeit noch sehr gruselig. »Dafür bewundere ich dich echt«, gebe ich zu und nehme einen Schluck Wasser aus meiner Glasflasche. Das Schnitzen am Vormittag hat natürlich dazu beigetragen, dass ich mich jetzt wie ein nasser Sack fühle. Schwer und antriebslos. Mehr als eine Fertigpizza ist heute nicht drin. Wieder mal.

»Du hast auch einiges zu stemmen«, erinnert Marlene mich. »In deinem Alter war ich weit weniger verantwortungsvoll und engagiert, glaub mir.«

»Echt? Erzähl!« Ich richte mich auf und grinse sie an. »Hast du die Schule geschwänzt? Oder jede Nacht Party gemacht?«

Sie lacht, und die Lachfältchen graben sich in ihre Haut. »Ja und ja.« Sie zuckt mit den Schultern. »Ich habe mich damals für sehr erwachsen gehalten und wollte meine Freiheiten ausleben, ohne zu akzeptieren, dass ich dafür auch etwas leisten muss.« Ihr Blick wird glasig, so als würde sie in alten Erinnerungen schwelgen.

»Wow«, bringe ich begeistert heraus. »Das kommt irgendwie … unerwartet.« Ich arbeite nun schon seit fast einem Monat mit Marlene zusammen, und sie ist zu meiner liebsten Kollegin geworden. Auch wenn uns vermutlich ein Altersunterschied von fast zwanzig Jahren trennt, ist sie so ganz anders, als ich mir vierzigjährige Menschen vorstelle. So frisch und aufgeweckt. Ich könnte mit ihr über alles reden, egal über was, und sie würde mir nicht erst eine Standpauke halten oder mich verurteilen. Auch damals, als ich ihr von dem Streit mit Tobi erzählt habe, hat sie versucht, mir zu helfen.

»Was willst du damit sagen?« Sie boxt mich leicht gegen die Schulter. »Habe ich auf dich den Eindruck gemacht, ich wäre eine uncoole Mama?«

»Ich würde nicht behaupten, dass ich ›verantwortungsvoll‹ mit ›uncool‹ gleichsetzen würde«, werfe ich schnell ein und hebe die Hände.

Sie gluckst. »Ich glaube, meine Kinder tun genau das. Ich könnte ihnen erzählen, dass ich früher Punkerin war, vielleicht steigt so mein Ansehen bei ihnen.«

»Oh mein Gott, das warst du nicht?!«, rufe ich. »Hast du noch Fotos von der Zeit?«

Marlene klatscht sich die Hände an die Wangen, um die aufsteigende Röte zu verstecken. »Sicher doch! Zwar nicht digital – so weit waren wir damals noch nicht –, aber ich habe noch ein paar Fotoalben.«

»Die muss ich sehen.« Ich stelle meine Wasserflasche mit einem lauten *Plong* demonstrativ auf den Tisch, so als wolle ich sofort aufbrechen.

Sie lacht glockenhell und strahlt mich an. »Warum nicht? Komm doch nach Feierabend noch zum Essen mit zu mir. Da kann ich dir die Fotos gerne zeigen.«

Ich stutze und zögere kurz, denn obwohl mir Marlene wirklich ans Herz gewachsen ist, hätte ich nie mit einer Einladung gerechnet. Und ich will auf keinen Fall, dass sie mir das Essen nur angeboten hat, weil ich sie indirekt dazu gedrängt habe. »Ich will dir keine Umstände machen«, sage ich wahrheitsgemäß.

»Ach, überhaupt nicht! Ob eine Person mehr oder weniger am Tisch sitzt, macht keinen Unterschied.«

Ich denke an mein verlassenes Zimmer, an meine Fertigpizza und die Serie, die ich mir eigentlich ansehen wollte, und nicke schließlich. »Okay, ich komme sehr gerne mit.« Zwar bewege ich mich damit wieder aus meiner Komfortzone heraus, aber war es nicht genau das, was ich wollte? Außerdem verpasse ich zu Hause nichts. Die Fertigpizza kann auch noch einen Tag länger im Gefrierfach ausharren, und die Serie wird auch morgen noch auf der Streaming-Plattform zu finden sein. Eine Ausrede hätte mein Gewissen daher nie und nimmer zugelassen.

»Das freut mich!«, sagt Marlene und springt in die Höhe. »Dann lass uns lieber gleich weitermachen, damit wir hier so schnell wie möglich rauskommen!« Das Glitzern ihrer Augen verrät mir, dass sie sich aufrichtig über meine Zusage freut, und das lässt mein Herz warm werden.

Also bringen wir die restlichen zwei Stunden hinter uns und machen uns dann mit der U-Bahn auf den Weg zu Marlene. Ich bin ein bisschen aufgeregt, weil ich nicht weiß, was mich erwartet. Ich weiß nicht, wo und wie sie wohnt und was ihre Kinder dazu sagen werden, dass ihre Mutter unangekündigten Besuch mit nach Hause bringt. Aber trotz alledem freue ich mich sehr auf den Abend.

Wir fahren in einen der Randbezirke Münchens, dort wo massive Wohnblöcke und Hochhäuser vorherrschend sind. Wir brauchen nur ein paar Minuten von der Station bis zur Wohnung, sodass ich keine Mühe habe, mir den Weg einzuprägen, damit ich mich später nicht verlaufe.

Das Wohnhaus ist ein typischer Plattenbau in schmutzigem Grau und vielen Klingelschildern. Glücklicherweise funktioniert der kleine Fahrstuhl, denn Marlene wohnt im zehnten Stock.

Als wir vor der Wohnungstür ankommen, höre ich durch die Tür bereits eine Kinderstimme quietschen. »Ich hoffe, es ist aufgeräumt«, lässt Marlene mich wissen, als sie den Schlüssel im Schloss dreht. »Als ich die Wohnung heute Morgen verlassen habe, war es das jedenfalls noch, aber man kann eben nie wissen.«

Ich lache. »Alles gut, lassen wir es auf uns zukommen.«

»Uns bleibt nichts anderes übrig.« Das Schloss klickt, und sie öffnet die Tür.

Die Kinderstimme wird lauter, und eine etwas ältere weibliche Stimme mischt sich dazu. »Dein Ernst? Mama hat doch erst vorletzte Woche gesagt, dass du die Finger von meinen Büchern lassen sollst! Oh Mann!«

Marlene dreht sich um und wirft mir einen entschuldigenden Blick zu. »Wie immer High Life.«

Ich winke ab und trete nach ihr in den schmalen Flur. Überrascht stelle ich fest, dass es bereits nach Curry duftet.

»Du kannst die Schuhe anlassen, das ist kein Problem.«

Ich ziehe sie trotzdem aus, weil ich ihr nicht unnötigen Dreck in die Wohnung tragen möchte.

Marlene weist nach rechts zur ersten Tür. »Ich kann dir gleich mal meinen Sohn vorstellen, er ist der Koch in der Familie. Ohne ihn würden wir vermutlich jeden Abend Brotzeit machen.«

Gespannt trete ich in die Küche, und als sich Marlenes Sohn mit einem karierten Geschirrtuch auf der Schulter zu mir umdreht, klappt mir der Mund auf. Was zum …

19
Tobi

Warum ich Überraschungen hasse?
Darum.

… Teufel? Alex in unserer Küche? In unserer Wohnung? Was macht sie hier? Ich starre sie an, und sie starrt genauso entsetzt zurück. Was will sie hier, und woher weiß sie überhaupt, dass ich hier wohne?

»Das ist … Alex«, stellt Mama sie vor und sieht stirnrunzelnd zwischen uns hin und her. »Meine Kollegin.«

Entgeistert ruckt mein Blick zu ihr. *»Deine Kollegin?«*

»Ja«, sagt sie verwirrt. »Ich habe dir doch geschrieben, dass ich sie mitbringe.«

Mama hat mir vor zwei Stunden über WhatsApp mitgeteilt, dass sie gerne ihre Arbeitskollegin zum Essen einladen würde und ob ich für eine Person mehr kochen könnte. Kein Problem.

Kein. Problem.

So dachte ich zumindest. Wie konnte ich ahnen, dass sie damit *Alex* meint?!

»Hi«, begrüßt mich Alex und hebt die Hand zögernd zum Gruß.

»Hallo«, sage ich hölzern. In meinem Kopf überschlagen sich die Gedanken. Welche Konsequenzen ergeben sich nun aus ihrem Besuch? Weiß Mama schon, dass Alex und ich zusammenarbeiten? Hat Alex ihr erzählt, dass ich mein Studium geschmissen habe? Ich kann einfach nicht fassen, wie sie sich derart in meine Privatangelegenheiten einmischt!

Mama räuspert sich und weist zum bereits gedeckten Küchentisch. »Wie wär's, wenn du schon mal Platz nimmst? Ich suche gleich mal die Fotoalben heraus.«

»Ja … okay«, sagt Alex und lächelt vorsichtig. Sie schiebt sich auf einen der Stühle und starrt auf die Tischplatte. Ich brauche ein paar Sekunden, bis ich realisiere, dass Mama aus dem Raum verschwunden ist.

»Was zum Teufel machst du hier?«, zische ich zwischen zusammengepressten Zähnen.

Sie sieht auf, und in ihren Augen finde ich die Reste der anfänglichen Überraschung. Doch warum sollte sie überrascht gewesen sein, mich hier zu sehen? Das war ihr doch klar!

»Ich hatte keine Ahnung«, verteidigt sie sich.

Ich schnaube wütend. »Das soll ich dir glauben?«

Alex nickt hektisch. »Marlene hat immer nur von ihren Kindern gesprochen. Ich dachte, sie meint Kleinkinder, Babys und nicht … *dich.*«

»Hör zu, ich weiß wirklich nicht, warum du diese Aktion hier abziehst«, fange ich an, »aber Mama weiß nicht …«

»Was weiß Mama nicht?« Selina steht in der Tür, die Arme verschränkt. »Dass mein Bruder nicht so ein Charmeur ist, wie er immer behauptet?«

Ich werfe ihr einen bösen Blick zu und drehe mich zum Herd um. Als wäre nichts gewesen, prüfe ich, ob der Reis bereits fertig ist. Nein, zu bissfest.

Meine Schwester löst sich vom Rahmen und setzt sich mit einem freundlichen Lächeln neben Alex. »Mein Name ist Selina. Du musst die Kollegin von Mama sein.«

»Ja, ich bin Alex.«

»Irgendwie habe ich mir dich älter vorgestellt.« Sie runzelt die Stirn.

»Ich bin noch in der Ausbildung. Den Supermarkt-Job mache ich, um mir etwas dazuzuverdienen.«

Selina zuckt mit den Schultern. »Verständlich. München ist teuer. Mama hat auch zwei Jobs, weil wir sonst nicht über die Runden kommen würden.«

»Selina«, mahne ich sie. Meine Schwester hat ihr Herz auf der Zunge, doch ich habe keine Lust, dass Alex in unser Privatleben eintaucht.

»Was denn?«, fragt sie leicht gereizt. »Ist doch so.« Sie schüttelt genervt den Kopf, weil wir wegen ihrer Offenheit schon mehrmals diskutiert haben. In diesem Punkt sind wir so verschieden wie Zucker und Salz. »War mein Bruder eigentlich unhöflich zu dir?«, fragt sie an Alex gewandt.

»Nein, nein, gar nicht«, antwortet diese schnell und rutscht mit rosa Wangen auf ihrem Stuhl hin und her.

»Lass dir von ihm nichts gefallen. Er markiert gerne den großen Bruder«, lässt Selina sie wissen.

»Selina«, wiederhole ich. »Ich geb dir Bescheid, wenn das Essen fertig ist. Du musst nicht hier warten.«

»Ich *will* aber hier warten«, sagt sie mit hochgezogenen Augenbrauen.

Ich seufze und prüfe abermals die Konsistenz des Reises, obwohl ich weiß, dass er noch nicht gar sein kann. Die Situation ist mir zu viel, mein Herz pocht seit Minuten unangenehm schnell, und meine Hände sind schwitzig. Ich brauche einen Moment mit Alex alleine, um die Sache zu klären. *Hoffentlich.* Denn noch weiß ich nicht, wie tief ich bereits in der Scheiße stecke und was sie Mama erzählt hat. Solange sich meine Schwester aber hier breitmacht, werde ich nichts erfahren.

»Hat Leo nicht vorhin wieder eines deiner Bücher angeguckt?«, versuche ich es noch mal.

»Er hat es nicht nur *angeguckt*, sondern er hat es so geknickt, dass eine Leserille entstanden ist. Eine Leserille!«

»Wie auch immer«, bemerke ich verständnislos, weil mir schon immer suspekt war, wie man sich an einer Leserille so aufhängen kann. »Willst du nicht lieber aufpassen, dass er das nicht noch mal versucht?«

»Dir sind deine Bücher wohl sehr wichtig«, meldet sich plötzlich Alex wieder zu Wort. »Was liest du denn?«

»Querbeet«, antwortet Selina mit einem stolzen Grinsen. »Aber Fantasy und Romance mag ich am liebsten. Oh, und Dystopien sind auch nicht schlecht.«

»Ich lese auch unheimlich gerne«, erzählt Alex. »Ich hab mein Bücherregal sogar selbst gebaut, weil ich wollte, dass meine Bücher den schönsten Platz bekommen.«

»Was, echt? Das würde ich zu gerne sehen, hast du Fotos?« Selinas Augen glitzern aufgeregt.

Na toll. Das war's dann wohl mit meinem Vieraugengespräch. Hat Alex meine Anspielung nicht verstanden? Hat sie nicht auch das Gefühl, dass wir dringend miteinander reden sollten? Doch während ich die nächsten fünf Minuten über versuche, Blickkontakt zu ihr aufzubauen, ist sie tief in ihre Unterhaltung mit Selina versunken, sodass es fast scheint, als hätte sie meine Anwesenheit vergessen. Aber nur fast, denn mir fällt auf, dass sie die ganze Zeit über an ihrer Nagelhaut zupft und mit dem Bein wippt.

Als das Essen fertig ist, hole ich Leo aus seinem Zimmer und Mama aus dem Wohnzimmer. Warum auch immer sie gerade dabei ist, im Wohnzimmerschrank sämtliche Fotoalben hervorzukramen, die wir besitzen.

Mein kleiner Bruder stürmt vor mir in die Küche und bleibt abrupt stehen, als er Alex bemerkt.

»Das ist mein kleiner Bruder, Leo«, stelle ich ihr ihn vor. »Leo, das ist Mamas Arbeitskollegin, Alex.«

Er starrt sie noch einige Sekunden unschlüssig an, während sie ihn freundlich anlächelt.

»Hi, Leo.«

Als Mama nach mir in die Küche tritt, läuft er hinter ihre Beine und versteckt sich dort. Sie lacht. »Mein Spatz, du bist doch sonst nicht so zurückhaltend!«

»Ist er wirklich nicht«, kommentiert Selina trocken. »Einmal hat er die Ex-Freundin von Tobi mit Wassermalfarben …«

»Alex besucht uns bestimmt nicht, weil sie alte Geschichten von uns hören möchte«, schneide ich ihr mit säuerlicher Stimme den Satz ab.

»Doch, eigentlich ist sie genau deswegen da«, lässt mich Mama wissen und schiebt sich mit Leo im Schlepptau an mir vorbei zum Tisch. »Wir wollen uns nachher noch ein paar Fotos aus meiner Jugend anschauen.«

»Warum?«, frage ich barsch und lasse mich auf den letzten freien Stuhl fallen.

»Was ist denn los mit dir?« Mama blickt mich stirnrunzelnd an und nimmt Messer und Gabel in die Hand.

Ich zucke mit den Schultern. »Nichts. War doch bloß eine Frage.«

»Mein Bruder ist wohl mit dem falschen Fuß aufgestanden«, neckt mich meine Schwester und spießt mit der Gabel ein Stück Brokkoli auf. »By the way: Das Gemüse ist ganz schön hart.«

»Es ist *bissfest*«, knurre ich und ramme meine eigene Gabel in ein Stück Karotte.

Sie grinst hinterhältig, natürlich möchte sie mich einfach nur ärgern. »Sorry, dann eben bissfest.«

»Ich will aber Nudeln«, mischt sich Leo nun auch ein.

Ich stöhne genervt, und Mama legt das Besteck zur Seite, um ihre Kinder – eins nach dem anderen – mit einem intensiven Bitte-benehmt-euch-Blick zu durchbohren. Mit diesem Funkeln in ihren Augen bin ich aufgewachsen. »Wir haben einen Gast. Verhaltet euch bitte ein bisschen freundlicher und nicht so, als wäre unsere Familie ein Haufen Wahnsinniger. Und Tobi, das Essen schmeckt wunderbar, es ist alles so, wie es sein soll. Vielen lieben Dank fürs Kochen.«

»Kein Problem«, murmle ich dumpf und kann mir einen selbstzufriedenen Blick Richtung Selina nicht verkneifen. Aber sie rollt nur die Augen.

Alex räuspert sich. »Es schmeckt wirklich sehr gut.«

Meine Augen wandern zu ihr. »Was willst du hier?«, frage ich sie stumm, immer wieder, weil es sich so verdammt komisch anfühlt, sie hier an unserem Tisch zu wissen.

»Danke«, sage ich stattdessen und wende mich wieder ab.

»Kochst du auch gerne?«, fragt Mama sie.

»Manchmal, ja. Aber meistens wird es doch eher die Fertigpizza«, gesteht sie. »Nach der Arbeit bin ich einfach viel zu müde, um mich noch groß in die Küche zu stellen.«

»Alex macht eine Ausbildung als Schreinerin«, informiert sie die Runde. Mir stockt der Atem, doch da ist kein Vorwurf in ihrer Stimme und kein Ich-weiß-dass-du-mich-anlügst-Blick.

»Und wie gefällt es dir im Theater?«, frage ich, um ein bisschen zu stochern und herauszufinden, was Mama weiß … oder auch nicht weiß. Doch eine Sekunde später beiße ich mir auf die Zunge. *Verdammt.*

»Woher weißt du, wo Alex arbeitet?«, fragt Mama überrascht und hält inne, die Gabel voller Reis zum Mund zu führen. Auch Selinas Augen heften sich auf mich.

»Na ja«, fange ich langsam an. »Ich dachte nur, weil sie im Supermarkt am Gärtnerplatz arbeitet … Von da ist es zum Theater ja nicht mehr weit.« Selina hüstelt. Zugegeben, ich habe schon besser gelogen, und ich könnte mir für meine geringen Improvisationskünste eine runterhauen, doch nun ist es zu spät.

Alex schaut mich irritiert an, so als würde sie gerade

überlegen, wie hoch die Wahrscheinlichkeit ist, dass ich mir den Kopf gestoßen und dadurch vergessen habe, dass wir schon seit ein paar Wochen zusammenarbeiten.

Sag nichts. Sag verdammt noch mal nichts.

»Ich habe ihm schon vorhin ein bisschen was erzählt«, sagt sie dann, greift nach ihrem Wasserglas, und ich atme auf.

»Ach so«, meint Mama nur und schiebt sich den Reis in den Mund, während meine Schwester nicht ganz so überzeugt scheint. Ihr Blick huscht zwischen Alex und mir hin und her, und ich frage mich, welche Theorien sie gerade zu uns ausarbeitet. Aber das werde ich sicher noch früh genug erfahren.

»Bist du die Freundin von Tobi?«, fragt Leo geradeheraus, und seine Augen sind misstrauisch auf Alex gerichtet.

Sie verschluckt sich an ihrem Wasser und beginnt zu husten. Feuerrot dreht sie sich zur Seite.

Selina gluckst. »Die beiden können doch noch gar nicht befreundet sein, Leo. Sie haben sich doch heute erst kennengelernt.« Dann sieht sie zu mir, und ich sehe das Fragezeichen in ihrem Gesicht, so als wolle sie sagen: Oder etwa nicht?

Ich blocke ab und versuche das Thema zu wechseln. »Wann hast du denn jetzt eigentlich dein Vorstellungsgespräch?« Eine passende Überleitung ist mir leider nicht eingefallen.

»Erst in zwei Wochen«, informiert Selina mich mit vollem Mund.

»Ach, du fängst nächstes Jahr deine Ausbildung an? Was willst du denn werden?«, fragt Alex röchelnd, weil sich offenbar immer noch etwas Wasser in ihrer Lunge befindet.

»Soll ich klopfen?«, fragt Selina besorgt und hebt die flache Hand.

Alex schüttelt den Kopf und hustet ein weiteres Mal. »Alles gut. Ich krieg mich schon wieder ein.« Ihr Blick huscht kurz zu mir und dann zu Leo.

Mein kleiner Bruder mustert unseren Gast noch immer skeptisch und ohne mit der Wimper zu zucken.

»Also, um auf deine Frage zurückzukommen: Ich möchte Buchhändlerin werden«, antwortet Selina. »Dann bekomme ich immer kostenlose Leseexemplare und muss mir die Bücher nicht mehr selbst kaufen.«

Mama runzelt die Stirn. »Ich hoffe, das ist nicht der einzige Grund für deine Entscheidung.«

Selina verdreht die Augen. »Keine Angst, das werde ich im Gespräch natürlich nicht sagen. So blöd bin ich nicht.« Sie verstellt die Stimme, sodass sie höher, lieblicher klingt, und strafft die Schultern. »Ich habe mich bei Ihnen beworben, weil es mir eine große Freude bereitet, mit Menschen in Kontakt zu treten und meine Leidenschaft zu Büchern mit der Leserschaft zu teilen und ihnen Tipps und Anregungen zu geben.«

»Wenn du es schaffst, diese Rede in zwei Wochen nicht so auswendig gelernt klingen zu lassen wie jetzt, dann schätze ich, ist das die perfekte Antwort«, gebe ich zu und lege das Besteck auf die Seite. Mein Teller ist leer, und ich bin zufrieden, weil das Curry im Vergleich zum letzten Mal richtig Pepp hatte.

»Gib mir zwei Wochen, und die Leute dort werden

mich anflehen, den ganzen Laden zu übernehmen.« Selina wackelt mit den Augenbrauen.

Ich schnaube, vor allem, weil ich weiß, dass Selina ihre Aufregung gerne hinter großen Sprüchen versteckt. Nur wenn wir zu zweit sind und auch mal ernste Worte wechseln, lässt sie mich wissen, was wirklich in ihr vorgeht.

»Was ist eine Scheinernin?« Noch immer beäugt mein kleiner Bruder Alex misstrauisch. Irgendwas scheint Leo an ihr zu stören.

Während Mama und Selina ihn verwirrt ansehen, richtet sich Alex auf. »Du meinst ›Schreinerin‹?«, fragt sie, und er nickt langsam. »Wir bauen Dinge aus Holz«, erklärt sie und deutet auf den Küchentisch. »Zum Beispiel einen Tisch, Stühle, Regale, Schränke, Blumenkäste und so.«

Mama horcht auf. »Blumenkästen? Wirklich? Ich wollte schon immer welche für unseren Balkon. Nicht solche, die über die Brüstung hängen, sondern welche die auf der Mauer platziert werden. Aber ich finde keine, die die richten Maße haben.«

Begeistert schaut sie erst mich an und dann Alex. »Meinst du, du könntest meinem Sohn zeigen, wie man die baut? Im Vergleich zu mir hat er ein Händchen fürs Handwerk.«

Alex nickt. »Ja, das ist mir auch schon aufgefallen.«

Ich erstarre, und alle Blicke wenden sich zu ihr.

20
Alex

Entschuldigen Sie, aber ich würde gerne abhauen.
Wo geht's hier raus?

Fuck. Fuck. *Fuck.*

Ein kurzer Moment und ein unüberlegter Kommentar locken mich aus der Reserve. Hitze steigt in mir hoch, während ich mir sehnlich wünsche, ich könnte so wie Piper in *Charmed* den Augenblick einfrieren, um Zeit zu gewinnen. Warum habe ich das gesagt? Hätte ich den kleinen Gedanken nicht für mich behalten können, als er mir durch den Kopf geschossen ist?

Ich lege das Besteck zur Seite, damit Tobis Familie nicht merkt, wie meine Hände zittern. Tobi selbst sieht mich mit großen Augen an, und seine Anspannung überträgt sich auf mich. Offensichtlich ist es ihm wichtig, dass seine Familie nicht erfährt, dass wir in der Schreinerei zusammenarbeiten, sonst hätte er schon bei der Begrüßung aufgeklärt, dass wir uns kennen. Wenn ich gewusst hätte, dass Marlene Tobis Mutter ist, hätte ich ihre Einladung nie und niemals angenommen. Aber wie hätte ich das ahnen sollen? Sie hat immer nur von ihren Kindern gesprochen und keine Namen oder sonstige Details erwähnt.

»Das …«, stammle ich. »Das sieht man an seinen … Bewegungen«, dichte ich zusammen. »Und er kann toll k-kochen. Das ist ja auch ein Handwerk … irgendwie.«

Marlene nickt anerkennend. »So habe ich das noch gar nicht gesehen, du hast vollkommen recht.«

Ich atme erleichtert aus und reibe mir an meiner Jeans die Hände trocken. Ab jetzt halte ich meine Klappe und höre einfach nur zu, damit bin ich heute Abend wohl am besten beraten.

»Würdest du mir das denn zeigen? Mit den Balkonkästen?«, fragt Tobi in die Stille hinein.

Überrascht sehe ich auf. Seine Kiefermuskeln sind noch immer angespannt, die Lippen schmal, und alles an ihm schreit nach purem Widerwillen. »Natürlich. Kann ich gerne machen«, stimme ich dennoch zu, und Tobi nickt.

Ich bin echt irritiert, weil er mich plötzlich um Hilfe bittet. Seit ich den Fuß über die Schwelle dieser Wohnung gesetzt habe, gibt Tobi mir mit genervten Blicken und Kommentaren unmissverständlich zu verstehen, dass ich hier nichts zu suchen habe. Aber das wäre mir auch ohne sein Zutun klar. Wir sind nur Arbeitskollegen und bei weitem keine Freunde. Im Gegenteil. Für ihn bin ich wie ein Splitter im Finger: unnötig und unbedingt zu entfernen. Vermutlich wäre es mir genauso gegangen, wenn Tobi plötzlich im Wohnzimmer meiner Eltern gestanden hätte, um sich von mir bekochen zu lassen.

Marlene streicht sich mit der Serviette über den Mund. »Das Essen war einfach köstlich! Möchte noch jemand ein Eis? Ich glaube, wir haben noch das mit den Keksstücken.«

Selina richtet sich auf. »Das Original?«

Marlene steht auf und stapelt die leeren Teller aufeinander.

»Nein, die Eigenmarke. Das Original kaufe ich nur, wenn es runtergesetzt ist, und selbst dann ist es teurer als die Eigenmarke.«

Ich beiße auf meiner Unterlippe herum und starre die Tischplatte an. Am liebsten würde ich mir die Finger in die Ohren stecken, um die privaten Details des Familienlebens zu überhören. Marlene und Selina scheint meine Anwesenheit zwar nicht zu stören, aber ich bin sehr sicher, dass Tobi das anders sieht.

»Ist nicht schlimm, Mama. Ich nehme auch die Eigenmarke.« Selina steht auf, um zu helfen und das Besteck einzusammeln.

»Möchte von euch auch noch jemand eine Portion?«, fragt Marlene mit einem Lächeln.

Ich schüttle den Kopf, und Tobi schiebt seinen Stuhl zurück. »Nein, eher nicht. Vielleicht können wir uns über die Blumenkästen unterhalten, Alex? Dann kann ich so bald wie möglich damit anfangen.«

Wie von der Tarantel gestochen springe ich auf. »Klar.«

Marlene dreht sich mit hochgezogenen Augenbrauen zu uns um. »Mensch, Tobi, so viel Tatendrang hätte ich dir für einen Samstagabend gar nicht zugetraut. Mach dir aber bitte keinen Stress, wenn sie bis Mai fertig wären, reicht das vollkommen.«

Tobi zuckt mit den Schultern und schiebt seine Hände in die Seitentaschen seiner Jogginghose. »Du redest schon so lange über die Dinger.« Mit einem Kopfrucken bedeutet er mir, ihm zu folgen.

Auf der einen Seite bin ich froh, aus der Küche rauszukommen, denn so verringert sich die Chance, dass ich mich nochmals verplappere. Außerdem lässt mich Tobis kleiner Bruder wirklich keine Sekunden aus den Augen. Auf der anderen Seite klopft mein Herz bis zum Hals, wenn ich an die folgende Konfrontation denke.

Tobi marschiert in einen Raum, der am Ende des Flurs auf der linken Seite liegt. Durch meine Socken dringt die Kühle des weißen Fliesenbodens. Als ich hinter ihm das Zimmer betrete, lasse ich den Blick so unauffällig wie möglich schweifen. Auf der rechten Seite des länglich schmalen Raums steht ein mittelgroßes Bett mit dunkelblauer Baumwollbettwäsche, seitlich gegenüber befindet sich ein kleiner Schreibtisch mit einem schmalen silberfarbenen Laptop. Die Regale darüber sind vollgestopft mit Ordnern, die wohl noch aus Tobis Zeit an der Uni stammen. Links daneben hat ein zweitüriger Kleiderschrank seinen Platz gefunden. Niemals hätte ich gedacht, dass ich heute Abend in Tobis Zimmer stehen würde. *Niemals.*

Er schließt leise die Tür hinter mir und baut sich vor mir auf.

»Was soll das? Was willst du hier«, zischt er.

»Ich hab dir doch gesagt, dass ich keine Ahnung hatte, dass du Marlenes Sohn bist«, flüstere ich, weil ich weiß, wie dünn Wände sein können. Manchmal, wenn ich in meinem Bett im Wohnheim liege und lese, höre ich Lara nebenan reden.

»Und das soll ich dir glauben?«, fragt er mit zusammengezogenen Augenbrauen.

Ich starre ihn fassungslos an. Er hat das Licht nicht eingeschaltet, sodass wir uns im Halbdunkeln befinden. »Warum sollte ich mich freiwillig bei dir einladen?«, fauche ich zurück.

Er schnaubt verächtlich. »Was weiß ich? Vielleicht bist du ja neugierig und willst wissen, wie mein Daddy aussieht, weil er mir das Taschengeld gestrichen hat?«

Ich schließe die Augen, weil sich Scham und ein schlechtes Gewissen in meiner Brust sammeln. »Das, was ich letztens gesagt habe«, fange ich zögernd an, »das habe ich nicht so gemeint. Ich weiß auch nicht, mir ging es nicht so gut und …«

»Soll ich jetzt etwa Mitleid haben?«, knurrt er.

»Es tut mir leid, okay? Es tut mir wirklich leid.« Ich hebe die Hände und lasse sie wieder fallen, sodass sie gegen meine Oberschenkel klatschen. »Ich wollte mich schon viel früher entschuldigen, aber du hast dich ja geweigert, mit mir zu sprechen.«

Tobi mustert mich prüfend, so als wolle er meine Gesichtszüge analysieren, um jede mögliche Lüge in ihrer Entstehung zu entdecken. »Du wusstest wirklich nicht, dass ich hier wohne?«, wiederholt er seine Frage.

»Nein, Marlene hat nie deinen Namen erwähnt. Und selbst wenn. Ich gehe schwer davon aus, dass du nicht der einzige Tobias in München bist.«

Er verdreht die Augen. »Aber wir haben uns das erste Mal im Supermarkt getroffen, hätte es dir da nicht klar sein können?«

Ein entgeistertes Lachen bahnt sich seinen Weg aus

meinem Mund. »Ernsthaft? Wie hätte ich denn auch nur ansatzweise vermuten sollen, dass du ihr Sohn bist? Ich dachte, du gehst einkaufen, verdammt noch mal! Was man eben so tut in einem *Supermarkt*. Das dachtest du von mir schließlich auch, oder?«

Widerwillig dreht Tobi sich von mir weg und lässt sich auf sein Bett fallen, mit seinen Händen stützt er sich nach hinten ab, sodass er mich noch immer gut im Blick hat. Er seufzt. »Okay, ich glaube dir ja, reg dich ab.«

Ich verschränke die Arme. »Sag das nicht mir.«

Er zieht beide Augenbrauen hoch. »Du stehst plötzlich in meiner Küche und machst mit meiner Mama einen auf Best Friends. Scheiße … Sie weiß doch nicht, dass ich das Studium geschmissen habe und arbeite.«

Ich trete einen Schritt auf ihn zu. »Ich werde ihr nichts davon sagen, wenn du das nicht möchtest. Ob du es glaubst oder nicht, ich wollte mich nie in dein Privatleben einmischen.«

»Mmpf«, macht er dumpf, beugt sich vor und stützt seine Unterarme auf den Knien ab. »Okay. Danke.«

Wow. Ich glaube, ich habe mich gerade verhört. Ein Danke von Tobi? Mir wird etwas leichter ums Herz, die Anspannung in den Schultern lässt nach.

Ich zupfe an meinem Pulloverärmel. »Willst du wirklich wissen, wie man Blumenkästen baut, oder war das nur die Ausrede dafür, damit wir reden konnten?«

Er sieht auf, und seine Mundwinkel ziehen sich kaum merklich nach oben. »Ich will es wirklich wissen«, bestätigt er. »Seit zwei Sommern zählt mir Mama schon auf, in welchen Geschäften sie nach passenden Kästen gesucht hat und nie fündig wurde. Ich könnte sie ihr zu Weihnachten schenken, da freut sie sich bestimmt.«

»Tolle Idee«, stimme ich zu. »Dann setzen wir uns vielleicht mal nach der Arbeit zusammen oder auch in der Mittagspause. Das kriegen wir hin.«

Er nickt langsam und setzt zum Sprechen an, als uns ein Klopfen zusammenzucken lässt.

Selina steckt ihren Kopf durch die Tür, und als sie unsere erschrockenen Gesichtsausdrücke sieht, grinst sie. »Darf man stören? Oder möchtet ihr weiter über Blumenkästen fachsimpeln … im Dunkeln?«

»Raus hier«, murrt Tobi.

Sie hebt die Hände. »Lasst euch nicht stören. Ich soll Alex nur ausrichten, dass Mama die Fotoalben rausgesucht hat.« Sie schließt wieder die Tür.

»Ich geh dann mal zu Marlene«, sage ich in die Stille hinein. Meine Hand verharrt über der Türklinke, und ich drehe mich noch mal zu ihm um. »Und bitte, mach dir keine Gedanken. Ich erzähle deiner Mama nichts. Ich kenne dich ja wirklich nicht.« Und das meine ich genauso, wie ich es sage.

»Oh mein Gott, Mama! Warum hast du uns diese Fotos noch nie gezeigt?«, quietscht Selina vergnügt.

Marlene sitzt zwischen ihrer Tochter und mir auf der Couch, auf dem Schoß ein dickes Fotoalbum aufgeschlagen.

Leo hopst vor uns auf und ab. »Warum sind da deine Haare grün, Mama?«, will er wissen, und sein kleiner zarter Zeigefinger landet auf einem der Fotos. Es zeigt eine junge Marlene, deren Haare auf der linken Kopfseite raspelkurz abrasiert und auf der anderen Seite toupiert und türkis gefärbt sind. Ihre Bomberjacke ist mit vielen kleinen Ansteckern und Aufnähern versehen, ein paar davon tragen das Symbol für Frieden.

»Das hatte man damals so«, antwortet sie und wuschelt ihrem Sohn durch die Haare. »Dir würden ein paar grüne Spitzen bestimmt auch stehen. Oder blaue? Oder pinke?« Wir lachen, als sich seine Augen entsetzt weiten.

»Das ist so cool.« Selina lässt ihren Blick über die Bilder schweifen. »Meine Mama war eine Punkerin.«

»Oh, im Herzen bin ich es immer noch«, sagt sie verschmitzt lächelnd. »Irgendwann war mir dann aber doch nach einem anderen Kleidungsstil. Und dieses Gefärbe …« Ihre Augen werden glasig, so als wäre sie in diesem Moment ganz weit weg. »Ihr glaubt gar nicht, wie nervig das war, und auf Dauer hat das die Haare wirklich kaputt gemacht.«

»Also hättest du nichts dagegen, wenn ich mir meine Haare auch mal färbe?«, fragt Selina und greift sich in ihre langen braunen Haare.

»Natürlich nicht! Haare wachsen nach, Kind. Probiere es aus!« Marlene klappt das Fotoalbum zu. »Zeit fürs Bett, Leo.«

»Vielen Dank, dass du uns die Bilder gezeigt hast«, sage ich zu Marlene. »Das war eine tolle Reise in deine Vergangenheit.«

»Ich hab sie viel zu lange im Schrank gelassen«, bestätigt sie mir mit einem seligen Lächeln, erhebt sich und legt das Album auf dem gläsernen Couchtisch ab. »Auf zum Zähneputzen.« Sie legt ihrem Sohn die Hand auf den Rücken und schiebt ihn sanft Richtung Tür. Dann dreht sie sich noch mal kurz zu uns um und formt mit den Lippen ein »Bin gleich wieder da«.

»Gute Nacht!« Leo winkt fröhlich, und ich stutze, weil er dabei nur mich ansieht. Allerdings habe ich keine Zeit, in seinen Augen nach Argwohn zu suchen, weil er im nächsten Moment mit Marlene aus dem Raum verschwunden ist.

Selina dreht sich zu mir. »Meinst du, mir würde es stehen, wenn ich mir wie Mama die eine Seite abrasieren lasse?« Sie fährt mit ihren Fingern die Kopfhaut entlang.

»Bestimmt«, sage ich und bin gleichzeitig beeindruckt von ihrem Mut. Auch wenn es bei Marlene gut ausgesehen hat, würde ich mich so einen radikalen Schnitt wahrscheinlich nicht trauen.

»Schade, dass du von deinem selbstgebauten Bücherregal keine Fotos hast«, seufzt Selina und lässt von ihren Haaren ab. »Das hätte ich zu gerne gesehen.«

»Wenn du willst, dann komm mich doch einfach mal besuchen, dann kann ich es dir zeigen«, schlage ich spontan vor. Ein Abend hat gereicht, um Selina in mein Herz zu schließen. Im Gegensatz zu Tobi ist sie so offen und … freundlich.

Ein Räuspern lässt mich zusammenfahren. Natürlich musste er genau in diesem Moment mit verschränkten Armen in der Tür auftauchen, wenn ich an ihn denke.

»Du hast absolut unglaubliche Fotos von Mama verpasst«, erzählt Selina Tobi. Sie scheint nicht zu merken, dass ich ein paar Zentimeter kleiner geworden bin, weil mich plötzlich wieder das schlechte Gewissen packt. Hat Tobi meine Einladung von eben gehört? Ist sie für ihn ein neuer Beweis, dass ich mich ungefragt in sein Privatleben mischen möchte? Aber nein, das ist doch dämlich. Seine Schwester kann selbst entscheiden, mit wem sie befreundet sein möchte und mit wem nicht. Das hat nichts mit ihrem Bruder zu tun.

»Ich bin sicher, dass Mama sie mir auch noch zeigen wird«, sagt er, schiebt sich in den Raum und lehnt sich an die Wand neben der Tür, so als wolle er die Nähe zu mir meiden.

Selina nickt zum Album. »Du hast sogar jetzt noch die Chance. Da sind sie.«

Aber Tobi schüttelt nur den Kopf. »Wollt ihr noch einen Tee? Oder irgendwas anderes zu trinken?«, fragt er dann.

Eigentlich hatte ich vor, mich gleich auf den Weg nach Hause zu machen. Nicht, weil ich mich bei Marlene nicht wohlfühle, sondern weil ich Tobis Geduld nicht unnötig strapazieren will. Doch sein Angebot lässt darauf schließen, dass es okay für ihn ist, wenn ich noch bleibe.

»Früchtetee«, meldet sich Selina zu Wort. »Mit Zucker.«

»Für mich auch, aber ohne Zucker. Danke.«

Als er sich zur Tür dreht, bleibt sein unergründlicher Blick an mir hängen. Mein Herz klopft mir bis zum Hals, doch so schnell der Moment zwischen uns entstanden ist, so schnell verfliegt er wieder. Tobi kehrt mir den Rücken zu und verschwindet Richtung Küche.

»Okay.« Selinas Augenbrauen schießen in die Höhe. »Was auch immer zwischen euch los ist … wenn ihr nicht wollt, dass Mama was davon mitkriegt, dann müsst ihr euch ein bisschen mehr anstrengen.«

21
Tobi

Sag mir, welche Pizza du isst –
und ich sag dir, wer du bist.

Als ich am Montag mit der U-Bahn zur Arbeit fahre, an der Glaswand lehne und den grauen Linoleumboden anstarre, lasse ich mir den Samstagabend durch den Kopf gehen. Wieder und wieder.

Plötzlich stand Alex vor mir, in der Küche meiner Familie. Es behagt mir noch immer nicht, dass sie nun so einen tiefen Einblick in mein Leben erhalten hat … ohne dass ich vorgewarnt wurde und zustimmen konnte. Sie weiß nun, dass ich nicht der reiche Schnösel bin, für den sie mich lange Zeit gehalten hat. Der betretene Gesichtsausdruck, den sie mir zugeworfen hat, als ihr diese Tatsache bewusst wurde, hätte mir eigentlich Genugtuung verschaffen können. *Eigentlich.* Doch ich spüre keine Befriedigung, sondern lediglich einen dicken Kloß in meinem Hals. Und egal, wie oft ich schlucke, er geht einfach nicht weg und erinnert mich daran, dass man manchmal keinen Einfluss auf das Leben hat.

Im Theater angekommen, ziehe ich meine Arbeitskleidung aus dem Spind und schlüpfe in Hose und Langarmshirt. Während ich die Schnürsenkel binde, merke ich, wie ich mir viel länger Zeit lasse als sonst. Etwas in meinem Inneren hält mich zurück und will die Begegnung mit Alex hinauszögern. Wird sie mit mir reden wollen? Wird sie mich mit mitledigem Blick anstarren, jetzt, wo sie weiß, in welcher finanziellen Situation meine Familie wirklich steckt? Ich brauche kein Mitleid und schäme mich für nichts. Doch manche Menschen schaffen es immer wieder, diejenigen ohne Geld in Schubladen zu stecken, in die sie nicht hineingehören.

Ich seufze ergeben, weil ich genau weiß, dass es nichts bringt, sich vor dem Unvermeidlichen zu drücken. Also stemme ich mich in die Höhe und betrete die Schreinerei. Da es erst halb sieben ist, finde ich das Team im Aufenthaltsraum um den großen Tisch versammelt beim Frühstücken. Weil es zu teuer wäre, mir jeden Morgen beim Bäcker eine belegte Semmel zu kaufen, stehe ich extra früher auf, um mir selbst ein Sandwich vorzubereiten.

»Guten Morgen«, sage ich und lasse mich auf den einzig freien Stuhl fallen, der leider genau dem von Alex gegenübersteht. Ich werde von allen Seiten begrüßt, und auch Alex schenkt mir ein vorsichtiges Lächeln.

»Wir haben heute einen anstrengenden Tag vor uns«, informiert Paul die Runde, während ich mein Brot aus der Tüte fische. »Leider hat die Tür für das neue Theaterstück bei der Montage des Bühnenbilds Schaden genommen.

Sie muss heute unbedingt repariert werden, denn schon morgen ist die Premiere.«

Alex beugt sich interessiert vor, ihre Finger klammern sich um eine Wasserflasche. »Was für eine Tür?«

»Das Stück heißt ›Wenn sich eine Türe schließt ...‹, und dementsprechend ist diese verdammte Holztür das Herzstück der Aufführung. Uns bleibt nicht viel Zeit.« Paul reibt sich die Schläfe. »Das passt so gar nicht in unseren Arbeitsplan.«

Alex räuspert sich. »I-ich könnte helfen.« Ich mustere sie und bemerke, wie sie unter dem überraschten Blick von Paul zu schrumpfen beginnt.

»Das schaffst du nicht alleine«, sagt er prompt und wirft einen Blick in die Runde. »Wir brauchen erfahrene Burschen. Hassan und Tobi, habt ihr Zeit?«

Ich straffe meine Schultern und lege mein Sandwich zurück. »Ja, ich ...«, irritiert suche ich Hassans Blick, »... hätte Zeit.« Warum ich als erfahrene Arbeitskraft betitelt werde und vor Alex den Vortritt erhalte, ist mir zwar schleierhaft, aber natürlich stimme ich zu.

Auch Hassan nickt. »Klar, ich quetsch die Tür dazwischen. Aber vielleicht macht es Sinn, wenn uns Alex mit über die Schulter sieht.«

Paul zuckt mit den Schultern. »Ja, warum nicht? Dann lernst du was, Alex.«

Mit zusammengepressten Lippen nickt sie und stellt mit einer abrupten Bewegung die Wasserflasche auf den Tisch. »Ich hab was vergessen«, sagt sie und schiebt ihren Stuhl zurück. »Bin gleich wieder da.« Niemand scheint ihren Abgang zu hinterfragen, doch ich sehe ihr nachdenklich hinterher.

»Während der Montage ist das Glas aus dem Rahmen gebrochen und hat ihn beschädigt«, erklärt Hassan und fährt mit dem Finger den kaputten Rahmen entlang. »Wir müssen ihn ersetzen.«

Alex nickt wissend, während ich keine Ahnung habe, wie wir das bewerkstelligen sollen. Ich frage mich, warum ich nicht derjenige bin, der Pauls Aussage nach den anderen beiden über die Schulter schauen soll …

Hassan mustert Alex prüfend. »Wie würdest du vorgehen?«

Sie richtet sich auf und streicht sich eine Haarsträhne hinters Ohr. »Ich schneide die Holzstäbe an der Kreissäge auf Gehrung. Dann prüfe ich, ob sie in die Tür passen, und fräse die Löcher in die Ecken. Schwalbenschwänze werden die Ecken dann stabilisieren.«

Hassan lächelt anerkennend. »Ich finde, du solltest die Reparatur übernehmen.«

Alex' Augen werden groß. »Aber Paul meinte doch …«

»Ich werde ihm sagen, dass ich überflüssig bin. Falls du Tobi für Hilfsarbeiten brauchst, wird er sicher bereitstehen.«

»Klar«, sage ich schnell und trete einen Schritt vor.

Hassan klopft Alex auf die Schulter. »Falls du dennoch Fragen haben solltest, weißt du ja, wo du mich findest.« Als er an seine Werkbank zurückkehrt, bleiben Alex und ich noch einen Moment stehen.

»Kann ich dir bei der Arbeit irgendwie helfen?«, frage ich und rechne schon fast wieder mit einer Zurückweisung, wie damals, als ich das schwere Holz für sie tragen wollte.

Sie schüttelt den Kopf und lächelt mich dabei leicht an.

»Danke. Aber nein, eher nicht. Aber … ich sage Bescheid, wenn ich etwas brauche.«

Erleichtert stecke ich die Hände in die Hosentaschen. »Okay, dann bis nachher.«

»Warte.« Ihre Hand berührt meinen Oberarm, als sie mich zurückhält. Mit einer unguten Vorahnung drehe ich mich wieder um. »Ich wollte dir nur noch mal sagen, dass ich deiner Mama nichts erzählen werde. Ich verspreche es.«

»Schon gut.« Widerstrebend schlucke ich den Kloß in meinem Hals runter. Zwar verschwindet er noch immer nicht, aber zum ersten Mal habe ich das Gefühl, dass er deutlich kleiner geworden ist.

Alex beißt sich auf die Lippe. »Vielleicht solltest du aber mit deiner Schwester reden. Sie hat eine gute Beobachtungsgabe.«

Ich glaube kaum, dass Selina uns nur aufgrund ihrer Fähigkeiten enttarnt hat. Vielmehr sind wohl eher meine schlechten Schauspielkünste schuld daran. Da habe ich schon einen besten Freund, der mit diesem Talent die Karriereleiter emporsteigt, und dennoch konnte ich mir in all den Jahren nichts von ihm abschauen. Irgendwie schade.

Ich nicke. »Alles klar, ich werde mit ihr sprechen.«

Alex öffnet den Mund, so als wolle sie noch etwas hinzufügen, doch dann schüttelt sie leicht den Kopf und schließt den Mund wieder. Sie zieht die Hand von meinem Oberarm zurück und wendet sich der kaputten Tür zu. Als ihre warmen Finger verschwunden sind, bleibt eine seltsame Kälte zurück, so als hätte Alex gerade etwas entfernt, das eigentlich zu mir gehört.

Mein Daumen schmerzt, so fest drücke ich seit Minuten auf die X-Taste des Controllers. Aber dadurch schaffe ich mit meinem schwarzen Ferrari eine Aufholjagd, die Jonas offensichtlich nicht vorhergesehen hat. »Verdammt«, keucht er überrascht, als ich an ihm vorbeiziehe. »Wo kommst du auf einmal her?«

»Alles Taktik«, erwidere ich mit einem selbstgefälligen Grinsen und versuche auch das nächste Fahrzeug links zu überholen, doch leider rammt mich das Auto seitlich, und ich lande in einer Hauswand. Game Over.

Jonas lacht auf. »Gehört das auch zu deiner Taktik?«

»Logisch«, kommentiere ich trocken, schmeiße den Controller achtlos neben mich auf die Couch und strecke die Beine aus. »Ich wiege dich in Sicherheit, lass dich ein paar Runden gewinnen und dann – Bäääm – siehst du nur noch meine Rücklichter.«

»Das werden wir erst mal sehen.« Jonas fährt sein Rennen zu Ende und sichert sich einen guten zweiten Platz, dann legt auch er seinen Controller zur Seite. »Hast du Bock auf eine Pizza? Wollen wir bestellen?« Er nimmt sein Handy in die Hand und entsperrt es.

Weil ich seit der Mittagspause nichts mehr gegessen habe, knurrt mein Magen bereits seit dem späten Nachmittag, als ich mich auf dem Weg zu Jonas gemacht habe. Doch das Zocken hat die Zeit so schnell vergehen lassen, dass ich den Hunger fast vergessen habe. Nun spüre ich die Leere allerdings noch deutlicher. »Ja, unbedingt«, stimme ich zu und fahre mir kurz über den Bauch.

»Welche Pizza?« Jonas scrollt durch die Liste des Lieferdienstes.

»Das fragst du noch? Margaritha, wie immer halt.«

Er blickt auf, mustert mich unschlüssig und lässt dann das Handy sinken. »Warum nimmst du eigentlich jedes Mal die Margaritha?«

Ich runzle die Stirn. »Weil sie mir schmeckt?« Das ist nur die halbe Wahrheit, denn zwar schmeckt mir die Pizza mit dem einfachsten Belag wirklich, dennoch würde ich mich auch gerne ab und zu für eine andere Sorte entscheiden, wenn es das Geld zulassen würde. Doch wenn ich drei Euro mehr bezahle, weil ich Lust auf Meeresfrüchte habe, fehlt mir das Geld an anderer Stelle. »Warum fragst du?«

Jonas reibt sich die Schläfe. »Es ist nur – und versteh mich bitte nicht falsch –, ich habe mich schon lange gefragt, ob du die Margaritha nur deshalb nimmst, weil sie die günstigste Pizza auf der Karte ist.«

Ich starre ihn an, überfordert von seiner spontanen Direktheit. Zwar ist Jonas mein bester Freund und die Person, die fast alles über mich weiß, aber dennoch gibt es ein paar Kleinigkeiten und Gedanken, die ich nur mit mir selbst vereinbare. Ich seufze und stütze meinen Ellbogen auf der Sofalehne ab. »Manchmal habe ich Lust auf Pizza Margaritha, und manchmal entscheide ich mich für sie, weil … ja, weil sie die billigste ist.« Ich zucke mit den Schultern, um ihm klarzumachen, dass diese Tatsache für mich nicht von großer Bedeutung ist. Ständige finanzielle Probleme sind tiefgreifend, nervenzehrend und so sehr belastend, dass die alltäglichen Probleme dagegen oft nur absolut lächerlich wirken. Wenn die Existenz der Familie bedroht ist, bringen Geldsorgen nicht nur schlaflose Nächte, sondern kosten Lebensjahre. Denn Armut kann bei Menschen sowohl Krankheiten begünstigen als auch zu einer kürzeren Lebensdauer führen. Die Entscheidung für die günstigste Pizza ist dabei ein Luxusproblem.

»Ich würde dich gerne einladen, Kumpel«, sagt Jonas, doch noch bevor er den Satz zu Ende gesprochen hat, schüttle ich bereits entschieden den Kopf. »Oder wir bestellen nicht, sondern kochen irgendwas selbst«, schlägt er vor und schaut sich um, sodass er die offene Küche im Blick hat. »Ich glaube, im Kühlschrank sind noch Eier, und …«

»Nein«, unterbreche ich ihn. »Ich möchte jetzt eine Pizza, und wenn ich sie mir nicht leisten könnte, dann würde ich sie mir auch nicht bestellen. Okay?« Denn auf eines bin ich stolz: Meine Familie war noch nie von irgendjemandem abhängig. Nicht vom Staat und auch nicht von Krediten oder Almosen der Freunde.

»Okay«, sagt er widerstrebend. »Aber falls du je irgendwas brauchst, dann bin ich für dich da, Kumpel.« *Auch wenn dieses ›irgendwas‹ Geld bedeutet.* Jonas spricht es nicht aus, doch es hängt zwischen uns wie der dichte Nebel des Herbsts.

»Ich weiß.« Ich boxe ihm in die Schulter. »Und jetzt reden wir bitte von was anderem.«

Jonas lässt den Blick wieder auf sein Handy sinken. »Verdammt, die liefern erst in einer Dreiviertelstunde«, informiert er mich zähneknirschend. »Wie sollen wir das überleben?«

»Indem wir noch eine Runde zocken?«, schlage ich achselzuckend vor.

»Oder …« Plötzlich beginnen seine Augen zu funkeln. »Oder du erzählst mir einfach, wie es bei der Arbeit läuft.«

»Da läuft nicht viel.« Ich lasse mich in die Sofakissen

sinken. »Ich bin noch kein Holzflüsterer geworden, falls du das meinst.«

Jonas zieht belustigt die Augenbrauen in die Höhe. »Okay, das meinte ich wirklich nicht. Ich dachte eher an die Kollegin, deren Namen du uns nicht verraten wolltest.«

»Deren Namen ich nicht verrate, weil er für euch irrelevant ist?«, erinnere ich ihn.

Er grinst. »Das war deine Begründung, ja.«

»Sie war gestern bei mir zu Hause«, gestehe ich, weil ich doch irgendwie das Bedürfnis habe, darüber zu sprechen. Alex' unerwartete Nähe heute bei der Arbeit hat mich zusätzlich verwirrt.

Jonas' Mund klappt auf. »Und du behauptest, ihr Name wäre irrelevant?!«

Ich winke ab und verdrehe die Augen. »Nicht, was du meinst. Lass mich erst mal erzählen.«

Jonas verschränkt die Arme hinter dem Kopf und lehnt sich auf der Couch zurück. »Na, da bin ich ja gespannt.«

Ich berichte ihm von dem merkwürdigen Augenblick, als meine ahnungslose Mama Alex in unsere Wohnung geschleppt hat, und wir uns mit vor Schreck geweiteten Augen gegenüberstanden. Als wäre ich in Eiswasser gesprungen, war mein Kopf völlig leer und nicht in der Lage, Zusammenhänge zu analysieren. Dementsprechend verwirrt muss ich ausgesehen haben, und es ist ein Wunder, dass Mama nichts mitbekommen hat.

Jonas hebt den Zeigefinger. »Ich wusste doch, dass wir von deiner Kollegin noch mehr hören werden.«

Ich schüttle den Kopf. »Da läuft nichts, glaub mir. Eher stecke ich jetzt in der Scheiße, weil sie mit meiner Mutter zusammenarbeitet.«

Er richtet sich auf und dreht sich zur Seite, damit wir uns besser ansehen können. »Aber du meintest doch, sie hätte dir versprochen, nichts zu sagen.«

»Hat sie auch«, bestätige ich. »Aber irgendwann wird der Moment kommen, in dem sie aus Versehen irgendwas sagt, was sie nicht hätte sagen sollen.« Ich seufze. »Du hättest uns mal beim Abendessen sehen sollen, wir waren beide so kurz davor, die Sache zu versauen.«

»Wäre es dann nicht besser, du würdest ihr einfach zuvorkommen und deiner Mutter alles erzählen? Dann müsstest du dir darum keinen Kopf mehr machen.«

»Die Gerichtsverhandlung ist erst eine Woche her. Mama muss jetzt erst mal schauen, dass sie den Unterhaltsvorschuss bekommt.« Ich massiere mir die Nasenwurzel und versuche das schlechte Gewissen so weit es geht nach unten zu drücken. Doch das dumpfe Gefühl, das sich in meiner Brust sammelt, bleibt.

Jonas nickt wissend, denn ich habe ihn bereits letzte Woche per WhatsApp auf den neuesten Stand gebracht. Zwar hatte er gleich danach ein Treffen vorgeschlagen, aber ich wollte nur Ruhe und Zeit zum Nachdenken, und in solchen Momenten finde ich mich oft auf der Hackerbrücke wieder. Nicht mal Jonas weiß von diesem Rückzugsort.

»Ich kann dich echt voll verstehen. Aber meinst du denn, es wird irgendwann einen richtigen Zeitpunkt geben?«

»Gute Frage, nächste Frage«, gehe ich seiner Bemerkung aus dem Weg. Doch insgeheim ist mir klar, wie viel Wahres in seinen Worten steckt. Vielleicht wird ein Problem das nächste jagen, sodass der richtige Zeitpunkt nie auftauchen wird. Oder aber es wird endlich ruhig, und ich habe zu viel Angst, diese Ruhe zu stören. Irgendetwas könnte mich immer davon abhalten, Mama reinen Wein einzuschenken. Also warum zögere ich das Gespräch heraus, obwohl mir doch all diese Aspekte bewusst sind? »Vielleicht liegt es auch an mir«, sage ich mehr zu mir selbst als zu Jonas. »Vielleicht bin ich noch nicht bereit.«

»Wenn das wirklich der Grund ist, dann solltest du dir die Zeit auch nehmen«, rät er mir und holt mich so aus meinem Gedankenwirrwarr heraus.

»Ja, vermutlich«, stimme ich nachdenklich zu und spüre trotzdem den Druck, meiner Familie bald den Studienabbruch beichten zu müssen.

Warum eigentlich? Ich bin neunzehn, und so wie es meine Entscheidung war, die Uni hinter mir zu lassen, so sollte es auch meine Entscheidung sein, anderen davon zu berichten.

»Mit meiner Schwester muss ich allerdings trotzdem sprechen. Alex und ich konnten sie leider nicht hinters Licht führen.«

Jonas wackelt mit den Augenbrauen. »*Alex* also … schöner Name.«

Ich greife nach dem Sofakissen hinter meinem Rücken und schleudere es ihm entgegen. »Ich schwöre dir, wenn du daraus jetzt 'ne Riesennummer machst, dann darfst du deine Lasagne das nächste Mal alleine kochen!«

Er hebt schützend die Hände vors Gesicht. »Schon gut, schon gut!« Dann grinst er und zwinkert mir zu. »Themenwechsel. Wir müssen noch dreißig Minuten rumkriegen. Wie geht's denn eigentlich Selina?«

Ich entspanne mich wieder, packe das Kissen und stopfe es zurück hinter meinen Rücken. Ein kleiner und sehr geheimer Teil von mir ist enttäuscht, dass Jonas meiner Bitte sofort nachkommt und nicht tiefer stochert. Ich habe das merkwürdige Verlangen, von Alex zu erzählen. Die Berührung ihrer warmen Finger auf meinem Arm geht mir nicht mehr aus dem Kopf. Und ich wüsste zu gerne, warum.

Ich räuspere mich. »Gut, so weit. Wir haben letztens Bewerbungen geschrieben, und in knapp zwei Wochen hat sie schon das erste Gespräch. Ich hoffe, sie schafft es.«

»Was will sie denn werden?«

»Buchhändlerin. Und sie hat sich so drauf versteift, dass ich gar nicht wissen will, was passiert, wenn sie da eine Absage bekommt.«

»Buchhändlerin?«, wiederholt Jonas und zieht die Augenbrauen zusammen. »Eine Freundin von Leni ist Buchhändlerin, vielleicht kann sie deiner Schwester ja Tipps geben!«

Ich hebe eine Hand, denn meine Alarmglocken läuten. »Moment. Du meinst damit aber nicht Clara, oder? Die, mit der ihr mich verkuppeln wolltet.« Zwar habe ich in Erinnerung, dass sie studiert, aber ich weiß ja nicht, was sie vorher gemacht hat oder in welchem Nebenjob sie gerade arbeitet.

»Nein, nicht Clara. Sie heißt Akira, und – keine Angst – sie ist glücklich vergeben.«

Ich atme auf. »Dann wäre es ziemlich cool, wenn du sie wirklich fragen könntest, ob Selina sich bei ihr ein paar Tipps holen darf.« Das Vorstellungsgespräch kann ich Selina nicht abnehmen, da muss sie alleine durch. Doch wenn ich ihr irgendwie bei der Vorbereitung helfen kann, dann möchte ich unbedingt alles in Bewegung setzen. Wenn sie den Beruf wählt, der ihr Spaß macht und sie ihr Hobby mit dem Job verbinden kann, dann wird sie hoffentlich niemals in der Situation landen, in der ich mich gerade befinde. Denn auch wenn ich zur Überbrückung nun in der Schreinerei arbeite, bin ich dennoch nach wie vor ratlos, wenn es um meine Zukunft geht.

Was bringen die nächsten Jahre? Was will ich werden? Wie soll es weitergehen? Das sind Fragen, die wie ein Damoklesschwert über mir schweben und mich immer daran erinnern, dass es irgendwann auf mich herabstürzen könnte.

22

Alex

Was ist eine gesunde Fehlerkultur?
Und kann die auch krank werden?

An diesem Nachmittag schwebe ich wie auf Wolken nach Hause. Der kalte Wind gleicht einer warmen Brise, die sonst so vertrockneten braunen Blätter leuchten in den intensivsten Herbstfarben, und ich selbst fühle mich um zehn Kilo leichter. Denn ungefähr so viel hat die Last auf meinen Schultern gewogen, die heute zum ersten Mal endlich an Gewicht verloren hat. Hassan hat mir sein Vertrauen ausgesprochen und mir einen wichtigen Auftrag überlassen, weil ich ihn von meinem Können überzeugt habe.

Ich hüpfe die Treppen zur U-Bahn hinunter und grinse zufrieden in mich hinein. Zwar spüre ich auch einen kleinen Stich, weil Paul mein Angebot abgewiesen hat, um Tobi zu benennen, aber für diesen Moment verdränge ich die Enttäuschung, die mich bei seinen Worten überflutet hat und fast dafür gesorgt hätte, dass ich vor versammelter Mannschaft in Tränen ausgebrochen wäre. Auch Paul werde ich noch überzeugen, er wird erkennen, dass ich hart für meine Ziele arbeite.

Als ich zu Hause bin, weiß ich nicht, wohin mit meiner Energie. Ich sprühe förmlich vor Tatendrang und entscheide mich deshalb spontan dafür, an meinem Bücherregal weiterzuarbeiten. Da die Schnitzereien Konzentration erfordern, hoffe ich allerdings auch gleichzeitig einen anderen Gedanken loszuwerden, der heute so plötzlich aufgetaucht ist, wie Blitzeis im Winter.

Während meines Gesprächs mit Tobi ist irgendwas passiert. Mit der Luft um mich herum, die plötzlich so viel wärmer wurde. Mit den Geräuschen der Maschinen, die normalerweise ohrenbetäubend sind und auf einmal nur noch dumpf im Hintergrund wahrzunehmen waren. Und mit mir, als die Hitze von meiner Hand, mit der ich seinen Oberarm berührt habe, plötzlich durch meinen gesamten Körper geschossen ist. Es hat mich viel Kraft gekostet, Tobi nicht unter irgendeinem Vorwand bei der Reparatur mithelfen zu lassen, und nur die Erkenntnis, dass in seiner Gegenwart meine Aufmerksamkeit gelitten hätte, hat mich schließlich dazu gebracht, ihn nicht aufzuhalten.

Was ist mit mir los?

Ich kenne Tobi doch nun schon seit ein paar Wochen. Warum hat mich eine flüchtige Berührung so aus dem Konzept gebracht? Was hat sich seitdem verändert?

Alles.

Der Abend bei ihm zu Hause, bei ihm und seiner Familie, hat mir die Augen geöffnet und mich meinen blöden Fehler erkennen lassen. Wie konnte ich meine Behauptungen nur auf eigene Vermutungen stützen, wie konnte ich ihn verurteilen, ohne ihn zu kennen?

»Verdammt«, fluche ich leise, als mir das Flacheisen ausrutscht und auf dem Holz einen hässlichen Kratzer hinterlässt.

Ich schäme mich für mein Verhalten, und mir diese Tatsache einzugestehen ist gar nicht so leicht. Wie war das doch gleich? *Fehler gehören zum Leben, aus Fehlern lernt man.* Was ist aber mit den Fehlern, die Gefühle von anderen Menschen verletzt haben? Fehler, die man nicht einfach wegradieren kann, wie eine misslungene Rechtschreibung im Deutschaufsatz?

Es bleibt mir nichts anderes übrig, als Tobi zu beweisen, dass ich mich in ihm getäuscht habe, und alles daransetze, meine Beleidigungen wiedergutzumachen. Dabei werde ich allerdings aufpassen, ihn nicht wieder unbedacht zu berühren. Ich will mich für mein Verhalten entschuldigen und nicht gleich seine Freundin werden. *Oder?*

Als ich mich am nächsten Morgen durch meinen Spind wühle, auf der Suche nach meiner Kette, die ich ganz sicher vor ein paar Tagen hier abgelegt habe, läutet plötzlich mein Haustelefon. Ich muss es aus Versehen auf volle Lautstärke gestellt haben, denn der schrille Klingelton hallt an den hohen Wänden wider, und ich ramme vor Schreck meinen rechten Ellbogen in die Spindtür. Tausend kleine Stiche breiten sich von meinem Unterarm bis in die Fingerspitzen aus. Umständlich fische ich das Handy aus meiner Hosentasche und nehme das Gespräch an, als ich den Namen der Personalbetreuerin auf dem Display sehe.

»Guten Morgen, Frau Mendl! Ich hoffe, es geht Ihnen gut!«, flötet Frau Falk in den Hörer.

»Guten Morgen«, sage ich etwas überfordert von ihrem frühen Anruf. Es ist erst sieben Uhr. »Mir geht es gut und Ihnen?« Nur widerwillig steige ich in den Smalltalk ein, weil ich ungeduldig auf den wahren Grund warte, warum sie mich kontaktiert. Habe ich irgendwas falsch gemacht? Ist meine Probezeit in Gefahr? Plötzlich werden meine Handinnenflächen schwitzig.

»Mir geht es wunderbar«, antwortet sie. »Wie hat Ihnen die Hospitation im Malsaal gefallen?«

Gehört das immer noch zum oberflächlichen Austausch, oder ist das bereits der Anlass für dieses Gespräch? »Gut«, sage ich langsam und versuche es nicht wie eine Frage klingen zu lassen. »Es war wirklich sehr interessant. Ich habe viel gelernt.«

»Schön, schön. Das freut mich«, kommentiert sie meine kurze Ausführung. »Weshalb ich eigentlich anrufe …« Frau Falk macht eine Pause, und ich halte den Atem an. »Heute Abend findet die Premiere des neuen Theaterstücks statt, und wir haben immer ein kleines Kontingent an Karten für unsere Mitarbeiterinnen und Mitarbeiter. Ich habe ihren Chef gefragt, ob jemand aus seinem Team Interesse an einem Besuch hat, und er hat mich an sie verwiesen.«

»Ähm«, fange ich unsicher an, weil ich nicht ganz verstehe, worauf sie hinauswill. »Weshalb genau hat er Sie an mich verwiesen?« Ich beiße mir auf die Lippe, weil ich nicht so klingen möchte, als könnte ich eins und eins nicht zusammenzählen.

»Er dachte, Sie haben vielleicht Interesse an zwei Karten für die Aufführung heute Abend.«

Mir klappt der Mund auf, und im ersten Moment bringe ich kein Wort heraus. Paul hat mich für den Besuch der heutigen Premiere benannt?

»Ja«, sage ich schnell, nachdem ich mich einigermaßen gefangen habe. »Sehr gerne, das wäre total toll!«

»Wunderbar.« Ihrer Stimme höre ich das Lächeln an. »Dann kommen Sie doch einfach am Vormittag bei mir im Büro vorbei und holen sich die Karten ab.«

»Ja, das werde ich machen«, verspreche ich perplex. »Und ich bekomme sogar zwei Karten, sagen Sie?«

»Genau, Sie können also gerne jemanden zur Aufführung mitnehmen.«

»Muss die zweite Person ebenfalls im Theater arbeiten?«, frage ich sicherheitshalber, weil mir sofort Lara durch den Kopf schießt und sie sich sicher freuen würde, wenn ich sie zur Vorstellung einlade.

»Nein, Sie können mitnehmen, wen Sie wollen«, bestätigt Frau Falk meine Hoffnung.

Wir verabschieden uns, und ich lasse das Handy langsam sinken. Wow. Ich bekomme kostenlose Theaterkarten, weil Paul mich vorgeschlagen hat. Er hätte sie selbst einlösen oder Hassan vorschlagen können. Aber nein, er hat sich für mich entschieden. Diese Geste ist ungewöhnlich nett von ihm und hätte ich nie erwartet. Ich könnte vor Freude quietschen. Die Kette, die ich vor dem Telefonat unbedingt finden wollte, ist nun unwichtig.

Mit einem fetten Grinsen schlage ich die Spindtür zu

und finde Paul in der Werkstatt, als er gerade ein Stück Ahornholz an der Kreissäge zurechtschneidet. Als er fertig ist und das Kreischen des Sägeplattes abnimmt, trete ich neben ihn.

»Paul, ich wollte mich bei dir bedanken«, falle ich mit der Tür ins Haus. »Frau Falk hat mich gerade angerufen und mir die Theaterkarten für die Premiere heute Abend angeboten. Sie meinte, du hättest mich vorgeschlagen.«

Er legt die Holzplatte zur Seite, wischt sich die kurzen Haarsträhnen aus dem Gesicht und lächelt. »Kein Problem. Das Stück ist so eine Liebesgeschichte, da weiß ich sowieso, dass die Jungs kein Interesse haben. Und Frauen schauen das ja immer gerne.«

Meine Mundwinkel verrutschen etwas, als er mir den wahren Grund offenbart, warum ich den Vortritt bekommen habe. Ich presse die Lippen aufeinander, um mir einen Kommentar zu verkneifen, und stapfe zu meiner Werkbank. Das Hochgefühl ist so schnell verschwunden, wie es aufgetaucht ist, und ich versuche den Kloß in meinem Hals zu ignorieren. Bin ich zu naiv? Wie konnte ich glauben, dass Pauls Geste etwas mit Wertschätzung zu tun hatte? Letztendlich ist seine Wahl nur auf mich gefallen, weil *Liebesgeschichten ein Frauending sind.*

Für einen kurzen trotzigen Moment überlege ich, die Theaterkarten doch abzulehnen, aber den Gedanken verwerfe ich schnell wieder. Ich will heute Abend dorthin, ich will die Tür, die *ich* repariert habe, auf der Bühne sehen und stolz sein dürfen.

»Hi, Alex«, ertönt plötzlich eine Stimme hinter mir. Ich drehe mich um und erblicke Tobi, der mit den Händen in der Tasche vor mir steht. Seine lockere Körperhaltung lässt ihn lässig wirken, doch sein angespanntes Lächeln zeugt vom Gegenteil.

Sofort fühlen meine Fingerspitzen wieder den weichen Stoff seines T-Shirts, und ich ziehe ohne Grund den Meterstab aus meiner Hosentasche, um das Gefühl gegen die glatte Härte des Werkzeugs auszutauschen.

»Hi«, sage ich und probiere mich ebenfalls an einem Lächeln, was mir alles andere als leichtfällt.

»Ich wollte fragen, ob wir uns heute nach der Arbeit zusammensetzen wollen«, beginnt Tobi zögerlich. »Wegen der Blumenkästen, meine ich.«

Die Blumenkästen. Oje!

»Normalerweise supergerne, aber genau heute ist es blöd. Ich hab schon was vor.« Zugegeben freue ich mich ehrlich, dass er auf mich zugekommen ist und von sich aus ein Treffen vorschlägt. Dass uns jetzt der Theaterbesuch dazwischenkommt, ist natürlich Pech. Außer … Ich starre ihn an, während meine Gedanken rattern.

»Kein Thema.« Tobi zuckt mit den Schultern. »Dann ein anderes Mal.«

»Willst du heute Abend mit mir ins Theater gehen?« Die Frage ist raus, bevor ich überlegen kann, ob dieser Vorschlag wirklich so eine gute Idee ist.

In Tobis Augen sehe ich Überraschung aufblitzen und auch etwas Zurückhaltung, sodass ich meinen spontanen Ausbruch sofort bereue. »Theater?«

»Das sind Karten von der Arbeit. Frau Falk hat mich vorhin angerufen, weil wohl welche übrig geblieben sind.« Mit hochrotem Kopf und einer wegwerfenden Handbewegung versuche ich zu verdeutlichen, dass ich ihn nicht um ein Date bitten wollte. Ich weiß ja selbst nicht, warum ich plötzlich meine Pläne über Bord geworfen habe und nicht Lara einlade, sondern ihn. Aber der Drang, heute Abend Zeit mit Tobi zu verbringen, egal, ob um an den Blumenkästen zu arbeiten oder gemeinsam eine Theateraufführung zu besuchen, ist von einem auf den anderen Moment übermächtig geworden.

»Ist heute nicht die Premiere?«

»Glaub schon, ja«, antworte ich, obwohl ich es natürlich ganz genau weiß. *Du bist eine schlechte Lügnerin, Alex!*

»Dann ist deine Tür im Bühnenbild?«, hakt er nach. *Deine* Tür. Das waren seine Worte, und mein Herz macht einen Salto.

»Genau genommen ist es nicht meine Tür, ich habe sie nur repariert«, korrigiere ich ihn.

Er schüttelt den Kopf. »Ohne dich hätten sie heute kein Bühnenbild.«

»Wenn ich sie nicht repariert hätte, hätte es Hassan auch geschafft. Oder Paul. Oder Andreas.«

Tobi zieht eine Augenbraue nach oben. »Also eigentlich alle.«

»Ja«, sage ich und zucke mit den Achseln.

Er pfeift und mustert mich. Seine Augen wandern von den meinen zu meiner Nase, zu meinen Lippen und wieder zurück. »Du bist wirklich gut darin.«

»Gut in was?«, frage ich, verunsichert von seinem intensiven Blick.

»Deine Leistung kleinzureden.« Seine Ehrlichkeit trifft mich wie ein Schlag. Nicht, weil sie unhöflich ist, sondern weil ich im gleichen Moment spüre, dass ich sie nicht hören will. »Was kosten die Karten?«

Ich brauche einen Moment, um mich zu fangen und

dafür zu sorgen, dass meine Stimme nicht zu hoch klingt. »Nichts, sie sind kostenlos. Mitarbeiterkontingent.«

»Dann würde ich mir die Aufführung gerne mit dir anschauen«, sagt er, und ein schiefes Grinsen schleicht sich auf sein Gesicht. »Ich war noch nie im Theater.«

Seine Zusage überrascht mich und lässt mein Herz noch höher hüpfen. Tobi möchte mit mir den Abend verbringen! Ich fühle mich geschmeichelt, und Wärme sammelt sich in meinem Bauch. Im selben Moment denke ich mir aber, dass ich mir nicht zu viel darauf einbilden sollte … Wahrscheinlich will er die Premiere einfach nur nicht verpassen, genauso wenig wie ich. Und trotzdem sehe ich die gemeinsame Zeit als Chance, mich von meiner guten Seite zu zeigen, von meiner wahren Seite. Oder zumindest von der Seite, die Fehler zugeben kann.

Heute mache ich pünktlich Feierabend. Sehr pünktlich, denn ich habe noch einiges vor. Dass mich Tobi zur Aufführung begleiten wird, hat dafür gesorgt, dass ich während der Arbeit in Gedanken immer wieder panisch alle To-dos aufgezählt habe, die ich bis heute Abend erledigt haben möchte. Duschen, Haare waschen, Schminken, irgendwas Aufregendes mit meinen Haaren fabrizieren und zu guter Letzt: ein Outfit finden.

Schon zehn Minuten stehe ich vor meinem Kleiderschrank und starre missmutig den Inhalt an. Ich suche mich durch meine Kleider, doch entweder sagt mir die Farbe nicht zu, oder es ist mir für heute Abend zu eng, zu weit, nicht perfekt genug. Doch was wäre fürs Theater perfekt? Darauf habe ich keine Antwort, und ich seufze entnervt. Kurzerhand schnappe ich mir mein Handy und tippe eine schnelle Nachricht an Lara.

Ich: Bist du da? Brauche deine Hilfe.

Zwei Minuten später klopft es an meine Tür. »Ist offen!«, rufe ich und spähe um die Ecke zum Eingang.

»Hello!«, begrüßt Lara mich in Leggins und einem übergroßen knallroten Pullover. »Welche Art von Notfall haben wir denn vorliegen?«

»Ich weiß nicht, was ich anziehen soll«, stöhne ich und deute auf meinen Schrank. »Nichts passt so richtig …«

»… zu einem Date?«, fragt sie mich aufgeregt.

»Zum Anlass«, verbessere ich sie und werde dennoch rot.

»Und der Anlass ist ein Date?«

»Nein«, sage ich entschieden, auch wenn ein Teil von mir die Vorstellung von einem richtigen Date mit Tobi spannend fände. Spannend. Mehr nicht. Nicht prickelnd, nicht aufregend, nicht verlockend. Nein, nur *spannend.* »Ich gehe ins Theater.«

»Oh, cool! Mit wem?« Lara lugt neugierig in meinen Kleiderschrank.

»Mit Tobi«, nuschele ich, sodass selbst ich mich kaum verstehe.

Lara sieht mich von der Seite an und zieht die Stirn kraus. »Mit wem?«

»Mit Tobi«, wiederhole ich lauter und ergebe mich meinem Schicksal.

Ihr fallen fast die Augen aus dem Kopf. »Mit *dem* Tobi?!«

Ich nicke und muss gegen meinen Willen grinsen.

»Aber dann ist es ja doch ein Date«, quietscht sie aufgeregt.

Schnell schüttle ich den Kopf. »Wir haben die Karten durch die Arbeit bekommen. Das ist kein Date, sondern eher ein … ja, ein Betriebsausflug.«

»Klaaar«, sagt Lara gedehnt und beginnt die Kleiderbügel hin- und herzuschieben und die Klamotten daran zu begutachten. »Sind auch andere Kollegen dabei?«

»Nein, es gab nur zwei Freitickets«, erkläre ich ihr.

»Dann ist es auch kein Betriebsausflug. Glaub mir, so was läuft anders ab.«

Ich verdrehe die Augen und schnaube. Als ob ich das nicht wüsste!

Aber selbst wenn ich mich für Tobi interessieren würde, würde ich ihn nicht um ein Date bitten, weil er mir bestimmt einen knallharten Korb geben würde. Zwar glaube ich, dass uns der gemeinsame, wenn auch etwas merkwürdige Abend bei seiner Familie ein Stück nähergebracht hat – aber mein anfängliches Fehlverhalten hat er sicher nicht vergessen. Vielleicht kann ich mich heute Abend in einer ruhigen Minute noch mal entschuldigen, denn ich habe die leise Hoffnung, dass er dieses Mal nicht wieder sofort abblockt.

»Jedenfalls brauche ich ein theatertaugliches Outfit«, komme ich auf das eigentliche Thema zurück.

»Ein aufregendes Outfit, das nicht zu übertrieben wirkt?«, präzisiert sie meinen Wunsch. »Ein Kleid wäre doch toll! So was kannst du bei der Arbeit nie anziehen, also warum nicht heute?«

Ich trete neben sie. »Den Gedanken hatte ich auch. Aber das schwarze hier, ist das too much?«

Lara zieht das Kleid aus meinem Schrank und hält es uns direkt vor die Nase. Es ist aus etwas dickerem festen Stoff, geht fast bis zum Knie, hat lange Ärmel und ist eng geschnitten. An beiden Seiten verläuft ein dünner Lederstreifen und verleiht dem Kleid das gewisse Etwas.

»Ich finde es perfekt«, schwärmt sie und lässt den Blick über die kleinen, aber feinen Details wandern. »Und dem Wetter angemessen. Du wirst definitiv nicht frieren.« Sie drückt mir den Kleiderbügel in die Hand. »Los, probiere es an! Ich will es sehen!«

Ich nehme das Kleid an mich und werfe es aufs Bett. Dann schäle ich mich aus Pulli und Jeans und streife es mir über.

Lara pfeift anerkennend. »Wow, das MUSST du heute Abend anziehen«, bestätigt sie unsere Wahl, und ich laufe schnell zum Spiegel, um mich darin zu begutachten.

Ich hatte das Kleid schon ewig nicht mehr an, und zugegebenermaßen gefällt mir, was ich sehe. Schnell löse ich meinen unordentlichen Dutt und lasse meine blonden Haare über meine Schultern fallen. Sie bilden einen schönen Kontrast zu dem schwarzen Stoff.

»Das ging jetzt wirklich schnell«, sage ich erleichtert und drehe mich wieder zu Lara um. »Vielen Dank für deine Hilfe, ohne dich würde ich vermutlich immer noch meinen Kleiderschrank anstarren.«

»Kein Thema, ich wollte dich sowieso fragen, was du am Wochenende zur Wohnheimparty anziehst.«

Ich lache. »Eins nach dem anderen! Jetzt bin ich erst mal froh, dass ich für heute Abend etwas habe.«

Sie lässt sich auf mein Bett fallen und zieht ihre Beine an die Brust. »Lädst du Tobi zur Party ein?«, fragt sie mit klimpernden Wimpern.

»Da ist nichts zwischen uns, glaub mir«, versuche ich ihr klarzumachen. »Eher würde ich es schon als Erfolg ansehen, wenn wir ein einigermaßen normales Verhältnis zueinander aufbauen.« Ich habe Lara bewusst nicht von meinem Besuch bei Tobis Mama erzählt, denn sie würde in die Situation viel mehr hineininterpretieren, als da wirklich ist. Von außen mag es so aussehen, als könnte aus Tobi und mir ein Paar werden, aber eigentlich betreibe ich nur Schadensbegrenzung.

Sie zieht eine Schnute. »Schade, ich hätte ihn gerne kennengelernt.«

»Bringst du denn irgendjemanden mit?«, frage ich, um elegant von Tobi abzulenken.

Sie winkt ab, doch ihre Wangen werden rosa. Ich habe also ins Schwarze getroffen. »Da gibt's ein echt süßes Mädchen in meiner Klasse. Aber irgendwie traue ich mich nicht, sie zu fragen, ob sie etwas mit mir unternehmen will.«

Überrascht mustere ich sie. Ich habe Lara als selbstbewusste junge Frau kennengelernt und dass sie plötzlich so zurückhaltend ist, kann eigentlich nur bedeuten, dass ihr dieses Mädchen wirklich wichtig ist.

»Vielleicht lädst du sie einfach zur Party ein und lässt es nicht wie ein Date klingen«, überlege ich. »Dann seid ihr in lockerer Atmosphäre und könnt euch kennenlernen. Dates an sich werden doch sowieso überbewertet. Man ist den ganzen Abend über super angespannt, will bloß nichts

Falsches sagen oder tun und erwartet trotzdem, dass die Funken fliegen.«

Nachdenklich zupft Lara an ihrer Hose. »Gar keine so schlechte Idee. Dann lade ich Filipa ein und du Tobi?«

Ich schnaube. »Ich lade Tobi weder als Date noch als Kein-Date ein. Wir sind einfach nicht die Arbeitskollegen, die nach der Arbeit etwas zusammen unternehmen. Du hättest mal sein Gesicht sehen müssen, als ich ihn heute gefragt habe, ob er ins Theater mitkommt.« Bei der Erinnerung muss ich lachen. »Ich glaube, er hatte echt Angst, ich könnte mehr von ihm wollen.« Das ist zwar etwas dramatisch ausgedrückt, doch habe ich seine Zurückhaltung deutlich wahrgenommen. *Dieses Zögern.*

»Mh. Okay. Aber dennoch hat er deine Einladung angenommen, oder?«, gibt Lara zu bedenken.

»Ja, aber nicht wegen mir«, seufze ich und lasse mich neben sie aufs Bett fallen. »Sondern weil er noch nie im Theater war und die Karten kostenlos sind.«

Sie hebt die rechte Hand und streichelt mir ein paarmal über den Rücken. »Ihr habt heute die Gelegenheit, euch näher kennenzulernen und die Themen, die zwischen euch liegen, aus der Welt zu schaffen«, sagt sie optimistisch. »Vielleicht werdet ihr dann sogar richtige Freunde.«

Eine kleine Hoffnung keimt in mir auf. Ich weiß selbst nicht, wann das Gefühl gewachsen ist und warum es überhaupt da ist, aber ich möchte mich mit Tobi verstehen. Und zwar ohne Zurückhaltung, ohne Fragezeichen. Ich will mit ihm Witze reißen, ich will ihm mein Herz ausschütten, ich will seine Nähe, ich will … was will ich eigentlich?

23
Tobi

(K)ein Date

»Ich bin dann weg. Wir sehen uns morgen früh, es wird heute spät.«

Mama und Selina sitzen mit Popcorn auf der Couch und schauen zum vermutlich zweihundertsten Mal *Notting Hill.* Jonas nennt mich einen Schnulzenfilm-Connaisseur, weil ich fast alle Liebesfilme kenne, was ich vor allem den Frauen in meiner Familie zu verdanken habe. Leider hat mir mein umfassendes Wissen bisher keinen Vorteil verschafft, denn meine Ex-Freundin konnte *Notting Hill* nicht ausstehen, weil sie Hugh Grant nicht mochte. Und auch sonst waren Liebesfilme nicht so ihr Fall.

Mama richtet sich auf, pausiert den Film und lässt damit Hugh Grant in Boxershorts vor einer Meute Paparazzi erstarren. »Ach, du unternimmst heute noch was?« Ihr Blick huscht zu ihrer Armbanduhr. »Fährst du zu Jonas?«

»Nein. Er hat Karten für irgendein Theaterstück und seine Freundin schafft es zeitlich nicht. Deswegen hat er mich gefragt.« Meine Ausrede hört sich so unfassbar authentisch an, dass ich mir in Gedanken auf die Schultern klopfe.

»Oh, wie nett«, sagt Mama entzückt. »Du musst mir morgen unbedingt erzählen, wie es war.«

»Klar, mach ich.«

Selina wirft sich ein Popcorn in den Mund. »Geht ihr ins Gärtnerplatztheater?«

»Ähm … ja«, antworte ich und fühle mich plötzlich, als würde ich auf viel zu dünnem Eis über einen See laufen.

»Dann grüße Alex von mir.« Ihre Augen blitzen belustigt, so als hätte sie mich schon längst durchschaut. »Also nur für den Fall, dass du ihr begegnest«, fügt sie zwei Sekunden später hinzu. »Sie arbeitet doch da.«

»Aber sie arbeitet in der Schreinerei«, sagt Mama leicht irritiert. »Um diese Uhrzeit ist sie bestimmt nicht mehr im Dienst.«

Ich runzle die Stirn, um Selina von ihrer sicheren Fährte abzubringen. »Kann ich mir auch nicht vorstellen. Aber logisch, wenn ich sie wirklich sehen sollte, dann richte ich deine Grüße aus.«

»Das wäre total lieb von dir.« Selina lächelt breit und zuckersüß.

Während ich am Fuße der Treppe, die hoch zum Theater führt, warte, fahre ich mir immer wieder durch die Haare. Weil ich dadurch aber vermutlich bald aussehe, als hätte ich in die Steckdose gefasst, stopfe ich meine Hände in die Hosentaschen meiner schwarzen Jeans. Warum bin ich so nervös? Das Treffen mit Alex ist kein Date, vielmehr so was wie ein … Arbeitsausflug. Außerdem, selbst wenn es ein Date wäre, wäre das nicht die Erklärung für meine Aufregung, denn ich will ja nichts von Alex. Wir haben es zwar geschafft, wieder miteinander zu reden und uns nicht mehr anzuschweigen, aber für mehr wird unser neu gewonnenes friedliches Verhältnis nicht reichen. Den Moment ihrer Berührung, der mich an dieser Sichtweise hat zweifeln lassen, schiebe ich so weit von mir wie nur möglich.

Ihre warme Hand auf meinem Oberarm, ihr Blick, der auf meinen trifft.

Stopp. Ich höre mich ja an wie einer dieser verliebten Helden aus den Lieblingsfilmen meiner Mama, und das ist nur ein Zeichen dafür, dass ich sie zu oft mit ihr schauen musste.

Nein, meine Aufregung ist ganz einfach zu begründen. Ich war noch nie im Theater. Als ich dreizehn Jahre alt war und mich meine Eltern zu einer Aufführung mitnehmen wollten, war ich zu cool, und als mein Interesse durch Jonas' Schwärmerei fürs Schauspiel ein paar Jahre später geweckt wurde, hatten wir für Karten kein Geld mehr. Ich weiß also nicht, was mich heute Abend erwarten wird. Also habe ich Jonas angeschrieben und gefragt, was man im Theater trägt. Schließlich habe ich mich dafür entschieden, das Gleiche anzuziehen wie zu meinem Vorstellungsgespräch. Schwarze Jeans und Blazer sind ordentlich und doch nicht zu übertrieben.

Trotzdem fühlt sich mein Outfit merkwürdig groß an, so als würde ich in der Kleidung verschwinden. Auf Jonas' Frage, mit wem ich ins Theater gehen würde, habe ich nur die halbe Wahrheit geantwortet. *Mit Arbeitskollegen.* Alex ist meine Arbeitskollegin, der Teil ist also nicht gelogen. Dennoch habe ich mich für den Plural entschieden, um Jonas und Leni nicht noch mehr Futter für ihre *Enemies-to-Lovers*-Theorie zu bieten.

Mein Blick wandert über die Menschen, die wahrscheinlich so wie ich auf irgendjemanden warten, bevor sie das Gärtnerplatztheater betreten. Dabei stelle ich erleichtert fest, dass es zwar einige Männer gibt, die in Anzug und Krawatte erschienen sind, aber auch manche, die sich für Jeans und Pulli entschieden haben. Jonas hatte also recht, als er meinte, ich würde mit meinem Outfit das Mittelfeld ausmachen.

Plötzlich sehe ich Alex in der Menge, wie sie mit einem zögerlichen Lächeln auf mich zukommt, und mir bleibt die Luft weg. Mir war natürlich klar, dass sie anders aussehen würde als in der Schreinerei, doch so wirklich vorstellen konnte ich es mir nicht. Das fast knielange schwarze Kleid schmiegt sich an ihren Körper. Dazu trägt sie schwarze flache Boots, die sie lässig-schick wirken lassen, sodass ich mich neben ihr nicht underdressed fühlen müsste. Ihre blonden Haare schimmern golden und fallen in leichten Wellen über ihre Schultern.

»Hi«, sagt Alex etwas atemlos, als sie bei mir ankommt.

Ich räuspere mich, um meine Stimme wiederzufinden. »Hi. Du siehst … gut aus.« Am liebsten würde ich mir mit der flachen Hand gegen die Stirn schlagen. Gut?! Das hört sich nicht nur völlig untertrieben, sondern auch total lahm an. Ganz toll gemacht, Tobi.

Aber ihr Lächeln wird etwas sicherer. »Du auch.«

Okay, das fühlt sich schwer nach dem Anfang eines

Dates an, und ich sollte wirklich aufpassen, in welche Richtung wir hier abdriften.

»Dann lass uns mal reingehen«, schlage ich vor, um den Moment zwischen uns nicht noch weiter auszubauen.

»Gerne.« Wir bahnen uns einen Weg durch die Menschenmenge und steigen die Treppe hinauf, um zwischen den Säulen hindurch das Theater zu betreten. Noch nie bin ich diesen Weg gegangen, denn natürlich ist der Eingang für die Mitarbeitenden nicht wie dieser hier, sondern schlicht und unscheinbar.

Alex zieht aus ihrer kleinen Wildledertasche die beiden Tickets hervor und reicht mir eines davon.

Nachdem ein junger Mann am Eingang unsere Karten entwertet hat, stecke ich sie mir in die Innentasche meines Blazers. Irgendwie habe ich das Bedürfnis, sie aufzuheben und nicht gleich nach der Aufführung zu entsorgen. Denn eine leise Stimme in meinem Kopf prophezeit mir, dass ich an diesen Abend eine Erinnerung haben möchte.

»Sollen wir gleich unsere Plätze suchen?«, fragt mich Alex, als sie einen kurzen Blick auf die Uhr ihres Handys wirft. »In einer Viertelstunde geht es schon los.«

Ich nicke zustimmend, und auch wenn ich es mir nicht anmerken lasse, bin ich froh darüber, dass sie den Ton angibt. Meine Aufregung, egal, warum sie nun da ist, überfordert mich, und ohne Alex wäre ich hier vermutlich verloren.

Während wir den langen Gang mit dem moosgrünen Teppich entlanggehen und die Garderobe hinter uns lassen, werfe ich Alex einen Seitenblick zu. Konzentriert suchen ihre Augen die Türen ab, die die verschiedenen Bereiche der Sitzplatzkategorien kennzeichnen. Ein Teil von mir fragt sich, was aus uns geworden wäre, wenn wir uns nicht gestritten hätten. Würden wir uns heute als gute Freunde das Stück ansehen und zusammen über den Zufall lachen, dass Alex plötzlich bei mir zu Hause aufgetaucht ist? Oder wären wir vielleicht sogar ein Paar? Bei diesem Gedanken schlägt mein Herz plötzlich schneller, und ich wende den Blick wieder von Alex ab, so als hätte ich Angst, dass ich ihr sonst meine Gedanken übertrage.

Doch schnell erinnert mich ein anderer Teil wieder daran, warum eine Beziehung, egal mit wem, gerade absolut keinen Sinn für mich macht. Meine letzte Beziehung hat mir deutlich vor Augen geführt, dass mein jetziges Leben nicht für eine zweite Person gemacht ist. Meine Ex-Freundin Rebecca hat sich vernachlässigt gefühlt und nicht verstanden, wie ich so viel meiner Zeit der Familie widmen wollte, obwohl sie doch ebenso meine Aufmerksamkeit verdient hatte. Und ja, sie hatte recht. Ich habe viele Dates mit ihr abgesagt, weil ich kurzfristig auf Leo aufgepasst habe, und ich habe ihr nie den Stellenwert in meinem Leben eingeräumt, den meine Partnerin haben sollte. Doch auch wenn mir mein Verhalten bewusst war, wollte und konnte ich nichts daran ändern. Bis heute bin ich bei dieser Ansicht geblieben, und eine neue Beziehung wäre dadurch von Anfang an zum Scheitern verurteilt.

»Da sind wir«, reißt mich Alex aus meinen Gedanken und stoppt vor einer weißen Doppeltür. Beinahe wäre ich weitergelaufen.

Unsere Plätze befinden sich auf dem Parkett, und wir quetschen uns an den anderen Besuchenden vorbei, von denen viele bereits ihre Plätze eingenommen haben. Schließlich hält Alex in der Mitte der Sitzreihe an.

»Hier sind sie.« Sie deutet auf die beiden rot gepolsterten Plätze vor ihr.

Als ich mich neben sie setze, berühren sich unsere Schultern, und ich bin froh, dass ein paar dicke Stoffschichten dafür sorgen, dass ich ihre Wärme nicht spüre und dadurch mein Gedankenkarussell keine neue Fahrt beginnt.

Das Orchester, das direkt unter der Bühne seinen Platz gefunden hat und für uns nicht sichtbar das Theaterstück musikalisch begleiten wird, fängt an, seine Instrumente zu stimmen. Ich lasse den Blick durch den Saal schweifen. Der schwere rote Vorhang mit den geschwungenen Goldverzierungen versperrt die Sicht auf die Bühne, und ich frage mich, ob dahinter bereits die Kulissen stehen oder kurz vor der Premiere noch hektisch Anpassungen vorgenommen werden. Irgendwie ist es echt aufregend, sich vorzustellen, dass Alex und ich am Bühnenbild mitgearbeitet haben.

Mein Blick bleibt an den vier ebenfalls goldverzierten Balkonrängen hängen. Ich lege den Kopf in den Nacken, um sie näher in Augenschein zu nehmen. Mich juckt es in den Fingern herauszufinden, wie gut man auf den vermeintlich schlechteren Plätzen sieht. Vielleicht kann ich mit meinem ersten Gehalt Mama und Selina zu einer Aufführung einladen. Ich bin mir sicher, dass sie sich wahnsinnig freuen würden, und ich nehme mir vor, gleich morgen zu überprüfen, wie teuer die einzelnen Kategorien ausfallen.

Ein tiefer Gong ertönt und mahnt die Besuchenden, ihre Plätze einzunehmen. Die Aufführung startet in fünf Minuten.

»Ich bin irgendwie voll aufgeregt«, gibt Alex zu, und ihre Knie wippen hektisch. »Zum ersten Mal habe ich etwas zu einem Bühnenbild beigetragen. Irgendwann, wenn ich mal Bühnenbildnerin sein werde, denke ich ganz bestimmt an diesen Moment zurück.«

Ich beneide Alex um das Gefühl, etwas erreicht zu haben. Damals, als ich das Abitur bestanden hatte, war ich unglaublich stolz auf mich. Doch der Stolz schwand, als ich mein Studium abgebrochen habe, so als wären alle vorherigen Stationen meines Lebens wertlos geworden, nur weil ich meinen Weg nicht erfolgreich weiterführe. Und wieder einmal frage ich mich, was mein Weg denn überhaupt ist. Wieso fühle ich mich, als hätte ich versagt, wenn es doch so viele neue Möglichkeiten gibt, die mir offenstehen?

Ich blicke zu Alex, die mit seligem Blick Richtung Bühne schaut, und unwillkürlich schleicht sich ein Lächeln auf meine Lippen. Alex hat ihren Weg schon gefunden, sie kann zu Recht stolz auf sich sein, und ich gönne ihr dieses Gefühl von Herzen. »Und wie du dich an diesen Abend zurück erinnern wirst«, pflichte ich ihr bei, sage aber sonst nichts. Ich bin nicht bereit, meine Gedanken mit ihr zu teilen. *Noch nicht*, höre ich da eine leise Stimme in meinem Kopf flüstern.

»Entschuldigung, würden Sie uns kurz vorbeilassen?«, reißt mich ein älterer Herr aus den Gedanken. Alex und ich stehen noch mal auf und drängen uns gegen die Sitze, als er und ein weiterer Mann sich mit entschuldigenden Mienen an uns vorbeischieben.

Die Instrumente des Orchesters verstummen, und ein Blick auf mein Handy sagt mir, dass wir nur noch zwei

Minuten vom Beginn des Stücks entfernt sind. Alex hat wieder begonnen, mit ihrem Knie zu wippen, und die schnelle konstante Bewegung in meinem Augenwinkel macht mich ganz verrückt.

Ohne zu überlegen, lege ich ihr die Hand auf den Oberschenkel. »Könntest du das bitte lassen?«, frage ich sie mit flehendem Unterton. »Das macht mich echt nervös.« Ihr Bein erstarrt, während mir bewusst wird, wo meine Hand liegt. Ich spüre die feine Struktur der Strumpfhose unter meinen Fingerspitzen und nehme die Wärme ihrer Haut in mich auf. Doch egal, wie vertraut mir dieses Gefühl scheint, ziehe ich meine Hand schnell wieder weg.

»Sorry«, murmelt Alex und starrt die Stelle ihres Oberschenkels an, auf der bis gerade eben noch meine Finger gelegen haben.

Ich hoffe, dass ich ihr mit der Berührung nicht zu nahegetreten bin. Meine Bewegung war ein Reflex, über den ich das nächste Mal erst nachdenken sollte. »Ich wollte nicht …«, fange ich an, stoppe jedoch wieder, als sich der rote schwere Vorhang lautlos zur Seite schiebt.

Im Theater ist es so still, dass man bestimmt eine Stecknadel hören könnte, die im zweiten Rang fallen gelassen wird. Ich traue mich nicht, den Satz zu beenden, weil ich sonst vermutlich mit hundert bösen Blicken bedacht werden würde, also lehne ich mich in meinem Stuhl zurück.

Das Bühnenbild zeigt die Innenseite einer gemütlich eingerichteten Wohnung, die mit vielen Grünpflanzen und warmen Holztönen besticht. Eine blonde Schauspielerin sitzt auf ihrem beigen Sofa, tief versunken in den Kissen und weint sich offensichtlich die Seele aus dem Leib.

Aber meine Aufmerksamkeit wird von der großen, breiten Holztür eingenommen, die viel größer scheint als die Norm. Vielleicht soll das ihren Stellenwert in der Aufführung unterstreichen.

Aus den Augenwinkeln beobachte ich, wie Alex mit leuchtenden Augen das Geschehen mustert. Ich beuge mich zu ihr. »Die Tür sieht echt gut aus«, flüstere ich leise.

Überrascht wendet sie sich zu mir und formt mit ihren Lippen ein: »Dankeschön.«

Nach einer Stunde ist der erste Teil des Stücks vorbei, und das erhellende Scheinwerferlicht, das den Anfang der Pause angekündigt, blendet mich.

»Wollen wir uns ein bisschen umschauen?«, frage ich Alex mit zusammengekniffenen Augen.

»Ja, gerne«, stimmt sie zu, und wir erheben uns von den Sitzen, um den anderen Besuchenden zu folgen, die sich durch die Sitzreihen quetschen.

Die Bar ist im ersten Obergeschoss in einer wunderschönen Halle direkt über dem Haupteingang. Fünf Rundbogenfenster geben einen tollen Blick über das Rondell des Gärtnerplatzes, der in den Abendstunden von Straßenlaternen beleuchtet wird. Im bernsteinfarbenen Marmorboden spiegeln sich die dunkelgrün bemalten Wände. Hinter der Bar sind schwarz-weiß gekleidete Mitarbeitende eifrig dabei, der immer länger werdenden Menschenschlange gerecht zu werden und die Getränkebestellungen entgegenzunehmen. Das Summen von Stimmengewirr und das Klingen von aufeinandertreffenden Sektgläsern erfüllen den Raum.

Wir treten näher an die Bar heran und inspizieren neugierig die Menükarten. »Möchtest du etwas trinken?« Alex sieht mich fragend von der Seite an.

Ich greife in die Innenseite meines Sakkos und ziehe meinen schmalen Ledergeldbeutel hervor. »Ja, warum nicht. Zur Feier des Tages sozusagen.«

Doch sie schüttelt den Kopf. »Lass dein Geld stecken. Ich lade dich ein.«

Meine Laune sackt im Bruchteil einer Sekunde herab, und Kälte flutet meine Adern. Nur weil sie seit dem Wochenende weiß, dass meine Familie jeden Cent fünfmal umdrehen muss, bin ich noch lange nicht auf ihre Almosen angewiesen. »Glaubst du etwa, ich kann mir keinen Sekt leisten?«, frage ich barsch.

Die Härte in meiner Stimme scheint Alex zu überraschen, und sie tritt einen Schritt zurück. »Hä? Wieso sollte ich denken …« Doch dann blitzt in ihren Augen die Erkenntnis auf. »So war das nicht gemeint«, versucht sie sofort klarzustellen. »Ehrlich.«

Ich schnaube und wende mich ab. »Ist klar.«

Ein fester Griff legt sich um meinen Oberarm und zwingt mich, sich Alex wieder zuzuwenden. »Jetzt hör mir doch wenigstens zu«, fordert sie mich mit Nachdruck auf.

Ich entziehe ihr meinen Arm und lache freudlos. »Wie war es denn dann gemeint?«

»Als Entschuldigung, natürlich!« Alex starrt mich entgeistert an. »Und zwar dafür, dass ich dir anfänglich so einen Blödsinn an den Kopf geworfen habe.«

Misstrauisch mustere ich ihr Gesicht, auf der Suche nach einem Anzeichen dafür, dass sie diese Ausrede gerade aus dem Hut gezaubert hat. Doch ihre großen Augen zeugen von ehrlichen Absichten.

Ich fahre mir mit der Hand über die Augen und rufe mich zur Besinnung. Manchmal reagiere ich über, wenn mich jemand einladen möchte. Die meisten Leute können das nicht verstehen, weil sie sich nicht in mich hineinversetzen wollen. Sie hören nicht die penetrante Stimme in meinem Kopf, die eine Einladung deformiert und mit einer anderen Bedeutung wieder ausspuckt.

Ich lade dich ein, weil du es dir nicht leisten kannst. Weil ich das Geld habe und du nicht. Weil ich besser bin als du.

Ich atme tief durch. »Sorry«, murmle ich. »Ich wollte nicht …«

Ein leichtes Lächeln stiehlt sich auf ihr Gesicht, auch wenn die Anspannung in ihren hochgezogenen Schultern noch deutlich sichtbar ist. »Also nimmst du meine Entschuldigung an?«

»Ja, natürlich«, antworte ich aufrichtig und schaffe ebenfalls ein vorsichtiges Lächeln. »Aber ich würde meinen Sekt trotzdem gerne selbst zahlen.«

Schließlich bestelle ich mir nicht wie Alex ein Glas Sekt, sondern ein kleines Flaschenbier. Wir stellen uns etwas abseits der Bar zu den großen Fenstern, und ich betrachte nicht nur den nächtlichen Gärtnerplatz, sondern teils auch mein eigenes Spiegelbild. Immer wieder schweift mein Blick auch zur Spiegelung von Alex hinüber, und es entsteht ein stiller und nachdenklicher Moment zwischen uns.

»Warum findest du mich eigentlich so unausstehlich?«, bringe ich die Frage, die mir schon seit Wochen im Kopf herumspukt, endlich zur Sprache. »Also, ich will damit jetzt nicht behaupten, dass mich alle lieben müssen, aber wir hatten vor unserer … Diskussion ja nicht wirklich was miteinander zu tun.«

Ihre Augen weiten sich, und sie streicht sich die Haare hinters Ohr. »Ich finde dich nicht unausstehlich.« Aber als ich eine Augenbraue in die Höhe ziehe, lenkt sie ein. »Na ja, okay. Ich finde dich *nicht mehr* unausstehlich. Anfangs kamst du sehr eingebildet rüber. Du hast dich mit deinem Promi-Freund gerühmt und auf megamysteriös getan. Außerdem meintest du, die Arbeit in der Schreinerei sei dir egal, Hauptsache, die Kohle stimmt.«

Ich kann mich an unser Gespräch im Auto erinnern, als ich ihr gerade so viel erzählt habe, wie ich für nötig gehalten habe, um nicht unhöflich zu sein. »Habe ich mich wirklich so ausgedrückt?«

Alex kratzt sich am Hals. »Vielleicht habe ich da ein bisschen was aufgebauscht«, gibt sie schließlich zu und schaut angestrengt in ihr Sektglas. »Ich war sehr … emotional.«

»Das kann ich verstehen«, sage ich und warte, bis sie wieder zu mir aufsieht, bevor ich weiterspreche. »Manchmal reagiere ich auch sehr emotional. Zum Beispiel, wenn jemand versucht, mich auf einen Sekt einzuladen.« Ich verpacke meine Macke als Witz, um die Stimmung zwischen uns aufzulockern, und tatsächlich heben sich ihre Mundwinkel.

»Dann haben wir ja was gemeinsam«, scherzt sie.

»Eine gute Voraussetzung für eine harmonische Zusammenarbeit«, stimme ich ihr zu.

Doch dann ziehen sich ihre Augenbrauen zusammen. »Darf ich dich auch etwas fragen?«

Ich nicke. »Nur zu.«

»Warum darf Marlene nicht wissen, dass du mit mir zusammenarbeitest?«

Schnell nehme ich einen Schluck aus der Bierflasche, um Zeit zu gewinnen. Die Antwort ist einfach und irgendwie auch nicht. »Du hast ja schon mitbekommen, dass meine Mutter nicht weiß, dass ich das Studium abgebrochen habe«, seufze ich. »Wenn ich in der Schreinerei bin, geht sie davon aus, dass ich in einer Vorlesung sitze.«

»Mm«, macht Alex nachdenklich. »Wieso hast du dein Studium denn eigentlich abgebrochen?«

»Anfangs habe ich mich gezwungen, die IT interessant zu finden, ich habe mich echt reingehängt und meine Zweifel ignoriert. Aber irgendwann bin ich hinter meine eigene Lüge gekommen.« Ich zucke mit den Schultern und versuche wieder einen Witz einzuschieben. »Ist nicht schön, von sich selbst verarscht zu werden.« Doch Alex bleibt ernst und lässt sich nicht täuschen, also erzähle ich weiter. »Ab dem Zeitpunkt war mir alles egal. Die Vorlesungen, die Klausuren. Erst als ich hingeschmissen habe, ist mir klar geworden, wie dringend ich diesen Schritt gehen musste. Seitdem bin ich echt erleichtert. Auch wenn meine Zukunft ein Fragezeichen bleibt. Aber das ist ein anderes Thema.«

»Und was interessiert dich wirklich?« Alex' Blick bohrt sich in meinen, so als wolle sie die Antwort dort finden. »Du gibst zwar einen passablen Handwerker ab, aber deine Berufung ist es nicht. Das merke ich dir an.«

Ich schüttle langsam den Kopf. »Keine Ahnung. Die Frage stelle ich mir jeden Tag, und ich habe immer noch keine Antwort drauf.«

»Mh«, macht sie wieder und nimmt noch einen

Schluck Sekt. »Vielleicht eine Ausbildung zum Koch? Ohne Scherz, dein Curry war wirklich gut.«

Ich lache, auch wenn mir ihr Vorschlag ehrlich schmeichelt. Ja, ich würde mich als ambitionierten Hobbykoch bezeichnen, aber beruflich zu kochen ist dann doch noch ein Unterschied. Ich tippe mir an die Nase. »Wozu etwas erlernen, was ich bereits perfekt beherrsche?«

Sie schnaubt belustigt. »Du bist unfassbar.«

»Unfassbar attraktiv«, beende ich den Satz und wackle mit den Augenbrauen. Und so übe ich mich wieder in meiner Paradedisziplin und bringe Alex mit zwei Worten von unserem ernsten Thema ab, ohne dass es ihr bewusst ist. Stattdessen wird sie feuerrot, leert ihr Glas und bekommt dann einen Hustenanfall, weil sie sich verschluckt hat. Während ich ihr auf den Rücken klopfe, stelle ich grinsend fest, dass mir ihre Reaktion eindeutig beweist, dass ich recht habe. Alex findet mich attraktiv.

24

Alex

Heißer Schotte gegen gute Bücher

Ich liebe das Theaterstück. Es hat Tiefe, Wahrheit und Humor, und ich habe dabei mitgeholfen, dass es bühnentauglich wurde. Zwar war die Reparatur nur ein kleiner Beitrag zum Bühnenbild, dennoch pocht mein Herz jedes Mal höher, wenn die Schauspielenden sie öffnen, auftauchen oder dahinter verschwinden. Während des Stücks erwische ich mich immer wieder dabei, wie ich alle Einzelheiten des Bühnenbilds analysiere und Details entdecke, die wahrscheinlich den meisten Zuschauenden entgehen. Doch hinter jedem Gemälde an der Wand und jedem Kissen auf dem Sofa steckt ein Gedanke des zuständigen Bühnenbildners, und so wird ein Stück lebendig, noch bevor die Schauspielerinnen und Schauspieler die Bühne betreten haben.

Als sich die Schauspielenden und der Regisseur auf der

Bühne verbeugen und das Publikum mit tosendem Beifall, Jubel und Pfiffen seinen Respekt zollt, hält auch Tobi und mich nichts mehr auf den Stühlen. Unter unseren Füßen vibriert der Boden, und das Klatschen klingt in meinen Ohren. Die Gewissheit, genau am richtigen Ort zu sein und genau das zu machen, wofür ich brenne, elektrisiert meinen gesamten Körper bis in die Fingerspitzen. Auch wenn ich in den letzten Monaten viel gezweifelt und mich in schlaflosen Nächten gefragt habe, was mich am Glücklichsein hindert, ist die tiefe Zufriedenheit, die ich heute spüre, genau das, wonach ich mich jeden Tag gesehnt habe. Und egal, ob mich meine Probleme morgen wieder überrollen oder brav in einer Ecke bleiben, bis ich die Kraft habe, mich ihnen zu widmen, ist der Beifall, die Bühne, der rote Samt der schweren Vorhänge und das grelle gelbe Licht der Scheinwerfer alles, was ich in diesem Moment brauche.

Als Tobi und ich in die kühle Nachtluft treten und die Stufen des Theaters hinabsteigen, fühle ich mich völlig erfüllt von dem Moment, den wir gerade erlebt haben. Die Freude und Aufregung der Premiere und die Nervosität, die sich immer genau dann bemerkbar gemacht hat, wenn sich Tobis und meine Blicke gekreuzt haben.

»Danke«, sagt er neben mir, und seine Stimme geht fast unter, weil die Theaterbesuchenden um uns herum mit klackernden High Heels, Lachen und Rufen aus dem Gebäude strömen.

»Wofür?«, frage ich und mustere ihn neugierig.

Er fährt sich durchs Haar, sieht erst in die Ferne ganz ohne Ziel und schließlich wieder zu mir. Ein Lächeln huscht über sein Gesicht. »Für die Karte, natürlich.«

»Die habe ich doch gar nicht bezahlt«, erinnere ich ihn sofort.

»Für die Einladung. Du hättest ja auch irgendjemand anderen mitnehmen können. Deinen Freund zum Beispiel.«

Es ist nur eine kurze Bemerkung, einen Zusatz, den Tobi eingeworfen hat, und doch klingt er wie eine Frage. Wir bleiben am unteren Treppenabsatz stehen, wenden uns wie selbstverständlich einander zu.

Ich schmunzle. »Möchtest du dich etwa nach meinem Beziehungsstatus erkundigen?«

Er zuckt mit den Schultern, aber seine Augen blitzen. »Wo ist Facebook, wenn man es mal braucht?«

»Wer hat denn heute noch Facebook?«

»Sag ich doch. Auf Instagram schreibt niemand, wie kompliziert seine Beziehung derzeit ist. Das bedeutet, man muss die Leute wieder persönlich danach fragen. Gruselig, oder?«

Ich muss lachen. »Total. Aber okay, ich bin Single. Bei dir brauche ich gar nicht zu fragen.«

Er runzelt die Stirn. »Warum? Interessiert's dich nicht?«

Ich übergehe seinen Kommentar und verweigere meinem Blut jeglichen Eintritt in meinen Kopf. Rot werden ist verboten! »Ach, dein kleiner Bruder hat mich nur so intensiv beäugt, dass ich mir vorstellen könnte, dass er dich schon lange nicht mehr teilen musste.«

Tobis Augen weiten sich kaum merklich, doch dann nickt er anerkennend. »Du hast eine gute Beobachtungsgabe. Leo verdient meine volle Aufmerksamkeit, und er soll die glücklichste Kindheit bekommen, die wir ihm schenken können.«

»Ich wünschte, ich hätte auch Geschwister«, gebe ich zu und lasse meine Gedanken zu dem Abendessen mit Tobis Familie zurückkehren. Wahrscheinlich empfinden Tobi und Selina ihr ständiges Getrieze als nervig, doch ich habe sie wehmütig beobachtet. Als Einzelkind bin ich es gewohnt, immer alleine zu sein. Im Urlaub mit meinen Eltern und bei Familienfeiern hatte ich nie jemanden zum Spielen, sodass ich mich meist mit mir selbst beschäftigen musste. Es ist einfach nicht das Gleiche, ob man mit Gleichaltrigen spielt oder mit Erwachsenen.

Und je älter ich werde, desto mehr rückt eine neue Angst in den Vordergrund. Ich verbiete mir den Gedanken, und doch ist er da. Viel zu früh und viel zu präsent. Wenn Mama und Papa irgendwann sterben, werde ich alleine sein. Es wird keinen Bruder geben, mit dem ich an alte Zeiten zurückdenken werde, und keine Schwester, die mich zu Weihnachten einladen wird. Ich spüre einen kleinen und feinen Stich, dort wo mein Herz ist, und eine drückende Traurigkeit legt sich auf meine Schultern.

Tobi gräbt die Hände in die Hosentasche. »Wollen wir noch ein paar Meter gehen? Vielleicht zum Marienplatz? Von dort können wir beide die U-Bahn nehmen.«

Dankbar atme ich aus. Trotz meiner Stoffjacke kriecht die Kälte langsam durch die Schichten meiner Kleidung, und ich fröstle. Aber ich bin froh darüber, denn sie verdrängt die Schwere, die mich festhalten möchte. »Gerne.«

Wir lassen das Theater hinter uns und umrunden das Rondell, das die Mitte des Gärtnerplatzes markiert. Im Frühling und Sommer sind hier in den Beeten rund um den kleinen Brunnen die schönsten und buntesten Blumen zu finden, doch jetzt im Spätherbst, wenn es zu kalt für die Pflanzen wird, ist der Platz kahl.

»Mein bester Freund«, fängt Tobi schließlich an, als ich bereits dachte, wir hätten das Thema fallen gelassen, »ist mein Bruder. Auch wenn wir nicht verwandt sind. Er ist Teil meiner Familie.«

»Das ist schön«, sage ich mit trockenem Mund und denke an meine beste Freundin, ohne zu wissen, ob sie es immer noch ist. Während der Schulzeit, bevor sich unsere Wege getrennt haben, konnte ich Sarah als Schwester bezeichnen. »Aber was ist, wenn dein Freund wegziehen würde, sodass ihr euch nicht mehr schnell mal treffen könnt?«

Er zuckt mit den Schultern. »Dann wäre er immer noch mein Bruder. Genauso wie Leo, wenn er sich während seines Work-and-Travel-Jahres verliebt und in Neuseeland bleibt, oder wie Selina, wenn sie einem Highlander nach Schottland folgt.«

Ich pruste los. »Was?«

Tobi verdreht die Augen. »Selina hat alle Staffeln von *Outlander* mindestens fünfmal gesehen und ist ganz vernarrt in rothaarige Schotten.«

»Jetzt muss ich aber für deine Schwester Partei ergreifen. Jamie ist verdammt heiß.«

Tobi zieht die Augenbraue nach oben. »Du würdest ihm also zweihundert Jahre in die Vergangenheit folgen?«

Ich schnaube und denke an fehlende Elektrizität, an das erschwerte Reisen und die Bücher, die ich zurücklassen müsste. »Nope. So heiß kann kein Kerl sein.«

»Weise Worte«, pflichtet er mir bei. »Selina sollte sich an dich halten.«

»Vielleicht schlage ich ihr einen Rewatch vor. Ich habe *Outlander* schon ewig nicht mehr gesehen.«

»Sorry, die Anfrage werde ich nicht weiterleiten. Ihre Obsession kann und werde ich nicht weiter unterstützen, sonst sehe ich uns schon zu jedem Steinkreis dieser Welt fahren.«

»Keine Sorge, du musst die Anfrage nicht weiterleiten. Ich schreib ihr einfach. Sie hat mir ihre Nummer gegeben.«

Tobi stutzt und wirft mir einen schnellen Blick von der Seite zu. »Hat sie wirklich?«

»Meinst du, ich hab mir heimlich dein Handy geschnappt und nach ihrer Nummer gesucht? Natürlich hat sie mir die gegeben!«

Ich winke ab. »Alles gut, es wundert mich nur. Außer an meinem besten Freund Jonas hat sie immer an allen etwas auszusetzen. Meine Ex-Freundin fand sie verzogen, und das Mädchen davor war ihr zu spießig.«

Ich grinse breit. »Vielleicht liegt es einfach daran, dass du und ich nicht befreundet sind. Als Selina gemerkt hat, wie wir uns anzicken, hat sie Gefallen an mir gefunden.«

Tobi bricht in schallendes Gelächter aus, und sein Lachen hallt durch die fast menschenleere Straße. Zwar ist die Gegend nicht ausgestorben, und die kleinen Restaurants und Bars um uns herum sind gut gefüllt, doch die nächtliche Kälte lässt nur wenige Rauchende auf den Gehwegen verweilen. Zwei von ihnen werfen uns von der anderen Straßenseite einen irritierten Blick zu.

»Wie blöd, dass wir seit heute doch befreundet sind«,

entgegnet er und zwinkert mir zu. »Wenn sie das rausfindet, wird sie dich vermutlich sofort blockieren.«

Eine warme Mischung aus Erleichterung und Freude flutet meinen Körper und spült die Schwere von meinen Schultern. Tobi und ich sind befreundet, er hat es selbst gesagt. Was eine ehrlich gemeinte Entschuldigung doch bewirken kann. Gleichzeitig schiebt sich jedoch ein Fragezeichen vor mein inneres Auge, das mich selbst überrumpelt. Ist *befreundet* wirklich die richtige Beschreibung für uns? Das Wort klingt in meinen Ohren zu plump, zu einfach. Lara und ich sind auch befreundet, doch bei ihr hüpft mein Herz nicht jedes Mal höher, wenn sie mich ansieht. Und wenn sie mich berührt, spüre ich nicht noch Stunden später ein angenehmes Kribbeln auf meiner Haut. Oje, höre ich mich an, als hätte ich Gefühle für Tobi? Verdammt, ja! Und stimmt das auch? Verdammt, nein! *Natürlich nicht.*

»Du hast recht«, erwidere ich mit gespieltem Entsetzen und mache eine ausladende Handbewegung. »Wir sollten *das hier* lieber vor ihr geheim halten.«

»Ach, ich glaube das ist nicht nötig. Sie ist ganz begeistert von dir, weil ihre Freundinnen alle nicht lesen und sie sich mit dir über Bücher unterhalten konnte. Selina hat Mama schon gefragt, wann sie dich mal wieder mitbringt.«

Ich muss lächeln, weil es mir ähnlich geht. Kaum jemand in meinem Umfeld liest so viel und gerne wie ich. Es ist extrem frustrierend, wenn ich ein Jahreshighlight beendet habe und meine Begeisterung mit niemandem teilen kann. Deshalb durchforste ich in meiner Freizeit gerne Bücherblogs, um zumindest so die Meinung von anderen mitzukriegen. Ich nehme mir vor, Selina gleich morgen zu schreiben, weil sie bereits angekündigt hatte, sich mein Bücherregal ansehen zu wollen. Zwar bin ich mit den Schnitzereien noch nicht komplett fertig, aber zumindest so weit, dass ich kein Problem damit habe, sie jemand anderem zu präsentieren.

»Ich mag sie auch total gerne. Ach, was sag ich! Ich mag deine ganze Familie! Das wollte ich dir übrigens schon lange sagen, aber du warst ja im ersten Moment nicht so begeistert, als ich bei euch in der Wohnung aufgetaucht bin. Deshalb dachte ich mir, ich warte noch ein bisschen damit.«

»*Im ersten Moment*«, wiederholt Tobi mit einem schiefen Grinsen. »Der erste Moment ging ehrlich gesagt so ziemlich den ganzen Abend. Ich hatte verdammt Schiss, dass du mich verpetzt.«

»Warum hätte ich das tun sollen?«

»Weil … keine Ahnung.« Er zuckt mit den Schultern, und an der roten Ampel bleiben wir stehen. »Ich konnte dich nicht einschätzen. Außerdem konntest du ja nicht ahnen, dass Mama nichts von meinem Job in der Schreinerei weiß.«

Als das Signallicht umschaltet, überqueren wir die Straße und betreten den Viktualienmarkt. Tagsüber findet man hier frisches Obst und Gemüse, verschiedenste Käsesorten, Fleisch, Fisch und einen großen Biergarten, doch in der Nacht sind die Verkaufsstände geschlossen. Wir laufen teilweise über Pflastersteine, und ich bin froh, mich gegen hohe Schuhe und für Boots entschieden zu haben. Das Geräusch von Wasserplätschern begleitet uns über den halben Platz hinweg, weil wir an drei alten Brunnen vorbeikommen.

Ich lasse mir Zeit mit einer Antwort und lege den Kopf in den Nacken. Der Himmel ist sternenklar, und das Sternenlicht zeichnet sich deutlich von der tiefen Schwärze ab. Ich genieße den Anblick und die Ruhe, die der Nachthimmel ausstrahlt.

»Ich konnte dich anfangs auch nicht einschätzen. Das heißt …«, verbessere ich mich, »ich dachte, ich könnte es. Aber eigentlich ist das doch Blödsinn. Wenn sich die Vorurteile gegen eine Person bestätigen sollten, dann hat das nichts mit Wissen zu tun, sondern ist eher Zufall, oder? Denn egal, wie viel Menschenkenntnis man glaubt zu besitzen, man kennt die Person nicht.«

»Der Gedanke kommt mir bekannt vor.« Ein Lächeln huscht über Tobis Gesicht. »Aber ich will es mir nie eingestehen.«

»Gerade hast du es getan«, bemerke ich augenzwinkernd.

Wir überqueren den Viktualienmarkt, biegen nach links ab, vorbei am alten Rathaus und finden uns am U-Bahn-Abgang wieder. Vor uns liegt das neue Rathaus in spärliches Licht getaucht, was ihm ein mystisches Gesamtbild verleiht.

Unschlüssig bleibe ich stehen, nicht sicher, wie ich mich von Tobi verabschieden soll. Umarmen wir uns? Schließlich sind wir nun Freunde. »Sehen wir uns morgen bei der Arbeit?« Blöde Frage. Natürlich werden wir das.

Tobi sieht zu mir hinunter, seine Augen finden meine. »Natürlich. Es war ein schöner Abend, so was sollten wir öfter machen.«

»Ins Theater gehen?«

Er schüttelt langsam den Kopf. »Zeit miteinander verbringen.«

Die Geräusche um mich herum werden leiser und das Pochen meines Herzens lauter. Es ist irgendwo in meinem Hals, bestimmt verrät es Tobi meine wirren Gefühle, denn es ist unmöglich, dass er mein Herz nicht springen sieht oder das Klopfen hört. Tobi beugt sich zu mir herunter und legt wie selbstverständlich seine Arme um mich. Die Umarmung dauert zu lang, als dass es sich nur um eine simple Verabschiedung handeln kann. Oder bilde ich mir das nur ein?

»Bis morgen«, sagt er leise.

25
Tobi

Sherlock ermittelt. Und ich bin das Opfer …
oder der Täter?

»Übrigens, ich habe gestern mit dieser Akira telefoniert. Sie war echt lieb und konnte mir ein paar gute Tipps für das Vorstellungsgespräch geben. Ich bin jetzt voll im Bilde und weiß, wie der Hase läuft. Nenn mich Bücherqueen, wenn du willst. Außerdem … außerdem hat mich ein Typ aus der Schule geschwängert, obwohl ich dachte, der Himmel sei grün und nicht voller Kartoffeln.«

Als Selina mich über den Küchentisch hinweg erwartungsvoll ansieht, räuspere ich mich. »Kartoffeln, ja?« Die Erinnerung an den gestrigen Abend will mich nicht loslassen. Da ist Alex, die mich mit ihren rosa Wangen und ihren blauen Augen ansieht und sogar die Premiere in den Schatten stellt. Ich möchte nicht zugeben, dass ich keine Ahnung habe, von was meine Schwester die letzten fünf

Minuten gesprochen hat, aber wenn sie von Kartoffeln redet, wird es wohl ums Abendessen gehen. »Dann mache ich dazu am besten Zaziki.«

Selina schnaubt und schüttelt den Kopf. »Hab ich's mir doch gedacht.«

»Oder Kräuterquark?«, frage ich arglos.

»Du hörst mir überhaupt nicht zu!«, wirft sie mir vor und schaufelt sich Kakaopulver in ihre Tasse.

Erwischt. »Tut mir leid, ich hab gerade einfach viel um die Ohren«, entschuldige ich mich.

»In der Uni?«, hakt sie nach und schüttet so viel Milch nach, dass ihre Tasse fast bis zum Rand gefüllt ist.

Ich nicke mit dem Kinn zu ihrem Kakao. »Viel Spaß beim Umrühren.«

Meine Schwester streckt mir die Zunge raus. »Versuch nicht, vom Thema abzulenken.«

Genervt ziehe ich die Augenbrauen zusammen. »Ich lenke überhaupt nicht ab. Und ja, wenn du es unbedingt wissen willst, die Uni ist stressig. Wie immer.«

Selina verdreht die Augen und taucht bedächtig den Löffel in die Milch. Vorsichtig beginnt sie ihn zu bewegen, und nach drei Sekunden verfärben dunkle Schlieren das Weiße der Milch. »Mama kannst du vielleicht täuschen, aber mich nicht. Wo treibst du dich tagsüber rum? Und bitte erzähl mir jetzt nichts von Vorlesungen.«

Mein Hals wird trocken, und ich zwinge mich, mich nicht erneut zu räuspern. Es hat keinen Sinn, auf meine Ausrede zu beharren, denn in den Augen meiner Schwester lese ich Überzeugung und absolute Gewissheit. Weil Mama und Leo bereits Richtung Kindergarten aufgebrochen sind, überlege ich erst gar nicht, das Gespräch zu verschieben, sondern bringe es lieber gleich hinter mich. »Ich treibe mich nicht herum«, seufze ich und reibe mir übers Gesicht. »Aber ja, du hast recht. Ich bin nicht in der Uni.«

»Warum?« Als braune Tropfen an ihrer Tasse herabrinnen und den Küchentisch verkleben, flucht Selina leise.

Ich verkneife mir einen Kommentar und antworte stattdessen auf ihre Frage. »Ich jobbe in einer Schreinerei.«

Selinas Kopf schnellt zu mir, und ihre Mundwinkel schießen in die Höhe. »Und *Klick!*«

»Hä?«

»Bei mir hat's Klick gemacht!«, erklärt sie aufgeregt. »Jetzt kapiere ich endlich, woher du und Alex euch kennt.«

»Hundert Punkte«, kommentiere ich ihre erfolgreiche Schlussfolgerung trocken.

»Dich und Alex beim Abendessen zu beobachten war lustig. An deinen Schauspielkünsten musst du aber echt noch arbeiten, Bruderherz. Hat dir Jonas gar nichts beigebracht?«

Ich hebe eine Augenbraue. »Nachdem ich damit nicht mein Geld verdienen muss, darf ich mir ein paar Defizite erlauben, meinst du nicht auch?«

Sie winkt ab. »Dann ist Alex gar keine heimliche Liebschaft gewesen? Dachte schon, du hättest dich nach einem One-Night-Stand nicht mehr bei ihr gemeldet, und dann schleppt Mama sie plötzlich an.«

Ich verschränke die Arme und lehne mich in meinem Stuhl zurück. »So schätzt du deinen Bruder ein?«

Die Vermutung meiner Schwester führt unweigerlich dazu, dass schlagartig mein Kopfkino beginnt und Alex sich vor mein inneres Auge schiebt. Uns trennen nur wenige Zentimeter. Ich kann die hellen, kaum sichtbaren Sommersprossen auf ihrer Nasenspitze zählen, und ihr warmer Atem kitzelt meine Haut, während wir uns langsam näherkommen. Ihre Augen blitzen überrascht, als ich ihren Kopf in meine Hände nehme und …

»Nachdem du mich über dein Liebesleben Gott sei Dank nicht auf dem Laufenden hältst, hätte so was schon sein können«, reißt Selina mich aus meinen Gedanken. »Du tust immer so auf harte Schale, weicher Kern, verschlossen und doch einfühlsam. Von so einem Verhalten werden manche Frauen magisch angezogen. Ich könnte dir ad hoc bestimmt fünf Bücher nennen, die …«

»Komm du mir jetzt nicht auch noch mit irgendwelchen Büchern oder Filmen«, stöhne ich, löse meine Arme und genehmige mir den letzten lauwarmen Schluck meines Kaffees. Ich wende mich zur Kaffeemaschine und erkenne erleichtert noch eine halbvolle Kanne. Für dieses unerwartete Gespräch am Morgen benötige ich Koffein. Mehr Koffein.

»Warum *auch?*«, fragt Selina mit zusammengezogenen Augenbrauen.

»Nicht so wichtig«, murmle ich, stehe auf und gieße mir noch etwas Kaffee in die Tasse. Ich bleibe an die Küchenzeile gelehnt stehen, weil mir ein Blick auf die Uhr verrät, dass ich schon viel zu spät dran bin und eigentlich bereits in der U-Bahn sitzen müsste. »Können wir unser Gespräch heute Nachmittag fortsetzen? Ich bin spät dran.« Der erste Schluck ist heiß, aber wohltuend.

»Weich mir nicht schon wieder aus«, seufzt Selina und mustert mich vorwurfsvoll. Wenn jemand den Hundeblick optimiert hat, dann sie. »Warum arbeitest du in der Schreinerei? Warum bist du nicht in der Uni?«

»Ich habe das Studium geschmissen«, sage ich mit zusammengebissenen Zähnen, weil sich mein Körper vor Anspannung schmerzhaft zusammenzieht. Ich spreche mein Scheitern laut aus, direkt vor meiner Schwester, obwohl ich ihr doch ein Vorbild sein müsste.

Selinas Augen weiten sich. »Oh.«

Ich nehme noch einen großen Schluck Kaffee und stelle die Tasse in die Spüle. »Dann wäre das geklärt.«

»Nein, warte!« Sie springt auf, als ich mich bereits zur Tür drehe. »Warum darf Mama es nicht wissen?«

Ich schnaube und wende mich wieder zu ihr. »Weil Mama genug um die Ohren hat. Das brauche ich dir doch nicht zu erklären.«

»Aber was glaubst du denn, was sie machen wird, wenn du ihr davon erzählst? Dir den Kopf abreißen? In Tränen ausbrechen? Dich *enterben?*« Bei ihrem letzten Satz muss Selina glucksen. »Es ist nur ein Studium, entspann dich mal.«

Nur ein Studium. Selina ist zu jung, um zu verstehen, dass mit meiner Entscheidung eine ganze Zukunft vor meinen Augen zu Staub zerfallen ist und dass ich nun dabei bin, diesen Staub zusammenzukehren. »Mama wird enttäuscht sein«, antworte ich schroff, und bevor mich Selina abermals zurückhalten kann, verschwinde ich ins Badezimmer, um mir die Zähne zu putzen.

»Du warst beim Frühstück gar nicht dabei. Hast du verschlafen?«, begrüßt mich Alex gut gelaunt, als ich meinen Rucksack gerade in den Spind quetsche und sie aus der Werkstatt in die Umkleide tritt.

»Alles gut«, brumme ich und schlage die Spindtür zu.

»Du hast dein T-Shirt falsch rum an«, bemerkt sie und deutet auf den kleinen weißen Zettel, der unter meinem Kinn aus dem Kragen lugt. Ich stöhne und ziehe meine Arme aus den Ärmeln, um den Fehler schnell zu beheben.

Alex mustert mich besorgt. »Ist wirklich alles in Ordnung?«

Ihre weiche Stimme sorgt dafür, dass ich mich etwas entspanne und das Gespräch mit meiner Schwester weiter entfernt scheint, als es tatsächlich ist.

»Meine Schwester weiß jetzt, dass ich hier arbeite und warum ich hier arbeite.«

»Wie hat sie reagiert?«, fragt Alex vorsichtig.

Ich lache freudlos. »Sie hat mich gefragt, warum ich so ein Geheimnis draus mache. Für sie war das keine große Sache.«

Alex strahlt mich an. »Aber das ist doch toll!«

Ich zucke mit den Schultern, weil ich ihre Begeisterung nicht teilen kann. »Oder es beweist, dass sie einfach noch nicht erwachsen ist. Wahrscheinlich findet sie es sogar cool, dass ich alles hingeschmissen habe.«

»Sei doch froh, dass sie dich versteht. Vorwürfe würden dich erst recht nicht weiterbringen.«

»Mmpf«, mache ich, weil ich ganz genau weiß, warum mich Selinas Gleichgültigkeit stört. Ich habe Angst, dass sie irgendwann ähnliche Entscheidungen treffen wird wie ich und ohne Pläne für ihr Leben unglücklich wird. Ich habe Angst, dass ich als ihr Vorbild schuld daran sein werde.

Die Tür zur Werkstatt öffnet sich, und Paul steckt den Kopf herein. »Ah, Tobi, hier steckst du. Wir haben ein wichtiges neues Projekt, bei dem du mir zur Hand gehen könntest.«

Ich nicke, während sich Alex neben mir aufrichtet. »Was für ein Projekt?«

»Eine moderne Eckbank«, informiert uns Paul. »Schon fürs nächste Theaterstück.«

Alex tritt von einem Fuß auf den anderen. »Kann ich … vielleicht auch mitarbeiten? Das hört sich interessant an.«

»Hast du schon mal eine Eckbank gebaut?«

Sie schüttelt den Kopf. »Nein, aber ich hab meinem Vater schon mehrmals dabei zugesehen. Er bekommt häufig Aufträge fürs Esszimmer.«

»Mh.« Paul mustert mich nachdenklich. »Ohne Erfahrung wird das schwer. Aber zum Ende kannst du uns gerne mit Verzierungen helfen, dafür hast du als Frau bestimmt ein gutes Auge.«

Hä? »Dann bin ich aber leider auch der Falsche für den Job, Paul«, melde ich mich zu Wort. »Ich habe noch nie auch nur ansatzweise an einer Eckbank gearbeitet.«

Paul lacht und schlägt sich gegen die Stirn. »Ich vergesse immer, dass du nur als Aushilfe bei uns bist. Deine Kraft kann ich trotzdem gut gebrauchen.«

Ich werfe Alex einen schnellen Blick zu. Ihre feinen Lachfältchen um die großen Augen sind innerhalb weniger Sekunden verschwunden, und ein Teil von mir würde Pauls Auftrag am liebsten ablehnen. »Alles klar, ich brauch nur noch fünf Minuten, okay?«, sage ich stattdessen.

Er nickt und verschwindet wieder in der Werkstatt.

Alex und ich stehen ein paar Sekunden schweigend nebeneinander, ohne uns anzusehen. Wie lange lässt sie solche sexistischen Kommentare bereits über sich ergehen, ohne dagegenzuhalten? »Ich rede noch mal mit Paul«, fange ich an. »Du bist ihm eine viel größere Hilfe als ich je …« Doch sie unterbricht mich.

»Hör auf«, seufzt sie.

»Wieso? Ihm muss doch klar sein, dass ich niemals so viel Erfahrung haben kann wie du.«

»Glaubst du wirklich, er ändert seine Einstellung, nur weil du ihn darauf hinweist, dass ich mit Holz umgehen kann? Glaubst du, ich hätte nicht schon längst mit ihm gesprochen, wenn das die Lösung meines Problems wäre?« Ihre Stimme wird ungehaltener, bebt regelrecht, als sie noch immer auf die Tür starrt, durch die unser Chef gerade verschwunden ist.

»Er unterschätzt dich oder will einfach nicht sehen, dass du es draufhast. Da hilft nur Reden, oder nicht?«

»Geile Idee, wirklich«, sagt sie trocken und wirft mir einen giftigen Blick zu. »Warum bin ich da nur nicht selbst drauf gekommen?« Alex dreht sich um und läuft aus der Umkleide. Bevor die Tür zuschlägt, sehe ich noch, wie sie sich mit zusammengepressten Lippen nach rechts wendet, weg vom Eingang der Schreinerei.

Ich sehe ihr perplex nach, und in Gedanken gehe ich unsere Unterhaltung durch, um herauszufinden, welche Worte dazu geführt haben, dass sie plötzlich sauer auf mich ist. Was ist falsch daran, das Gespräch zu suchen? Unentschlossen werfe ich einen Blick zur Werkstatttür, da Paul sicher schon auf mich wartet. Doch gleichzeitig möchte ich verstehen, was in Alex vorgeht, und alles in mir sträubt sich, sie mit ihren Gedanken alleinzulassen.

Ich wende mich um und folge Alex den Gang entlang.

Blöderweise hat mein kurzes Zögern gereicht, dass ich nicht gesehen habe, wohin sie verschwunden ist. »Alex?«, sage ich in die Stille des langen Flures. Doch sie antwortet nicht. Also mache ich mich weiter auf die Suche, bis ich schließlich in den vorderen Teil des Theaters gelange. Kurz überlege ich, in die Werkstatt zurückzukehren, weil Alex überall sein könnte und es viel zu lange dauern würde, alle Stockwerke abzuklappern – aber dann bemerke ich plötzlich eine halb geöffnete Tür. Die gleiche Tür, die wir gestern Abend genommen haben, um zu unseren Plätzen zu gelangen.

Ich schiebe mich lautlos hindurch und lasse meinen Blick über die Sitzreihen schweifen. Alex sitzt zusammengesunken in der Mitte einer Sitzreihe, das Gesicht in den Händen vergraben. Bei ihrem Anblick zieht sich mein Herz unwillkürlich zusammen. Langsam nähere ich mich ihr, ohne dass sie mich bemerkt. »Alex?«

Sie schreckt auf, und für den Bruchteil einer Sekunde sehe ich Tränen auf ihren Wangen glitzern, doch dann gibt sie einen frustrierten Laut von sich und dreht mir den Rücken zu. Hektisch wischt sie sich mit ihrem Langarmshirt über das Gesicht. »Was ist?«, fragt sie unwirsch.

Ich klappe einen Sitz herunter, der zwei Plätze von ihrem entfernt ist, und lasse mich darauf sinken. »Sollte ich das nicht eher fragen?«

Es ist merkwürdig und beeindruckend zugleich, dass Theater so leer vorzufinden. Noch gestern Abend war jeder Rang besetzt, und heute sind Alex und ich in diesem riesigen Saal alleine.

»Hat es mit Paul zu tun?« Ich glaube zu wissen, auf welches Thema wir zusteuern, und dennoch möchte ich, dass sie meine Theorie bestätigt. Mir sind diese Dinge schon öfter aufgefallen, aber ich wollte mich nicht einmischen. Ein Fehler, wie mir erst jetzt bewusst wird.

Langsam dreht sie sich wieder in meine Richtung und offenbart mir ihr bleiches Gesicht und ihre feuchten Wimpern. Ich spüre einen Kloß in meinem Hals. »Weißt du, ich war immer davon überzeugt, dass ich nur härter arbeiten müsste, um ihn zu überzeugen. Und wenn das nicht geklappt hat, dann war es halt noch nicht hart genug. Aber egal, was ich mache, Paul nimmt mich einfach nicht ernst.« Ihr Blick wird glasig, als sie die Bühne anstarrt, verdeckt von dem meterlangen roten Vorhang. »Ist dir schon mal aufgefallen, dass du nie die Brotzeit holen musst?«

Ich nicke langsam. »Ja, aber ich dachte, es macht dir nichts aus, und du hättest dich freiwillig gemeldet.«

»Paul meinte zu mir, das würden die Neuen immer machen, und das hat mir eingeleuchtet, also habe ich mich nicht beschwert. Doch dann bist du aufgetaucht.« Bei ihren letzten Worten gleitet ihr Blick wieder zu mir.

Ich nicke langsam, weil ich verstehe, was sie mir damit sagen will. Paul hat mich nie gefragt, ob ich für das Essen zur Mittagspause sorgen könnte, dass ich losmarschiere, während die anderen ihre Arbeit beenden. »Warst du damals deshalb so sauer? Als ich dir beim Tragen helfen wollte und Paul dir die Brotzeit aufgetragen hat?«

Sie seufzt. »Ich weiß, ich hätte meine Wut nicht an dir auslassen dürfen, aber in dem Moment ist mir klar geworden, dass er mich angelogen hat. Ich bin nicht für die Brotzeit zuständig, weil ich die Neue bin, sondern weil …« Sie stockt kurz. »Weil ich eine *Frau* bin, … die einzige Frau im Team.«

Sie spricht meine Vermutung aus, und ich spüre meine Enttäuschung, als ich versuche, den Kloß in meinem Hals runterzuschlucken, weil ich gehofft hatte, mich zu irren. »Das glaube ich auch.«

Ihre Augen wandern über mein Gesicht und bleiben für den Bruchteil einer Sekunde an meinen Lippen hängen. Auch wenn wir gerade ein ernstes Thema besprechen und sie tränenverschmiert vor mir sitzt, spüre ich ein warmes Gefühl in meiner Magengegend.

»Danke.« Ihre Augen finden meine. »Danke, dass du mir nicht sagst, ich würde mir das alles einbilden.«

»Du solltest mit ihm reden.« Auch wenn sie von meinem Vorschlag nicht viel hält, bringe ich ihn nochmals.

»Das kann ich nicht.«

»Aber dann wird er sich nie ändern.«

Mit der Schulter lässt sie sich gegen die Stuhllehne sinken, sodass wir einander direkt zugewandt sind. »Hier zu arbeiten ist mein Traum, ich wollte *immer* ins Gärtnerplatztheater. Das möchte ich nicht aufgeben.«

Ich ziehe die Augenbrauen zusammen. »Aber das musst du doch auch nicht. Wenn du mit Paul redest, dann wird er es verstehen.«

»Glaubst du wirklich, er wird einfach nicken, wenn ich ihn beschuldige, dass er sexistisch ist?« Ein trauriges Lächeln huscht über ihr Gesicht. »Ich habe eine sechsmonatige Probezeit, wenn er will, könnte er mich nach meinem Vorwurf ohne Angabe von Gründen einfach rauswerfen.«

Ich schüttle den Kopf, wenn auch nicht mehr ganz so überzeugt. »Ich glaube nicht, dass er das tun würde.«

»*Glaubst* du es? Oder *weißt* du es?« Damit legt Alex den

Finger genau in die Wunde, und zum ersten Mal wird mir das volle Ausmaß ihres Problems bewusst.

»Die andere Frage ist, ob du deine Ausbildung so durchziehen willst«, fange ich langsam an. »Paul bringt dir nichts bei, lässt dich kaum mitarbeiten. Wenn alles so bleibt, wirst du hier bestimmt nicht glücklich.«

Sie zuckt mutlos die Schultern, und ihre Augen schwimmen wieder in Tränen. »Vielleicht bin ich einfach noch nicht bereit, meinen Traum loszulassen.«

Am liebsten würde ich aufspringen, zu Paul rennen und ihn schütteln, so lange, bis er einsieht, was für einen Mist er gebaut hat. Ich will, dass in Alex' Augen wieder die Neugier leuchtet und ihre Wangen vor Begeisterung rosa werden. Sie hat es verdient, ihren Traum zu leben. »Wie kann ich dir helfen?«

Alex zögert kurz, doch dann heben sich ihre Mundwinkel zu einem leichten Lächeln. »Alles gut.« Sie gibt die gleiche Antwort, die ich auch immer gebe, wenn ich niemanden hinter meine Fassade blicken lassen möchte, und in diesem Augenblick spüre ich ganz deutlich, wie es in ihrem Inneren aussieht. Da ist der inständige Wunsch, Probleme und Gefühle mit sich selbst zu vereinbaren und gleichzeitig das Verlangen, sich zu öffnen und nicht alleine zu sein.

»Bitte, lass mich dir helfen«, sage ich und beuge mich zu ihr, überbrücke die Distanz zwischen uns. »Wir kriegen das zusammen hin.«

Alex seufzt. »Es hat mir schon geholfen, dass du mir zugehört hast und mich nicht für verrückt hältst. Alles andere ist meine Aufgabe.«

Ich würde ganz sicher genauso reagieren und wäre der

gleichen Überzeugung wie sie. Doch ich sitze auf der anderen Seite, habe einen anderen Blickwinkel als Alex, und dieser gestattet mir nicht, die Augen zu verschließen und gar nichts zu tun. Ich kann während meiner verbleibenden Zeit in der Schreinerei nicht so tun, als wäre alles in Ordnung, und gleichzeitig beobachten, wie Alex von Tag zu Tag unglücklicher wird. Vor allem, weil ich es bin, der ungerechtfertigt von Paul bevorteilt wird – und das nur, weil ich zufällig ein Mann bin.

»Paul wartet auf dich«, erinnert sie mich mit leiser Stimme.

»Er wird auch ohne meine Hilfe auskommen«, antworte ich mit trockener Stimme, und wir wissen beide, dass es stimmt. Vermutlich wäre eine Aushilfe nie nötig gewesen, wenn Paul seine Auszubildende mehr eingebunden hätte.

»Nein, wirklich, geh zurück, ich komme gleich nach«, bittet sie mich eindringlich, und diesmal nicke ich. Ich möchte mich nicht aufdrängen. Wenn sie Zeit für sich braucht, dann ist das ihr gutes Recht. Also stehe ich auf.

»Und du kommst wirklich gleich nach?«

Alex nickt und legt den Kopf in den Nacken. Ihr Blick gleitet über die Balkonränge bis zur Bühne. »Ich möchte nur noch ein bisschen sitzen bleiben. Gestern waren unsere Plätze genau hier, und meiner ist es immer noch.«

Langsam schiebe ich mich durch die Sitzreihe wieder zurück zu den Türen, hin- und hergerissen, ob ich doch wieder umkehren und Alex nicht einfach in meine Arme schließen soll. Doch sie hat mich aufgefordert zu gehen, und das respektiere ich. Ich würde die Situation nicht besser machen, indem ich ihr auf die Pelle rücke. Am Ende mache ich es damit nur noch schlimmer.

Als ich die Werkstatt betrete und Paul an der Werkbank vorfinde, habe ich einen Entschluss gefasst. Vielleicht ist es ein Fehler, vielleicht aber auch nicht.

»Paul? Kann ich mit dir sprechen?«

26
Alex

Das ist jetzt also die Quittung für mein Vertrauen.
Hab es wohl zu billig verscherbelt.

Zehn Minuten, nachdem Tobi verschwunden ist, stemme ich mich seufzend in die Höhe. Ich könnte ewig hier sitzen bleiben und der Positivität nachhängen, die mich in diesem Theatersaal immer wieder aufs Neue erfasst. Aber ich weiß auch, dass dieses Gefühl flüchtig ist und nichts daran ändert, dass ich mich mit dem auseinandersetzen muss, was in der Werkstatt auf mich wartet.

Mit hängenden Schultern trotte ich zurück, so antriebslos, dass ich gar nicht daran denken will, dass ich bis heute Abend durchhalten muss, bevor ich mich in mein Bett und unter meine Decke kuscheln kann.

In der Schreinerei entdecke ich Tobi und Paul nicht. Doch zumindest Paul nicht gegenübertreten zu müssen stört mich wenig. Also wende ich mich an Hassan. »Kann ich dir irgendwie helfen? Ich hab gerade nichts zu tun.«

»Du kommst wie gerufen. Ich bin gerade dabei, eine Trennwand zu bauen, und ein bisschen im Verzug.« Seine Worte und sein Lächeln sind Balsam für meine Seele.

»Alex?« Paul taucht plötzlich neben uns auf. »Können wir uns kurz unterhalten?«

»Klar«, sage ich überrascht, aber seine Miene ist ausdruckslos und verrät nicht, worum es geht. »Ich komme gleich wieder«, verspreche ich Hassan und folge Paul in den leeren Aufenthaltsraum.

Er bleibt einen Moment unschlüssig stehen, dann zieht er einen Stuhl zu sich und bedeutet mir, mich ebenfalls zu setzen. Offensichtlich wird das ein längeres Gespräch, obwohl ich mir keinen Grund dafür zusammenreimen kann. Ein Mitarbeitergespräch wird normalweise im Vorfeld angekündigt, vielleicht möchte er mir aber auch nur Feedback geben, weil wir bald die Halbzeit meiner Probezeit erreicht haben?

Paul mustert mich prüfend, bevor er langsam anfängt zu sprechen. Seine Fingerkuppen liegen aufeinander. »Tobi war gerade bei mir, Alex.«

Ich brauche drei Sekunden, bis ich verstehe, welche Nachricht sich hinter diesem Satz versteckt. Mein Blut gefriert zu Eis.

Nein. Nein, nein, nein!

»Ich bin zugegebenermaßen schockiert. Ehrlich schockiert. Tobi hat mich darauf hingewiesen, dass du dich von mir ungerecht behandelt fühlst.«

Tobi hat es getan. *Er hat es wirklich getan.* Obwohl ich seine Hilfe abgelehnt und ihm deutlich zu verstehen gegeben habe, dass ich das Gespräch mit Paul nicht suchen möchte. Dass ich Angst um meine Ausbildungsstelle habe. Aber Tobi hat diese Angst einfach ignoriert und sich über meinen Willen hinweggesetzt. Wie konnte er mir das antun?

Mein Mund ist staubtrocken, und meine Zunge ist taub. Gleichzeitig pocht mein Herz so laut, dass ich Mühe habe, Pauls Worten zu folgen. Ich würde mich gerne unsichtbar machen und in einem schwarzen Loch verschwinden. Doch am liebsten würde ich die Zeit umkehren und verhindern, dass ich mich Tobi anvertraue. *Mein Fehler.*

Pauls Stimme holt mich wieder in die Gegenwart zurück. »Wir müssen darüber reden, Alex. Hat Tobi recht? Geht es dir wirklich so?«

»Ich …«, stottere ich restlos überfordert. Ich starre auf meine Knie und überlege fieberhaft, wie ich mich aus dieser Situation befreien kann, ohne mir die Zukunft zu verbauen. Meinen Traum, für den ich so hart arbeite. Doch ein Wirrwarr aus Gedanken wirbelt durch meinen Kopf, ohne dass ich Ordnung schaffe. »Ich … mir ist schlecht«, würge ich hervor. Magensäure frisst sich durch meine Speiseröhre und hinterlässt einen bitteren Geschmack auf meiner Zunge.

»Du bist ganz blass«, sagt Paul besorgt. »Kann ich dir irgendwas holen? Möchtest du einen Tee?«

Ich schüttle energisch den Kopf. »Ich will nur zur Toilette«, murmle ich und stehe ruckartig auf. Kurz schwanke ich, und mir wird schwarz vor Augen, doch ich gebe mir einen Moment, halte mich an der Tischkante fest und schließe die Augen, bis die Dunkelheit nachlässt.

Auf der Toilette schließe ich mich in eine Kabine und

sinke zu Boden. Ich ziehe die Knie an und lehne mich gegen die Tür, während ich meine Wange gegen die grauen Wandfließen drücke. Die angenehme Kühle lässt mich aufseufzen. Wie gerne würde ich hierbleiben, zurückgezogen und unsichtbar, bis Paul vergessen hat, was Tobi ihm erzählt hat. Die tiefe Enttäuschung, von Tobi verraten worden zu sein, wird von Minute zu Minute schlimmer und einnehmender. Es treibt mir erneut die Tränen in die Augen, und mein Brustkorb senkt sich auf der Suche nach Sauerstoff verzweifelt auf und ab. Doch meine Kehle ist wie zugeschnürt, und die enge Kabine verschwimmt vor meinen Augen.

Plötzlich höre ich, wie sich die Tür zur Toilette öffnet. »Alex?« Als Tobis Stimme ertönt und an den Fliesen widerhallt, erstarre ich. »Bist du da?« Ich möchte still sein, ihn glauben lassen, dass ich woanders Zuflucht gefunden habe, doch ein Schluchzen entfährt meinem Körper, ehe ich es zurückhalten kann.

Die Tür schließt sich, und als er wieder spricht, ist seine Stimme ganz nahe, direkt vor der Kabinentür, an der ich lehne. »Es tut mir leid.«

Ich lasse seine Worte auf mich wirken, doch die Entschuldigung prallt an der harten Schale meiner Angst ab.

»Du hattest kein Recht dazu«, antworte ich mit bebender Stimme.

»Nein«, stimmt er mir zu. »Aber ich wollte nicht einfach wegschauen, ich hätte für immer ein schlechtes Gewissen gehabt.«

Mit dem Ärmel wische ich mir die Tränen von der Wange. Mein ganzer Körper schaltet auf Flucht um, und ich kann regelrecht spüren, wie mein Blutdruck in die

Höhe schnellt. Keine Sekunde länger halte ich es hier aus. Ich will niemanden mehr sehen und hören. Mit zittrigen Armen stemme ich mich vom Boden hoch und öffne die Kabinentür.

Tobi mustert mich zwar besorgt, aber seine Mundwinkel heben sich gleichzeitig hoffnungsvoll, weil er denkt, ich würde ihm entgegenkommen.

»Ich musste also herhalten, damit es dir und deinem Gewissen gut geht?«, frage ich tonlos.

Sein vorsichtiges Lächeln verschwindet schlagartig. »Nein, so habe ich das nicht gemeint.«

»Wirklich? Und wieso bist du dann zu Paul gegangen, nur fünf Minuten, nachdem ich dich gebeten hatte, es nicht zu tun?« Meine Stimme wird lauter, und ich merke, wie die Wut in mir langsam, aber sicher zu kochen beginnt und den Fluchtinstinkt verpuffen lässt.

»Ich wollte dir nur helfen, ehrlich«, versucht Tobi sich verzweifelt aus der Schlinge zu ziehen. »Ich dachte, dir fehlt einfach der Mut, den ersten Schritt zu machen.«

Ich pruste. »Ganz ehrlich? Ich habe dir erzählt, dass ich in meiner Probezeit nichts riskieren möchte, weil das Theater mein Traum ist! Was ist daran so falsch zu verstehen?« Mein Kiefer schmerzt, weil ich meine Backenzähne fest aufeinanderpresse.

Mit flehendem Blick sieht Tobi mich an. »Ich habe einen Fehler gemacht, das weiß ich jetzt. Wenn du willst, dann rede ich mit Paul und sag ihm, dass ich dich falsch verstanden habe und dass alles gut ist.«

»*Alles gut*«, schnaube ich. »Glaubst du wirklich, er kauft dir das ab? Du hast dich in Dinge eingemischt, die dich nichts angehen.«

»Wir sind Freunde. Wenn es dir schlecht geht, dann geht mich das sehr wohl was an.«

Ich will etwas Gemeines antworten, möchte ihn fragen, was eigentlich seine Definition von Freundschaft ist. Denn für mich gehört mehr dazu, als sich bei der Arbeit zuzulächeln. Aber eine leise Stimme in meinem Hinterkopf hält mich davon ab und warnt mich, dass ich es später bereuen könnte. Also beiße ich mir auf die Zunge und bremse so die Worte, die auf ihr liegen.

»Weißt du«, spricht Tobi weiter. »Paul war überhaupt nicht böse, er war total betroffen. Das habe ich ihm angesehen. Wenn du dich unwohl fühlst, können wir uns auch zu dritt zusammensetzen. Wenn er dir wirklich nicht zuhören will, gehen wir zum Personalrat oder zur Gleichstellungsstelle.«

»Die Zusammenarbeit mit Paul wird sicher entspannter, wenn ich ihn dort anschwärze«, entgegne ich trocken.

»Das wäre ja nur für den Worst Case. Ich bin überzeugt, dass wir das so hinkriegen. Gib ihm die Chance, sich zu entschuldigen und sich zu ändern.«

Tobis Vorschlag klingt idealistisch, positiv. So als würden sich alle Probleme nur mithilfe eines simplen Gesprächs lösen lassen. Doch auch wenn sich alles in mir sträubt, meinem Chef gegenüberzutreten, hallen mir Tobis Worte in den Ohren. Und je länger ich ihnen zuhöre, desto mehr erkennt mein Verstand, dass eventuell ein Fünkchen Wahrheit in ihnen steckt. Die Situation bei der Arbeit wird nicht besser, wenn ich nichts dagegen unternehme. Es ist richtig, aufzustehen und etwas zu sagen. Doch was hilft mir diese Erkenntnis, wenn ich es nicht schaffe? Vielmehr sorgt sie dafür, dass ich mich schwächer und feiger fühle, als ich bin. *Als ich hoffentlich bin.*

Langsam schiebe ich mich an Tobi vorbei. Ich möchte meine letzte Kraft nicht dafür verschwenden, ihm mein Seelenleben zu erklären. Vor einer Stunde hätte ich es vielleicht sogar versucht, aber das Vertrauen fehlt mir nun. »Richte den anderen bitte aus, dass ich mich nicht gut fühle.«

Er nickt verständnisvoll. »Natürlich, mache ich. Soll ich dich nach Hause bringen?«

Energisch schüttle ich den Kopf. Kapiert er nicht, dass ich nicht nur vor Paul flüchte, sondern auch vor ihm? »Ich finde alleine heim, danke.«

In Windeseile verlasse ich die Toilette, schnappe mir meinen Rucksack aus dem Spind und mache mich auf den Weg zur U-Bahn. Ich habe nicht mal meine Arbeitskleidung gegen Jeans und Pulli gewechselt.

Während ich mich in der U-Bahn an eine Haltestange klammere, kommen mir erneut die Tränen, und ich senke den Kopf, um nicht den Blicken der fremden Menschen ausgesetzt zu sein. Nach dem gestrigen Tag, der so perfekt und erinnerungswürdig war, ziehen mich die vergangenen Stunden wieder in die nüchterne Realität zurück. Der harte Aufprall ist dadurch noch unbarmherziger und enttäuschender, als er es sowieso schon gewesen wäre.

Als ich die Tür hinter mir schließe, meine Tasche in die Ecke werfe und endlich alleine in meinem Zimmer stehe, begrüßt mich eine wohltuende Stille. Ich atme tief durch, und meine Anspannung entweicht mit einem Schluchzen. Für einige Minuten stehe ich einfach nur da und gebe mir

Zeit, indem ich die Augen schließe, die Arme um meinen Oberkörper schlinge und meinem Leid Raum gebe. Ich verbiete mir, die Tränen abzuwischen, die ich sonst so hasse. Aber je mehr ich weine, je mehr ich die Feuchtigkeit meine Wangen hinabrinnen spüre und das Salz auf meinen Lippen schmecke, desto ruhiger werde ich. Etwa zehn Minuten stehe ich einfach da und starre in die Leere, verdränge die Frage, wie es weitergehen soll. Natürlich weiß ich, dass ich mich der Realität stellen muss. Aber nicht jetzt. Ich werde später eine Lösung finden, oder morgen.

Zuerst schlurfe ich in die Wohnheimküche und werfe mir ein Kräuterbaguette in den Ofen. Ich habe keine Lust zu kochen und freue mich, wenn ich in ein paar Minuten mit dem warmen fettigen Essen in meinem Bett liege und mich von Serien berieseln lasse. Ich wollte schon längst die dritte Staffel von *Reset* schauen, weil für das Frühjahr bereits die vierte angekündigt ist. Fünfundzwanzig Folgen voller Herzschmerz und Intrigen werden mir helfen, meinen Kopf auszuschalten und zu entspannen.

»Wer sind Sie?«, ertönt eine Stimme hinter mir, und als ich mich irritiert umwende, grinst mich Basti an. »Ich dachte schon, du wärst wieder ausgezogen, so selten lässt du dich hier blicken.«

Mir ist gerade wirklich nicht nach einem lustigen Schlagabtausch zumute, und ich schaffe es nicht, mich auf sein Spiel einzulassen. »Ist gerade etwas stressig«, sage ich deshalb nur und drehe mich wieder zur Küchenzeile und zum Ofen.

»Hey, was ist denn los? Stimmt was nicht?«, hakt Basti nach, tritt neben mich und öffnet den Kühlschrank. Er angelt sich eine Sprite und schließt ihn wieder. Auch wenn

Basti ein sympathischer Kerl ist, bin ich mit ihm sicher nicht so eng, als dass ich ihm vom heutigen Tag erzählen würde. Aber anlügen möchte ich ihn dennoch nicht.

»Es läuft einfach gerade nicht bei mir«, gebe ich zu.

»Das kenne ich«, murrt er und wirft mir einen mitfühlenden Blick zu, ohne jedoch weiter auf seine eigenen Probleme einzugehen. Da möchte wohl noch jemand nicht drüber reden … Dann schraubt Basti die Sprite auf und genehmigt sich einen großen Schluck direkt aus der Flasche. »Wie kann man dich aufmuntern, Sonnenschein?«

Meine Mundwinkel zucken widerwillig, irgendwie ist er schon süß. »Ich fürchte, das ist nicht möglich. Zumindest nicht heute.«

»Besteht denn am Freitag eine Chance? Wir schmeißen eine Wohnheimparty.«

Ich nicke. »Lara hat mir davon erzählt, aber ich glaube, ich bin nicht wirklich in Feierstimmung.« Eigentlich hatte ich vor, dabei zu sein, vor allem, weil es toll wäre, im Wohnheim endlich Anschluss zu finden. Doch der Freitag ist nicht mehr weit entfernt, und gerade kann ich mir nicht vorstellen, fröhlich auf einer Party rumzuspringen.

»Genau dann, wenn man nicht in Feierlaune ist, sollte man auf eine Party gehen«, widerspricht Basti mir. »Um sich abzulenken. Von was auch immer.«

Ich lächle. »Okay, okay. Ich überleg's mir, ja?«

Er grinst breit. »Das wollte ich hören. Dann sehen wir uns spätestens Freitag!« Er zwinkert mir zu und verschwindet in den Flur.

Fünf Minuten später hole ich mein Kräuterbaguette aus dem Ofen und verziehe mich in mein Zimmer. Ich schlüpfe in meinen Jogginganzug und schalte den Laptop ein. Gerade als *Reset* startet und ich in das warme Baguette beiße, klopft es an meiner Tür. Genervt lasse ich mein Essen sinken und stelle den Teller neben mich aufs Bett. Wieder klopft es, diesmal energischer. *Himmel, was ist denn jetzt los?*

Als ich die Tür öffne, steht Lara vor mir, und mein Ärger über die Störung verpufft sofort.

»Mir ist zu Ohren gekommen, dass es dir nicht gut geht«, informiert sie mich und quetscht sich an mir vorbei ins Zimmer. »Was ist los?«

Ich schließe die Tür wieder und drehe mich zu ihr. »Hast du mit Basti geredet?«, frage ich überrascht.

Lara lässt sich auf mein Bett fallen und späht auf meinen Laptop. »Nein, er hat mir bei WhatsApp geschrieben. Uh, *Reset*. Die ersten zwei Staffeln waren richtig gut, aber die dritte war etwas lahm. Ich hab gehört, dass in der vierten Finlay sterben soll.«

Ich hebe die Augenbrauen. »Fang jetzt nicht an, mich zu spoilern.«

»Nein, deshalb bin ich nicht hier.« Sie klappt meinen Laptop zu und zieht aus der Bauchtasche ihres Sweatshirts eine Tafel Schokolade. Lara mustert mich besorgt. »Was ist los? Du siehst aus, als hättest du geweint.«

Automatisch wische ich mir mit der Hand übers Gesicht, aber natürlich sind da keine Tränen mehr. »Habe ich auch«, gestehe ich.

Lara klopft neben sich aufs Bett und hält mir die Schokolade entgegen. »Willst du darüber sprechen?«

Es fühlt sich befreiend an, Lara von den Problemen bei der Arbeit zu erzählen. Je mehr ich berichte, desto leichter fühle ich mich, so als würde ein Teil der Last von mir abfallen, weil ich meine Sorgen mit ihr teile. Die Schokolade tut dabei ihr Übriges. Als ich zu Tobi und seinem Gespräch mit Paul komme, reißt Lara die Augen auf.

»Hat er nicht!«, stößt sie atemlos aus.

Ich nicke traurig. »Doch.«

»Aber du hast ihm gesagt, dass er sich raushalten soll!«

»Er hat sich danach entschuldigt.«

Sie zuckt mit den Schultern. »Na, und? Er hat es schon verkackt, und rückgängig machen kann er es auch nicht mehr.«

Ich hebe die Hände. »Glaub mir, ich will ihn nicht verteidigen. Ich dachte, wir wären Freunde geworden, aber das ist definitiv nicht mehr der Fall.«

Lara schüttelt ratlos den Kopf. »Was willst du jetzt machen?«

»Ganz ehrlich? Mich hier verkriechen und nie wieder vor die Tür gehen. Kann ich dich als Einkaufsservice engagieren?«

»Ach, Alex.« Sie reibt mir mitfühlend den Rücken. »Ich würde es echt machen.«

»Aber?«

»Irgendwann wirst du wieder zur Arbeit gehen müssen. Oder willst du deine Ausbildung schmeißen?«

Ich seufze schwer. »Nein, natürlich nicht.« Ich verschweige ihr, dass ich für eine Sekunde ernsthaft darüber nachgedacht habe, als ich mich auf Toilette versteckt hatte. Es wäre die einfachste Möglichkeit, der leichteste Weg.

»Um ein Gespräch mit deinem Chef wirst du nicht mehr herumkommen. Aber, hey. Vielleicht ist das wirklich deine Chance, das Beste draus zu machen. Vielleicht wird dein Chef dir nicht die Hölle heiß machen, sondern sich wirklich eingestehen, was er falsch gemacht hat.«

Vielleicht. Immer dieses *Vielleicht.* Wie viel würde ich dafür geben, das Sichere zu kennen und zu wissen, welche Entscheidungen zu welchem Ausgang führen werden. »Ja, *vielleicht.* Aber weißt du, was ich am schlimmsten finde …«, füge ich zögernd hinzu, »… irgendwie schäme ich mich.«

Laras Augen werden groß, und ihre Hand auf meinem Rücken hält inne. »Warum?«

Ein verzweifeltes Lachen entfährt meinen Lippen. »Keine Ahnung. Ich fühle mich … bloßgestellt. Ich frage mich die ganze Zeit, ob ich übertrieben habe und nur empfindlich gewesen bin.«

»Nein, du bist ganz sicher nicht empfindlich! Wenn mein Ausbilder zu mir so wäre, würde ich mich genauso fühlen wie du.«

»Ja?« Ich sehe sie an und spüre etwas Hoffnung in mir aufkeimen. »Was würdest du in meinem Fall unternehmen?«

Sie bläst die Luft aus ihren Wangen. »Du fragst Sachen. Klar, so objektiv gesehen würde ich sagen, such das Gespräch mit deinem Chef, vor allem jetzt, da Tobi sowieso schon den Weg geebnet hat. Aber wenn man in der Situation ist, klingt das sicher viel leichter, als es ist.«

»Ja, das tut es«, stöhne ich. »Glaubst du, ich kann es bringen, mich für den Rest der Woche hier in meinem Zimmer zu verschanzen?«

Lara zuckt mit den Schultern. »Das fragst du noch? Logisch! Wenn du möchtest, kann ich morgen nach der

Arbeit was vom Italiener um die Ecke mitbringen, und dann ziehen wir uns ein paar Filme rein.«

»Das hört sich perfekt an«, sage ich dankbar und nicke kräftig. Laras Essensvorschlag erinnert mich daran, dass ich eigentlich Hunger habe, und ich ziehe den Teller mit meinem Kräuterbaguette zu mir heran. Mittlerweile ist es kalt geworden, doch als ich hineinbeiße, schmeckt es besser als je zuvor.

Nachdem Lara und ich zusammen eine Folge *Reset* geguckt haben, lege ich mich nach einer kurzen Dusche ins Bett. Bevor ich das Licht ausschalte, werfe ich einen letzten Blick auf mein Handy und entdecke zu meiner Überraschung eine Sprachnachricht von Selina. Eigentlich wollte ich ihr heute schreiben, habe es aber dann doch gelassen. Mir war einfach nicht nach leichtem Smalltalk, während mein Kopf explodiert. Ich spiele mit dem Gedanken, die Nachricht erst morgen abzuhören, doch meine Neugier siegt.

»Hey Alex. Es tut mir leid, dass ich dich so spät noch mit einer Nachricht von meinem Bruder nerve, aber er bohrt mir gerade eine Pistole in den Rücken«, sagt sie spitz.

»Soll das witzig sein?«, höre ich Tobis mürrische Stimme im Hintergrund. *»Könntest du bitte einfach das sagen, was wir besprochen haben?«*

»Also gut«, seufzt Selina. *»Liebe Alex, ich soll dir von meinem Bruder ausrichten, dass es ihm leidtut. Was auch immer ihm leidtut. Er erzählt es mir ja nicht, mal wieder!«* Der letzte Satz klingt beleidigt.

»Weil du nicht alles wissen musst«, antwortet Tobi trocken.

»Alex, wenn du sauer auf Tobi bist, dann vermutlich zu recht. Ich würde mir also gut überlegen, ob ich ihm verzeihe. Aua!«

»Musste dieser Zusatz jetzt wirklich sein?«

»Himmel, dann schreib ihr halt einfach selbst!«

»Wenn ich ihre Handynummer hätte, würde ich das liebend gerne machen«, bestätigt er zähneknirschend.

»Frag dich mal, warum du sie nicht hast.«

»Gib mir ihre Nummer, dann bist du mich sofort los!«

»Ich gebe dir ihre Nummer nicht!«, sagt Selina empört. *»Nur, wenn sie damit einverstanden ist.«*

»Nimmst du das etwa die ganze Zeit noch auf?« Tobi stöhnt. *»Mach eine neue Sprachnachricht! Schon drei Minuten, das ist ja furchtbar.«*

»Das kommt davon, wenn du die ganze Zeit dazwischenquatschst.«

»Ich halte dich nur davon ab, die Situation noch schlimmer zu machen, als sie sowieso schon ist.«

Selina schnaubt. *»Du musst ja wirklich Scheiße gebaut haben.«*

»Alex, bitte. Es tut mir leid.« Tobis Stimme klingt nun lauter, so als würde er direkt ins Mikrofon sprechen. *»Wenn du reden willst, ruf mich an.«* Dann nennt er seine Handynummer, und die Nachricht bricht ab.

Ich starre so lange auf den Bildschirm, bis dieser schwarz wird. Dann entsperre ich das Handy und höre mir die Nachricht erneut an. Doch obwohl sich Tobi so verzweifelt anhört und meine Hand bei der Erwähnung seiner Nummer kurz zuckt, schreibe ich sie mir nicht auf.

27
Tobi

Auf einer Skala von 1 bis 10:
Wie sehr habe ich es verkackt? Äh … 20?

Alex ruft nicht an. Weder am Abend, als zwei blaue Häkchen neben der Sprachnachricht erscheinen, noch am nächsten Tag, als sie nicht zur Arbeit kommt. Stattdessen meldet sie sich bei Hassan krank. Am liebsten würde ich in der Mittagspause, wenn die Mitarbeitenden der Personalabteilung in der Kantine essen, in deren Büros einbrechen und mir ihre Adresse beschaffen. Doch so was funktioniert leider nur im Film. Im echten Leben muss ich warten und geduldig sein, bis Alex bereit ist, mit mir zu sprechen und mich anzuhören.

Geduld. Das sagt sich so einfach. Wenn ich nicht bald mit ihr rede, dann platze ich. Ich muss ihr sagen, dass ich dachte, das Richtige zu tun. Dass ich dachte, ich würde ihr damit helfen. Und dass ich falsch lag. Unendlich falsch. Im

Nachhinein komme ich mir verdammt gemein vor. Warum bin ich direkt zu Paul marschiert? Und das, obwohl sie mir deutlich zu verstehen gegeben hat, dass sie das Gespräch nicht suchen möchte! Vielleicht hat sie einfach nur Zeit gebraucht. Zeit, die ich ihr genommen habe. Doch das Schlimmste ist, dass ich die Zeit nicht zurückdrehen kann und die Auswirkungen meines Handelns bestehen bleiben. Alex muss nun irgendwie damit klarkommen, was ich angerichtet habe. Ein zweites Gespräch mit Paul suche ich nicht, denn vermutlich würde ich nur alles noch viel schlimmer machen, wenn ich die Sache in Alex' Abwesenheit zu klären versuche. Ich lerne aus meinen Fehlern.

Mehrmals täglich schreibe ich Selina und frage sie, ob Alex sich bei ihr gemeldet hat. Doch sie verneint jedes Mal. Zwar lässt sie teilweise noch halbherzige Sticheleien los, doch langsam scheint meine Schwester zu merken, wie nahe mir der Streit mit Alex geht. Das Gefühl, die Freundschaft riskiert und unwiderruflich zerstört zu haben, begleitet mich in jeder Minute. Und dieser Druck auf dem Herzen ist alles andere als schön.

»Wow.« Leni stößt einen tiefen Atemzug aus. »Ich sag's wirklich ungern, aber da hast du echt einen Bock geschossen.«

Leni, Jonas und ich sitzen in der *Hamburgerei*, einem Restaurant in der Straße, in der sich Jonas' Wohnung befindet. Eigentlich hatte er Leni und mich zum Essen eingeladen, um den für ihn wichtigen Schritt zu feiern, sich seit heute von einer neuen Managerin vertreten zu lassen – doch nun sitzen die beiden mit zusammengezogenen Brauen vor mir und mustern mich mitfühlend.

»Ich weiß«, seufze ich und lasse den Blick durch das Restaurant schweifen, um ihnen nicht in die Augen sehen zu müssen.

Die Einrichtung ist schräg, aber stimmig, und am ehesten dem Stil der Sechzigerjahre zuzuordnen. Die Sitzbänke in Petrol und die auberginefarbenen Stühle sind samtbezogen und die Wände mit poliertem Holz verkleidet. Eine pink leuchtende Neonschrift weist auf das Stadtviertel hin, in dem wir uns gerade befinden. *Schwabing.*

»Und jetzt ruft sie dich nicht an?«, fragt Jonas. Er muss seine Stimme heben, damit wir ihn verstehen. Das Lokal ist gut besucht, und eine Mischung aus Stimmengewirr und Tellerklappern ist ein stetiges Hintergrundgeräusch.

Meine Finger klammern sich so fest um die Flasche mit Pfirsich-Eistee, dass meine Knöchel weiß werden. Ich lasse mein Getränk los und ziehe meine Hände unter den Tisch. »Bitte. Reden wir nicht mehr darüber. Feiern wir lieber dein neues Management und den Anfang deiner zweiten Karriere.«

Eigentlich wollte ich Leni und Jonas heute Abend nichts von meinen Sorgen erzählen, zumal wir hier aus einem anderen Grund zusammengekommen sind und Jonas im Mittelpunkt stehen sollte. Doch meine Paradedisziplin hat mich heute Abend im Stich gelassen. Wo ist mein Lächeln, wenn ich es brauche? Wo ist meine Fähigkeit, gut gelaunt zu wirken, wenn es in meinem Inneren ganz anders aussieht? Noch vor der Getränkebestellung hat Leni gefragt, was mir auf dem Herzen liegt, und die ganze Geschichte ist wie ein Schwall aus mir herausgebrochen. Der Kummer und das schlechte Gewissen sind zwar immer noch präsent, aber es tut gut, sich jemandem anzuvertrauen. Und ich bin den beiden wirklich dankbar, dass sie ihre Enemies-to-Lovers-Sprüche heute nicht erwähnen.

Jonas winkt ab. »Das neue Management habe ich nächste Woche auch noch. Deine Krise ist aktuell.«

»Du wirst Alex Zeit geben müssen. Ihr Vertrauen zu dir ist jetzt bestimmt ziemlich angeknackst.« Leni ist direkt, und ihre Ehrlichkeit trifft mich wie eine spitze Nadel ins Herz. Doch auch wenn es weh tut, weiß ich genau diese Ehrlichkeit sehr zu schätzen.

Eine junge Kellnerin tritt an unseren Tisch. »Einmal den Sizilianer.« Sie reicht Leni einen Burger mit Büffel-Mozzarella und Pesto-Creme. »Einmal den Mexikaner.« Ich erhalte meinen Burger mit Guacamole, Speck und Jalapeños. »Und der Amerikaner für dich.« Jonas' Burger zeichnet sich durch doppeltes Fleisch, karamellisierte Zwiebeln und BBQ-Sauce aus. Nachdem die Kellnerin ihr Essen losgeworden ist, heften sich ihre Augen auf Jonas. »Bist du nicht Jonas Thalbach? Der Schauspieler?«

Sofort setzt er ein Lächeln auf. Sein Fan-Lächeln, wie es Leni gerne nennt. Es ist nicht falsch oder gezwungen, aber es taucht zu plötzlich auf, als dass es tiefgründig sein könnte. »Genau der bin ich.«

»Wie cool! *Reset* ist meine Lieblingsserie! Stimmt es, dass du ausgestiegen bist?«

Der Klatschpresse ist der Managementwechsel und die damit verbundene Familienkrise im Hause Thalbach natürlich nicht entgangen. Seit Längerem halten sich auch die Gerüchte, Jonas würde nach der vierten Staffel nicht mehr ans Set zurückkehren, weil sein Seriencharakter, Finlay Scott, den Serientod gestorben ist. Das hat bei den Fans zu großem Entsetzen geführt. Doch weder die Produktion noch Jonas haben diese Gerüchte bis jetzt bestätigt. Das hat wohl marketingtechnische Gründe, wie er mal zu mir meinte.

»Sorry, dazu sage ich nichts.« Er zwinkert ihr zu, doch seine Antwort klingt abschließend.

Die Kellnerin schiebt schmollend die Unterlippe nach vorne. »Na gut. Falls du es dir anders überlegst, spendiere ich dir und deinen Freunden eine Nachspeise! Aber jetzt lasst es euch erst mal schmecken, Leute. Wenn ihr was braucht, einfach melden!« Sie wendet sich an den nächsten Tisch und zückt ihr Tablet, um eine neue Bestellung aufzunehmen.

Leni greift sich die Speisekarte. »Magst du heute vielleicht eine Ausnahme machen? Die haben hier eine hausgemachte Schokomousse.«

Jonas drückt ihr einen Kuss auf die Schläfe. »Wenn du willst, dann kannst du dir jedes Dessert auf der Karte bestellen. Dafür muss ich die Produktion nicht zu Schnappatmungen verleiten, indem ich der Öffentlichkeit das Schicksal von Finlay Scott preisgebe.«

»Wie wird er denn sterben?«, frage ich, während ich den Burger in die Hände nehme und versuche, mit meinem ersten Bissen das gesamte Geschmacksspektrum zu erfassen.

Jonas wackelt mit den Augenbrauen. »Dramatisch. Herzergreifend. Absolut entsetzlich.«

Leni verdreht die Augen. »Er wird erschossen. Das war's.«

»Und zwar, weil ich die Liebe meines Lebens retten will«, erklärt er mit gespielter Empörung, weil Leni offensichtlich nicht den gebührenden Respekt für seinen bemitleidenswerten Seriencharakter aufbringt.

»Gelingt dir das dann wenigstens auch?«, frage ich belustigt.

Ein überlegenes Grinsen umspielt Jonas' Lippen. »Klar, was denkst du denn.«

»Jetzt iss endlich deinen Burger, sonst wird er noch kalt«, bemerkt Leni schmatzend und hält sich die Hand vor ihren Mund.

In mir breitet sich hingegen mit jedem weiteren Biss die Hitze aus, und ich fange an zu schwitzen. »Verdammt, ist das scharf«, röchle ich nach ein paar Minuten.

»Was hast du erwartet? Das stand doch in der Speisekarte dabei«, gluckst Leni und mustert mein feuerrotes Gesicht.

»Da steht ›schön scharf‹«, verbessere ich sie und greife nach meinem Eistee, der noch immer angenehm kühl ist und meiner brennenden Mundhöhle Linderung verschafft. »Ich erwarte also eine *schöne* Schärfe und keine, die versucht, mich umzubringen.«

Leni angelt sich eine Jalapeño, die aus meinem Burger lugt, und beißt genüsslich und mit geschlossenen Augen ein großes Stück ab. »Anfänger.«

»Vielleicht sollten wir uns wieder dem eigentlichen Thema widmen«, bemerkt Jonas.

»Deinem neuen Management?«, versuche ich das Gespräch in die richtige Richtung zu schieben.

Er schüttelt den Kopf. »Netter Versuch, aber nein. Ich merke, dass es dir nicht gut geht. Alex muss dir echt unter die Haut gehen.«

»Aber Leni hat es doch schon treffend analysiert«, sage

ich, ohne auf seine Bemerkung einzugehen. »Ich hab Scheiße gebaut.« Ich versuche mir nicht anmerken zu lassen, wie schwer es mir fällt, darüber nachzudenken, ob Alex mir je verzeihen wird, oder ob wir von nun an getrennte Wege gehen und uns bei der Arbeit wieder ignorieren. Das ungute Gefühl in meinem Magen hat nichts mit dem Burger zu tun.

»Ach, Tobi.« Leni wirft mir einen mitfühlenden Blick zu. »Das tut mir echt leid.«

Ich schlucke. »Bitte, Leute. Wir müssen von etwas anderem reden. Es bringt nichts, das Thema durchzukauen. Ich muss einfach abwarten, bis Alex sich bei mir meldet.«

Falls sie sich bei mir meldet. Falls sie mir bei der Arbeit nicht aus dem Weg gehen wird.

Jonas nickt verständnisvoll. »Okay, kein Problem. Aber wenn du irgendwann doch darüber sprechen willst, schreib mir einfach, und wir machen eine ultimative Zockernacht.«

»Danke, Mann.«

»Immer, das weißt du.«

»Awww, ihr seid so süß.« Leni beobachtet uns mit einem seligen Lächeln.

Jonas verdreht die Augen, grinst aber. »Okay, Themenwechsel. Hab ich schon erzählt, dass meine Managerin und ich gleich nach Vertragsunterzeichnung ein Gespräch über meine Zukunft hatten? Sie hat bereits ihre Fühler ausgestreckt, und wenn alles glatt läuft, geht's für mich ab Januar wieder ans Set.«

Leni reißt die Augen auf und boxt ihn in den Oberarm. »Nein, hast du nicht! Um welche Produktion handelt es sich denn?«

Jonas' Augen blitzen aufgeregt. »Eventuell ist das ein Film meines Lieblingsregisseurs.«

Leni kreischt und klatscht in die Hände. »Steven Port? Oh mein Gott!«

»Das ist noch alles gar nicht fix«, erklärt Jonas schnell. »Aber meine Managerin steht mit der Produktion in Kontakt.«

»Ich drück dir die Daumen«, verspreche ich ihm.

Den Rest des Abends versuche ich meine gesamte Aufmerksamkeit dem Moment zu widmen und mich voll und ganz mit Jonas zu freuen. Doch Alex schiebt sich immer wieder in meine Gedanken und sorgt dafür, dass das Essen nicht so intensiv schmeckt, wie ich es gewohnt bin – und das liegt definitiv nicht an der Schärfe. Denn auch auf den Farben des Restaurants liegt ein grauer Schleier, und das Leuchten des Neonschildes wirkt blass.

Wann hat Alex es geschafft, mich derart einzunehmen? Habe ich nicht immer versucht, mich genau vor dieser Abhängigkeit zu schützen, weil nichts wichtiger ist als meine Familie? Doch alles, was ich weiß, ist, dass ich meinen Fehler wiedergutmachen und für Alex da sein will. Ich möchte sie lachen sehen und in meiner Nähe wissen. Wenn ich es nicht besser wüsste, würde ich fast denken, ich hätte mich in Alex verknallt. Aber ich weiß es schließlich besser. *Oder?*

»Endlich, bist du wieder da. Ich bin schon voll müde«, begrüßt mich Selina und folgt mir in mein Zimmer, als ich vom Abendessen mit Jonas und Leni zurückkomme.

Leni hat sich tatsächlich – überschwänglich und optimistisch, wie sie ist – nicht nur eine Schokomousse, sondern noch dazu einen hausgemachten Kuchen bestellt, um dann festzustellen, dass sie eigentlich doch schon satt ist. »Was ist mit deinen zwei Mägen?«, hatte Jonas lachend gefragt, während sie uns stöhnend beide Portionen zugeschoben hat. Dementsprechend ist mein Magen nun an seinem persönlichen Limit angekommen, und der Wunsch, raus aus der Jeans und rein in die lockere Jogginghose zu schlüpfen, war nie größer.

»Warum bist du dann nicht schon im Bett?«, frage ich Selina und ziehe Geldbeutel und Handy aus meinen Jeanstaschen. Kurz überprüfe ich meine Anrufe, doch Alex hat sich immer noch nicht gemeldet. Das ungute Gefühl in meinem Magen wird automatisch stärker, obwohl ich heute ohnehin nicht mehr mit einer Rückmeldung gerechnet habe. Vielmehr schwindet meine Hoffnung von Stunde zu Stunde mehr, dass Alex sich überhaupt je mit mir aussprechen wird. Ich lege die Sachen auf meinen Nachtisch.

»Weil ich auf dich warten und dir etwas erzählen wollte«, antwortet Selina widerstrebend. »Auch wenn ich nicht weiß, ob das so klug ist.«

»Schieß los«, sage ich wenig begeistert und hoffe gleichzeitig, dass ihre Geschichte nicht zu lange dauern wird. Ich bin müde, und meine Neugier ist gedämpft.

»Alex hat mich eingeladen«, berichtet sie atemlos.

Mein Kopf schnellt zu ihr herum. »Was sagst du da?«

Selina lässt sich auf mein Bett sinken. »Sie hat mich gefragt, ob ich sie morgen besuchen möchte, damit ich mir ihr Bücherregal ansehen kann. Und danach findet in ihrem Wohnheim noch eine Party statt, zu der sie mich mitnehmen möchte.«

»Sie geht auf eine Party?«, frage ich. Ich reibe mir über

die Brust, dort, wo ich einen kleinen spitzen Stich spüre. Offensichtlich geht es Alex besser – und obwohl es ihr besser geht, möchte sie nicht mit mir sprechen.

Meine Schwester nickt langsam. »Ja, und ich werde auch hingehen. Ich hab schon mit Mama gesprochen, und sie hat nichts dagegen.«

»Schön für dich«, stoße ich aus und klinge barscher als beabsichtigt. Selina kann ja nichts dafür, dass ich Alex' Gefühle missachtet habe, und doch schaffe ich es nicht, meinen Frust vor ihr zurückzuhalten.

»Ich dachte, du könntest mich vielleicht von der Party … abholen«, schlägt sie zögernd vor.

Ich erstarre und lasse die Hand sinken. »Nein.«

»Warum nicht?«, fragt Selina fast flehentlich. »Seit gestern bist du total neben der Spur, und es ist dir doch so wichtig, mit Alex zu sprechen! Dann hättest du die Chance dazu!«

Ich schüttle den Kopf. »Sie will aber nicht mit mir sprechen, verstehst du? Oder hat sie etwas über mich gesagt, als sie dich eingeladen hat.«

Selina seufzt. »Nein … Nein, hat sie nicht.«

»Siehst du?« Ich schlucke meine Enttäuschung hinunter. »Sie möchte mich nicht sehen. Und ich werde mich ihr ganz sicher nicht aufdrängen und noch mal etwas gegen ihren Willen tun.«

»Bitte, Tobi.« Selina legt ihre Handflächen aufeinander, so als wolle sie beten. »Bitte, hol mich ab. Wenn ihr nicht wollt, dann redet nicht miteinander und ignoriert euch. Aber vielleicht, wenn sie dich sieht …«

»Du hast zu viele Kitschromane gelesen. Happy Ends sind fiktiv. Mehr nicht, okay? Ich werde morgen Abend zu

Hause bleiben und mir die dritte Staffel von *Reset* reinziehen, damit ich auf dem neuesten Stand bin. Dann bin ich fürs Frühjahr gewappnet, wenn mein bester Freund erschossen wird.«

Selina reißt die Augen auf. »Hast du mich gerade gespoilert?«, fragt sie empört.

Ich runzle unbeeindruckt die Stirn. »Du weißt doch, dass Jonas ausgestiegen ist.«

»Ja, natürlich, aber ich habe ihm extra gesagt, er soll nicht verraten, *wie* er aussteigt! Er wird umgebracht? Oh Mann, ich hatte gehofft, dass er mit seiner Freundin ein neues Leben beginnt und sich nach Brasilien absetzt.«

Ich zucke die Schultern. »Anscheinend nicht.«

»Toll«, sagt Selina trocken. »Danke dafür.«

»Gibt's noch was? Oder können wir unsere Unterhaltung auf morgen verschieben?«, bringe ich unter Gähnen hervor, ziehe mein kariertes Flanellhemd aus und werfe es über meinen Schreibtischstuhl.

Meine Schwester stemmt sich vom Bett. »Holst du mich jetzt ab oder nicht?«

»Nein, hab ich doch gesagt.«

Ihre Lippen kräuseln sich. »Es wird aber spät, ich hab einen weiten Heimweg, und in der U-Bahn sind nachts immer total zwielichtige Typen unterwegs. Aber okay, ich ruf dich dann einfach von der Polizeiwache an, nachdem ich ausgeraubt wurde. Dann musst du mich halt von dort abholen.«

»Okay, okay«, stöhne ich. Meine Schwester kennt mich einfach zu gut »Sag mir, wann ich dich wo abholen soll, und ich werde da sein.«

28
Alex

Wo ist meine Partystimmung,
wenn man sie mal braucht?

Ich bleibe bis Freitag zu Hause, weil ich mich nicht aufraffen kann, mich der Arbeit zu stellen. Für drei Krankheitstage brauche ich noch kein Attest, also nutze ich die Gelegenheit. Ein bisschen komisch fühlt es sich schon an, denn ich habe mir weder den Arm gebrochen noch eine Grippe. Aber mir geht es trotzdem nicht gut, auch wenn man es mir von außen vielleicht nicht direkt ansieht. Und das ist ebenso ein Grund, nicht zur Arbeit zu gehen, wie jede andere Erkrankung, die mich aus der Bahn wirft.

Ich habe Selina zu mir eingeladen, obwohl sie mich zwangsläufig an Tobi erinnern wird. Aber ich mag sie wirklich gern und fände es schade, wenn uns die Sache mit ihrem Bruder daran hindert, Freundinnen zu werden.

Durch unsere gemeinsame Leseleidenschaft werden wir andere Themen finden als Tobi.

Für mein Frühstück mache ich mir eine Schüssel Porridge und schneide mir noch einen Apfel hinein, bevor ich duschen gehe und mir die Haare wasche. Dann verbringe ich etwa eine halbe Stunde damit, lustlos die Kleiderbügel hin- und herzuschieben, auf der Suche nach einem passenden Outfit für heute Abend. Ich mache mir sogar meine Lieblingsplaylist an, doch nicht mal die schafft es, meine gute Laune hervorzulocken. Natürlich habe ich damit gerechnet, nicht in Partystimmung zu sein, dennoch habe ich gehofft, mich wenigstens ein bisschen auf den heutigen Abend zu freuen.

Als Lara gestern – wie angekündigt – nach der Arbeit mit Pizza aufgetaucht ist, hat sie mir berichtet, dass das Mädchen, in das sie heimlich verschossen ist, ihre Einladung zur Feier angenommen hat. Wie sehr ich mich für sie freuen würde, wenn ihr Date ein Erfolg wird, und das Leben wenigstens bei einer von uns beiden läuft.

Ich schicke Lara eine Nachricht – ein Foto von mir vor dem Spiegel mit einem dunkelblauen Baumwollkleid, das in gerader Linie herunterfällt, ohne die Taille zu betonen, dafür jedoch nur bis zur Hälfte meiner Oberschenkel reicht.

Ich: Kann ich das heute Abend anziehen?

Ihre Antwort lässt nicht lange auf sich warten, obwohl sie noch bei der Arbeit ist.

Lara: Klar, kannst du! Vergiss Tobi, mit dem Kleid wirst du Bastis volle Aufmerksamkeit haben! ;)

Ich verdrehe die Augen. Als ob es mir bei Tobi *darum* gehen würde. Wir waren Freunde, und er hat mein Vertrauen missbraucht. Wieso sollte ich ihn also beeindrucken wollen, oder wie auch immer man es nennen mag.

Auch wenn mich Laras Kommentar zu Basti verunsichert hat, behalte ich das Kleid an und öffne so Selina wenig später die Tür, als sie pünktlich auf der Matte steht.

»Hey! Na, wie geht's?«, begrüße ich sie und winke sie zu mir ins Zimmer. Aus der Wohnheimküche kann ich ein paar Stimmen sowie Geschirrklappern hören und wie irgendetwas über den Boden geschleift wird. Die Partyvorbereitungen sind anscheinend schon voll im Gange.

»Hi!«, sagt Selina fröhlich und zieht sich den grauen Wollschal vom Hals, während sie sich einmal im Kreis dreht. »Wow, du hast es wirklich schön hier.« Dann bleiben ihre Augen an meinem Bücherregal hängen. »Nicht dein Ernst!«, ruft sie begeistert. »Das ist ja der absolute Wahnsinn!« Bedächtig fährt sie mit ihrem Zeigefinger die Schnitzereien an den Seitenwänden nach. »Es ist so, so, so schön.«

»Danke«, sage ich und nehme ihr den Schal ab, um ihn an einen der Garderobenhaken an meiner Zimmertür zu hängen. Ihr Kompliment macht mich ganz verlegen, und ich zwirble an meinen Haaren, während sie mein Regal begeistert näher in Augenschein nimmt. Ich freue mich jedes Mal wie ein kleines Kind, wenn jemandem meine Arbeit gefällt. Und dabei ist es egal, ob dieses Kompliment von einem Profi kommt oder von einem Laien.

»Ein wahres Schmuckstück. Hier stimmen nicht nur die äußeren Werte, sondern auch die Inneren.« Selinas Blick heftet sich auf das Innenleben meines Regals, und ihre Lippen bewegen sich stumm, als sie die Titel meiner Büchersammlung durchgeht. »Du hast sie wirklich alle.«

»Möchtest du dir ein paar Bücher ausleihen? Alle, die ich in dieses Regal sortiert habe, habe ich bereits durch. Du kannst sie also gerne lesen, sie stehen sowieso nur rum.«

Selina dreht sich langsam und mit offenem Mund zu mir. »Du hast noch mehr Bücher?«

»Ja, in meinem alten Zimmer bei meinen Eltern steht auch noch ein volles Regal, aber die hier«, ich deute auf die Bücher vor uns, »sind meine Lieblinge.«

»Ich weiß gar nicht, was ich sagen soll. Wenn es dir wirklich nichts ausmacht, dann würde ich mir unbedingt welche ausleihen!« Selina tritt von einem Fuß auf den anderen. »Das ist einfach unglaublich. Weißt du, ständig sprechen die Bücherwürmer auf den sozialen Plattformen über ihren viel zu hohen SuB und davon, gar nicht zu wissen, wie sie ihn je abbauen sollen. Ich glaube, manche von ihnen vergessen dabei, dass es solche Menschen wie mich gibt, die sich keine Bücher leisten können. Es wäre so toll, wenn ich auch so ein volles Bücherregal hätte. Wie gerne würde ich einfach in die Buchhandlung laufen, um mir so viele Bücher zu kaufen, wie ich tragen kann. Das ist echt ein kleiner Traum von mir. Und ich will jetzt nicht auf die Tränendrüse drücken, aber du hast ihn mir gerade ein bisschen erfüllt.«

Ich bin sprachlos, weil ich mich ertappt fühle, gleichzeitig bin ich aber auch gerührt. Vermutlich liegt es daran, dass ich die letzten Tage generell nah am Wasser gebaut war, aber bei ihren Worten schwimmen meine Augen.

Bücher zu lesen und Bücher zu besitzen ist für mich eine Selbstverständlichkeit, die ich nie in Frage gestellt habe. Ich blinzle mir die Tränen aus den Augen. »Such dir einfach ein paar aus, ich schenke sie dir.«

Selina schüttelt lächelnd den Kopf. »Das ist sehr lieb. Aber du musst mir keine Bücher schenken, nur weil ich arm bin. Das möchte ich nicht. Ich wollte dir auch gar kein doofes Gefühl geben. Du weißt deine Büchersammlung zu schätzen, das finde ich am wichtigsten. Wir sollten einfach nicht vergessen, dass nichts im Leben selbstverständlich ist.« Dann klatscht sie sich mit der flachen Hand vor die Stirn. »Gott, wie ich mich anhöre! Als hätte ich diese kitschigen Wandsprüche verschluckt!«

Ein glucksendes Lachen entfährt meinem Körper, und ich wische mir schnell meine Augen trocken. Als hätte ich es geahnt, habe ich mit dem Schminken noch gewartet. »Aber bitte, leih dir wenigstens welche aus!«

»Mit dem größten Vergnügen!«, juchzt Selina und fängt an, die Bücher aus dem Regal zu ziehen und die Klappentexte zu lesen. »Welche waren deine Jahreshighlights?«

Die nächsten zwei Stunden sind wir versunken in Buchdiskussionen und vergleichen eifrig die schönsten Cover miteinander. Selina und ich haben einen ähnlichen Geschmack, und unser Miteinander fühlt sich an, als wären wir bereits ewig miteinander befreundet. Wir zitieren aus unseren Lieblingsbüchern, erzählen uns Insiderwitze und schmieden Pläne für gemeinsame Lesenachmittage. Mir war nicht bewusst, dass ich Selina in meinem Leben brauche, doch spätestens nach dem heutigen Tag möchte ich den Austausch mit ihr nicht mehr missen.

Wir sind so vertieft, dass wir beinahe den Anfang der Wohnheimparty verpasst hätten, doch als vor der Tür immer mehr Schritte, lautes Lachen und der erste Pop-Song zu hören sind, horchen Selina und ich auf.

Ich springe hoch. »Ich wollte mich noch schminken!«

»Oh, stimmt! Ich auch. Hast du einen Concealer, den ich mir ausleihen darf?«, fragt Selina und folgt mir ins Bad.

»Klar!« Ich weise mit der Hand auf das Regal überm Waschbecken. »Bedien dich.«

»Perfekt, vielen Dank!« Sie angelt sich meinen Concealer und beginnt, den Bereich unter ihren Augen abzudecken, während ich meine Wimpern tusche. Wir beraten uns gegenseitig, welche Lidschatten wir am schönsten finden und zu unseren Outfits passen.

»Wollen wir uns was zu trinken holen?«, schlage ich vor, als wir fertig sind. Doch im selben Moment spüre ich ein nervöses Kribbeln in meiner Magengegend, weil ich nicht weiß, was auf mich zukommen wird, und ich kaum jemanden aus dem Wohnheim kenne. Zwar ist das auch der Grund, warum ich so erpicht darauf war, die Party heute nicht zu verpassen, dennoch bin ich nun zurückhaltender als noch bei meiner Zusage. Kleine Zweifel machen sich in mir bemerkbar. Ich könnte mit Selina einfach im Zimmer bleiben, wir könnten lesen oder uns eine Serie ansehen. Bestimmt wird das nicht die letzte Feier bleiben, sodass sich in Zukunft noch viele Chancen ergeben werden, meine Mitbewohnenden kennenzulernen.

»Ja, gerne!«, springt Selina auf. »Meinst du, die haben auch Bier?«

Damit ist die Entscheidung gefallen. Also Augen zu und durch! »Natürlich, das ist eine Wohnheimparty«, sage ich amüsiert. Zwar habe ich keine Getränke beigesteuert, aber dafür haben Lara und ich Basti etwas Geld für seine Besorgungen gegeben. »Du darfst doch Alkohol trinken, oder?«, frage ich alarmiert, weil mir plötzlich einfällt, dass ich älter bin als sie und damit eine gewisse Führsorgepflicht trage.

»Pff«, macht Selina. »Ich bin sechzehn, natürlich darf ich das.«

»Okay«, antworte ich unschlüssig, denn eigentlich habe ich nicht nach der Gesetzgebung, sondern nach der Erlaubnis ihrer Mutter gefragt.

»Keine Angst«, bemerkt sie mit einem schiefen Grinsen. »Mama hat nichts dagegen, wenn du das meinst.«

Ich atme erleichtert auf. »Alles klar.«

Wir verlassen mein Zimmer, und ich bin überrascht, wie viele Leute bereits in unserem Stockwerk gelandet sind. Es haben bestimmt einige ihre Freunde und Bekannten eingeladen, denn so viele Zimmer gibt es in diesem Gebäude gar nicht. In der Küche finden wir Kistenweise Bier, Zitronenlimo und Cola.

»Wollen wir uns ein Radler mischen?«, frage ich Selina, öffne den Küchenschrank und nehme zwei große Gläser heraus.

»Gute Idee!« Sie fischt eine Flasche Bier und eine Flasche Zitronenlimo aus den Kästen und öffnet sie mit mithilfe eines herumliegenden Flaschenöffners und einem *Plopp*.

»Aaalex!«, ruft Lara hinter mir, und schon finde ich mich in einer Umarmung wieder. Sie trägt lange Ohrringe, eine schwarze Highwaist Jeans und einen sehr kurzen, aber weiten Strickpulli, sodass man hin und wieder einen Streifen ihrer nackten Taille aufblitzen sieht.

»Du siehst toll aus!«, begrüße ich sie freudig. »Ist dein Date schon da?«

Sie legt den Zeigefinger auf ihre Lippen. »Ja, aber *Schhh*, offiziell ist sie nicht mein Date. Sie steht auf zwölf Uhr und unterhält sich gerade mit diesem blonden Mädchen. Und weil ich ihr zeigen will, dass ich ebenfalls soziale Kompetenzen besitze, rede ich jetzt mit dir.«

Ich lache laut auf. »Du bist echt Eine!« Trotzdem spähe ich neugierig über ihre Schulter und entdecke ein hübsches braunhaariges Mädchen.

Lara grinst schelmisch. »Ja, das ist gut, wenn du lachst, dann gewinnt sie den Eindruck, ich hätte Humor.«

»Du *hast* Humor«, korrigiere ich sie. »Aber für dich lache ich jederzeit wieder, auch ohne Witz. Sag einfach Bescheid.«

»Unsere Radler sind fertig.« Selina reicht mir das Glas mit dem Bier-Limo-Gemisch.

»Danke! Selina, darf ich dir Lara vorstellen? Sie ist meine Zimmernachbarin und eine sehr liebe Freundin. Lara, das ist Selina. Sie ist die Tochter einer Arbeitskollegin im Supermarkt.« Ich erwähne Tobi absichtlich nicht, obwohl ich Selina auch als seine Schwester hätte vorstellen können. Doch an Laras großen Augen und dem wissenden Grinsen, erkenne ich, dass sie ganz genau weiß, wer vor ihr steht.

»Hey, freut mich, dich kennenzulernen«, begrüßt sie

Selina, und die beiden schütteln sich die Hand. »Das ist ja toll, dass du da bist. Alex hat schon von dir erzählt. Bist du alleine gekommen?« Ich schüttle kaum merklich den Kopf, um Lara zu verstehen zu geben, dass ich Tobi *natürlich* nicht eingeladen habe. Sie versteht sofort und wechselt abrupt das Thema, ohne Selinas Antwort abzuwarten. »Leute, sagt mir bitte unbedingt, wenn Filipa in meine Richtung sieht, ja?«

»Wer ist Filipa?«, fragt Selina neugierig.

»Mein Date«, klärt Lara sie auf. »Aber das weiß sie noch nicht.«

»Also doch ein Date!« Ich grinse breit. »Sie ist die Braunhaarige dort hinten«, füge ich hinzu und nicke in die Richtung des Mädchens.

»Oh mein Gott, Alex! Geht es noch auffälliger?«, zischt Lara und wirft dann hektisch einen kurzen Blick über die Schulter.

»Aber wenn sie dein Date ist, warum redest du dann mit uns und nicht mit Filipa?«, bemerkt Selina und späht ebenfalls zu Laras Herzblatt hinüber.

»Wahre Worte.« Ich grinse und trinke einen Schluck Radler. Die perfekte Mischung aus herb und süß prickelt auf meiner Zunge.

Lara wird rot wie eine Tomate. »Weil ich ziemlich aufgeregt bin! Ist das nicht offensichtlich?«

»Frag sie doch, ob sie was trinken möchte«, schlage ich vor.

»Meint ihr wirklich?« Selina und ich nicken kräftig. »Okay«, stöhnt Lara und fährt sich nervös durch die kurzen Haare. »Wünscht mir Glück!« Sie atmet tief durch, dreht sich um und durchquert die Küche. Filipa lächelt, als Lara sie anspricht.

»Ich kann mich richtig in sie hineinfühlen. Als ich mich letztens mit einem Jungen aus meiner Klasse getroffen habe, habe ich durchgehend gezittert.«

»Du hast einen Freund?«, frage ich neugierig.

»Wir haben uns erst zweimal verabredet. Aber sag Tobi nichts davon. Ich will ihm das noch nicht erzählen.« Mein Lächeln gefriert, und sie beißt sich auf die Lippe. »Sorry, das ist mir jetzt rausgerutscht. Ich wollte ihn heute eigentlich gar nicht erwähnen. Ihr habt ziemlichen Stress, oder?«

»Schon gut, kein Problem«, erwidere ich und versuche, meinen neutralen Gesichtsausdruck wiederzufinden. Ein großer Schluck Radler schindet Zeit, und der Alkohol darin hilft zusätzlich, meine Gefühle wieder aufzuwärmen.

»Meinst du, ihr bekommt das irgendwann wieder hin?«, fragt Selina vorsichtig, und ich kann förmlich die Bitte in ihrer Stimme hören. »Ich will mich wirklich nicht einmischen, und ich weiß, Tobi ist manchmal echt ein Idiot. Aber normalerweise tut er vor uns immer so, als wäre alles halb so wild. Die Sache mit unserem Vater: halb so wild. Unsere Geldsorgen: halb so wild. Aber euer Streit … Seit Mittwoch ist er wie ausgewechselt.«

Meine Wut, meine Enttäuschung und meine Entschlossenheit werden bei ihren Worten für einen Moment auf eine harte Probe gestellt. Doch das Gefühl, Tobi verzeihen zu wollen, das in mir aufwallt, schiebe ich mit aller Kraft zur Seite. Wie Tobi mir bereits erklärt hat, ging es bei seinem Hilfeversuch darum, sein eigenes Gewissen zu beruhigen. Also wird das nun ebenfalls sein Antrieb sein, und nicht die Frage, was er mit seiner Aktion in mir ausgelöst hat. Geschweige denn, was er damit in Gang gesetzt hat.

Weil ich Selina nicht verletzen möchte, hebe ich das Glas abermals an die Lippen, um einer Antwort zu entkommen. Doch keine Antwort ist auch eine Antwort, und in ihren Augen blitzt Enttäuschung auf.

Je später der Abend wird, desto mehr nimmt die Party an Fahrt auf. Die Musik wird lauter, und immer mehr Leute drängen sich in der Küche und auf dem breiten Flur. Die rhythmischen Pop-Songs und die Menschen um mich herum sorgen dafür, dass sich Tobi endlich aus meinen Gedanken schleicht. Ich trinke mehr, als ich mir vorgenommen hatte. Nicht weil das Bier mir besonders schmeckt, sondern weil ich mich nach jedem Schluck leichter fühle. Die vernünftige Stimme in meinem Kopf, rät mir, zu einem Glas Wasser zu greifen, doch noch habe ich mich trotz Alkohol gut unter Kontrolle.

Irgendwann taucht Basti mit einer Bierflasche in der Hand auf. Man sieht seinem glasigen Blick an, dass er schon etwas angetrunken ist, aber dennoch bleibt er charmant, als er mich mit Komplimenten überschüttet. Weil es immer schwerer wird, die Musik zu übertönen, beugt er sich dicht an mich heran, sodass sein Atem an meinem Ohr kitzelt. »Und habe ich dir eigentlich schon mal gesagt, dass du wirklich gut aussiehst? Ich meine, so riiiichtig gut?«

Ich verkneife mir ein Grinsen und versuche ernst zu bleiben. »Vor fünf Minuten und noch einmal vor drei Minuten, ja.«

»Nur zweimal? Dann bin ich ein Depp«, stellt er fest

und greift sich theatralisch mit der Hand an die Stirn. »Das ist die einzige Erklärung für dieses schlimmste aller schlimmen Versäumnisse.«

Ich schüttle belustigt den Kopf. »Wenn man es genau nimmt, hast du es mir nun dreimal mitgeteilt.«

»Das ist gut.« Basti nickt. »Und ich sehe ein Lächeln, das gefällt mir. Das will ich öfter sehen. Ich habe mir nämlich zur Aufgabe gemacht, dass du heute Abend Spaß hast, ganz genau!«

»Wie komme ich denn zu der Ehre, den Inhalt deiner Mission auszumachen?«

»Mittwoch«, sagt er nur und zuckt mit den Achseln. »Du warst traurig. Riiichtig traurig. Das geht nicht.«

Mein Lächeln wird breiter, gleichzeitig wird mir warm ums Herz, weil ich mich erinnere, dass Lara kurz nach meinem Gespräch mit Basti auf der Matte stand. »Danke, dass du Lara am Mittwoch geschrieben hast. Sie hat mich aufgemuntert.«

Er reißt schockiert die Augen auf. »Da bittet man Lara einmal, dass sie die Klappe halten soll, und dann verpetzt sie mich bei der ersten Gelegenheit.«

»Also ich fand das süß«, gestehe ich.

»Dann sieht die Sache natürlich ganz anders aus.« Basti zwinkert mir zu. »Hilft es denn auch dabei, dich zu einem Date zu überreden?«

»Oh«, sage ich überrascht, und sofort merke ich, wie mir die Hitze in die Wangen schießt. Auch wenn Basti die letzte Stunde sehr vehement versucht hat, mit mir zu flirten, habe ich nicht damit gerechnet, dass er direkt Nägel mit Köpfen macht. Zwar fühle ich mich geschmeichelt, doch noch bin ich nicht betrunken genug, um zu vergessen, dass ich eine Zusage am nächsten Tag vermutlich bereuen würde. Nicht weil mir Basti nicht sympathisch wäre. Tatsächlich ist er gerade sogar irgendwie genau das, was ich brauche. Vielmehr spüre ich, dass mich mein Gefühlschaos zu sehr von ihm ablenken würde. Das wäre ihm gegenüber nicht fair.

»Ich weiß ja gar nicht, ob du ein Axtmörder bist.« Etwas anderes fällt mir auf die Schnelle nicht ein, aber es verhindert, dass der Korb zu hart klingt.

»Gutes Argument, aber es hat Schwächen, Sonnenschein. Wäre ich ein Axtmörder, hätte ich schon öfter die Gelegenheit gehabt, dir das zu beweisen, oder?«

»Du willst mich in Sicherheit wiegen?«, mutmaße ich.

»Ich sehe schon, du bist nicht leicht zu überzeugen. Vielleicht hilft es ja, wenn dir meine Freunde bestätigen, dass ich zu lieb für diese Welt bin. Oli! Abdel!«, ruft er, ehe ich ihn zurückhalten kann. Basti zieht mich zu zwei Jungs, die an der Küchentheke gerade Chipstüten aufreißen und die fast leeren Schüsseln befüllen. Basti schnappt sich ein paar geriffelte Chips aus der Schüssel, die ihm am nächsten ist, und schiebt sie sich in den Mund.

»Das sind Oli …«, er weist auf einen Jungen mit hellbraunen schulterlangen Locken, »… und Abdel.«

Der schwarzhaarige Junge mit Dreitagebart zerknüllt eine der Plastiktüten und nickt mir zu. »Hi! Mit wem haben wir das Vergnügen?« Sein klarer Blick ist auf mich geheftet.

»Ich bin Alex …«, fange ich an, doch Basti unterbricht mich.

»Und ihr müsst diesem Mädchen bestätigen, dass ich keine Axt in meinem Zimmer verstecke«, fällt er mit der

Tür ins Haus. »Sagt ihr, dass ich lieb bin. Bin ich nicht lieb?« Plötzlich wird sein süßer Hundeblick skeptisch. »Oder stehst du auf Bad Boys? Dann bin ich natürlich nicht lieb, dann bin ich ein Bad Boy.« Basti spannt seine Oberarme an, und tatsächlich zeichnen sich unter seinem dünnen Langarmshirt Muskeln ab. »Ich habe eine sehr harte Schale.«

Während Oli von einem Lachanfall geschüttelt wird, klopft Abdel seinem betrunkenen Kumpel breit grinsend auf die Schulter. »Nicht schon wieder, Basti. Lass gut sein, die arme Alex.« Irgendwie beruhigt es mich, dass seine Freunde offenbar daran gewöhnt sind, dass Basti immer wieder Mädels anschleppt. Ich hatte Angst, dass er sich auf mich eingeschossen hat und ich ihn mit einem Korb sehr verletzen würde, aber er scheint kein Kind von Traurigkeit zu sein.

»Was?«, Basti wirft sich in die Brust. »War ich aufdringlich, Alex?«

»Eher unterhaltsam«, gebe ich zu und muss nun selbst lachen.

Er legt den Arm um mich, was sich kumpelhaft anfühlt. »Jaaa, der Alkohol macht irgendwas mit mir, ist mir auch schon aufgefallen.«

Plötzlich tippt mir jemand auf die Schulter, und als ich mich umdrehe, verschwindet das wohlig dumpfe Gefühl des Alkohols auf einen Schlag.

»Können wir reden, Alex?« Tobi spricht nicht laut genug, um die Musik zu übertönen, aber ich lese ihm die Worte von den Lippen ab, höre sie in meinem Kopf, als hätte ich sie über Kopfhörer vernommen. Als gäbe es in diesem Moment nur Tobi und mich. Ich starre ihn an, und Fragen explodieren in meinem Kopf. Woher weiß er, wo ich wohne? Woher weiß er von der Party? Warum ist er hier? Doch nur wenige Augenblicke später rastet etwas ein, und die Antwort ist so klar wie das Einmaleins.

Selina.

Ich hätte nicht gedacht, dass sie ihrem Bruder von unserem heutigen Treffen erzählt oder von der Party. Nachdem sie sich standhaft geweigert hat, ihm meine Handynummer anzuvertrauen, bin ich davon ausgegangen, dass sie auch unseren Kontakt geheim hält.

»Du bekommst wohl einen Konkurrenten, Basti. Sieht übel für dich aus!«, höre ich Oli wie aus weiter Ferne rufen. Irgendjemand lacht, vermutlich Abdel, und der leichte Druck auf meinen Schultern verschwindet, als Basti seinen Arm von mir löst.

Auf der einen Seite will ich Tobi sagen, dass er gehen und mich in Ruhe lassen soll. Doch auf der anderen Seite weigert sich jede Faser meines Körpers, ihn wegzuschicken. *Was soll ich tun?*

29
Tobi

Dein Problem ist nicht mein Bier.

Es war eine blöde Idee, auf Selinas Vorschlag einzugehen und sie von Alex' Party abzuholen.

Ein Fehler. *Schon wieder.*

Den ganzen Tag habe ich darüber nachgedacht, ob ich einfach zu Hause bleiben soll oder nicht. So viel sprach dafür, so viel dagegen. Doch als ich in Alex' entgeisterte, weit aufgerissene Augen blicke, wird mir unmissverständlich klar, dass mein Auftauchen tatsächlich nur einen erneuten Eingriff in ihr Privatleben darstellt. Genau wie ich befürchtet hatte. Doch der Wunsch, mit Alex zu sprechen, mich nochmals bei ihr zu entschuldigen, war größer als alle Bedenken. Aber jetzt – in diesem Augenblick – wünschte ich, ich wäre ganz weit weg.

Der Typ, der gerade seinen Arm von ihrer Schulter nimmt, beäugt mich misstrauisch. Ist er *ein* Freund oder *ihr* Freund? Vor wenigen Tagen meinte Alex noch, sie wäre Single … genau wie ich. Ist ihre Aussage schon überholt? Ich spüre einen Stich, genau dort, wo mein Herz kräftig und zu schnell pocht. *Eifersucht?* Ein fahler Geschmack auf meiner Zunge, der mich irritiert, weil ich dieses Gefühl eigentlich nicht kenne. *Eigentlich.*

»Was machst du denn hier?«, stottert Alex, aber durch die laute Musik verstehe ich sie kaum.

»Können wir reden? Bitte?«, frage ich drängender und ignoriere den Kerl neben ihr, der nun fragend zwischen uns hin und her sieht.

»Kennst du ihn?«, ruft er Alex ins Ohr.

Sie nickt kaum merklich, ohne mich aus den Augen zu lassen. Ich bin mir nicht sicher, ob sie damit auf seine oder meine Frage antwortet, doch dann deutet sie auf den Eingang und formt mit den Lippen zwei Worte, die mich durchatmen lassen. *Komm mit.*

Ich folge ihr, und wir quetschen uns an den Leuten vorbei, von denen mittlerweile auch ein paar ausgelassen zu tanzen begonnen haben und sich zu *Shake it off* von Taylor Swift bewegen.

Am Ende des Flurs, am Eingang des Stockwerks, erkenne ich Selina, die mit ihrer Tasche über der Schulter auf mich wartet. Ich gebe ihr ein Zeichen, und sie reckt den Daumen in die Höhe.

Alex schließt eine Zimmertür auf, die direkt gegenüber der Küche liegt, und winkt mich hinein. Als die Tür hinter uns zufällt und die Partygeräusche immer noch laut, aber gedämpft zu uns durchdringen, atme ich durch. Wir sind unverkennbar in ihrem Zimmer gelandet, denn alles an dieser Einrichtung schreit nach ihr. Die Bilderrahmen aus

Holz, die Schnitzereien im Bücherregal und der Werkzeugkoffer neben ihrem Schreibtisch beweist eindeutig, dass sie ihre Leidenschaft zum Beruf machen will.

Alex steht vor mir, ihre Finger spielen mit dem Schlüssel, und ihr Blick ist konsequent auf den hellen Laminatboden gerichtet. Wie gerne würde ich sie jetzt umarmen, ihre Nähe spüren – und ja, wenn ich ganz ehrlich bin, sie vielleicht sogar küssen. Wenn nur all diese Probleme nicht zwischen uns stünden, die mich daran hindern, zu ihr durchzudringen.

Ich räuspere mich. Seit Mittwoch nimmt Alex jeden meiner Gedanken ein, und immer und immer wieder bin ich die Dinge durchgegangen, die ich ihr sagen wollte, für den Fall, dass sie mich angerufen hätte. Doch jetzt, genau jetzt, ist alles wie weggeblasen. Mein Kopf ist leer.

»Warum bist du hier?«, fragt sie mich leise.

»Es tut mir so leid«, fange ich mit meiner Kernbotschaft an, aber die Worte klingen hohl, irgendwie auswendig gelernt, und plötzlich wallt Angst in mir auf. Was ist, wenn ich auch diese Chance verschwende? Wenn sie mir zwar zuhört, aber nicht verzeiht? Wird es dann die letzte Chance gewesen sein? Mir bleibt nichts anderes übrig, als alles auf eine Karte zu setzen. »Ich hätte akzeptieren müssen, dass dein Problem nicht mein Bier ist, solange du mich nicht um Hilfe bittest. Ich hätte vorher mit dir reden sollen, bevor ich einfach über deinen Kopf hinweg entschieden habe. Ja, ich habe ein schlechtes Gewissen, aber es geht mir nicht darum, dass *ich* mich besser fühlen möchte. Es geht um *dich.* Ich will, dass es dir gut geht, Alex.«

Ihre Finger halten inne, klammern sich an den Schlüssel, und endlich hebt Alex ihren Kopf, sodass sich unsere Blicke treffen. Meine Augen springen zwischen ihren hin und her, so begierig darauf, ihre Antwort zu erfahren.

»Du hast mich ziemlich verletzt, weißt du das?« Sie presst ihre Lippen aufeinander, so als würde es ihr schwerfallen, weiterzusprechen. »Ich mag dich Tobi, ehrlich. Und ich hab mich gefreut, dass wir … na ja, … *Freunde* geworden sind.« Bei ihren letzten Worten huscht ein kleines Lächeln über ihr Gesicht. »Aber du hast mein Vertrauen ziemlich schlimm missbraucht, und ich kann nicht …«

Panik ergreift mich, als ich die nahende Zurückweisung kommen höre, und ich unterbreche sie. »Es war ein Fehler«, sage ich schnell. »Ein *großer* Fehler, keine Frage. Ich bitte dich um eine zweite Chance. Bitte …«

»Aber ein Mörder macht auch nur den einen Fehler. Dennoch schauen wir nicht darüber hinweg, und das zu Recht.«

Ein Glucksen entfährt mir, bevor ich es aufhalten kann. »Du vergleichst meinen Fehler mit einem Mord?« Das ist so absurd, dass ich es nicht schaffe, ernst zu bleiben.

»Nein, um Gottes willen!« Alex lacht zittrig. »So habe ich das nicht gemeint. Ich wollte damit nur sagen, dass es manchmal schwierig ist, zweite Chancen zu geben.«

Ich trete einen halben Schritt näher. »Ich verspreche dir, dich nie wieder zu verletzen.«

»Aber woher weiß ich …«

»… dass ich mich an mein Wort halte?«, beende ich ihre Frage. »Frag meine Freunde, frag meine Familie. Ich halte mich immer an mein Wort.«

Alex mustert mich unsicher, ihre Augen wandern in meinem Gesicht umher und bleiben für einen Moment an meinen Lippen hängen. Ich zwinge mich, ihr weiterhin in die Augen zu sehen, und es ihr nicht gleichzutun. »Okay«, sagt sie schließlich.

Überrascht hebe ich die Augenbrauen. »Okay?«

»Ich glaube dir.«

»Wir sind wieder Freunde?«, frage ich sicherheitshalber.

Ein leichtes Lächeln stiehlt sich auf ihr Gesicht. »Ja, wir sind wieder Freunde. Aber bitte, bitte, bitte, halte dich an dein Versprechen.«

Ich mache noch zwei Schritte vor, überbrücke die Distanz zwischen uns, weil die Mauern gefallen sind. Dann umarme ich sie. Grenzenlose Erleichterung flutet meinen Körper, und ich spüre ihre warmen Hände auf meinem Rücken, ihr feines Kinn auf meiner Schulter und ihren Herzschlag an meinem Herzschlag. Der süße Duft ihrer Haare steigt mir in die Nase. Wir lösen uns ein kleines Stück voneinander, gerade so viel, dass sich unsere Blicke ineinander verhaken können. Alex' Augen glitzern unter dem dichten Wimpernkranz, und ihr schneller Atem vermischt sich mit meinem. Ich stelle meine Gedanken auf stumm und verhindere so, dass sie mir Für und Wider zurufen. Alles, was in diesem Moment wirklich zählt, ist Alex.

Nur Alex.

Dann treffen unsere Lippen aufeinander. Plötzlich. Unvermittelt.

Ich spüre Alex' weiche Haut, spüre ihre Zurückhaltung und gleichzeitig ihre Sehnsucht. Ihre Finger krallen sich in meinen Rücken, mein Griff um ihre Taille wird fester. Ohne es zu wissen, ist das der Moment, auf den ich so lange gewartet habe. Seit sie mich im Supermarkt über den

Haufen gerannt hat … Wir hatten unsere Höhen und Tiefen, doch dieser Augenblick war der Ausgang, den ich mir insgeheim erhofft habe. So geheim, dass ich es lange Zeit selbst nicht erahnt habe. Und jetzt bricht die Erkenntnis wie ein Wirbelsturm über mich herein, der mein Innerstes aufwühlt.

Doch als unser Kuss inniger wird, tiefer und bedeutender, drängen sich plötzlich andere Gefühle in den Vordergrund, die ebenfalls aufgewirbelt werden. Bedrängung, Abwehr, Zwiespalt. Mein Verstand wird wieder aktiviert, so wie ein Computer, der sich nach einem Systemabsturz hochfährt. Auf einmal ploppen alle Erinnerungen und Emotionen auf, die ich auf die Seite geschoben habe. Der Grund, warum meine letzte Beziehung gescheitert ist, und der Grund, warum jede künftige Beziehung scheitern wird.

Meine Familie.

Ich investiere meine gesamte Zeit und meine Liebe in unser Glück. Meine Ex-Freundin hat sich vernachlässigt gefühlt und Aufmerksamkeit gefordert, die ich ihr nicht geben konnte. Sie wurde auf meinen kleinen Bruder eifersüchtig und er auf sie. Die Fronten verhärteten sich, und ich musste mich entscheiden. Ich selbst habe mich dazu gezwungen, um niemanden mehr zu verletzen. Meine Entscheidung fiel auf meine Familie, sie wird immer auf meine Familie fallen.

Ich schiebe Alex sanft von mir, auch wenn es mich die größte Überwindung kostet, sie loszulassen. Eine laute Stimme in meinem Kopf fordert mich auf, sie wieder an mich zu ziehen und den leichten, den schönsten Weg zu gehen. *Bleib hier! Bleib hier bei ihr und lass sie nicht gehen!*

»Was ist los?«, fragt Alex keuchend und sucht meinen Blick.

Ich bin ihr eine Erklärung schuldig, die sie verstehen lässt und mein Versprechen hoffentlich dennoch nicht bricht. »Es wäre dir gegenüber nicht fair«, stoße ich in einem Atemzug aus. »Es würde so laufen wie bei meiner letzten Beziehung. Ich würde dir nur wehtun, und genau das habe ich versprochen, nicht zu tun.«

»Wie bei deiner letzten Beziehung?«, wiederholt Alex verwirrt. »Was meinst du damit?«

»Ich habe keine Zeit für eine Freundin, ich habe keine Zeit für dich.«

»Ähm, okay.« Alex presst ihre Lippen aufeinander, und Schmerz glitzert in ihren Augen. »Dann … lassen wir das einfach. K-kein Problem.«

»Es tut mir leid«, seufze ich traurig.

»Hm.« Sie verschränkt die Arme und schaut zur Seite, vermeidet vehement den Blickkontakt. »Das habe ich heute schon mal von dir gehört.«

Sie hat recht, und ihre Worte treffen mich wie ein Schlag in die Magengrube. Wie heuchlerisch müssen sich meine Entschuldigungen anhören? Wieso habe ich es nicht darauf beruhen lassen, dass wir Freunde sind? Was habe ich mir bei dem Kuss nur gedacht? Was ist los mit mir? Sonst schaffe ich es doch auch, mich zu kontrollieren und meine Emotionen zu ignorieren, wenn rationale Entscheidungen gefordert sind. Warum nicht heute, warum nicht jetzt? Warum nicht bei Alex?

»Glaub mir, ich wünsche mir nichts mehr als das zwischen uns. Du bist … wunderschön und lieb, vernünftig und …« Ich stöhne und reibe mir den Nacken, weil der perfekte Kuss, der perfekte Augenblick den Bach runtergeht und ich alleine dafür verantwortlich bin.

Sie schüttelt den Kopf. »Das musst du nicht sagen. Wenn du nicht willst, dann ist das okay.«

»Aber ich möchte es doch«, antworte ich verzweifelt. »Ich will dir nur erklären, warum mein Wunsch nicht reicht.« Meine Erklärung wird nicht reichen, Alex nicht und mir erst recht nicht. Dennoch weiß ich, dass es richtig ist, nichts zu beginnen, was zum Scheitern verurteilt ist. »Wir sehen uns am Montag bei der Arbeit«, sage ich also nur und hebe entschuldigend die Hand. »Bis dann.«

»Bis dann.« In ihren Augen erkenne ich die anhaltende Verwirrung, die ich nach meinen widersprüchlichen Aussagen absolut verstehen kann. Aber alles, was ich gerade gesagt habe, meine ich genau so, und so merkwürdig sich meine Gedanken auch anhören mögen, sie sind alle echt.

Schweren Herzens drehe ich mich um, verlasse ihr Zimmer und irgendwie auch ihr Leben. Wir werden in Zukunft gut zusammenarbeiten, doch eine Freundschaft wird nach diesem Abend vermutlich nicht mehr zustande kommen. Die Freundschaft, die ich nun endgültig zerstört habe.

Als ich den langen, breiten Flur entlanggehe, wirken die Gesichter der Feiernden seltsam fern und verschwommen. Die Musik dröhnt in meinen Ohren, und doch könnte ich den Titel nicht erraten. Wummernd vibriert der Bass durch meinen Körper und lässt meine Gefühle taub werden.

Ganz am Ende des Gangs wartet Selina. Mit bangem Blick mustert sie mich, während ich auf sie zugehe und mich frage, wie ich eine U-Bahnfahrt mit ihr und diesen durchdringenden Augen aushalten soll.

»Was ist los?«, ruft sie über die Musik hinweg. Ich schüttle nur den Kopf und ziehe sie durch die Tür ins Treppenhaus. »Hat sie deine Entschuldigung nicht angenommen?«

»Doch«, antworte ich abweisend und überschlage die Möglichkeiten, die mir bleiben. Ich möchte mich den Fragen meiner Schwester nicht stellen, möchte alleine sein und dem nachtrauern dürfen, was ich mir gerade selbst verbaut habe. »Bitte schlaf heute Nacht bei Alex. Dann kannst du morgen Vormittag nach Hause fahren.«

Selina runzelt die Stirn. »Hä? Und was ist mit dir? Wenn du jetzt nach Hause fährst, kann ich doch einfach mitkommen.«

»Ich fahre aber nicht heim«, sage ich barsch und bereue meinen Tonfall sofort. Selina kann nichts dafür.

Besorgt ziehen sich ihre Augenbrauen zusammen. »Aber was ist denn los? Ich dachte, Alex hat deine Entschuldigung angenommen. Dann ist doch alles wieder gut, oder?«

»Bitte«, sage ich gepresst. »Übernachte heute bei Alex und fahr morgen alleine heim, ja?«

»Aber …«, fängt Selina an, doch da drehe ich mich schon um und springe die Stufen nach unten.

»Tobi!«

30
Alex

Wenn der Safe Space nicht mehr so safe ist

Was ist da eben passiert? Ich stehe alleine in meinem Zimmer, und meine Finger fahren sanft über meine Lippen, die noch immer kribbeln und den Berührungen hinterhertrauern, die sie eben noch völlig unerwartet empfinden durften. Der Kuss stellt meine Gefühlswelt auf den Kopf und gleichzeitig alles in den Schatten, was ich bisher in dieser Art erlebt habe. Überall in meinem Körper sind kleine Feuerwerke explodiert.

Doch je länger ich so dastehe und je länger Tobi nicht zurückkommt, desto mehr sickert die Erkenntnis in mein Bewusstsein, dass er wirklich verschwunden ist.

Meine Augen füllen sich mit Tränen. Was ist nur passiert? Habe ich etwas falsch gemacht? Dabei dachte ich, dass wir den Kuss beide wollten und zusammen den ersten Schritt gewagt haben!

Tobi zu verzeihen hat sich gut angefühlt, und richtig. Hätte er sich nach unserer Aussprache einfach von mir verabschiedet und wäre nach Hause gefahren, hätten wir an unserer Freundschaft arbeiten können. Doch davon kann jetzt nicht mehr die Rede sein. Dazu ist jetzt zu viel zwischen uns passiert.

Grenzenlose Enttäuschung sammelt sich in meinem Bauch, ich fühle mich betäubt und viel zu schwer. Frustriert wische ich mir über die Augen und verfluche mich im gleichen Moment dafür, als ich danach schwarze Schlieren auf meinen Fingern entdecke. Warum hätte ich heute Abend wasserfeste Mascara verwenden sollen? Niemals hätte ich mit diesem Ausgang gerechnet. Ein Schluchzen entfährt mir, und ich drücke mir schnell die Hand auf den Mund. Zwar übertönt die Musik fast alles, dennoch habe ich Angst, dass ich nicht mehr aufhören kann zu weinen, wenn ich es nun zulasse.

Ich seufze und lasse mich aufs Bett fallen, denn an eine Rückkehr auf die Party ist nicht mehr zu denken. Wie könnte ich so tun, als wäre nichts passiert? Dabei ist alles passiert! Und wenn Tobi nicht so kryptisch geblieben wäre, könnte ich vielleicht auch verstehen, warum es passiert ist. Doch nun sitze ich hier, ohne zu wissen, was ich denken soll, und ohne zu wissen, was ich machen soll.

Mein Blick bleibt an dem Bücherstapel neben dem Regal hängen, den Selina eigentlich ausleihen wollte, aber weil Tobi so überstürzt aufgebrochen ist, hatte sie keine Gelegenheit mehr, ihn abzuholen.

»Alex?« Ich zucke zusammen, als plötzlich die Musik laut wird und Selina in meinem Zimmer steht. Schnell schließt sie die Tür hinter sich, sodass das Johlen der Menge wieder leiser wird.

»Himmel, hast du mich erschreckt«, keuche ich und greife mir an das wild pochende Herz.

Sie beißt sich auf die Lippe. »Sorry, ich hab geklopft, aber vermutlich hast du wegen der Musik nichts gehört.«

Ich versuche meine Gedanken auszublenden und zwinge mich zu einem Lächeln, als ich vom Bett aufstehe und mich zum Bücherstapel bücke. »Schon gut. Ich nehme an, du willst die Bücher abholen?«

Selina tappt von einem Fuß auf den anderen. »Nein, also … ehrlich gesagt wollte ich fragen, ob ich … hier übernachten kann.«

Verblüfft halte ich mitten in der Bewegung inne und sehe zu ihr auf. »Ist Tobi nicht gekommen, um dich abzuholen?«

Sie wirft die Arme in die Luft. »Doch, eigentlich schon, aber jetzt ist er völlig durch den Wind und ohne mich abgehauen. Er meinte, er würde jetzt nicht nach Hause fahren, und ich solle bei dir bleiben.«

»Oh«, sage ich nur, ohne zu wissen, was diese Information für eine Aussage beinhaltet. Ist er wegen mir so durch den Wind? Stimmt das, was er gesagt hat? Als ich merke, dass Selina unschlüssig vor mir steht, richte ich mich auf und deute aufs Bett. »Natürlich kannst du hier schlafen.«

»Danke«, seufzt sie, und die Handtasche rutscht ihr von der Schulter. »Ich wäre echt ungern um diese Zeit allein nach Hause gefahren, und Mama will ich nicht anrufen. Sie denkt ja, Tobi holt mich ab.«

»Alles gut, das Bett ist groß genug.«

Sie lässt die Tasche zu Boden plumpsen und streift ihre

Jeansjacke und den Schal ab. »Darf ich fragen, was passiert ist?«, fragt Selina, während sie ihre Sachen an den Kleiderhaken hängt.

Ich seufze und fahre mir durch die Haare. »Wir haben uns geküsst.«

Ihr Kopf schnellt zu mir herum. »Was?«

»Ja.« Ich zucke mit den Schultern. »Frag nicht.«

»Wow, mein Bruder … Ich hab ihn nur gebeten, mich abzuholen, weil ich dachte, er wollte sich bei dir entschuldigen! Und dann fängt er stattdessen an, dich abzuknutschen! Voll unsensibel von ihm.«

Ich schüttle schnell den Kopf. »Nein, so war es nicht. Er hat sich entschuldigt, und das war auch echt süß. Und aufrichtig. Der Kuss … Es ist irgendwie passiert. Ich weiß gar nicht, wer von uns die Initiative ergriffen hat. Plötzlich … plötzlich haben wir uns geküsst.«

»Wow.« Selina bläst die Luft aus ihren Wangen. »Du wirst sicher verstehen, dass ich nicht unbedingt scharf darauf bin, jede Einzelheit darüber zu erfahren. Ich will irgendwie echt nicht wissen, ob mein Bruder ein guter Küsser ist. Eigentlich will ich noch nicht mal wissen, dass er *überhaupt* küsst.«

Ich verkneife mir ein Grinsen. »Keine Sorge, meine Lippen sind versiegelt.«

Selina fängt an, durch mein Zimmer zu wandern, und wie automatisch bleibt sie vor dem Bücherregal stehen. Gedankenverloren huscht ihr Blick über die verschiedenen Buchtitel. »Aber wenn ihr euch gerade geküsst habt und ihr euch offensichtlich mögt, warum hat Tobi dann die Flucht ergriffen?«

Ich seufze. »Nach dem Kuss meinte er zu mir, dass er

keine Zeit für eine Freundin hätte, und dann ist er auch schon abgehauen.«

Selina schnaubt. »Oh Mann, das war so klar.«

Ich mustere sie auf der Suche nach Informationen, die mir helfen, den heutigen Abend zu verstehen. »Was war klar?«

»Mein Bruder fühlt sich verantwortlich für uns, für seine Familie. Seit der Scheidung unserer Eltern ist er auf diesem Trip und der Meinung, er müsste unseren Vater ersetzen. Eine neue Freundin würde von ihm Zeit einfordern, die er nicht glaubt zu haben.«

»Ist seine letzte Beziehung deshalb gescheitert?«

»Ja, ich glaub schon«, bestätigt Selina. »Ganz genau weiß ich es aber nicht, er spricht nicht gerne darüber.«

Ich spüre einen kleinen Stich in meiner Brust und lege die Hand auf die Stelle, um mich zu beruhigen. Langsam atme ich ein und aus und spüre, wie sich meine Hand mit meinem Brustkorb hebt und senkt. Wieso wühlt mich Selinas Bestätigung, dass Tobi eigentlich keine Freundin möchte, so auf?

Langsam lasse ich die Hand wieder sinken. Vielleicht ist es wirklich besser, wir belassen es bei diesem einen Kuss, und ich versuche den Augenblick und Tobis Nähe zu vergessen. *Nur Freunde.*

Wenn Tobi für ein neues Mädchen in seinem Leben nicht bereit ist, dann würden wir uns nur etwas vormachen und uns auf den vorhersehbaren Schmerz einer Trennung einlassen. *Oder?*

Oder gibt es die Chance auf ein Happy End? Gibt es die Chance, dass sich Dinge verändern, wenn sie passieren?

»Weißt du, wohin Tobi gegangen ist?«, frage ich, unentschlossen, was mir ihre Antwort bringen könnte.

Selina zuckt mit den Schultern. »Er antwortet auf meine WhatsApp nicht, aber vielleicht ist er zu seinem besten Freund. Ich schreib ihm mal eine Nachricht.«

Am liebsten würde ich die Sprachnachricht abhören, in der er mir seine Nummer genannt hat, und ihm selbst eine Nachricht schreiben. Aber zum einen weiß ich nicht, wie ich meine Gedanken in Worte fassen soll, und zum anderen glaube ich nicht, dass er sie jetzt hören will.

Fünf Minuten später schreibt Tobis bester Freund zurück. »Er ist nicht bei Jonas«, lässt mich Selina wissen.

»Könnte es sein, dass er dir nur nicht die Wahrheit sagt?«

Sie schüttelt den Kopf. »Jonas ist da eigentlich immer ehrlich, vor allem, weil er weiß, dass ich mir sonst nur Sorgen machen würde.«

»Mh«, mache ich. Ein beklemmendes Gefühl drängt sich gegen meine Lungen, und ich hoffe inständig, dass es Tobi gut geht. Fühlt er sich gerade genauso verloren wie ich? Weil uns nichts anderes übrigbleibt, machen Selina und ich uns fürs Bett fertig. Ich habe glücklicherweise noch eine Zahnbürste übrig, die ich ihr geben kann, und leihe ihr einen Jogginganzug von mir. Die Frage ist nur, wie ich mit der lauten Party im Hintergrund und meinem Gedankenkarussell schlafen soll.

Während ich mich abschminke und mir die Haare kämme, schaffe ich es nicht, mich auf Selina zu konzentrieren, die mir irgendwas von Kartoffeln erzählt. Vielleicht hat sie noch Hunger?

»Ich habe noch Chips im Schrank«, biete ich ihr an, doch sie lacht nur und winkt ab.

Ob Tobi gerade die gleichen Dinge durch den Kopf jagen? Ob er auch dieses dringende Bedürfnis verspürt, mit mir zu reden? Wahrscheinlich nicht, denn dann wäre er ja wohl kaum abgehauen. Vielleicht ist für ihn der Fall klar, vielleicht aber auch nicht. Vielleicht ist es für ihn kein *Fall*, vielleicht ist es für ihn mehr als das. *Vielleicht*.

Mein Bett ist glücklicherweise breit genug, sodass Selina und ich uns nicht stapeln müssen. Ich liege außen, Selina an der Wand. Schon nach wenigen Augenblicken höre ich ihre gleichmäßigen Atemzüge, während ich in der Dunkelheit an die Decke starre.

Meine Gedanken spielen verrückt. Wie Wolken ziehen sie vor meinem inneren Auge vorbei. Und dann ist da plötzlich einer, der wie ein rotes Leuchtschild aufblinkt.

Ich kenne Tobi nicht gut genug, um zu wissen, wo er Schutz sucht und seinen Gedanken nachhängt. Und trotzdem geht mir das Bild von ihm auf der Hackerbrücke nicht aus dem Kopf. Als ich ihn vor ein paar Wochen dort gesehen habe, wirkte er in sich gekehrt, so als wäre er auf dieser befahrenen und von Menschen bevölkerten Brücke völlig alleine.

Während Selina neben mir nach wie vor tief atmet, wende ich den Kopf und schaue aus dem Fenster. Der Nachthimmel ist klar, es regnet nicht. Sicher hat man heute auf der Hackerbrücke einen schönen Blick auf die Münchner Skyline.

Wie von selbst richte ich mich langsam auf und schiebe die Decke weg, dabei achte ich auf jede noch so kleine Reaktion von Selina. Doch sie bleibt ruhig.

Meine Füße berühren den glatten Fußboden, und ich tapse ins Bad. Leise schlüpfe ich in Jeans, einen grauen Hoodie und in die derben schwarzen Boots, die ich auch im Theater getragen habe. Ein letzter Blick auf die schlafende Selina, und ich verlasse mein Zimmer.

Die Party ist immer noch im Gange, doch die Musik ist mittlerweile leiser gedreht, und der Flur ist nicht mehr proppenvoll mit Menschen, dafür aber mit Glasflaschen vollgestellt. Ich bin gespannt, wer sich morgen um den Großputz kümmern wird.

Im Vorbeigehen sehe ich Basti, mit einem Mädchen im Arm. »Du siehst gut aus, riiiichtig gut«, sagt er zu ihr, und sein glasiger Blick mustert sie. Ich verkneife mir ein Grinsen.

Lara hingegen entdecke ich nirgendwo, und ich hoffe, dass dies kein schlechtes Zeichen ist. Gleich morgen werde ich sie fragen, wie ihr Date mit Filipa gelaufen ist. Doch nun folgen meine Instinkte dem Menschen, den ich dachte, gefunden zu haben, bis er plötzlich doch wieder verschwunden war.

Es ist drei Uhr morgens, als ich aus der S-Bahn trete und die Stufen zur Hackerbrücke nehme, doch mein schneller Atem und mein wild pochendes Herz haben nichts mit der Anstrengung zu tun. Bereits aus dem Zug heraus habe ich eine dunkle Gestalt auf den Eisenträgern der Brücke erkannt, die auf der um diese Uhrzeit eher leeren und kaum befahrenen Brücke heraussticht.

Ich stopfe meine kalten Hände in die Bauchtasche und ziehe den Kopf ein. In meiner Eile habe ich vergessen, eine Jacke mitzunehmen, und spätestens jetzt, als der eisige Wind durch meine Haare fährt, bereue ich es, dass mir diese Lücke in meinem überstürzten Plan nicht aufgefallen ist.

Mit jedem Schritt, den ich mich der Gestalt nähere, steigt meine Nervosität, und Zweifel schießen mir durch den Kopf. Wie wird er reagieren, wenn ich plötzlich vor ihm auftauche, ohne dass er mir je von diesem Platz erzählt hat? Wird er sich überrumpelt fühlen? Wird er all die Worte, die ich nicht finde und doch loswerden will, überhaupt hören wollen?

Als ich noch etwa zehn Meter entfernt bin, bestätigen mir meine Augen, dass ich mit meinen Vermutungen richtiglag. Tobi sitzt auf der Eisenkonstruktion, die Arme um die Beine geschlungen und an einen der Stützpfeiler gelehnt. Sein Blick ist in die Ferne gerichtet, dort, wo sich die Frauenkirche mit ihren zwei Türmen von der Dunkelheit abzeichnet. Erst als ich unter Tobi stehen bleibe und mich an den Pfeilern hinaufziehe, bemerkt er mich. Als ich neben ihm keuchend auf die Eisenplattform rutsche, starrt er mich an, als wäre ich ein Geist.

»Hi«, sage ich und versuche mich nicht so anzuhören, als wäre ich einen Halbmarathon gelaufen. Himmel, hier hochzukommen war anstrengender als gedacht.

»Hi?«, bringt er hervor und richtet sich auf. »Was machst du denn hier?«

Ich kann ihm nicht verdenken, wie überrascht, ja, fast schockiert er ist. Wie würde ich reagieren, wenn mir mitten in der Nacht jemand zu meinem Safe Space folgt und ich noch dazu alleine sein wollte?

»Ich konnte nicht schlafen«, fange ich an, weil ich nicht mit der Tür ins Haus fallen will.

Tobi verändert seine Sitzposition, sodass seine Füße nun ein paar Meter über dem Gehweg baumeln. Eine Augenbraue wandert nach oben. »Und da hast du dir gedacht, du fährst mitten in der Nacht durch die Stadt, um auf der Hackerbrücke darauf zu warten, dass du müde wirst?«

»Selina hat mir erzählt, dass du hier zu finden sein könntest«, lüge ich unüberlegt und bekomme dafür auch gleich die Quittung.

»Ich habe meiner Schwester nie erzählt, dass ich manchmal hier bin.«

Ich beiße mir auf die Unterlippe. »Okay, erwischt. Ich habe dich hier vor einiger Zeit zufällig gesehen, als ich mit einer Freundin beim Shoppen war. An dem Tag, als du Urlaub hattest.«

Er seufzt und schließt kurz die Augen. »Das war der Tag, an dem ich meinen Vater nach drei Jahren wiedergesehen habe. Vor Gericht.«

Ich reiße die Augen auf. »Tut mir leid, das wusste ich nicht.«

Ein leichtes Lächeln huscht über sein Gesicht. »Ich habe es dir ja auch nicht erzählt.«

Ich nicke und beobachte einen ICE, wie er mit schneller Geschwindigkeit unter der Brücke verschwindet. Weil es hier oben noch frischer ist, ziehe ich die Knie an die Brust und schlinge die Arme um die Beine. Ganz geheuer ist mir die Höhe nicht, sodass ich mich nur langsam bewege.

»Du willst reden, oder?«, fragt er mich geradeheraus, und sein Blick bohrt sich in meinen.

Als ich zu Hause aufgebrochen bin, war ich mir sicher, ein Gespräch würde unsere Situation klären, doch nun, als ich vor ihm sitze, habe ich Angst, ich könnte damit zerstören, was uns noch bleibt.

»Ich glaube, wir kommen nicht drumrum«, antworte ich wahrheitsgemäß und erwidere seinen Blick.

»So was kann ich gar nicht gut«, gibt er seufzend zu. »Deshalb bin ich um jeden Teppich dankbar, unter den ich Probleme kehren kann.«

Ich wende den Kopf nach links und rechts, schaue so, als würde ich nach etwas suchen. »Dann hättest du bei mir im Wohnheim bleiben sollen, dort gibt es Teppiche.«

Er schnaubt leise und schüttelt den Kopf, also gehe ich den ersten Schritt. »Warum bist du nach unserem Kuss verschwunden?«

»Du redest nicht lange um den heißen Brei rum, hm?« Tobi seufzt abermals und reibt sich über das Gesicht. »Ich bin abgehauen, weil wir uns geküsst haben. Das kam … unerwartet. Als ich Selina abgeholt habe, ging es mir nur darum, mich bei dir zu entschuldigen. Der Kuss … das war nicht geplant.«

»Du wolltest mich also nie küssen?«, frage ich nach und spüre direkt einen kleinen Stich im Herzen.

Sein Blick springt zwischen meinen Augen hin und her, ich sehe Trauer und Resignation, doch gleichzeitig ist da noch etwas anderes. Vielleicht Vertrautheit, irgendetwas, das meinen Bauch mit Wärme fühlt. »Ich wollte dich küssen, seit du bei uns zu Hause mit meiner Schwester auf dem Sofa gesessen hast, so natürlich, als würdest du schon immer zu uns gehören.«

Mein Mund wird trocken. »Aber du hast abweisend gewirkt, so als wolltest du nicht, dass ich bei euch in der Wohnung bin.«

»Ich teile mein Leben ungern mit anderen. Sie urteilen darüber, wie wir wohnen, sie urteilen darüber, was wir arbeiten, und sie urteilen darüber, wer wir sind. Und als du plötzlich in unserer Küche standest, habe ich erwartet, dass es bei dir genauso sein wird, dass du dir deine Meinung über mich gebildet hast, sobald du erfährst, was mein Leben ausmacht«, erklärt Tobi langsam.

»So hast du mich gesehen?«

Seine Mundwinkel zucken. »Wie hätte ich dich denn sehen sollen?«

Mir schießt die Schamesröte ins Gesicht, so leid tut mir jedes Wort, dass ich ihm an den Kopf geworfen habe. »Ich hab's dir nicht leicht gemacht, oder?«

»Sagen wir mal so, ich bin aus dir nicht schlau geworden, und du hast mich viele Gedanken gekostet.«

»Es ist nicht richtig, dass ich dich so angegangen bin, das ist mir schon lange klar. Du warst immer da, wenn mein Frust am größten war, und ich habe es irgendwie nicht geschafft, dich von diesem Frust zu trennen.«

»Das ist menschlich«, meint Tobi schlicht und zuckt mit den Achseln.

»Also bist du verschwunden, weil du mich geküsst hast?«, versuche ich das Thema wieder in die richtige Richtung zu lenken.

»Ich will dich nicht enttäuschen. Eine Beziehung mit mir … das willst du nicht.«

Ein Lächeln stiehlt sich auf mein Gesicht. »Woher weißt du das, wir haben nie darüber gesprochen.«

»Weil es gar nicht erst zu diesem Gespräch kommen sollte«, antwortet er bitter.

Ich verschweige ihm, dass unser Zusammenprall im Supermarkt bereits meine Tagträume ausgelöst hat und nicht erst der Kuss.

»Du glaubst, du hättest keine Zeit für mich und würdest mich enttäuschen, nicht wahr? Du verbringst fast deine gesamte Zeit mit der Familie. Und du tust alles für sie.« Seine Augen weiten sich kaum merklich, offensichtlich habe ich den wunden Punkt gefunden. »Selina hat vorhin so was erwähnt«, sage ich leise.

»Ich habe mich von meiner Ex-Freundin getrennt, weil ich mich entscheiden musste. Am Ende muss man sich immer entscheiden. Ich habe ihr wehgetan, ich habe mir wehgetan … Das ist es nicht wert, und ich habe lange gebraucht, um das zu erkennen.«

Ich schlucke. »Du willst also nie wieder eine Freundin? Das hast du aus dieser Beziehung gelernt?«

Er schüttelt gedankenverloren den Kopf. »Von *wollen* ist nicht die Rede. Mein bester Freund und seine Freundin sind so harmonisch miteinander, sie sind ein richtiges Team. So was will ich auch … irgendwann.«

»Aber jetzt noch nicht?«, hake ich noch mal nach.

Tobi sieht mich an, unsere Blicke treffen sich so intensiv, dass die Kälte der Nacht plötzlich verschwunden zu sein scheint. Und dann spüre ich nur noch ihn, seine Hände an meiner Taille. Ich lege meine Finger sanft an seinen Nacken, und es fühlt sich an, als würden unsere Blicke uns immer näher zueinander ziehen. Und dann spüre ich seine Lippen auf meinen.

Wieder ist da dieses Feuerwerk in mir. Wie kann sich etwas so richtig anfühlen, von dem Tobi denkt, es wäre falsch? Ich lasse mich in den Moment fallen, genieße die Gefühle und hoffe, Tobi fühlt genauso wie ich.

Dann löst er sich von mir, und augenblicklich überflutet mich eine kalte Welle. Er sieht mir fest in die Augen. »Ich kann meine Bedenken nicht einfach über Bord werfen, weißt du? Sie sind da, ob ich will oder nicht. Und wenn ich so denke, kann ich mich doch nicht auf eine Beziehung einlassen, oder? Das wäre unfair.« Er klingt unsicher, so als würde er wollen, dass ich seine Worte bestätige. Aber das werde ich nicht.

»Wenn man sich – egal, um was es geht – immer hundertprozentig sicher sein müsste, dann könnte sich kein Mensch mehr auf die Straße trauen.« Ich atme tief durch. »Glaubst du, ich bin mir sicher, dass es die richtige Entscheidung war, nach München zu ziehen? Ich rede es mir ein, aber das heißt noch lange nicht, dass ich überzeugt bin! Und obwohl ich das weiß, bleibe ich hier, weil … weil ich einfach nur hoffe, dass es wirklich die richtige Entscheidung war.«

»Ich bin froh, dass du nach München gezogen bist«, sagt Tobi leise und sieht mir unverwandt in die Augen. »Und ich will dich nicht verlieren. Aber wenn wir uns auf das hier einlassen würden …« Er deutet erst auf mich, dann auf ihn. »… dann könnte ich dir nie versprechen, dass es gut geht. Vielleicht wird es Dates geben, die ich absagen muss, weil ich kurzfristig auf Leo aufpassen muss oder weil Selina mich braucht. Irgendwann wirst du davon genervt sein, du wirst mir vorwerfen, meine Familie wäre mir wichtiger als du. Und dann werde ich mich wieder entscheiden müssen.«

Auch wenn Tobi mir seine Gründe eindringlich darlegt, muss ich schmunzeln. »Aber ich habe dich doch nicht gebeten, mich hier und jetzt zu heiraten.« Ich werfe ihm ein schiefes Grinsen zu. »Weißt du, ich finde, man muss als Paar nicht jede einzelne Sekunde miteinander verbringen. Mir ist es auch wichtig, Zeit für meine Familie und meine Freundinnen zu haben. Ob du's glaubst oder nicht: auch mal ohne dich! Außerdem gibt es niemals eine Garantie, dass eine Beziehung funktioniert. Eine Trennung kann passieren … Aber es ist doch besser, es wenigstens zu versuchen, oder? Vielleicht schaffen wir es ja auch. Und was das Babysitten angeht – dann passen wir einfach zusammen auf Leo auf! Und Selina und ich veranstalten eine Lesenacht.«

Endlich breitet sich ein Lächeln auf Tobis Gesicht aus, so warm, so vertraut, dass ich nicht weiß, wie ich je ohne es ausgekommen bin. »Du hast für alles eine Antwort, oder?«

»Nein, ganz bestimmt nicht.« Mein Herz beginnt kräftig zu pochen, weil ich merke, wie Tobis Schutzmauer endlich Risse bekommt. »Aber hierauf schon.«

Zumindest klingt es nach einem Plan«, sagt er langsam.

»Nach einem guten Plan?«, frage ich hoffnungsvoll, und mein Herz macht einen kleinen Hüpfer.

Tobi lacht leise und rutscht näher zu mir heran, bis sich unsere Schultern berühren. Dann streckt er die Hand aus, bis seine warmen Finger meine Wange berühren. Mit sanftem Druck sorgt er dafür, dass wir uns ansehen und sein Atem meine Nase kitzelt.

Ich warte auf seine weichen Lippen, freue mich auf das schönste Gefühl, das ich nun zum ersten Mal voll und ganz genießen werde können. Doch als wir nur noch wenige Zentimeter voneinander entfernt sind, hält er inne.

31
Tobi

Mein Bruder, dein Endgegner

Ihre vollen Lippen sind leicht geöffnet und nur noch Zentimeter von meinen entfernt. Unsere Blicke verlieren sich ineinander, suchen sich, finden sich. Die letzte Hürde scheint überwindbar, geradezu lächerlich im Vergleich zu dem, was hinter uns liegt. Und trotzdem halte ich inne.

Alex ist das Mädchen, das ich nicht wollte und doch so sehr brauche. Für sie möchte ich die Vergangenheit ruhen lassen, für sie möchte ich an mich glauben. Kann unser Leben so leicht sein, wie Alex es beschreibt?

»Wir könnten es versuchen«, murmle ich mit rauer Stimme, auch wenn ich weiß, dass meine Worte kaum romantisch sind. Doch mehr kann ich ihr nicht geben, mehr kann ich ihr nicht versprechen, ohne mich wie ein Lügner zu fühlen.

Aber ihre Lippen verziehen sich zu einem unwiderstehlichen Lächeln. »Ja, lass es uns versuchen.«

Ich überbrücke die letzten Zentimeter und küsse Alex. Endlich und so richtig. Ihre Berührung erinnert mich an nach Hause kommen, an die lauen Sommernächte, die ich auf der Hackerbrücke verbracht habe … und an etwas völlig Neues. Etwas Wunderschönes, etwas Aufregendes. Ein warmes und gleichzeitig elektrisierendes Gefühl strömt durch meinen gesamten Körper und spült alle Sorgen von mir. Wann habe ich mich das letzte Mal schwerelos gefühlt?

Kühle Nachtluft streift uns, und Alex durchfährt ein Zittern. Ich lege einen Arm um sie, ziehe sie noch fester an mich heran, um sie zu wärmen. Ich habe keine Kraft mehr, mich von ihr fernzuhalten und die Vorstellung aufrecht zu erhalten, für sie sei kein Platz in meinem Leben. Voll und ganz möchte ich mich auf sie und auf ihre Nähe einlassen – und noch nie fühlte sich etwas selbstverständlicher an als wir.

Schließlich lösen wir uns voneinander und bleiben dennoch eng umschlungen. Alex kichert. »Wer hätte das gedacht? Wir zwei.«

Ich lächle vage, weil ich mir Lenis triumphierendes Grinsen und die wackelnden Augenbrauen von Jonas nur zu gut vorstellen kann. »Wir beide jedenfalls nicht«, sage ich diplomatisch.

»Selina wird Augen machen. Unser Kuss auf der Party hat sie schon so schockiert.«

»Du hast meiner Schwester von unserem Kuss erzählt?«, frage ich überrascht.

Alex zuckt die Schultern. »Ja, ich kann mich mit ihr

echt gut unterhalten. Sie ist eine gute Zuhörerin, auch wenn sie nicht ganz so erpicht war, etwas über dein Liebesleben zu erfahren.«

Ich schnaube. »Das will ich doch hoffen. Bei ihr musste ich mir die Frage glücklicherweise noch nie stellen. Aber wenn meine kleine Schwester mal einen Kerl mit nach Hause bringt, lasse ich ihn nicht aus den Augen.«

»Glaub mir, das weiß sie«, piepst Alex mit ungewöhnlich hoher Stimme, und ich runzle die Stirn. Mir ist, als hätte ich was verpasst.

»Gibt es etwas, dass ich wissen müsste?«

»Was du wissen *müsstest?*«, wiederholt sie belustigt. »Nein, ganz sicher nicht!«

Ich hebe eine Augenbraue, frage aber nicht weiter nach. In dieser Nacht zählen nur Alex und ich und der Beginn von uns. Trotzdem erfüllt es mich mit Wärme, dass Alex und Selina offensichtlich schon ein zartes Freundschaftsband geknüpft haben. Es ist mir wichtig, dass meine Familie das Mädchen an meiner Seite akzeptiert.

Alex legt ihren Kopf auf meine Schulter, und gemeinsam beobachten wir, wie sich die Farben der Stadt verändern und langsam ein neuer Tag anbricht.

»Oh mein Gott, ist das euer Ernst?« Selina steht vor uns, die Hände in die Hüften gestemmt. »Ich mache mir die Sorgen des Todes, und ihr turtelt auf irgendeiner Brücke herum, ohne auf meine Nachrichten zu antworten?«

Die Finger meiner linken Hand sind mit denen von Alex verwoben, mit der anderen Hand reibe ich mir den Nacken. Nachdem die Lichter der Stadt verblasst sind und ein heller Schimmer den Tag angekündigt hat, sind Alex und ich verfroren in Richtung Wohnheim aufgebrochen. Jetzt stehen wir in ihrem Zimmer und sehen uns meiner Schwester gegenüber, die uns mit wirren Haaren und funkelnden Augen bereits erwartet hat.

»Ich wollte dich nicht aufwecken«, verteidigt sich Alex kleinlaut und wirft mir einen hilfesuchenden Blick zu. »Und mein Handy habe ich nicht gehört. Ich war … abgelenkt. Sorry, Selina.«

»Es tut mir leid, dass ich dich gestern Abend stehen gelassen habe«, entschuldige ich mich ebenfalls bei meiner Schwester. »Aber jetzt ist alles gut. Wir haben es geklärt.«

Selina sieht abwechselnd Alex und mich an. »Ihr habt es geklärt, ja? Und jetzt seid ihr … was? Ein Paar? Oder ist das nur irgendein Freundschaft-Plus-Ding?«

»Ein Paar«, sage ich und hebe unsere Hände in die Höhe. »Oder nach was sieht das für dich aus?«

Ihr Blick hellt sich auf. »Gott sei Dank«, seufzt sie. »Ich hatte schon Angst, dass das zwischen euch ein ewiges Hin und Her wird.« Sie macht zwei Schritte nach vorne und schließt Alex in ihre Arme. »Willkommen in der Familie! Ich wollte schon immer eine Schwester.«

Bei ihren Worten schlucke ich. Freude und Unsicherheit teilen sich ihren Platz in meinen Gedanken. Mein logischer Verstand möchte meine Schwester verbessern, sie daran erinnern, dass Alex und ich erst seit ein paar Stunden zusammen sind und noch gar nicht abzusehen ist, worauf das Ganze hinausläuft.

Aber mein Herz hält mich zurück. Es möchte nicht logisch denken, es möchte genau das Gleiche sagen, was Selina laut ausgesprochen hat. Es möchte romantisch sein und in diesem Augenblick glauben, dass Alex und ich uns gefunden haben und wir uns nie wieder verlieren werden.

»Danke«, stottert Alex überfordert, während sich unsere Finger voneinander lösen, sie halb in der Haarmähne meiner Schwester verschwindet und im Sekundentakt blinzelt. »Ich wollte auch immer eine Schwester.«

»Ich bin so auf die Augen von Mama gespannt!«, quiekt Selina plötzlich und schiebt Alex ein Stückchen von sich, um erst sie, dann mich begeistert anzusehen.

Ich räuspere mich. »Dafür ist irgendwann noch Zeit genug, meinst du nicht auch? Ich für meinen Teil würde die vergangenen Tage lieber erst mal sacken lassen, bevor wir Mama davon erzählen … und allen anderen auch.«

Alex nickt erleichtert. »Du sprichst mir aus der Seele. Die letzte Zeit war nervenaufreibend.«

»Oh«, macht Selina enttäuscht, und sie fängt an, auf ihrer Unterlippe zu kauen. »Das ist ja jetzt blöd.«

Ich zucke die Schultern. »Wieso? Was machen ein paar Wochen für einen Unterschied?«

Sie sieht betreten zu Boden. »Na ja, ich hab Mama gestern Abend geschrieben, damit sie sich keine Sorgen macht, weil wir nicht heimkommen. Und es könnte sein, dass ich irgendwie aus Versehen erwähnt habe, dass da irgendwas Komisches zwischen euch läuft.«

»Irgendwas Komisches?«, wiederhole ich schnaubend, während Alex gluckst.

»Ja, komisch«, bestätigt Selina kopfschüttelnd. »Da soll mal einer durchsteigen bei euch. Erst kennt ihr euch nur heimlich und könnt euch nicht ausstehen, dann geht ihr zusammen ins Theater und mögt euch, plötzlich Funkstille, und dann – bääām – küsst ihr euch. Wäre eure Beziehung ein Autounfall, hättet ihr vermutlich ein Schleudertrauma!«

»Du vergleichst unsere Beziehung mit einem Autounfall? Das wird ja immer besser.«

»Du weißt, was ich meine. Ihr habt euch einfach selbst überholt und seid dann volle Kanone ineinandergecrasht«, stöhnt Selina. »Jedenfalls kommt ihr wohl gar nicht drumherum, mit Mama zu sprechen. Sie ahnt sowieso schon was.«

Ich blase die Luft aus den Wangen. »Na, wunderbar.«

»Wir könnten gleich zu euch fahren«, schlägt Alex zögernd vor. »Dann können Marlene und ich nachher zusammen zur Arbeit fahren, wir haben heute wieder eine gemeinsame Schicht.«

»Ist das für dich wirklich in Ordnung?«, frage ich sie. »Wenn du willst, dann halte ich Mama noch hin und erzähle ihr das Blaue vom Himmel. Dann können wir uns so viel Zeit lassen, wie wir wollen.«

Alex schüttelt den Kopf. »Nein, schon gut. Ich will Marlene nicht belügen. Ehrlich gesagt, macht mir Leos Reaktion die größten Sorgen. Er hat mich damals beim Abendessen extrem misstrauisch beäugt.«

Ich lache, lege einen Arm um sie und küsse sie auf die Schläfe. »Er wird dich lieben!«

Selina hüstelt. »Wir sollten trotzdem seine Wassermalfarben verstecken, bevor ihr es ihm erzählt.«

Meine Handinnenflächen sind schwitzig, als wir die Treppe nach oben steigen und mit jedem Schritt der Wahrheit ein Stück näher kommen. Froh darüber, dass Alex und ich gerade keine Hände halten, wische ich sie an der Jeans trocken. Ich hätte mir für Alex und mich gerne mehr Zeit gewünscht, in der wir uns und unsere Beziehung definieren, doch sie hat recht. Es würde sich falsch anfühlen, meine Mama immer wieder aufs Neue zu belügen. Allein mein Studienabbruch hat mir Tag für Tag ein schlechtes Gewissen beschert.

Als Selina den Schlüssel im Türschloss herumdreht, atme ich noch mal tief durch. Und dann wiederum frage ich mich, warum wir warten und unser Glück nicht sofort mit allen teilen sollten.

Mama ist gerade dabei, Kaffeepulver in den Filter zu löffeln, als Alex und ich in die Küche treten. Sie dreht sich zu uns, und ihr Blick findet pfeilschnell unsere nun wieder ineinander verschränkten Finger. Ein schlecht gespieltes Erstaunen tritt in ihre Augen. »Na, so eine … Überraschung.«

»Schon gut, Mama!« Selina lugt hinter uns hervor. »Ich habe ihnen erzählt, dass ich dir geschrieben habe.«

Mamas offener Mund verwandelt sich in ein Lächeln. »Gott sei Dank«, sagt sie und winkt ab. »Ich bin mir gerade ziemlich blöd vorgekommen.«

»Hallo, Marlene«, begrüßt Alex sie fast schüchtern, und die beiden umarmen sich kurz. »Ich hoffe, der Überraschungsbesuch ist in Ordnung.«

»Ich habe schon mit dir gerechnet«, lässt Mama sie mit verschmitztem Grinsen wissen und deutet auf eine Tüte vom Bäcker. »Ich hoffe, du magst Schokocroissants?«

Alex' Augen werden groß. »Ich liebe sie.«

Mama nickt zufrieden und wendet sich dann an mich. Kopfschüttelnd gibt sie mir einen sanften Klaps auf den Hinterkopf. »Seit wann erzählst du mir nichts mehr?«

»Lange Geschichte«, antworte ich vage.

»Die du mir beim Frühstück erzählst?«, bohrt sie weiter.

»Die ich dir beim Frühstück erzähle«, bestätige ich ihr. Es ist Zeit, mit der Wahrheit herauszurücken, und vielleicht ist die Wahrheit mehr, als Mama gerade noch vermutet.

Ich helfe ihr, den Frühstückstisch zu decken, während Selina mit Alex in ihrem Zimmer verschwindet, um die geliehenen Bücher ins Regal einzusortieren. Hin und wieder dringt ein Lachen in die Küche. Mama reicht mir die Teller, als sie in der Bewegung plötzlich innehält. »Ich habe die Frage gerade übrigens ernst gemeint«, sagt sie, und ihr Blick bohrt sich in meinen.

»Seit wann erzählst du mir nichts mehr?«, wiederholt sie. »Und *warum* erzählst du mir nichts mehr?«

Zögernd nehme ich das Geschirr entgegen und seufze. Es gibt keinen perfekten Moment, aber es gibt richtige Momente, und einer davon ist hier und jetzt. »Alex und ich kennen uns schon länger. An dem einen Abend, als du sie nach der Arbeit zu uns eingeladen hast, haben wir uns nicht zum ersten Mal gesehen.«

Mama stutzt. »Das erklärt auf jeden Fall, warum ihr euch so merkwürdig verhalten habt. Aber ich verstehe das nicht, wieso habt ihr nichts gesagt?«

»Ich hab Alex gebeten, dir nicht zu erzählen, dass wir uns aus der Schreinerei kennen, und sie hat ihr Wort gehalten.«

»Dass ihr euch aus der … Moment. Du meinst, ihr kennt euch aus Alex' Ausbildungsbetrieb? Hast du dir neben dem Studium noch einen Job gesucht? Ich habe dir doch gesagt, dass du das nicht machen musst und dich lieber aufs Lernen konzentrieren sollst.« Mama schüttelt den Kopf. »Dir fällt die Thematik doch sowieso schon so schwer.«

Ich atme einmal tief durch und schließe die Augen. »Ich habe mein Studium geschmissen.« Dann öffne ich die Augen, gefasst auf ihren enttäuschten Blick und die hängenden Schultern. Und ich werde nicht überrascht. Leiser Schmerz und Unverständnis schimmern in ihren Augen.

»Wann hast du dein Studium beendet?«

»Vor ein paar Wochen, zu Beginn des neuen Semesters«, antworte ich, und mir wird schwer ums Herz, wenn ich an die kommende Diskussion denke.

»Ein paar Wochen?« Zu meinem Entsetzen füllen sich Mamas Augen mit Tränen. Ich habe mit Enttäuschung gerechnet, aber nicht mit solcher Trauer. »Warum hast du nichts gesagt?«

»Weil ich Angst hatte, dass du genau so reagierst. Es tut mir leid, dass ich dich enttäusche, weil ich nicht studiere«, gestehe ich und meine dabei jedes Wort ernst. Ich habe mich selbst enttäuscht, ich enttäusche meine Familie, und doch will ich den Schritt nicht rückgängig machen. Die Belastung des Studiums war so enorm, dass ich erst nach Abbruch wieder frei atmen konnte.

Mama runzelt die Stirn. »Ich bin doch nicht enttäuscht, weil du das Studium abgebrochen hast. Ich habe sowieso nie verstanden, warum du dich für ein Fach entschieden hast, das dir so wenig Spaß macht«, sagt sie irritiert und wischt sich mit einer schnellen Bewegung die Tränen aus den Augen. »Ich bin enttäuscht, weil du dich mir nicht mehr anvertraust. Ich dachte, ich hätte dir immer das Gefühl gegeben, dass du mit allem zu mir kommen kannst. Seien es schlechte Noten oder andere Sorgen. Du bindest ein Sorgenpäckchen, und gibst es mir, weißt du nicht mehr?«

Unfreiwillig muss ich lachen. »Das war in der Grundschule, Mama. Ich bin mittlerweile neunzehn und laut Gesetz erwachsen.«

»Aber du wirst immer mein Sohn sein, und das heißt, dass das Angebot auch noch steht, wenn du fünfzig bist.«

»Ach, Mama.« Ich schüttle den Kopf. Doch auch wenn ich mir alle Mühe gebe, cool und erwachsen zu sein, so, als könnte ich mit jedem Problem dieser Welt alleine fertigwerden, wird mir warm ums Herz, und ich stelle die Teller auf den Tisch, um sie fest zu umarmen.

»Hör auf, jetzt muss ich gleich wieder weinen«, schnieft sie an meinem Hals. »Was soll nur Alex von mir denken?«

Ich schnaube belustigt. »Dass du Gefühle hast, vermutlich.«

Mama drückt mich von sich. »Du bist ein Witzbold.« Sie wischt sich erneut über die Augen. »Und du hast jetzt beschlossen, Schreiner zu werden?«

Ich schüttle den Kopf. »Ich wollte Geld verdienen, um dich zu unterstützen.«

»Oje«, stöhnt sie, und ihre Finger krallen sich um eine der Stuhllehnen, dabei bricht unser Blickkontakt nicht ab. »Es ist wichtig, dass du eines weißt, Tobias. Du bist nicht dein Vater, du bist nicht verantwortlich für unsere Familie, hörst du?«

»Aber ich bin der Älteste, und …«

Doch sie unterbricht mich. »Du bist nicht verantwortlich«, wiederholt sie entschieden. »Nur weil dein Vater und ich im Streit auseinandergegangen sind und er uns nicht unterstützen möchte, musst du nicht seine Fehler ausbaden, ja? Wenn du Geld verdienst, dann gib es aus oder noch besser: Spare es. Doch ich werde es nicht nehmen.«

Ich fahre mir durch die Haare. »Aber ich will dich unterstützen. Du sollst nicht zwei Jobs haben müssen, um uns irgendwie durchzubringen. Das ist nicht nötig, ich kann dir helfen.«

»Schau mal«, sie legt mir die Hand sanft an die Wange. »Sobald uns der Unterhaltszuschuss genehmigt wird, kann ich meine Stunden im Supermarkt reduzieren, sodass ich nicht jedes Wochenende arbeiten muss. Bitte suche dir lieber etwas, das dir Spaß macht. Vielleicht willst du ja etwas anderes studieren oder eine Ausbildung machen. Darauf solltest du jetzt den Fokus legen. Finde deinen Weg!«

Ich zucke die Schultern, etwas enttäuscht, dass sie meine Hilfe so vehement ablehnt, obwohl es mir so wichtig ist. »Darüber habe ich mir noch nicht so viele Gedanken gemacht.«

Sie nickt zum Herd. »Wie wäre es mit einer Kochlehre? Du hast dir selbst verschiedene Techniken und Gerichte beigebracht, vielleicht willst du dich auch beruflich damit beschäftigen.«

»Das hat Alex auch schon vorgeschlagen«, gebe ich zu.

Mama grinst. »Liebe geht durch den Magen.«

»Ich könnte mich ja mal im Internet informieren«, meine ich unschlüssig, ohne auf ihren Kommentar einzugehen. »Und ein Praktikum machen.«

Mama öffnet den Küchenschrank und holt fünf Tassen hervor, die meisten davon sind Werbegeschenke mit einfallslosen Slogans. »Mach das. Wähle einen Beruf, den du liebst, und du brauchst keinen Tag in deinem Leben zu arbeiten.«

»Du zitierst Konfuzius noch vor deiner ersten Tasse Kaffee? Ich bin beeindruckt.«

Bevor Mama antworten kann, taucht Leo im Türrahmen auf. Seine Augen sind ganz groß, und Verwirrung steht ihm in sein rundes Gesicht geschrieben. »Da ist wieder dieses Mädchen.« Er deutet mit seinem kleinen Zeigefinger in die Richtung seines Zimmers.

Ich lächle, gehe ein paar Schritte auf ihn zu und knie mich vor ihn, sodass wir fast auf Augenhöhe sind. »Sie heißt Alex. Weißt du nicht mehr?« Er verzieht angestrengt das Gesicht, so als würde das Treffen bereits Jahre zurückliegen. »Sie wird uns ab jetzt öfter besuchen.«

»Warum?«

»Weil ich sie gerne habe.«

Sein Mund klappt entrüstet auf. »So gerne wie mich?«

Mama räuspert sich im Hintergrund belustigt, denkt aber gar nicht daran, mir zur Hilfe zu eilen. Na, vielen Dank auch.

»Man kann viele Menschen lieb haben«, erkläre ich ihm. »Nur weil ich Alex lieb habe, heißt das nicht, dass ich dich dadurch weniger lieb habe, verstehst du?«

Er runzelt die Stirn und starrt mich an, so als würde er tatsächlich versuchen, meine Worte nachzuvollziehen. »Okay«, sagt er langsam.

Als die beiden Mädchen hinter ihm auftauchen, dreht er sich langsam zu Alex um und mustert sie eingehend. Sie tut es mir gleich und kniet sich zu ihm hinunter. »Schön, dich wiederzusehen, Leo.«

Immer noch etwas skeptisch schüttelt er ihre Hand. »Magst du Nudeln?«

Sie wirft mir einen kurzen fragenden Blick zu, und ich nicke kaum merklich. »Oh, ich liebe Nudeln.«

Leo wirkt zufrieden, als er sich an Mama wendet. »Darf ich Kakao haben?«

»Na klar, komm her!« Mama winkt ihn zu sich, und Alex und ich stehen wieder auf. Ich greife nach ihrer Hand und ziehe sie zu mir.

»Ich würde sagen, du hast gerade deine Feuerprobe bestanden«, flüstere ich grinsend und nicke zu Leo.

32
Alex

Andere Mütter haben auch schöne Töchter

Das Wochenende über schwebe ich wie auf Wolken, alles scheint leichter und bezwingbarer, weil ich Tobi an meiner Seite weiß. Als ich den Samstag bei seiner Familie verbringe, fühle ich mich wie zu Hause, so als wäre ich angekommen. In München, in meinem neuen Leben.

Nach dem Frühstück verziehen wir uns in sein Zimmer, und während wir nebeneinander auf dem Bett liegen und Händchen halten, quetschen wir uns gegenseitig über alles Mögliche aus, um uns noch besser kennenzulernen. Denn obwohl wir seit ein paar Wochen zusammenarbeiten, ist Tobi für mich noch immer ein spannendes Fragezeichen.

»Ab wann fandest du mich nicht mehr unausstehlich?«, will er wissen und fährt sanft mit seinem Daumen über meinen Handrücken.

Leichte Frage. »Seit dem Abendessen bei deiner Familie.«

Tobi stutzt. »Wieso? Ich war an dem Abend nicht besonders freundlich zu dir.«

»Das nicht, aber ich habe gemerkt, dass ich dich komplett falsch eingeschätzt habe. Ich dachte, du bist ein verhätschelter Schnösel, dabei bist du ein verantwortungsvoller Familienmensch. Ich war fast ein bisschen schockiert. Also positiv schockiert«, gebe ich zu.

»Positiv schockiert?«, wiederholt er belustigt.

»Auf jeden Fall habe ich durch dich gelernt, Menschen nicht sofort abzustempeln. Wir sehen nur das, was sie von sich preisgeben. Und das ist manchmal vielleicht nur ein Zehntel von ihnen. Bis wir sie wirklich kennenlernen …«

»Ich weiß, was du meinst«, seufzt Tobi. »Ich habe dich auch recht schnell in eine Ecke geschoben.«

»Ab wann fandest du mich denn nicht mehr unausstehlich?«, hake ich neugierig nach.

»Das Abendessen war auf jeden Fall der Anfang. Aber als ich gemerkt habe, dass du mich nicht bei meiner Mama verpetzt und dir nichts aus meiner Lebenssituation machst, da war ich innerlich bereit, dich noch mal zu überdenken. Also war es eher ein schleichender Prozess.«

»Hast du wirklich damit gerechnet, dass ich deiner Mama von deinem Studienabbruch erzähle, obwohl du mich darum gebeten hast, es nicht zu tun?« Ich beobachte ihn von der Seite. Zugegeben, wir konnten nicht viel miteinander anfangen und mochten uns nicht, aber dennoch trifft es mich, wie wenig er wirklich von mir gehalten hat.

»Sagen wir mal so, ich habe es nicht ausgeschlossen«, erklärt er vorsichtig. »Das liegt nicht an dir … Ich bin generell etwas skeptisch, wenn ich neue Leute kennenlerne. Deshalb wollte ich auch keine Entschuldigung hören, als du zu mir gekommen bist. Ich habe mich bestätigt gefühlt, und damit warst du für mich kein Thema mehr. Aber jetzt komme ich mir ziemlich blöd vor. Ich verurteile Leute dafür, dass sie Vorurteile haben … Das ist doch ein Widerspruch in sich, oder?«

»Ich habe es dir aber auch leicht gemacht, Vorurteile zu entwickeln. Ich würde mal sagen, was das angeht, sitzen wir in einem Boot. Und wenn wir uns beide versprechen, es nicht mehr so weit kommen zu lassen, haben wir beide daraus gelernt, und das Thema ist Geschichte. Also lass uns nicht mehr davon reden. Eigentlich spielt es doch keine Rolle, was wir voneinander gehalten haben, es geht darum, wie wir *jetzt* zueinanderstehen.«

»Du hast recht«, stimmt er mir zu. »Dann lass uns lieber davon reden, wo unser erstes Date stattfinden soll.«

Ich lege meinen Kopf auf Tobis Schulter. Sie ist breit und fest. »Hatten wir unser erstes Date nicht irgendwie schon?«

»Ich wüsste nicht, wann.«

»Im Theater? Auf der Brücke?«, zähle ich auf.

Tobi schüttelt leicht den Kopf, sodass seine Wange gegen meine Haare reibt. »Aber das Theater war doch ein …«

»… Betriebsausflug?«, beende ich seinen Satz.

Er schnaubt. »Zumindest habe ich mir das eingeredet, ja.«

»Ehrlich gesagt, habe ich dich nur eingeladen, weil ich Zeit mit dir verbringen wollte. Nicht wegen der Arbeit, oder so. Aber natürlich hätte ich das immer bestritten!«

»Und ich habe die Einladung natürlich einzig aus dem Grund angenommen, weil ich mal ins Theater wollte. Nicht weil ich Zeit mit dir verbringen wollte. Alles andere hätte ich auch bestritten … vehement.«

»Ich würde gerne irgendwas unternehmen, bei dem wir uns viel unterhalten können, so wie jetzt.« Ich bin eindeutig verknallt. Jedes noch so gute Buch würde ich für eine Geschichte von Tobi sofort zur Seite legen. Am liebsten würde ich nichts anderes tun, als mit ihm Zeit zu verbringen.

»Das lässt sich einrichten. Was hältst du davon, wenn wir essen gehen?«

Ich nicke aufgeregt. »Unbedingt! Ich habe schon ein paar Restaurants auf meiner Liste, die ich zu gerne ausprobieren möchte.«

»Dann ist das beschlossene Sache. Davor habe ich aber noch eine Frage, die wir unbedingt klären sollten«, fügt er zögernd hinzu, und ich erwidere seinen ungewohnt nervösen Blick. »Wer war der Kerl auf der Party?«

»Welcher Kerl?«, frage ich und ziehe nachdenklich die Augenbrauen zusammen.

»Der, der dich umarmt hat, als ich gekommen bin«, hilft er mir auf die Sprünge.

Die Erinnerung an meinen betrunkenen Mitbewohner kehrt zurück, und ich muss lachen. »Basti? Der wohnt auch im Wohnheim – und vertrau mir, ich war an diesem Abend nicht das erste und nicht das letzte Mädchen, das er angebaggert hat. Das hat wirklich keinerlei Bedeutung.«

Tobi drückt meine Hand fester, und Glück strömt durch jede einzelne Faser meines Körpers. Am liebsten würde ich den Moment einfrieren und für immer festhalten, doch viel zu sehr freue ich mich auf unsere gemeinsame Zukunft und jeden weiteren innigen Moment.

Nach meiner Nachmittagsschicht im Supermarkt fahre ich zurück ins Wohnheim. Es war schön, Zeit mit Marlene zu verbringen. Zwar hatten wir nicht viel Gelegenheit, miteinander zu sprechen, denn es war unheimlich viel zu tun. Aber ich weiß ja, dass ich sie von nun an öfter sehen werde – Marlene, die Mutter meines festen Freundes.

Bevor ich mich in mein Zimmer verziehe, um weiterhin auf meiner Wolke zu schweben, klopfe ich bei Lara, denn ich habe sie nicht vergessen.

»Ist offen«, höre ich von drinnen eine heisere Stimme, und ich trete mit einem unguten Gefühl im Magen ein. Wie jedes Mal, wenn ich Laras Zimmer betrete, denke ich, dass es ebenso kreativ ist wie sie selbst. Ein totaler Ausdruck ihrer farbenfrohen Persönlichkeit. Die Wand am Fenster ist in einem Fliederlila gestrichen, und die unterschiedlich großen Bilderrahmen an den Wänden zieren abstrakte Gemälde von Tintenklecksen und Wirbeln – zumindest würde ich die Bilder als Laie so beschreiben. Die Bettwäsche ist in einem dunklen Aubergine gehalten, und der kleine runde Teppich, direkt vor dem Bett in einem Beigeton. Der Schreibtisch, der genau an der gleichen Stelle steht wie in meinem Zimmer, ist ein kreatives Chaos, und Zeitschriften, Stifte, Notizbücher und ein Kaktus kämpfen um jeden Zentimeter Platz. Lara selbst liegt auf dem Bett, die Beine angewinkelt, und ihr Blick ist auf ihr Handy gerichtet, das sie in beiden Händen hält.

»Hey, na?«, begrüße ich sie und setze mich zu ihr aufs

Bett, meinen Rucksack stelle ich neben meine Füße auf den Boden. »Wie ist es gestern gelaufen?«

»Mh«, brummt sie und bestätigt damit meine böse Vorahnung. Denn wenn sie einen ähnlichen Abend und eine ähnliche Nacht erlebt hätte wie ich, wäre sie vermutlich ebenfalls in dieser komischen Mischstimmung. Megaaufgedreht und doch total ruhig und zufrieden. »Sie hat mich für eine andere stehen gelassen, es wird also nicht die ganz große Liebe.«

»Das tut mir leid.« Ich beuge mich vor und drücke kurz ihre Hand.

Lara legt das Handy neben sich auf die Bettdecke. »Wie war denn dein Abend?«

Ich zupfe an meiner Nagelhaut herum. Auf der einen Seite würde ich mein Glück am liebsten in die Welt hinausschreien, auf der anderen Seite habe ich ein schlechtes Gewissen, weil ich Lara in ihrer Enttäuschung nicht weiter sticheln möchte. »Ganz gut … denke ich«, versuche ich meine Euphorie kleinzureden.

Sie nickt wissend. »Basti hat sich ziemlich an dich rangeschmissen, oder?«

Verwirrt sehe ich auf. »Basti?« Der angetrunkene und mit Komplimenten schmeißende Basti kehrt in meine Erinnerung zurück, und ich schüttle schnaubend den Kopf. »Ja, er war … interessant.«

»Vielleicht wird ja was aus euch.«

»Eher nicht«, druckse ich herum. »Ich habe jetzt was mit Tobi.«

Lara richtet sich auf und stemmt die Hände in die Matratze, Mund und Augen weit aufgerissen. »Sag bloß, ihr seid jetzt zusammen!«

»Wir haben keine Willst-du-mit-mir-gehen-Zettelchen ausgetauscht, aber ja, ich denke, wir sind zusammen.«

»Oh. Mein. Gott. Und da lässt du mich erst von meiner Pleite sprechen, ohne selbst mit der Sprache rauszurücken?«

»So unsensibel bin ich jetzt auch nicht.«

»Ach«, sie winkt ab. »Ich bin jung, für mich geht keine Welt unter, nur weil sich das Mädchen von gestern nicht als meine Seelenverwandte herausgestellt hat. Andere Mütter haben auch schöne Töchter!«

Ich pruste los, lasse meine ganze Erleichterung mit hinaus, denn ich bin so froh, dass Lara sich aus ihrem misslungenen Date nichts macht.

»Aber wie ist das eigentlich passiert, mit dir und Tobi? Er war doch gar nicht auf der Party!«

»Er hat Selina abgeholt, und dann haben wir … geredet.« Ich merke, wie schwierig es mir fällt, Lara alles zu erzählen. Schließlich weiß sie nur die Hälfte von dem, was in den letzten Wochen vorgefallen ist. Und ich frage mich, wie tief ich diese Freundschaft werden lassen will, wenn ich davor zurückschrecke, sie in mein Seelenleben blicken zu lassen. Zu viel Erklärung, zu viel Verletzungsgefahr, zu viel Angst vor Unverständnis. All diese Gründe sprechen für Distanz, doch meine Freundschaft mit Lara wird nie tiefer gehen, wenn ich es nicht zulasse. Ich hadere mit mir, wäge in Sekundenschnelle Vor- und Nachteile ab, während sie mich neugierig mustert. »Hast du heute Abend noch was vor?«

Ihr Mundwinkel verzieht sich zu einem schiefen Lächeln. »Du meinst, außer mein Date mit meinem Handy? Nope.«

»Dann würde ich dir gerne was erzählen.«

Am Sonntag fühle ich mich viel leichter und gleichzeitig viel schwerer. Denn mit dem morgigen Tag bricht auch die harte Realität wieder über mich hinein, und ich weiß, dass ich mich meiner Angst werde stellen müssen.

Mich Lara anzuvertrauen hat mir unglaublich gutgetan, und noch während ich ihr von der Arbeit und von Tobi erzählt habe, wusste ich, dass ich die richtige Entscheidung getroffen habe. Lara hat mir zugehört und mich an keiner Stelle unterbrochen. So konnte ich einfach erzählen und mir alles von der Seele sprechen. Als ich ihr die Geschehnisse der letzten Zeit berichtet habe, ist es mir gelungen, die Dinge mit etwas Abstand zu betrachten und zu reflektieren.

Auch jetzt, als ich ausgeschlafen in meinem Bett liege, spüre ich die Erleichterung in meinen Schultern. Doch gleichzeitig wird mir bewusst, dass sich meine Situation nicht geändert hat. Nicht durch Tobi und meine siebte Wolke, aber auch nicht durch Lara und unsere neue Ebene der Freundschaft. Letztendlich muss ich mir eingestehen, dass mir niemand helfen kann, außer einer Person. *Ich selbst.* Nur ich selbst bin für mein Glück verantwortlich, nicht Tobi, nicht Lara, nicht meine Eltern … nur ich. Also bringt es nichts, noch länger vor einem klärenden Gespräch bei der Arbeit davonzulaufen, denn es wird sich nur etwas ändern, wenn ich für mich einstehe und anerkenne, was mich unglücklich macht. Es ist eine große Überwindung zu akzeptieren, dass nun ich am Zug bin, doch auf der anderen Seite ist es auch eine Erleichterung. Ich und meine Einstellung, wir können etwas verändern.

Wenn ich morgen mit Paul spreche, werde ich meine Probleme nicht kleinreden. Ich werde ihm erklären, was mich stört und warum es mich stört.

Während ich den Sonntag nutze, um Staub und den Boden zu wischen, mein Bett frisch zu beziehen und den Spiegel auf Hochglanz zu polieren, liegt auf meinem Nachtkästchen ein Notizblock bereit, auf dem ich mir alles notiere, was ich morgen mit meinem Chef besprechen möchte. Den ganzen Tag über halte ich immer wieder inne und schreibe meine Gedanken nieder, um ja nichts zu vergessen. Ich würde mich ärgern, wenn ich nur die Hälfte von dem anbringe, was mir wirklich durch den Kopf geht. Vorbereitung ist alles.

Gleichzeitig hilft mir die monotone Putzarbeit die aufkommende Panik zu kontrollieren. Denn noch immer habe ich Angst, dass meine Ausbildung nach dem Gespräch den Bach runtergeht, dass der Traum von einer Zukunft als Bühnenbildnerin im Gärtnerplatztheater ausgeträumt ist, noch ehe er richtig begonnen hat.

Trotzdem ist mir klargeworden, dass es nichts bringt, vor Problemen davonzulaufen, und sie meist noch größer werden, wenn sie ignoriert werden. Als mir Tobi erzählt hat, wie er seiner Mama gebeichtet hat, dass er sein Studium abgebrochen hat und nun jobbt, war das ein großer Motivationsschub. Ein neuer Wille in mir ist entfacht, ebenfalls das Unangenehme nicht weiter aufzuschieben.

Und wer weiß, vielleicht sind all meine Selbstzweifel ja umsonst, und alles wird gut. Aber dieser Gedanke ist klein und vorsichtig. Es lebt sich leichter damit, misstrauisch zu sein und mit dem Schlimmsten zu rechnen. So viel schöner ist es dann, positiv überrascht zu werden. Dann frage ich mich, wie schön das Leben erst wäre, mit Grundoptimismus neue Herausforderungen anzunehmen. Vielleicht sollte ich meine Einstellung überdenken und mich darauf einlassen, dass nicht alles Schwarz und Weiß ist.

Als ich am Abend all meine To-dos abgearbeitet habe, bin ich stolz darauf, was ich geschafft habe. Sowohl auf das, was ich sehen, als auch auf das, was ich spüren kann. *Neuen Mut.*

Am Abend telefoniere ich mit Tobi und lese ihm die Punkte vor, die den Tag über auf meinen Notizblock gefunden haben. Er hört mir aufmerksam zu und ergänzt seine Beobachtungen, sodass ich sie für das Gespräch morgen nutzen könnte. Allerdings weiß ich noch nicht, ob ich seine Zusätze erwähnen möchte, vielmehr hoffe ich, dass sich Paul durch meine eigenen Argumente überzeugen lässt.

»Ich freu mich auf dich«, sagt Tobi, als wir bereits eine Stunde telefonieren und die Sonne untergegangen ist.

»Ich mich auch. Was hast du heute gemacht?«

»Jedenfalls nicht so fleißig geputzt wie du«, gibt er zu. »Ich habe den Tag damit verbracht, nach Praktika als Koch zu suchen und auch bereits nach Ausbildungsstellen. Viele Bewerbungsfristen für den Start im nächsten Herbst laufen gar nicht mehr so lange. Ich muss mich also mit einer Bewerbung beeilen.«

Ich lächle und streiche im Sitzen über die weichen, frisch gewaschenen Bettbezüge. Ein leichter blumiger Hauch steigt mir in die Nase. »Ich glaube, das wäre genau das Richtige für dich. Und wenn nicht, dann versuchst du eben etwas anderes. Du bist doch jung, du musst noch nicht wissen, wie du dich verwirklichen möchtest.«

»Du hast recht. Trotzdem muss ich mich selbst immer wieder daran erinnern«, antwortet er nachdenklich.

»Vielleicht bekochst du mich demnächst ja wieder mal?«

»Sehr gerne. Aber bitte keine Lasagne.«

»Wieso?«, frage ich überrascht nach. »Magst du Lasagne nicht?«

»Doch, schon … Aber die habe ich erst letztens für Freunde gekocht. Das war ein merkwürdiger Abend, frag lieber nicht.« Sofort ist meine Neugier geweckt, doch bevor ich ihn bitten kann, mir davon zu erzählen, spricht er weiter. »Apropos Freunde. Mein bester Freund hat mich für nächsten Samstag eingeladen, weil er was zu feiern hat. Magst du mitkommen?«

Mein Puls schießt in die Höhe, und meine Schultern straffen sich. »Du willst mich deinen Freunden vorstellen?«

»Meiner Familie habe ich dich ja auch schon vorgestellt. Also warum warten?«

Nervös kaue ich auf meiner Unterlippe. »Was ist, wenn sie mich nicht mögen?« Tobi sind seine Freunde sehr wichtig, was ist, wenn genau diese nichts von mir halten werden? Wird das unsere frische Beziehung beeinflussen?

»Sie werden dich lieben, glaub mir.«

»Aber …« Doch ich breche den Satz ab und rufe mich zur Vernunft. Was habe ich mir heute versucht beizubringen? *Optimismus.* Nicht hinter jeder Ecke lauert auch wirklich etwas. Ich atme tief durch. »Okay.«

Am Montagmorgen stehe ich länger am Spind als notwendig, nervös packe ich meinen Rucksack weg und ziehe ihn wieder hervor, nur um den Moment hinauszuzögern, in dem ich die Werkstatt betreten werde. Doch dem Gespräch werde ich nicht entkommen, egal wie sehr ich meinen Spindinhalt noch hin und her räume. Ich seufze tief, stopfe ein letztes Mal die Handtasche zurück an ihren Platz und schlage die Blechtür zu.

»Guten Morgen«, flüstert eine Stimme hinter mir, und eine Sekunde später drückt mir Tobi einen Kuss ins Haar. »Hast du gut geschlafen?«

»So semi«, antworte ich wahrheitsgemäß, streiche mir die Haare wieder glatt und ziehe meinen Haargummi straff.

»Soll ich dich begleiten?«, fragt Tobi mich sanft und greift nach meiner Hand, damit ich mich zu ihm umdrehe.

Ich schüttle den Kopf, während ich ihm in die Augen sehe. Zwar wäre eine Stütze beruhigend, doch ich weiß, dass ich diesen Weg alleine gehen möchte. »Nein, ich schaffe das schon.«

»Und wie du das wirst«, bestätigt er mir, und in seinen Augen glitzert Stolz, als er zu mir hinunterblickt.

»Na dann«, seufze ich, und mein Puls beschleunigt sich. »Auf in den Kampf.«

33
Tobi

Mein Herz weiß schon, was es tut

Eine Woche später.

Mit verschränkten Fingern schlendern wir die Feilitzschstraße entlang. Der leichte Wind weht die letzten bunten Blätter von den Bäumen, und die ersten Läden werden bereits mit Lichterketten und Tannenzweigen geschmückt. Der Herbst verabschiedet sich, der Winter ist nahe. Ich liebe lange Tage, Sonne und Wärme, weshalb ich die kommende Jahreszeit in der Vergangenheit am liebsten übersprungen hätte. Doch dieses Jahr ist alles anders. Alex' Lachen leuchtet heller als die Sonne, und ihre Berührungen sind wärmer als jeder Sonnenstrahl – wer braucht da noch den Sommer?

»Was wünschst du dir eigentlich zu Weihnachten?«, frage ich sie und spähe in das kleine vollgestopfte Schaufenster eines Buchladens. Da ich in ein paar Tagen mein erstes Gehalt erhalten werde, werde ich dieses Jahr zum ersten Mal so viel Geld für Geschenke zur Verfügung haben wie noch nie. Ich freue mich schon jetzt auf das überraschte Gesicht meiner Schwester, wenn sie herausfindet, dass ich ihr alle Bücher auf ihrer Wunschliste gekauft habe.

»Ich bin wunschlos glücklich«, antwortet Alex und drückt meine Hand sanft.

»Ist das jetzt eine Floskel, weil du nicht möchtest, dass ich Geld für dich ausgebe? Keine Sorge, bald bin ich ein vermögender Mann«, witzle ich.

Sie verdreht die Augen und stößt mit ihrer Schulter leicht gegen meinen Oberarm. »Du bist ein Depp, aber das weißt du, oder?«

Ich grinse. »Ja, das ist mir bekannt.«

»Nein, ich meine es ernst. Ich bin wunschlos glücklich. Natürlich, es gibt Dinge, die ich erreichen möchte, Träume, die ich noch habe. Aber das hat Zeit, es muss nicht immer alles sofort sein. Und in diesem Augenblick brauche ich nicht mehr, als ich habe.«

»*Brauchen*«, wiederhole ich ihre Wortwahl nachdenklich. »Das Wenigste, das wir uns wünschen, brauchen wir tatsächlich. Wünsche ich mir einen Lottogewinn? Unbedingt! *Brauche* ich ihn aber auch? Ganz sicher nicht.«

Alex zuckt mit den Schultern. »Da hast du natürlich auch wieder recht, und wenn ich es so betrachte, dann könnte ich eigentlich noch ein paar Wünsche von der Liste streichen.«

»Nein, mach das nicht.« Ich schüttle den Kopf. »Es ist wichtig, Träume zu haben. Man sollte sich nur nicht zu sehr darauf versteifen, sondern auch im Moment sein und das Jetzt genießen.«

Sie bleibt stehen und zieht an meiner Hand, damit ich es ihr gleichtue. »Übrigens möchte ich mich bei dir bedanken.«

Ich ziehe fragend die Augenbrauen nach oben.

»Ich war sehr verletzt, als du hinter meinem Rücken mit Paul gesprochen hast, aber ich kann das abhaken, weil du mir versprochen hast, es nie wieder zu tun.« Sie atmet tief durch. »Ich weiß, das klingt richtig wirr. Aber wenn du nicht mit ihm gesprochen hättest, dann hätte ich mich vermutlich nie getraut, mit Paul zu reden. Oder ich wäre erst auf ihn zugegangen, wenn es schon fast zu spät gewesen wäre. Nur so kann ich heute sagen, dass ich wunschlos glücklich bin. Und dafür bin ich dir sehr dankbar.«

»Ich bin froh, dass euer Gespräch gut verlaufen ist«, gestehe ich. Zwar war ich davon überzeugt, dass nur ein Gespräch mit Paul die Situation verbessern kann und er Alex deshalb nie aus der Werkstatt werfen würde, dennoch blieb der Restzweifel und die Angst, er könnte sie nicht ernst nehmen.

»Ja, ich auch.« Ihre Augen leuchten aufgeregt, als sie weiterspricht und wir unseren Gang fortsetzen. »Er hat mir sogar versprochen, dass ich ihn beim nächsten großen Bühnenprojekt unterstützen darf. Ich kann's kaum erwarten!«

»Und du musstest die ganze Woche keine Brotzeit holen«, ergänze ich mit schiefem Lächeln. »Jetzt bin ich mit dieser anspruchsvollen Aufgabe betraut.«

Sie verzieht das Gesicht. »Sorry.«

Ich winke lachend ab. »Das ist kein Problem, schließlich bin ich der Neue.« Wir bleiben vor einem ockerfarbenen Eckgebäude stehen. Die Außenfassade ist kahl, und nur die wenigen verbliebenen braunen Blätter an den feinen Linien des wilden Weins erinnern daran, dass die Wand im Sommer zum Teil dicht bewachsen ist. »Wir sind da.«

»Hier wohnt dein bester Freund? Jonas?«

Ich nicke. »Wie schon gesagt, mach dir keine Gedanken. Sie werden sich freuen, dich kennenzulernen.« Bevor Alex wieder ihre Unsicherheit zum Ausdruck bringen kann, nehme ich ihr Gesicht in meine Hände und küsse sie innig. Ich lege all meine Zuversicht, mein Glück und meine Dankbarkeit in diese Berührung und hoffe, dass sie fühlt, was ich fühle. Ihre Finger tasten sich über meinen Rücken, bevor sie sich in den Stoff meiner Jacke krallen. Als wir uns wieder voneinander lösen, drücke ich ihr noch einen Kuss auf die Nasenspitze, und sie kichert nervös. Dann ziehe ich sie über die schmale Straße und zur Haustür.

»Ahhhh!«, quietscht Leni aufgeregt, als sie die Tür aufreißt und wir gerade auf den letzten Treppenabsatz steigen. »Du hast sie wirklich mitgebracht! Ich hab gewonnen!«

Alex wirft mir einen irritierten Blick zu, doch ich schüttle nur den Kopf. »Das soll dir Leni besser selbst erklären.«

»Hi!« Leni zieht Alex in eine stürmische Umarmung. »Ich bin Leni!«

»Hi«, stottert Alex etwas überfordert.

»Kommt rein, kommt rein! Ihr seid die Letzten.« Leni winkt uns in die Wohnung, nimmt uns die Mäntel ab und hängt sie auf die bereits überfüllten Kleiderhaken. Ein Lachen und Geschirrgeklapper dringen aus dem Wohnzimmer. Leni nimmt Alex an der Hand und zieht sie mit sich, während ich hinterhertrotte. »Schau mal, wen ich dabeihabe, Jonas!«

Als wir in den Raum treten, bemerke ich Daniel, den ich vor ein paar Monaten als Lenis besten Freund kennengelernt habe. Er fläzt sich zusammen mit seiner Freundin Akira auf der Couch. Ich winke ihnen lächelnd zu, bleibe aber an Alex' Seite, weil ich ihr versprochen habe, sie zumindest anfangs nicht alleine zu lassen.

Jonas, der gerade sieben Teller auf dem Tisch verteilt, blickt auf. Ein Lächeln breitet sich auf seinem Gesicht aus, und er tritt um den Tisch herum, um uns zu begrüßen. »Hi, mein Name ist Jonas …«

»… *Thalbach*«, beendet Alex seinen Satz und starrt ihn mit großen Augen an. Dann wendet sie sich an mich. »Du hast mir nie erzählt, dass dein bester Freund …«

»… Jonas Thalbach heißt?« Ich ziehe die Augenbrauen hoch. »Das war mit Absicht. Hätte ich das verraten, hätte ich bei dir keine Chance mehr gehabt.«

»Haha.« Sie verdreht die Augen und beugt sich zu mir. »Aber du hättest mich vorwarnen können«, fügt sie flüsternd hinzu, sodass nur ich sie hören kann.

Ich zwinkere ihr belustigt zu. »Ich hab dir doch gesagt, dass Jonas berühmt ist.«

»Ja, schon.« Sie zuckt mit den Schultern. »Aber ehrlich gesagt dachte ich immer, du übertreibst, um geheimnisvoller zu klingen.«

Ich werfe den Kopf in den Nacken und lache herzhaft.

Ein Glück, dass wir mittlerweile ein anderes Bild voneinander haben. Ein *echtes.*

»Sind die beiden nicht süß zusammen«, seufzt Leni und greift nach Jonas' Hand.

»Ja, ja, okay. Du hast gewonnen«, schnaubt Jonas.

»Habt ihr gewettet, ob Tobi und ich zusammenkommen?«, fragt Alex die zwei mit leicht erhöhter Stimme, während ihr Blick abwechselnd von Jonas zu Leni gleitet.

Leni schüttelt den Kopf. »Nein, nein! Uns war klar, dass ihr zusammenkommt. So viel, wie Tobi von dir gesprochen hat. Wir haben gewettet, *wann* ihr zusammenkommt. Jonas dachte, ich werdet euch mindestens sechs Monate Zeit lassen, aber ich habe das Knistern förmlich gespürt!« Mit ihren Fingern imitiert sie eine lodernde Flamme.

Natürlich hört Alex nur das, was für mich am peinlichsten ist. »Tobi hat über mich gesprochen?«, fragt sie neugierig.

Jonas nickt. »Ständig.«

»Sind wir nicht eigentlich wegen dir hier?«, frage ich ihn und ziehe eine Augenbraue in die Höhe, um schnell das Thema zu wechseln. »Was hast du denn jetzt für tolle Neuigkeiten?«

Jonas nickt, und mein Ablenkungsmanöver funktioniert. »Halt dich fest. Im Januar fliege ich nach London, um für eine Produktion von Steven Port vor der Kamera zu stehen. Mein Traum wird endlich war, Alter.«

Ich stoße einen Pfiff aus. »Herzlichen Glückwunsch! Wie lange wirst du weg sein?«

»Danke!« Wir klatschen uns ab. »Drei Monate. Du kannst dir gar nicht vorstellen, wie ich mich freue, endlich wieder zu arbeiten, und dann auch bei so einem Projekt mitzuwirken. Das Drehbuch wird dich umhauen. Ich sag's dir!«

Plötzlich tritt Clara neben uns, knabbernd an einer Salzstange und mit einer Flasche Cola in der Hand. Ich habe noch gar nicht bemerkt, dass sie auch hier ist. Vermutlich hat sie sich – wie letztes Mal – auf den Balkon verzogen.

»Ah, wie ich sehe, bin ich nun der einzige Single hier im Raum«, sagt sie und sieht sich übertrieben genau im Wohnzimmer um, so als wäre eine ganze Menschenmasse anwesend, die inspiziert werden muss. »Darf ich mich beim Essen dann ganz klischeehaft ans Kopfende des Tisches setzen?«

»Ach, papperlapapp, für dich finden wir auch noch den Richtigen.«

»Danke, kein Bedarf«, schnaubt Clara. »Aber apropos, gibt's bald Essen? Sonst mach ich euch noch die Salzstangen leer.«

»Ja, das Essen ist gleich fertig«, antwortet Jonas.

»Echt?«, sage ich überrascht. »Du hast gekocht? Was gibt's denn?«

Er räuspert sich. »Steinofenpizza.«

Ich grinse. »Ich wusste gar nicht, dass du einen Steinofen in der Küche hast.«

»Ich will nicht protzen, daher habe ich ihn … versteckt«, gibt er zurück.

»Sehr rücksichtsvoll.« Genau in diesem Moment läutet es zweimal an der Tür, und Jonas schiebt mich zur Seite.

»Sorry, der Ofen ruft.«

Ich schüttle lachend den Kopf, und Alex sieht ihm nach. »Kocht er nicht gerne?«

Leni verkneift sich das Lachen und senkt die Stimme. »Es ist nicht so, dass er nicht will, er kann es einfach nicht. Einmal hat er versucht, Gemüseauflauf zu machen.« Sie verzieht das Gesicht. »Es war schrecklich. Oder Tobi, weißt du noch? Die versalzenen Grießnockerl?«

Bei dieser Erinnerung schüttelt es mich regelrecht. Sie waren nicht nur versalzen, sondern auch verdammt fettig. Aber weder Leni noch ich hatten es an diesem Abend fertiggebracht, ihm das zu sagen, weil Jonas so stolz auf sein gekochtes Werk gewesen war. »Nach meiner Kochlehre mach ich ein Restaurant auf, und dann kommt ihr einfach jeden Abend zu mir zum Essen. Problem gelöst.«

»Du machst eine Kochlehre?« Lenis Augen werden groß. »Wann? Das hast du gar nicht erzählt!«

»Ich bin noch auf der Suche nach einem Ausbildungsplatz«, erkläre ich.

»Ich drück dir die Daumen! Das würde passen wie Arsch auf …«

»Die Pizzen sind da!«, ruft Jonas und balanciert den Stapel Pappkartons über unsere Köpfe hinweg zum Esstisch. Der Duft von Knoblauch und Zwiebeln erfüllt den Raum, und mir läuft das Wasser im Mund zusammen. Ich sichere mir den Platz am Kopfende des Tisches und zwinkere Clara zu, die mich zwei Stühle weiter dankbar anlächelt. Daniel und seine Freundin gesellen sich ebenfalls zu uns, und jeder nimmt sich ein Stück von seiner Lieblingspizza. Nach kurzem Zögern greife ich zur Meeresfrüchtepizza.

»Du wirst uns fehlen, Alter. Drei Monate, das wird

hart«, sage ich über den Tisch hinweg zu Jonas, als alle genüsslich an ihrer Pizzawahl kauen. Ich kann mich tatsächlich nicht erinnern, wann ich meinen besten Freund zuletzt mehr als zwei Wochen nicht gesehen habe.

Leni schiebt ihren Unterkiefer nach vorne und streicht Jonas über die Schulter. »Das kannst du laut sagen. Aber gleichzeitig freue ich mich so für dich, das ist genau das, was du dir immer gewünscht hast!«

Daniel nickt. »Ich bin echt schon gespannt auf den Film.«

Jonas nimmt die Hand seiner Freundin in seine. »Am Ende der Dreharbeiten kommst du mich einfach besuchen. Da müsstest du arbeitsmäßig auch frei haben, dann bleiben wir noch einen Monat in London und machen uns eine schöne Zeit. Was meinst du?« Als Antwort küsst sie ihn stürmisch. Das heißt wohl *Ja* auf *Lenisch*.

Drei Monate ohne meinen besten Freund, ohne Zockerabende, ohne seinen Rat, ohne sein Verständnis und ohne misslungene Abendessen. So sehr ich mich für ihn freue, so sehr erwarte ich bei dieser Vorstellung ein Stimmungstief, doch ich bleibe fröhlich. Komisch. Eigentlich müsste es in mir ganz anders aussehen. Doch das zerrende Loch will sich nicht auftun.

Unter dem Tisch taste ich nach Alex' Hand, und kurze Zeit später greifen unsere Finger ineinander, drücken und halten sich fest. Alex ist hier, sie ist an meiner Seite, und in ihren Augen spiegeln sich meine Gefühle. Egal, was hinter uns liegt, wir blicken weder in die Vergangenheit noch in die Zukunft. Die Gegenwart zählt, das Hier und Jetzt. Und genau jetzt ist es Zeit, unseren Verstand auszuschalten und nur auf unser Herz zu hören.

Denn unsere Herzen wissen schon, was sie tun.

Welcome to Munich!

Alex' Bucket List

1. **Sonnenuntergang auf der Hackerbrücke erleben**
   Wunderschöne urbane Stimmung!

2. **In den Eisbach springen**
   Hoffentlich ist der Name nicht Programm …

3. **Weißwurst-Eis probieren**
   Beim verrückten Eismacher ist der Name auf jeden Fall Programm! Lara meint, das Weißwurst-Eis schmeckt richtig eklig, aber ich will es trotzdem probieren! Dafür übt sie schon jetzt den Ich-habs-dir-doch-gesagt-Blick.

4. **An der Isar grillen**
   Unbedingt mit eisgekühltem Radler und Wassermelonen-Feta-Salat!

5. **Am Nymphenburger Schlosskanal joggen gehen**
   Mein Vorsatz für's neue Jahr – Sport. So wie jedes Jahr … oje.

6. **Spaghetti mit Meeresfrüchten beim Poseidon am Viktualienmarkt genießen**
   Es heißt, München ist die nördlichste Stadt Italiens – und genau so schmeckt sie auch!

7. **Die Tänzer*innen im Dianatempel im Hofgarten beobachten**
   Ein inoffizieller Treffpunkt bei vielen Tänzer*innen. Ob ich Tobi dazu überreden kann, mit mir Salsa auszuprobieren?

Danksagung

Das Jahr, in dem dieses Buch entstand, wird mir definitiv in zwiegespaltener Erinnerung bleiben. In fast jedem Bereich meines Lebens ging es hoch her, und ich hatte dadurch wahnsinnig Angst, Tobi und Alex nicht gerecht zu werden. Mir ist der größte Stein vom Herzen gefallen, als die Geschichte erzählt war und ich gemerkt habe, dass sie genau so wurde, wie ich sie mir vorgestellt hatte.

Ich freue mich so sehr, dass mein heimlicher Lieblingscharakter von »Viele Träume führen ans Ziel« nun ebenfalls und endlich sein Happy End erhalten hat.

Mein großer Dank geht selbstverständlich zuallererst an meinen Agenten Klaus Gröner. Deine Begeisterung für die ehrgeizige Schreinerin Alex hat mich noch viel fester an das Projekt glauben lassen.

Das Buch handelt nicht von Studierenden, sondern von (armen) Azubis. Ein Teil von mir hat sehr daran gezweifelt, ob die Geschichte dennoch ein Zuhause finden kann. Vielen Dank an den großartigen ONE-Verlag, dass ihr euch für diese alltägliche Geschichte mit (leider) sehr normalen Problemen entschieden habt. Denn all die Themen, die in »Mein Herz weiß schon, was es tut« behandelt werden, liegen mir so sehr am Herzen.

Den größten Dank selbstverständlich auch an meine Lektorin Katharina Runden. Ich arbeite unglaublich gerne mit dir zusammen. Es macht nicht nur so viel Spaß, sondern bringt mich und mein Schreiben stetig weiter.

Lieber Kevin, auch wenn du nun die Augen verdrehen wirst: Ich bewundere deine Leidenschaft für's Handwerk. Vielen Dank, dass du mir für dieses Buch als fachlicher Ansprechpartner zur Verfügung standest und ich dich mit Nachrichten bombardieren durfte. Ich wünschte, ich hätte dein handwerkliches Geschick.

Liebe Mama, wenn du dich teilweise in Marlene wieder gefunden hast: Das war gewollt ☺. Vielen Dank, dass wir uns noch heute jedes Sorgenpäckchen teilen.

Und natürlich vielen lieben Dank an dich, liebe Leserin und lieber Leser. Vielen Dank für deine Rezension, für deine tollen Buch-Fotos und die lieben Nachrichten zu meinen Büchern. All das macht das Schreiben zu einem wunderschönen Beruf.

Bis ganz bald, eure Gloria

Leseprobe

Ein Praktikum in den Bavaria Filmstudios in München & die Suche nach sich selbst

Die 18-jährige Leni hat ihr Abi in der Tasche – aber was nun? Alle anderen scheinen ihr Leben total im Griff zu haben. Nur sie nicht. Als sie überraschend ein Praktikum bei den Bavaria Filmstudios in München ergattert, kann sie ihr Glück kaum fassen. Doch gleich am ersten Set-Tag gerät Leni mit einem anderen Praktikanten aneinander. Unerwartet bekommt sie Hilfe von Jonas, dem Hauptdarsteller der Serie, der sie jedoch gleichzeitig um einen Gefallen bittet. Was die beiden dabei allerdings nicht einkalkuliert haben, sind ihre Gefühle füreinander …

Leni

Wenn möglich, bitte wenden

Es gibt diese bestimmten Momente im Leben. Die, die sich gut anfühlen und uns zeigen, dass wir auf dem richtigen Weg sind. Doch davon bin ich gerade leider Tausende Kilometer entfernt, und anstatt dem Glück entgegenzurennen, laufe ich in die entgegengesetzte Richtung. Meine ganz persönliche Folter.

Heute, genau jetzt, werde ich von all diesen negativen Gefühlen eingeholt. Eigentlich sollte dieser Tag für das Ende meiner Schulzeit stehen und all die schönen Erinnerungen, die ich damit verbinde. Doch wie soll ich mich bloß von etwas verabschieden, wenn ich nicht weiß, was danach folgt?

Die Abifeier ist in vollem Gange, der offizielle Teil der Zeugnisvergabe schon seit Stunden vorbei. Bunte Scheinwerferlichter tanzen durch den Saal und bringen die überall hängenden goldenen Girlanden zum Glitzern. Der dumpfe Bass eines Chart-Hits pulsiert durch meinen Körper. Ich lasse meinen Blick abwesend durch den Raum schweifen und nestele an einem kleinen Gesteck aus blauen Hortensien herum, das vor mir auf dem runden Tisch steht.

»Wie cool ist das denn bitte?«

Ich zucke leicht zusammen, als mich meine Freundin Clara aus meinen Gedanken reißt.

»Endlich ist die Schulzeit vorbei, und das Studienleben wartet auf uns!« Sie prostet mir mit einem strahlenden Lächeln und ihrem Sektglas zu. Claras Augen wirken glasig, und ihre Wangen sind gerötet. »In ein paar Jahren sind wir wie Rachel aus *Suits*, nur dass wir keine Anwaltsgehilfinnen sind, sondern heiße Anwältinnen. Frauenpoweeer!«

Meine Mundwinkel zucken angestrengt, als ich versuche, einen fröhlichen Gesichtsausdruck aufzusetzen und mein eigenes Glas hebe. Der Sekt schmeckt abgestanden und prickelt nicht länger auf der Zunge.

Da schallt ein mir nur zu gut bekanntes Lachen herüber, und mein Blick heftet sich auf meinen besten Freund Daniel, der ein paar Meter entfernt bei ein paar Klassenkameraden steht und breit grinst. Sofort spüre ich ein unangenehmes Ziehen in meiner Magengegend.

»Huhu, Erde an Leni! Was is'n los mit dir?«, fragt Clara. »Du bist heute schon den ganzen Tag so komisch.«

Ich seufze, reiße mich von Daniel los und sehe wieder zu ihr.

Seit unsere Mütter uns vor siebzehn Jahren gemeinsam in den Sandkasten gesetzt haben, sind wir beste Freundinnen. Wir waren immer zusammen, haben jede Lebenslage miteinander durchgestanden, und doch hat sich in unserem letzten Schuljahr etwas verändert. Während Clara schon so lange weiß, welchen Weg sie einschlagen will, und voller Freude darauf hinarbeitet, fühle ich mich, als würde ich ziellos im Weltraum herumschweben und immer mehr die Orientierung verlieren.

»Alles gut«, sage ich schnell. »Es ist nur so unglaublich,

die Schule hinter sich zu lassen.« Eine Standardantwort, die ich diese Woche bestimmt schon mindestens fünfmal gegeben habe. Ich wollte mich zusammenreißen, wollte heute Abend – wie man so schön sagt – die Sau rauslassen und wenigstens diese eine Nacht meine Gedanken abschalten und vergessen, dass ich nichts zu feiern habe.

»Ja, oder?«, juchzt Clara. »Aber jetzt fängt das Leben erst richtig an! Wir beide, unsere WG, Partys und gemeinsame Vorlesungen. Das wird so toll!«

Ich beiße mir auf die Unterlippe. Plötzlich werde ich mir der stickigen warmen Luft hier im Saal deutlich bewusst, und Schweiß sammelt sich in meinem Nacken. Jetzt ist der falsche Zeitpunkt, ihr zu sagen, dass es niemals dazu kommen wird. Denn auch wenn ich noch vor ein paar Tagen gehofft habe, ihr Weg würde auch der meine sein, ist mir heute endgültig bewusst geworden, dass ich niemals Jura studieren werde.

Meine Eltern meinen, sie hätten mir das Jura-Gen vererbt, das natürliche Interesse für Recht und Gesetz. Doch dem ist nicht so. Es gibt nichts, was mich weniger interessiert, obwohl ich mir das lange Zeit nicht eingestehen wollte. Und nun sitze ich da, mit meinem Abiturzeugnis in der Hand, ohne die geringste Ahnung, was ich damit anfangen soll.

Als das Lied *I will survive* aus den Lautsprecherboxen ertönt, stellt Clara ihr Glas unsanft auf dem Tisch ab, sodass der Inhalt gefährlich schwappt. Sie jubelt und springt auf. »Los, lass uns tanzen!«

Aber ich winke ab. »Ich muss erst noch aufs Klo, ich komm dann nach«, verspreche ich ihr, als sie das Gesicht verzieht und ihre Mundwinkel traurig nach unten hängen.

Mit Zeige- und Mittelfinger deutet sie erst auf ihre Augen, dann auf meine. »Ich zähl auf dich!«

»Logisch«, sage ich lachend und ignoriere das schlechte Gewissen, das sich wie auf Kommando meldet. Heute nicht, ich werde später mit ihr sprechen. Nur weil mein Tag scheiße läuft, möchte ich ihren nicht gleich auch noch versauen.

Clara verschwindet in der tanzenden Menge, und ich bleibe allein zurück. Warum kann ich nicht einfach glücklich sein und mich genauso freuen wie der Rest meines Abi-Jahrgangs, wie jeder dieser ausgelassenen Feierwütigen auf der Tanzfläche?

»Hey!«

Ich zucke zusammen, als sich Daniel auf den gerade frei gewordenen Stuhl neben mir fallen lässt.

»Schon genug von der Feier?«, fragt er und nickt in die Richtung, in die Clara gerade verschwunden ist.

»Aber hallo«, murmle ich so leise, dass er es nicht hören kann.

»Was?« Er beugt sich näher zu mir, und der frische Duft einer sanften Meeresbrise steigt mir in die Nase. Er trägt das Parfüm, das ich ihm zu seinem letzten Geburtstag geschenkt habe.

»Bin nur müde«, antworte ich etwas lauter.

»Soll ich dich heimbringen?«

Ich schüttle den Kopf. »Passt schon, danke.«

Daniel ist nicht der klassische Schönling, er hat nichts mit den Typen gemein, die muskelbepackt und selbstbewusst ein Mädchen nach dem anderen abschleppen. Daniel ist so groß – oder mit 1,65 Metern besser gesagt so klein – wie ich, er hat schokobraune Haare und eine schlanke drahtige Figur. Er schreibt Gedichte und kleinere Geschichten, hört dieselbe Musik wie ich und hegt eine Leidenschaft für Cricket und die Fantasy-Football-League. Ach ja, und vielleicht sollte ich noch erwähnen, dass ich ihn liebe. Seit zwei verdammten Jahren und ohne dass er davon die geringste Ahnung hat.

Daniel sieht auf die Uhr. »Bist du dir sicher? Ich lasse dich ungern allein nach Hause fahren, es ist echt schon spät.«

Habe ich schon gesagt, dass er unglaublich nett und verantwortungsvoll ist? Dass er den gleichen Humor wie ich besitzt und wir so viel miteinander lachen können? Ich schlucke schwer, denn der Kloß in meinem Hals wird immer größer. Tief in meinem Inneren weiß ich, dass es nicht nur darum geht, dass ich nicht Jura studieren möchte. Der zweite Grund für meine kleine Lebenskrise sitzt vor mir und sieht mich erwartungsvoll an.

»Nein, schon gut«, antworte ich widerstrebend. »Bleib du ruhig hier.«

Daniel und ich sind seit der fünften Klasse beste Freunde. In den ersten Monaten auf dem Gymnasium waren Clara und ich – wie immer – ein eingeschworenes Zweiergespann gewesen. Doch als sie von ihrem Pferd gefallen war und mit einem komplizierten Armbruch im Krankenhaus und danach wochenlang zu Hause lag, musste ich mich bei Gruppenarbeiten zwangsläufig auf andere Mitschüler einlassen. Und da war er gewesen. *Daniel.* Wir hatten vom ersten Moment an eine Verbindung zueinander, oder wie auch immer man das damals nennen konnte. Es war nicht so, dass ich mich sofort in ihn verknallt hätte, nein, ganz sicher nicht. Zu diesem Zeitpunkt habe ich an

Jungs noch nicht *so* gedacht. Aber je älter wir wurden, desto mehr nistete sich ein bestimmtes warmes Gefühl in mir ein, das sich immer genau dann bemerkbar machte, wenn ich Daniel ansah und er mich ansah, wenn ich ihn berührte und er mich berührte. Ich konnte dieses Gefühl zuerst nicht einordnen und dachte, es wäre mit Geschwisterliebe zu vergleichen. Warum sollte ich mich nach so langer Zeit in ihn verlieben? Aber scheiße, ich hatte es getan, und das Schlamassel nahm seinen Lauf. …